U0580287

励 耘
文 库

文学 ｜ Literature

弘道以文
文评专书与清代散文批评研究

诸雨辰　著

北京师范大学出版集团
BEIJING NORMAL UNIVERSITY PUBLISHING GROUP
北京师范大学出版社

序

　　阅读诸雨辰博士的大著《弘道以文——文评专书与清代散文批评研究》，我的脑海里不由自主地冒出一联流传甚广的俗语时谚："宝剑锋从磨砺出，梅花香自苦寒来。"此联虽然浅显直白，却足以贴切地形容雨辰十年来在学术道路上的艰辛、拼搏和收获。也许是我的偏见，也许是我的寡闻，我的印象里，在土生土长的"龙袖骄民"中，像雨辰这样刻苦用功的青年才俊，的确是为数不多的。北京人聪明、博闻、大气、爽朗，如果再加上踏实和勤奋，成就的确是不可限量的。

　　这些天，我正为香港大学中文学院的学生查找、上传有关中国戏曲的讲课视频，偶然看到十年前课堂上的雨辰，风华正茂，侃侃而谈——当然，他现在仍然风华正茂，但是那时毕竟显得更为稚嫩；现在也常侃侃而谈，但却比那时更为清晰透辟。看着视频，跟雨辰交往十年来的一幅幅精彩画面，一一掠过我的眼前，如此温馨，如此绚烂。于是，我在深深感慨"日月如梭"的同时，也心满意足地享受着"十年树木"的欢欣。

雨辰的学术兴趣原本在诗词，尤其是古代诗词。对诗词，他不仅喜读乐诵，而且能写善评；不仅能深入地体会诗词丰富的内蕴，而且能科学地分析诗词的构成方式。但是，从 2014 年起，为了完成国家社科基金重大项目的需要，我把雨辰生拉硬拽到古代散文，尤其是古代散文理论与批评的研究领域里，他默默地接受了命运对他的挑战。但是出乎意料，当然也在情理之中，仅仅五年多，雨辰就在这块新开垦的土地上获得如此丰硕的成果，奉献出这部洋洋洒洒数十万字的大著，成为古代散文理论与批评研究领域的一匹"黑马"。

20 世纪以来，中国古代散文理论与批评研究无疑成果丰富，贡献良多。但是从总体上看，这些丰富的成果大多数要么呈现为单篇的专题学术论文，要么作为中国文学批评史著作中的个别章节，取材较为集中、涉猎稍嫌狭窄、开掘有欠深入。只有近年出版的蔡德龙《清代文话研究》一书，稍具规模，略成系统。学界多年来一直期待着有一批资料丰富、内容充实、思考深刻的古代散文理论与批评著作问世，而雨辰这部大著的撰写与出版不仅恰当其时，而且也深孚众望。

雨辰大著的主要研究对象，是清代的"文评专书"。他之所以采用"文评专书"一词，而舍弃众所习知的"文话"一词，这不是单纯地求新逐奇，追求"陌生化"效果，而是出自对古代散文批评文献构成的清醒认知和宏观概括。在《"名定则实辨"——论"文评专书"的内涵与外延》一文中，我曾经指出，"文评"概念的内涵，指的是针对一切"非诗"的修辞敷采的文字写作（包括古文、骈文、时文、赋等）的品评、评论、评说、评议、评述。"文评"概念的外延，包括评论文体、品评作家、研求文法、记载本事、随感杂录的图书。这些图书虽然以集部为主，但也包括子部乃至经部、史部文献。"文评专书"指就论评狭义之"文"而编写的图书，既包括问世之始原本就是单行文献的图书，也包括后人为前人重新编撰的图书。因此，"文评专书"的内涵与外延，是"文话"一词无法涵盖、无法容纳的。

相比较散见于别集之中的序跋、论辨、传状、书信、随笔等类型的单篇文章，文评专书能更为系统、更为集中地展示一位散文批评家的思想和观点。从某种意义上讲，中国古代的文评专书堪称现代"学术著作"的前身，是中国古代文学家、思想家呈现其学术思想、文学体验和文化生活的一种独特形式，具有不可低估的学术价值与文化价值。雨辰选择以文评专书作为研究对象，应该说是进行"古今学术对话"的一个很好的前提。

雨辰大著的章节结构，大致以时代发展为线索，分为五章，即明清易代之际、康熙中期至乾隆初期、乾隆初期至嘉庆前期、嘉庆前期至咸丰年间、同治年间至清末，其间稍有交叉。雨辰在每一个历史时期中，选择若干部文评专书及其所揭示的核心论题，探究其中蕴含的散文批评方法与散文理论观念，进而发掘这些散文批评方法与散文理论观念同特定时期的学术思想、文化思想之间的密切关联，揭示其中深刻的文化思想与文化价值。

如果说"抒情"是诗歌的专利，"叙事"是小说的特长，"表演"是戏剧的本分，那么毫无争议，散文与众不同的核心要素无疑是"实用"。在古今中外的文坛上，散文"实用"于宣示主张、发表思想，"实用"于记录行迹、述说家常，"实用"于描写见闻、传达观感。因此，散文是一种最为生活化、社会化的文体,散文研究的触角应该也必须伸入广阔的社会环境与鲜活的生活场景之中。那么,在广阔的社会环境和鲜活的生活场景之中,有什么东西最能拨动古代散文家、散文批评家的心弦,成为散文书写和散文批评的"灵魂"呢?有,那就是"道",夫子曰:"士志于道";"笃信好学,守死善道。"曾子曰:"士不可以不弘毅,任重而道远。"

在中国古代,没有任何一位文学批评家仅仅将自身封闭于"文学"领域,满足于成为一位纯粹的"职业文学家"或"职业文学批评家"。对于大多数文学批评家来说,"士人"身份或"士大夫"身份的标举,远远比"文人"身份或"文学家"身份的坚守,更具有独特的社会意义与人生价值。而且在清人的普遍观念中,"文章"原本就不仅囿于"文学",而是属于"学问"之一端的。如姚鼐说:"余尝论学问之事,有三端焉,曰:义理也,考证也,文章也。是三者,苟善用之,则皆足以相济;苟不善用之,则或至于相害。"(《惜抱轩诗文集》卷四《述庵文抄序》)他认为,在"学问"的领域中,"文章"是足以与"义理""考证"鼎足三分,交相为用的。章学诚也说:"义理不可空言也,博学以实之,文章以达之,三者合于一。"(《文史通义·原道下》)他认为,"义理""博学""文章"三者,可以而且应该合而为一,由此形成"原道"之"文",以接通"文治""文教"以至于"文化"。因此,当清人在谈论"散文"的时候,几乎从未将"散文"仅仅封闭在"文学"领域之中,而是将"散文"置于极其广阔的社会文化领域,以"散文批评"涵括政治、经济、学术、文化、生活等各个方面的内容,借"散文批评"传达其现实关怀、政治意识、学术思想、人生理想、生活趣味。

有鉴于此,雨辰以"弘道以文"作为全书的主标题,借以明确地彰显全书的研究主旨,即"意在审视清代文评家是如何在其凸显自我主张的文评专书中，通过强调'文'而希图弘扬'道'，进而完成其士大夫身份定位与价值期待的"。从宏观的角度来看，清人的确赋予"文以载道""文以明道""文以传道"等传统的思想命题以别具一格的文化含义。这种文化含义，只有置于有清一代特有的社会文化语境中，才能得到深切的体察和透辟的认识。雨辰希望通过一部部文评专书的细致解读，探究和描绘在清代散文批评中暗含着的一股潜流，即"文统""道统"与"治统"之间缠夹、混融、裹挟、轩轾等极其复杂的离合状态。全书贯穿始终的是对文学与士人、文学与社会、文学与政治、文学与文化、文学与学术、文学与思想之间血脉相连而又错综复杂的关系的密切关注与深刻思考，是对文风与世风、士风、学风之间交融激荡的深切体察与精辟论析。因此，全书的论述既显得相当厚重沉稳，也充满探索、质疑、批判、省思的朝气和锐气。

在一位学人一生的学术历程中，博士学位论文无疑是一座极其重要的里程碑。它不仅鲜明地标示出这位写作者此前十年潜心研修学术已经达到的广度和高度，而且还隐然地标示出他此后十年甚至此后一生跋涉学海书山可能到达的远方、可能企及的"海拔"。我可以自信地说，雨辰这部博士学位论文的起点之高、含量之纯、积蓄之厚、境界之远，在近十年人文学科的博士学位论文中，无疑属于佼佼者。只要雨辰始终保持这种博览群书、脚踏实地、好学深思、开拓进取的学术精神，朝着"更快、更高、更强"的目标奋力前行，他今后的学术造诣应当是不可限量的。

郭英德

2019 年 11 月 22 日

目 录

绪 论

　　本书要讨论清代散文批评与理论，这一主题看起来颇为宏大。目前的学术研究，已完成了对清代文学理论的总体性勾勒，形成了若干文学批评史、文学研究史或者文章学史、修辞学史的论著。而且正如下面将要介绍的，不少个案研究，也从文献学、历史学、社会学等角度，涉及文学理论与时代社会之关系，可以说涉此论域或已难有创论了。

　　然而，当我们继续观察文学批评史的建构与个案的文学批评描述则会注意到，传统的研究都将清代文评、文论文本视为对批评家之文论的忠实呈现。文学理论的承载形式——单篇论文、他书序跋、交流尺牍，或勒为成书的单行文献——则往往容易被忽略。而我们又知道，文学理论之生成与演变，不仅是理论自身的建构、解构与重构，不仅有其社会历史的大语境，还有其载体的小语境。而一旦注意到文学理论有不同承载形式的小语境，我们便可以进一步追问，清代文人提出的种种散文批评与实践，究竟哪些是他们想要凸显的？哪些是具有私密性的？哪些则可能是应酬性的？

因此，本书将对一类特殊文献给予特别关注，即文评专书文献。就其目录分类来说，文评专书属于《四库全书总目》中的集部"诗文评"类，所涵盖的主要是中国古代诗文批评之作，今人惯称"诗话""文话"①等。而就文献形态来说，它们以专书的形式出现，或别出单行，或辑入丛书，一般是作者或编者主观上想要特别呈现出来的东西，或者说是他们自己（或弟子）有意展示给他人的东西。因而文评专书这种特殊的文学理论承载形式，也就往往更能真切地反映文评家的理论思考与现实关怀。

文评专书作为文论家的自我呈现，则其所反映的文学批评、文学观念，必不能孤立以现代意义上的"文学"视之。因为中国古代并不存在专业的"作家"，而多是兼具官员、学者、文人身份于一身的"士大夫"。而欲理解士林阶层之文论，则不得不进一步思考其政治意识、学术思想与现实关怀。否则，对于清代文论中诸如文道关系、骈散关系、繁简论、文质论，甚至理学、考据学与文学之关系等命题，都只能流于表层的观点重述。因此，本书提出"弘道以文"的标题，意在审视清代文评家是如何在其凸显自我主张的文评专书中，通过强调"文"而希图弘扬"道"，进而完成其士大夫身份定位与价值期待的。当然，对于身份多元的"士大

---

① 关于"诗文评"文献中，以文论、文评为主的典籍之称名，今人有不同主张，参见郭英德：《名定则实辨——论"文评专书"的内涵与外延》，载《北京师范大学学报（社会科学版）》，2016(5)。本文无意轩轾诸说，姑且以郭英德所论"文评专书"来为其命名。

夫"或"士林"而言，本书所谓的"文"则又不仅指代"文学"，亦包括"文字""文明""文教"等理论内涵。

一、文评专书之界定与研究

首先，需要对本书重点关注的"文评专书"加以界定。

所谓"文评"，其所评论的对象当然是"文"。而"文"的指代对象从古至今颇为复杂。古人有骈文、散文、古文、时文、诗赋，甚至文字等不同所指，今人则或谓之"散文"，或谓之"文章"。而无论如何指称，"文"都是一个容易引起歧义的概念。为行文方便，本书采取较为广义的"散文"的概念，即"非诗"之"文"，这亦相当于英语中的 Prose，艾布拉姆斯（M. H. Abrams，1912—2015）等人定义 Prose 说："这一包容性术语指代所有口头的或书面的话语，这些话语没有形成诗韵行或自由诗行模式。"[①]"非诗"之文的概念并没有强调文学审美，因而它包容了中国古代大量出现的实用性而非美文性的文章，最大限度地贴合了中国古代散文的实际生态。

在此定义下的"文评"，"指的是针对一切'非诗'的修辞敷采的文字写作的评议、评论、评说、述评、品评"[②]。具体而言，指的是中国古代以散文研究为核心而撰写的专门性著作。《四库全书总目》"诗文评"小序云：

---

① ［美］M. H. 艾布拉姆斯、杰弗里·高尔特·哈珀姆：《文学术语词典》第 10 版，吴松江等编译，318 页，北京，北京大学出版社，2014。

② 郭英德：《名定则实辨——论"文评专书"的内涵与外延》，载《北京师范大学学报（社会科学版）》，2016(5)。

> 文章莫盛于两汉。浑浑灏灏，文成法立，无格律之可拘。建安、黄初，体裁渐备。故论文之说出焉，《典论》其首也。其勒为一书传于今者，则断自刘勰、钟嵘。勰究文体之源流，而评其工拙。嵘第作者之甲乙，而溯厥师承。为例各殊。至皎然《诗式》，备陈法律，孟棨《本事诗》，旁采故实。刘攽《中山诗话》、欧阳修《六一诗话》，又体兼说部。后所论著，不出此五例中矣。①

《四库全书总目》以五类著述作为诗文评的分类标准，即"究文体之源流，而评其工拙"（评论文体），"第作者之甲乙，而溯厥师承"（品评作家），"备陈法律"（研求文法），"旁采故实"（典故逸事），"体兼说部"（随感杂录），基本涵盖了中国古代诗文研究的各个方面，本书所拟定的"文评专书"的范围也依此而定。

所谓"专书"，也是一个相对含混模糊的概念，具有一定的"不确定性"（uncertainty）特征②。从撰述方式上说，本文所涉及的文评专书主要有三类。首先，清代以单行文献形式成书的文评类著述，这些文献毫无疑问属于文评专书。章学诚（1738—1801）说："《诗品》之于论诗，视《文心雕龙》之于论文，皆专门名家，勒为成书之初祖也。"③是否"勒为成书"显然是判断"专书"的直接标准。其次，若一书中文评的部分单独成卷，或者集中于其中某几卷，这种情况也可以被认定为文评专书。实际

---

① （清）永瑢等：《四库全书总目》，1779 页，北京，中华书局，1965。

② 这里说的"不确定性"是郭英德借用的一个自然科学概念，详见李坚：《不确定性问题初探》，博士学位论文，中国社会科学院，2006。

③ （清）章学诚著，叶瑛校注：《文史通义校注》，648 页，北京，中华书局，2014。

上，很多这种类型的专书后来都在丛书中析出为独立的著作，比如《昭代丛书》中所收魏际瑞(1620—1677)的《伯子论文》，原先就是《魏伯子文集》卷四"杂著·与弟子论文"的部分。而与作为丛书所收之零种文献相似，还有第三类文献，即原本未独立成书，或亦未集中成卷，但经由后人辑录而成的文献，比如廉泉(1868—1931)就曾把姚鼐(1731—1815)尺牍中的部分论文话语辑成《惜抱轩语》而别出单行。

今人对清代文评专书的研究，在文献整理、宏观理论整合与具体文本分析等方面，均已形成了一定成果。这里稍做简要介绍，详细情况可参考《清代文评专书整理与研究综述》①一文。

从文献整理来说，最为重要的成果当属王水照主编的《历代文话》②与余祖坤主编的《历代文话续编》③。作为第一部通代性"文话"文献整理，《历代文话》的出版具有里程碑的意义，该书收录宋以来至民国时期(1916年)"文话"143种，627万字，清代部分多达54种，凡重要文评、文论性质的专书，如《夕堂永日绪论》《论文偶记》《艺概·文概》等悉数收录，以论古文者为主，兼及骈文、时文；所纂集的文献主要包括四类：系统性的理论专著、随笔性质的狭义"文话"、"辑"而不述的资料汇编式著作、文章选集之评点。甫一问世，就博得学者们的一致好评，可谓沾溉学林，泽被后世。

《历代文话》作为一部集大成之作，其选择标准贵在粗中取精，出于

---

① 诸雨辰：《清代文评专书整理与研究综述》，见郭英德主编：《中国古代散文研究文献论丛》，120～172页，北京，商务印书馆，2016。

② 王水照：《历代文话》，上海，复旦大学出版社，2007。

③ 余祖坤：《历代文话续编》，南京，凤凰出版社，2013。

编书体例及选文标准的限制，仍有不少著作未收。此书出版后，余祖坤以一人之力，在数年之内就完成了《历代文话续编》，补充《历代文话》未收的清代和民国时期文话 27 种。正像吴小如所期待的，"可以《历代文话》为起跑线"，"于《历代文话》之外更予以广收备采，卒使古今一切有关文话之文献资料，皆能收入读者之眼底"。① 事实上，对《历代文话》的补遗性的工作在《历代文话续编》之后仍在不断进行，无论是对《历代文话续编》进一步做补编工作，还是以另外的体例、标准、内涵外延而编纂《中国古代文评专书丛编》，文献整理的工作都一直在进行，也必将日臻完备。

除了《历代文话》及《历代文话续编》这样的大型丛书外，清代文评专书的整理，更以相对零散的单行出版为主。比如顾炎武（1613—1682）的《救文格论》②、王又朴（1681—1763）的《史记七篇读法》③、刘大櫆（1698—1780）的《论文偶记》、吴德旋（1767—1840）的《初月楼古文绪论》、林纾（1852—1924）的《春觉斋论文》④、陈鸿墀（1758—?）的《全唐文纪事》⑤、包世臣（1775—1855）的《艺舟双楫》⑥、吴曾祺（1852—1929）的

① 吴小如等：《〈历代文话〉七人谈》，载《中国图书评论》，2008(7)。
② （清）顾炎武：《救文格论》，上海，上海古籍出版社，2012。
③ （清）王又朴：《史记七篇读法》，北京，商务印书馆，2013。
④ （清）刘大櫆，（清）吴德旋，（清）林纾：《论文偶记 初月楼古文绪论 春觉斋论文》，北京，人民文学出版社，1959。
⑤ （清）陈鸿墀：《全唐文纪事》，上海，上海古籍出版社，1987。《全唐文纪事》，北京，中华书局，1959。
⑥ （清）包世臣：《艺舟双楫》，台北，"台湾商务印书馆"，1986。（清）包世臣，祝嘉：《艺舟双楫 广艺舟双楫疏证》，成都，巴蜀书社，1989。《艺舟双楫》，北京，北京图书馆出版社，2004。

《涵芬楼文谈》①、来裕恂(1873—1962)的《汉文典》②、章太炎(1869—1936)的《国故论衡》③等。少数几部专书则因为重要的影响力而被人们反复整理，比如刘熙载(1813—1881)的《艺概》④、章学诚的《文史通义》⑤等。

也有一些专书会收录于作家全集或者附于相关别集、单行文献之后出版。比如黄宗羲(1610—1695)的《金石要例 附论文管见》见于《黄宗羲全集》第二册⑥，王夫之(1619—1692)的《夕堂永日绪论外编》见于《船山全书》第十五册⑦，吕留良(1629—1683)的《吕晚村先生论文汇抄》以

---

① 吴曾祺：《涵芬楼文谈》，北京，金城出版社，2011。《涵芬楼文谈》，台北，"台湾商务印书馆"，1966。

② 来裕恂著，高维国、张格注释：《汉文典注释》，天津，南开大学出版社，1993。

③ 章太炎：《国故论衡》，北京，商务印书馆，2012。章太炎：《国故论衡疏证》，庞俊、郭诚永疏证，北京，中华书局，2018。

④ （清）刘熙载：《艺概》，上海，上海古籍出版社，1978。《艺概笺注》，王气中笺注，贵阳，贵州人民出版社，1986。《刘熙载论艺六种》，成都，巴蜀书社，1990。《艺概》，台北，金枫出版社，1998。《艺概》，济南，山东画报出版社，2004。《艺概注稿》，袁津琥校注，北京，中华书局，2009。此外，还有其他整理本或刘熙载全集本。

⑤ （清）章学诚著，叶瑛校注：《文史通义校注》，北京，中华书局，1985。《文史通义新编》，仓修良编，上海，上海古籍出版社，1993。《文史通义全译》，严杰、武秀成译注，贵阳，贵州人民出版社，1997。《文史通义》，沈阳，辽宁教育出版社，1998。《文史通义校注 校雠通义校注》，叶瑛校注，台北，顶渊文化事业有限公司，2002。《文史通义》，济南，山东画报出版社，2004。《文史通义新编新注》，仓修良编注，杭州，浙江古籍出版社，2005。《文史通义》，吕思勉评，李永圻、张耕华导读整理，上海，上海古籍出版社，2008。《文史通义》，长春，时代文艺出版社，2008。《文史通义注》，叶长青注，上海，华东师范大学出版社，2012。《文史通义》，钱茂伟、童杰、陈鑫注译，郑州，中州古籍出版社，2012。《文史通义》，罗炳良译注，北京，中华书局，2012。

⑥ （清）黄宗羲：《黄宗羲全集》第二册，254～273 页，杭州，浙江古籍出版社，2005。

⑦ （明）王夫之：《船山全书》第十五册，75 页，长沙，岳麓书社，1996。

及《吕子评语》见于《吕留良全集》①，梁章钜（1775—1849）的《制义丛话》收录于《梁章钜科举文献二种校注》②，叶燮（1627—1703）的《汪文摘谬》分别附于其《原诗笺注》和《汪琬全集笺校》③，魏禧（1624—1680）的《日录论文》见于《魏叔子文集》④，蒋励常（1751—1838）的《十室遗语》见于《岳麓文集》⑤，等等。

就清代文评专书的书目整理而言，用功最著者当推蔡德龙。其《清代文话总目汇考》⑥一文根据清代目录、方志、笔记等的记载，加之对主要图书馆的调查，总结了 231 种清代文话资料，以散文评和时文评为主，兼及骈文与赋。就目前所见的各种研究成果来看，其所开列的书目是最完备的。不过，该文并未对书籍的存佚情况仔细调查，其中收录了大量已经亡佚的书目，这或多或少地给使用者带来了一定的困扰。此外，虽然蔡德龙收录的书目最全，但其叙录较为简略，对文献的介绍不如李四珍的《明清文话叙录》⑦细致。李四珍从《书目类编》《丛书子目类编》《四库全书总目提要》《续修四库全书总目提要》中辑得文评类专著 52种，分选文、评点、论文、四六各类，分别撰写了详细的提要，包括作

---

① （清）吕留良：《吕留良全集》，北京，中华书局，2015。

② （清）梁章钜：《梁章钜科举文献二种校注》，陈水云、陈晓红校注，武汉，武汉大学出版社，2009。

③ （清）叶燮著，蒋寅笺注：《原诗笺注》，上海，上海古籍出版社，2014。（清）汪琬著，李圣华笺校：《汪琬全集笺校》，北京，人民文学出版社，2010。

④ （清）魏禧：《魏叔子文集》，北京，中华书局，2003。

⑤ （清）蒋励常：《岳麓文集》，南宁，广西人民出版社，2001。

⑥ 蔡德龙：《清代文话总目汇考》，载《国学研究》第 33 卷，2014。此文经增补、修订之后，书目由 220 种增加为 231 种，现收入《清代文话研究》。参见蔡德龙：《清代文话研究》，附录二"清代文话简目"，318～366 页，北京，中国社会科学出版社，2017。

⑦ 李四珍：《明清文话叙录》，硕士学位论文，台湾文化大学，1983。

者考证、内容要旨，并附以后人评述等资料，篇幅上甚至略嫌烦琐，但可见作者用功之细。该文分析的不少文献，亦为《历代文话》所未收，尤其是清初汪潢所撰《抡元汇考》，目前仅在我国台湾地区存有稿本，其叙录对于大陆学者了解其书的内容与性质具有重要价值。其后，王更生《开拓中国古代文学理论的新局——从整理"文话"谈起》①一文，更在李文基础上，进一步开列相关文献，并详细总结了台湾地区的学者对于文话的整理情况。此外，黎爱、林司悦则专门对中国古代辑录式的文评专书的书目加以整理，并对其在文献研究、文论研究与文化研究三个方面的研究现状做了较为全面细致的总结。② 由于清代出现了为数不少的辑录式文评专书，因而此类专门性的文献综述对本书的研究也是有意义的。

除了书目文献的整理以外，文评专书的理论研究也有较长的发展历程。早在民国时期，刘咸炘（1896—1932）就对清代文评多有注意，或评点，或注释，或梳理脉络等。③ 其后，文评专书作为重要的文学批评文献，更为文学批评史家所重视。其代表者如郭绍虞（1893—1984）之《中国文学批评史》。郭著对清代散文批评的分析，以条理性、逻辑性见长，以桐城派为主线，上溯黄宗羲、顾炎武的经世文学观，把魏禧、魏际瑞的情理、气势、论识等纳入这一传统中来，作为桐城派之先驱，又把曾

---

① 王更生：《开拓中国古代文学理论的新局——从整理"文话"谈起》，载《学术月刊》，1994(4)。

② 黎爱、林司悦：《文献·文论·文化：辑录式文评专书研究综述》，载《励耘学刊（文学卷）》，2016(2)。

③ 参见蔡德龙：《清代文话研究》，3～6页，北京，中国社会科学出版社，2017。

国藩(1811—1872)的论学、论文以及行气等理念设为桐城派之旁支，而如章学诚等学者论文，则作为古文家论文之对比参照。这样就把清代众多文评家的理念贯穿成线面交织的网络，在纵横比较中形成对文学批评史的总体认识。又如周振甫(1911—2000)的《中国修辞学史》①与《中国文章学史》②等论著，也广泛运用文评专书的资料，涉及不少古代文论研究者较少讨论的文评家与专书，比如李绂(1675—1750)的《秋山论文》、唐彪(1640—1713)的《读书作文谱》、包世臣的《艺舟双楫》等。

今人研究清代文评专书，代表作如蔡德龙《清代文话研究》，其上编分别讨论文话辨体与溯源、清文话的总貌与特征、文话与学术之关系，以及清代文话之文体分类观、繁简论、"骈散合一"观等具体理论命题，既有外部的文学关系研究，又有内部的理论逻辑分析。其下编则选择《古文评论》《西圃文说》《仰萧楼文话》《文翼》《十室遗语·论文》《国朝文概题辞》《论文绝句一百七十五首》等个案，以专题论文形式结撰，亦是其诸多期刊论文的结集，其中有不少值得重视的观点。该书绪论部分，亦对清代文话的研究现状做了精要的总结，很有参考价值。

而绝大多数的清代文评专书研究，则是论述具体文学现象、文论著作的单篇论文。概括言之，包括以下几个方面：一是基于文章学的分析，代表者如何诗海研究清代文学批评中好谈文章义例的现象③，重点关注了碑志义例和古文义例两方面的材料，论述了清代考据风气、史传

---

① 周振甫：《中国修辞学史》，南京，江苏教育出版社，2006。
② 周振甫：《中国文章学史》，南京，江苏教育出版社，2006。
③ 何诗海：《论清代文章义例之学》，载《浙江大学学报（人文社会科学版）》，2010(4)。

文学的发现对清人义例观的影响，在此基础上探讨了义例之学的批评史意义。类似的研究，又如党圣元、陈志扬对清代碑志义例与辞章学之关系的研究等①。二是贯通文学批评与外部环境、社会关系的研究，代表者如赵园对清初"文质论"的探讨，其从顾炎武、吕留良的"文运论"入手，结合鼎革之际的文人心态变化等因素，将清初文士的"文质论"提升到华夷之辨与经世救弊的高度，文章具体关注到文学批评的发生与社会之关系，非常具有启发性。② 三是作为古代文论研究材料的文评专书研究，这类研究往往聚焦于王夫之、刘大櫆、曾国藩、刘熙载、章学诚等文学史、文论史上地位较重的人物。代表性论文如钱竞对王夫之与曾国藩文论的比较研究，提出二人文论都属于"规范之学"，他们都面临"社会历史的奇变"而"自觉地承担起指导者的角色"，因而分别对唐宋派、桐城派有所反拨。③ 袁津琥探讨了《艺概》的话语方式，关注《艺概》通过引用前代典籍而组织成文的特点，以及《艺概》看似零碎的话语之间，文简而意贯的论说效果。④ 两篇文章均是从《艺概》的语体层面透视其理论特点的。又如钱志熙通过对批评史的梳理，讨论章学诚"六艺之文"到

①　党圣元、陈志扬：《清代碑志义例——金石学与辞章学的交汇》，载《江海学刊》，2007(2)。陈志扬：《拘守与变通——清代碑志义例的抉择》，载《华中师范大学学报(人文社会科学版)》，2007(5)。

②　赵园：《明清之际士人的文质论——兼及其时语境中文人的自我认知》，载《江西社会科学》，2005(7)。

③　钱竞：《曾国藩、王夫之文论思想异同》，载《文学遗产》，1996(1)。

④　袁津琥：《镶金嵌玉碎锦成文——浅谈〈艺概〉一书的写作特点》，载《古典文学知识》，2011(1)。袁津琥：《一动万随明断暗续——再谈〈艺概〉一书的写作特点》，载《古典文学知识》，2011(6)。

"战国之文"的文学史观，并溯源了其文学史学、诗教说的理论源头。①

从目前的研究现状看，古代文论方面的研究无论是具体的理论总结还是作家、专书研究，在数量上都已蔚为大观。大批从事古代文学、古代文论研究的学者挖掘出清代文评专书中不少有益的观点，同时也对清人观点形成的原因与过程做了精彩而深入的理论探究。但是存在的问题也很明显，一是对少数文评家的扎堆研究，产生了大量人云亦云的论述，而对更多文评家的观点则很少探索，呈现出不均衡的研究状貌。二是现有的研究多以对文论观点的介绍、评述为主，容易流于平面化的阐释，像赵园那样在广阔背景下综合比较的研究还比较少，而对理论发展之内在逻辑的探讨也仍有提升的空间，而这正是本书所要着力探索的方向。

学者们往往将清代视为中国古典文学、学术与文化的"集大成"时期，各类文体写作、文论思想、文化观念都在清代中兴，并形成了多种文学流派、文人集团与话语圈子。因而，要想真正厘清清代文评专书中的散文理论与批评的内在逻辑，就必须将各种理论观点置于清代整体的文化语境中考虑，在内容梳理的基础上，进一步探讨理论观点的言说方式、理论观点之产生与发展的社会因素。简言之，就是探索"说什么"之外，还必须关注"怎么说"与"为什么说"的问题。譬如人们熟知的清代文论中义理、考据、辞章三分法，以及后来纳入的经世而变成四分法，又如所谓"文以载道""文以弘道"，这些讨论虽然是清代诸多文学批评者的共性话语，但理学家、汉学家以及文学家的侧重点却完全不同，所论之

---

① 钱志熙：《论章学诚在文学史学上的贡献》，载《文学遗产》，2011(1)。

"道"也有各自的内涵与所指。这固然是他们学术所擅之专业差异的显现，也有其自身不断确立理论合法性的内在逻辑，姚鼐等人对桐城文统的建构，阮元（1764—1849）对"文笔之辨"的强调，都隐含着对文统合法性的建构。而作为有意识撰写或编辑而成的文评专书，无疑比单篇文章更能全面地、细腻地呈现批评家的思想观念与价值取向，同时也更有助于揭示清代文论在更为广泛的中间阶层或中下阶层文人中的实际生态。

二、本书各章主旨

以往对清代思想史与文化史的研究，总体上形成了较为公认的，同时也是较为悲观的结论。如杨念群所述，士林阶层之"思想在清朝严酷控制的氛围下越来越难以自足的状态存活下去，在与清朝君王的博弈中，士林阶层越来越成为其整体政治规划的一个组成部分"①。或者如葛兆光所说，清代学术思想的失语，除了政治压制，"还在于皇权对于真理的垄断，'治统'对于'道统'的彻底兼并，以及这种道德制高点和合理性基础被权力占据之后，所造成的士人对于真理诠释权力和对于社会指导权力的丧失"②。而清代政治的压力，正如王汎森所描述的，使"权力像水分子的毛细管作用一般渗入每一个角落，每个日常生活的角落都可能受其影响"，进而导致"在清代的政治压力下，文化领域中无所不在

---

① 杨念群：《何处是"江南"？　清朝正统观的确立与士林精神世界的变异》，19页，北京，生活·读书·新知三联书店，2010。
② 葛兆光：《中国思想史》，354页，上海，复旦大学出版社，2016。

的自我压抑、自我删节的现象"。① 这一压抑，似乎直到晚清通过"革命"，特别是以武装抗争为中心的手段，才得以解除。

　　然而，思想史、学术史与文学史的研究又往往告诉我们，其发展并不是铁板一块的。林少阳对清季思想史的研究，就揭示出其中不可忽视的"以'文'为手段的革命"②，而放眼整个清代，士林阶层在受到压抑、又自我压抑的同时，也不断尝试以"文"为手段的反向渗透。在这个意义上，参考一下汉娜·阿伦特（Hannah Arendt，1906—1975）化用亚里士多德（Aristotle，前 384—前 322）对"人"的定义，而将"人"定义为一个"能言说的存在"，进而强调"真正的政治行动（就其处于暴力领域之外而言），要以言说来进行"③的观点是很有必要的。在清代士林内部，既有适应官方意识形态需要，自上而下地为权力所影响、渗透者，亦不乏调整姿态，冀图形成自下而上的反渗透者，其手段都是"文"。而对"文"的强调，其内在的合法性依据便是"文以明道""文以载道"的传统逻辑，在"治统"彻底兼并了"道统"的铁板下，钻出以"文统"弘扬"道统"的缝隙。换言之，清代学术思想史，甚至文学史当然有其"失语"的一面，但又不是"无声"的、"寂寞"的，以"文"为手段的革命并不仅仅发生于清季革命中，亦在清代整个历史中有所渗透。当然，士大夫们零星的文字表达可能难以上升到"革命"的意义，但是他们力图在文论中寄寓"道"，从而以

---

　　① 王汎森：《权力的毛细管作用：清代的思想、学术与心态》（修订版），9 页，北京，北京大学出版社，2015。

　　② 林少阳：《鼎革以文——清季革命与章太炎"复古"的新文化运动》，17～37 页，上海，上海人民出版社，2018。

　　③ ［美］汉娜·阿伦特：《人的境况》，王寅丽译，16～17 页，上海，上海人民出版社，2017。

"文"的方式获得话语权与批评的合法性。这种努力仍然可以概括为以"文"为手段的弘道，或曰"弘道以文"。

本书将以时间为线索，在清代文评的历时发展中，透过文评专书而截取清代散文批评发展演进的若干切片，进而审视文学与道统、文学与学术等相互纠缠、共生发展的逻辑线索。当然，各章节的划分，只是取观点相关或时代相近的论者或论著并行讨论而已，虽然几章的顺序基本上依时代顺序排列，但本书并无意设定清晰的各期边界，这是首先需要说明的。

第一章讨论清初士大夫的遗民意识及其对文章之法的论述，通过考察黄宗羲、顾炎武、王夫之、叶燮、汪琬（1624—1691）等人的论文与论学著作，并辅以相关背景资料，探究他们是如何理解"遗民"之"阳气"与"元气"，又是如何理解"真性情""文法"等理论命题的。这些命题展现了士大夫易代之际的亡国反思，也展现了他们适应新朝，甚至开始形成"士大夫意识"的过程，呈现了清初特殊的文学与文化风貌。

第二章探讨清前期"治统"收编"道统"背景下，士林阶层在文学批评上的不同反应。本章的讨论将从对爱新觉罗·玄烨（康熙）（1654—1722）《古文评论》的分析入手，并观察帝王的文学批评是如何影响朝臣的，李光地（1642—1718）、李绂与方苞（1668—1749）等不同的文论观念，呈现出理学家与古文家对待文道关系不同的反应方式。方苞的"义法"说似可视为文人试图以文法来兼容义理的探索，然而随后王又朴对"义法"说的应用则再度倒向了"治统"一面，其对《史记》的批评也由此呈现出矛盾性。

第三章侧重分析清中期义理、辞章、考据学术三分的时代语境下，戴震(1724—1777)、姚鼐、吴德旋、章学诚等人的不同策略。包括以考据而通义理的批判之学，以史学上达义理的独断之学，以及文人、学者各自树立的文统等。此一时期的"弘道以文"，尤其具有复杂性，戴震看似是以汉学撬动理学的铁板，具有革新性，其实却有着官方学术思维的背书。姚鼐看似维护宋学，反而是偏离了乾隆时期的主流思想，历史的吊诡之处即在于此。而建立文统，又是以"文"的方式，进一步打开了"弘道以文"的途径。有了文统，方才有了以文统钩联道统的可能。此外，汉学式的金石考据也逐渐在理论上消解了"义例"之学的理论框架。清代学术的发展孕育出了对"秩序""等级"的解构力量，它上承戴震等人对经典阐释的反思性批判，呈现出文学理论之发展在遵循传统与悖逆传统之间的张力。

第四章论述清中期以后，王朝控制力减弱的背景下，作为封疆大吏的上层士大夫和下层士大夫不同的政治与文学主张。我们会看到力图于桐城文统之外重建文统的阮元，与力图融合骈散而排抑今文经学的梁章钜，二人虽为师徒，却在文论表达上貌合神离。究其原因，当然是不同的学术与政治目的之间的差异。上层士大夫偏向于维护清廷的秩序，而处于下位的包世臣的文论中，则更多的是对人心、人情的关注。从梁章钜与包世臣在面对道光年间货币危机时的不同观点、态度与立场，我们可以清晰地看出清代中后期，士林群体的分裂与不同发展趋势。

第五章延续上一章的框架，继续从上层士大夫与下层士大夫的不同侧面，考察清代散文批评的最终走向。曾国藩对奏议文体的论述，延续着梁章钜式的思维，仍希望以规范性矫正人心。而章太炎对魏晋文学的推崇，则可以看出其"文学复古"主张中的革命意识。而"文话"体论文在清中后期的出现，正如此前金石例论文的大量出现一样，显示出文论话语新的时代风尚，清季文论的"现代性"意识，也由此可见一斑。

　　以上的章节安排，大多指向了清代士大夫如何通过文评专书，标榜、彰显其文论观点，进而通过文论的设计，实现以"文"接通"道"的努力。我们会发现，尽管清代政治、思想的压抑无处不在地渗透于士大夫的精神世界，但与此同时，士大夫群体也在不断调整、适应而产生出新的论证其文学话语、学术话语之合法性的手段，在"文"的框架中，不断撬动已被"治"所收编的"道"的解释权。这也是清代士风与学风演进之另一面相。

第一章 | 遗民之气与文章之法

崇祯十七年（1644）的甲申之变，是明末清初士大夫所经历的历史剧变。明王朝的崩溃所带来的首先是王朝鼎革的政治问题，尤其是因战乱而导致的充满暴戾的社会现实。钱谦益（1582—1664）描述一时人心之仇恨怨毒说："劫末之后，怨对相寻。拈草树为刀兵，指骨肉为仇敌。虫以二口自啮，鸟以两首相残。"[①]这种惨境正是易代文人首先面对的残酷现实。

明清易代，还在士大夫心中形成了文化断裂感。这种断裂感加剧了易代的悲愤，也渗透清初士人文字的方方面面。顾炎武《日知录》首卷论《周易》，难以抑制地涌溢出易代之殇，其解"东邻"谓"驭得其道，则

---

① （清）钱谦益：《募刻大藏方册圆满疏》，见《牧斋有学集》，钱曾笺注，1399 页，上海，上海古籍出版社，1996。

天下皆为之臣；驭失其道，则强而擅命者谓之邻。'臣哉邻哉，邻哉臣哉'”，以“东邻”影射清军，其下更谓“《汉书·郊祀志》引此，师古注：'东邻谓商纣也，西邻谓周文王也'”①，以商纣王为喻，锋芒尽露地指斥清军入关的无道。这已非注经、解经，而实在是借经发挥、宣泄悲愤了。

而对于每一个具体的士大夫来说，他们要面临的首先是气节问题、道德问题，而最直接的就是出仕与否的问题，进而还有文化反省、社会反思的思想问题。王夫之《周易外传》论“否卦”云：“禄以荣道，非荣身也。荣以辱身，斯辱道也。”又说：“故伊尹之有莘，避桀难也；伯夷之北海，避纣难也……况乎其不但为桀、纣者乎？”②明示其拒不合作的立场以及对清王朝的鄙夷态度。而鼎革的政治旋风，也就迅速改变了晚明文人对“至情”“性灵”等的探索，文学理论由于士大夫心态的重大变化而随之发生了变化。

第一节　《金石要例》与黄宗羲的文论转型

黄宗羲是明末清初著名思想家，其《明夷待访录》一直是经典的思想史名著。其中关于君主、封建、学校等制度的主张，以深刻的政治批判力对清末民初的政治革命乃至当代的思想启蒙都产生了重大而深远的影

---

① （清）顾炎武著，陈垣校注：《日知录校注》，37页，合肥，安徽大学出版社，2007。

② （清）王夫之：《周易外传》，27页，北京，中华书局，1962。

响。同时，黄宗羲又是一位撰述颇丰的文人，其经、史、文相结合的文以载道说、文章直抒胸臆的至情论①、"作文不可倒却架子"②、以"豪杰精神与浩然正气"为准的"至文"观③、重视乱世的"变风变雅"④、纪传文的"贵真求实""文主褒贬"⑤等文学观点，都不断为人所称赏，也成为研究的热点。

而如果我们从黄宗羲的文学写作看，目前整理的《黄宗羲全集》中数量最多的是碑志类文章，达 114 篇，占全部 346 篇文章的三分之一。黄宗羲在碑传文写作中深刻体现出以"遗民"存"国史"的文化心态，折射出易代之际士大夫独特的文化选择以及对中华文化发展方向的深刻思考。因此，对黄宗羲的研究不仅需关注其在政治与心性哲学方面的直接论说，同时还有必要从他着力撰写的碑传文中透视其思想的内在理路。本节即关注黄宗羲在文学，特别是碑传文写作方面的理论思考，考察其文章理论与思想意识、社会剧变之间的复杂联系。

一、金石文章的"为例之义"

顺治年间，南明小朝廷的正面抗清战事陆续失败，清军一统天下已成定局。明末志士所要面对的首要问题，也从军事对抗转移到文化存续上来。正是在此时，黄宗羲开始大量撰写碑传文，其中有着较为明显的

① 方祖猷：《黄宗羲长传》，281～286 页，杭州，浙江大学出版社，2011。
② 徐定宝：《黄宗羲评传》，239 页，南京，南京大学出版社，2002。
③ 吴光：《黄宗羲与清代浙东学派》，159 页，北京，中国人民大学出版社，2009。
④ 邬国平：《黄宗羲的文学观》，载《复旦学报》，1989(5)。
⑤ 邓富华：《黄宗羲传记文学思想刍议》，载《文艺评论》，2011(8)。

存史意识。他在康熙四年(1665)所撰《户部贵州清吏司主事兼经筵日讲官次公董公墓志铭》以及康熙十一年(1672)所撰《旌表节孝冯母郑太安人墓志铭》中，均明确提出了"国可灭，史不可灭"①的主张，可见通过墓志铭来保存明清之际志士仁人的抗争事迹，是黄宗羲在明亡之后自觉的文化选择。

历史书写绝不仅是单纯客观的事实记录，而必然寄托撰者的主观意见，特别是中国古代本来就有"秉笔直书"的史官精神，以及"春秋笔法""微言大义"的著述方式。黄宗羲的碑传文也尤其注重文章大义，他在《赠刑部侍郎振华郑公神道碑》中讨论关于死亡的写法："《纲目》书死之例有三：曰死之，曰战死，曰败没。死之者，节之也；战死者，功罪半也；败没，则直败之耳。"②很显然，黄宗羲的碑传文书写继承了传统历史书写中的"春秋笔法"，在行文的选词用字、材料去取之间寄寓褒贬与道德理想。而黄宗羲所标榜的碑传文之"义"，更为集中地呈现在其所著的《金石要例》中。

《金石要例》一书集中了 36 则对金石碑传文法的总结，以列举金石碑刻文章应有的书写规范为主，比如何者不宜书，何者宜书，宜如何书，等等。其书后附有《论文管见》一篇，包含 9 则黄宗羲对文章写作的整体论述，因而有的书目将其著录为两卷(如《历代文话》)，也有的将其标为一卷附一篇(如《黄宗羲全集》)。该书首刊于《南雷文定》三集，未收

---

① 《黄宗羲全集》第十册，309、339 页，杭州，浙江古籍出版社，2005。

② 《黄宗羲全集》第十册，257 页，杭州，浙江古籍出版社，2005。

入《南雷文案》诸集，因而吴光推测此书当作于黄宗羲编纂《南雷文案》之后①，此说可从。据徐秉义（1633—1711）在《南雷文定四集序》中提到梨洲"今行年八十，乃取四集，手自决择，总为一书，命之曰《南雷文定》。"②黄宗羲八十岁是在康熙二十八年（1689），则此序当作于康熙二十八年前后。此外，全祖望（1705—1755）在《南雷黄子大全集序》中提到"其称《南雷文定》者又四种，而壬申以后曰《病榻集》，亦不预焉。"③壬申即康熙三十一年（1692），则《南雷文定》三集的编订至迟不会晚于康熙三十一年。有理由推断，《金石要例》的成书当在此之间。

黄宗羲在书前自序中交代了写作《金石要例》的原因：

> 碑版之体，至宋末元初而坏。逮至今日，作者既张、王、李、赵之流，子孙得之以答赙奠，与纸钱寓马相为出入，使人知其子姓婚姻而已。其坏又甚于元时，似世系而非世系，似履历而非履历，市声俗轨，相沿不觉其非。元潘苍崖有《金石例》，大段以昌黎为例，顾未尝著为例之义与坏例之始。亦有不必例而例之者，如上代兄弟宗族姻党，有书有不书，不过以著名不著名，初无定例，乃一一以例言之。余故摘其要领，稍为辩正，所以补苍崖之缺也。④

---

① 吴光：《黄宗羲遗著考（二）》，见《黄宗羲全集》第二册，578 页，杭州，浙江古籍出版社，2005。

② （清）徐秉义：《南雷文定四集序》，见《黄宗羲全集》第十一册，424～425 页，杭州，浙江古籍出版社，2005。

③ （清）全祖望：《南雷黄子大全集序》，见《黄宗羲全集》第十一册，426 页，杭州，浙江古籍出版社，2005。

④ （清）黄宗羲：《金石要例》，见《黄宗羲全集》第二册，254 页，杭州，浙江古籍出版社，2005。

可见此书乃针对当时碑版文"似世系而非世系，似履历而非履历"的庸俗化现象而发，同时也有意辩证潘昂霄《金石例》中的一些瑕疵。在黄宗羲看来，潘著有两个主要问题：一是仅以韩愈的文章为例，其中有些不必作为定例；二是潘著"未尝著为例之义与坏例之始"，仅有举例而没有总结，无法呈现金石之文的文例特点。

就潘昂霄的《金石例》来看，黄宗羲抓的这两个问题非常准确，该书的基本体式是在小标题上标明文体范式，如"墓志式""墓铭式""行状式"等，然后正文以大字列举典范的文章篇名，以韩愈为主，以小字征引部分原文，也有的只著录篇名和作者，省略原文，基本上没有对具体文法、文例标准的解释说明，选文性较强而理论性较弱。比如，卷七、卷八两卷专列"韩文公铭志括例"，对韩文中各种称呼、职官名、家世、兄弟、妻子、丧葬等的写法详细地分类举例。对读者来说，可以看到韩愈如何指称传主，如何表述丧葬事宜，至于为何会有如此众多的处理方式，何者为正体，何者为变体，有没有一定之规，韩愈这么写有什么用意，等等，均无任何交代。因而给人的感觉就是：碑版文的写作没有一定之规，写法上是很随意的。

黄宗羲则一改潘昂霄的撰述方式，《金石要例》基本未出现成段选文，也未列举大量篇名，每例只有两三个代表，在"例"的方面比《金石例》简洁得多。不过，"例"虽简，"义"却不减，黄宗羲特别在各段的开头或结尾处增加了对文例的分析性话语。在体例上，若是"书某例"就直接概括古文之法，并以典范作品为例（一般追溯到隋唐，少量上及汉魏），以发挥"为例之义"。若是"不书某例"则先概括唐代文法通例，列举典范文本，之后再列举一些误例代表，以点明"坏例之始"。可以说，对"为例之义"与"坏例之始"的分析正是《金石要例》一书精髓之所在。

"为例之义"是黄宗羲通过碑传文的书法概括出来的，比如，夫妇合葬时，标题只书丈夫的称谓即可，不必书"暨配某氏"；对传主的称呼需根据其身份地位、辈分亲疏的差异而有所不同；对祖辈的称谓要遵从"离身数"的原则，等等。这样一来，什么应当写，什么不应当写，应当怎么写等问题就一目了然。《金石要例》简明扼要地归纳出碑传文的写作规范，后学也就不再觉得碑传文写作随意而无一定之规了，这是《金石例》费了大量笔墨举例，却并未达到的效果。《四库全书总目提要》称："宗羲于文律本娴，其所考证，实较昂霄原书为精密，讲金石之文者固不能不取裁于斯焉"①，可谓的评。

至于论"坏例之始"，书中往往出现碑传文例坏于元代的描述。比如《不书子妇例》在列举正例后说"至元而古法荡然"；《子女不分书所出例》也是从元代出现问题，姚燧（1238—1313）、虞集（1272—1348）、张起岩（1285—1354）等人的碑传文皆"非古法之所有也"；《妾不书例》亦是"古例皆然，至元而坏之。"②当然，黄宗羲也大量批评了当代的碑传文书写，比如随意书婚祖父、僧以字称公等问题。但是显而易见，他认为破坏文体书写规范的写作者大多还是要追溯到元代，其中有着较为鲜明的批判指向。

更为重要的是，《金石要例》对"为例之义"的讨论，更蕴含着义理价

---

① 本段文字，为中华书局 1965《四库全书总目》所无。见《影印文渊阁四库全书》第 1483 册《金石要例·提要》，820 页，台北，"台湾商务印书馆"，1986。

② （清）黄宗羲：《金石要例》，见《黄宗羲全集》第二册，262～264 页，杭州，浙江古籍出版社，2005。

值。比如，夫妇合葬之墓只题《某官某公墓志铭》而不题"暨配某氏"，女性墓志题为"某官某人妻某氏"，墓志记载儿女婚姻时写女婿而不写媳妇，这些都是因为在传统的伦理规范中，女子从夫，所以在涉及夫妻关系的书写上，一切以丈夫为主。又如名位著者称"公"，名位虽著，但辈分低则称"君"，耆旧称"府君"，有文名者称"先生"，友人称字，这些不同的称呼一方面照顾到社会地位与文化地位的高低，一方面照顾到辈分高低与友谊交情，所以一字之差都很重要。再如，异母儿女不分书所出，婢妾所生子女不书其母，周隋之碑志单书嗣子，这些是因为妻妾有尊卑之分，子女有嫡庶之别，在记录的时候必须保证嫡子的优越性。此外，记载孙辈时不分书"某子所出"，这是因为以父为尊，诸孙皆是为父之孙，子不得私有。僧侣之碑传不称"公"，而须名以"塔铭"，这也是为了将方外人士与入世之人的身份区别开来。仔细梳理黄宗羲所论的"为例之义"，可以明显看出其中贯穿着一条"礼"的线索，书与不书，其核心就在于体现各安其位的"礼"的意识。所以，碑传文在文体的体性上追求的也就是人伦关系、地位关系、身份关系、世系关系等全方位秩序的和谐。这是《金石要例》论文在"为例之义"上的根本宗旨，相比之下，《金石例》对此则毫无发明。

《金石要例》作于黄宗羲晚年，而通过"为例之义"总结出"礼"的文体意识，这几乎是他此前从未特别强调过的观念。今人总结黄宗羲的碑传文书写，注意力也大都集中于他对所谓"天地之元气"[1]，"豪杰之精

---

① （清）黄宗羲：《谢时符先生墓志铭》，见《黄宗羲全集》第十册，422页，杭州，浙江古籍出版社，2005。

神"①的重视，并高度肯定黄宗羲碑传文传主身上体现出的"乾坤之正气"②。写墓志铭就是写一部当代史，这部当代史由抗清义士的慷慨悲歌组成，这就是在文化层面向亡明致敬，自然要强调文章的元气与精神。然而，黄宗羲在晚年所作的这部专门探讨碑传文书写的《金石要例》中，却只字不提"元气"与"正气"，反而创造性地提出了以"礼"为核心的碑传文体性特质，这其中又有什么原因呢？

顺治年间，经过十余年的战斗，清廷相继消灭了南明的几个小朝廷，并剿灭了东南沿海参与抵抗的张煌言（1620—1664）、郑成功（1624—1662）等部，统治中原已成定局。这彻底打消了文人士大夫武力抵抗清军的希望，摆在他们眼前的现实问题是如何与新朝相处，更关键的问题是在清廷的统治之下，如何挽救汉文化，又如何恢复文化昌明的盛世？

顺治十八年(1661)，黄宗羲根据明初胡翰(1307—1381)《衡运论》的十二运《卦运表》，推算可能复明的时间，树立了"向后二十年交入'大壮'，始得一治，则三代之盛犹未绝望也"的信念。黄宗羲开始为恢复盛世而在文化上做准备，他整理《留书》，将其改写为"条具为治大法"的《明夷待访录》，以求"如箕子之见访，或庶几焉"③的政治目的。康熙二年(1663)，黄宗羲又作诗《寄友人》赠友人吕留良，在诗中明确表示"三

---

① （清）黄宗羲：《靳熊封诗序》，见《黄宗羲全集》第十册，62 页，杭州，浙江古籍出版社，2005。

② （清）黄宗羲：《时恒谢君墓志铭》，见《黄宗羲全集》第十册，438 页，杭州，浙江古籍出版社，2005。

③ 《黄宗羲全集》第一册，1 页，杭州，浙江古籍出版社，2005。

代之治真可复，七篇以外岂无为"①的理想。而与黄宗羲相似，顾炎武在其《日知录》中，也在肯定士人立言以为万世法的基础上，引孟子（前372—前289）的话说："有王者起，必来取法，是为王者师也。"②可见，在杀戮与残酷统治下以文化传承人自居，寄希望于未来能有王者起，恢复文化昌明的盛世，成为清初儒者在军事抵抗失败后普遍的选择。

"复兴三代"，"交入大壮"是一种理想，这种理想如何在现实层面实践呢？黄宗羲等人选择了学术，特别是礼学。他在康熙十六年（1677）所作《学礼质疑序》中说："六经皆载道之书，而礼其节目也……大而类裡巡狩，皆为实治；小而进退揖让，皆为实行也。"③而汉代郑玄（127—200）治《礼》之失，就在于徒劳神于笺注，而丧失了对圣王大义的追求。"礼"关注的是制度，这是三代盛世的基本保障，也是古代士人的常识。而黄宗羲重视学《礼》，还有他自己的学术原因。

黄宗羲得刘宗周（1578—1645）之传，本于晚明心学一路。在他看来，外在的礼本于内在的心，所谓"夫礼以义起，从吾心之安不安者权衡而出之"④。这样一来，对外在的"礼"的强调就转向对内在人心的理解。遵循"礼"实际是为了确保"吾心之安"，而士人皆以心安为标准去规范自己的言行，就可以建立良好的士风，进而带动淳朴的民俗。这对于一个面临从战乱频仍的世界中恢复秩序的社会是至关重要的。黄宗羲晚

---

① 《黄宗羲全集》第十一册，248页，杭州，浙江古籍出版社，2005。
② （清）顾炎武：《立言不为一时》，见《日知录校注》，陈垣校注，1051～1052页，合肥，安徽大学出版社，2007。
③ 《黄宗羲全集》第十册，24页，杭州，浙江古籍出版社，2005。
④ 《黄宗羲全集》第一册，144页，杭州，浙江古籍出版社，2005。

年在给诸敬槐(1612—1691 以后)的寿序文中说道:"数十年来,人心以机械变诈为事。士农工商,为业不同,而其主于赚人则一也。赚人之法,刚柔险易不同,而其主于取非其有则一也。"①以为当时社会风俗败坏的原因就在于人心的堕落,而欲转移人心风俗,就需要通过弘扬"礼"来变革士风。此亦即顾炎武所谓的"目击世趋,方知治乱之关必在人心风俗,而所以转移人心,整顿风俗,则教化纪纲为不可阙矣。"②

这样一来,碑传文中"礼"的价值就凸显出来了。碑传文本身就是一种当代史的书写,它切实地关涉时代的人伦风俗,而"礼"的意识正可借由碑传文的笔法来呈现,实现文章内容与形式的统一。因此,规范文章写法就可以间接地规范人伦风俗,进而改变社会的整体运行。顾炎武说:"有人伦,然后有风俗;有风俗,然后有政事;有政事,然后有国家。"③经过这一逻辑推演,就可以自下而上地建立一个上下各安其位的社会秩序,最终实现儒家的"君君臣臣,父父子子"的社会理想。这才是以恢复三代为目标的文学应当具有的文章体式,也是《金石要例》论碑传文所呈现出的另一文学理路。

二、黄吕之争与遗民观念之变

从规范人心风俗的现实考虑出发,黄宗羲在《金石要例》中通过细致

---

① (清)黄宗羲:《诸敬槐先生八十寿序》,见《黄宗羲全集》第十一册,66 页,杭州,浙江古籍出版社,2005。
② (清)顾炎武:《与人书九》,见《顾亭林诗文集》,93 页,北京,中华书局,1983。
③ (清)顾炎武:《华阴王氏宗祠记》,见《顾亭林诗文集》,108 页,北京,中华书局,1983。

的笔法总结而突出"礼"之义，这自有其必要性。然而仍需回答的问题是，黄宗羲对碑传文之元气、功烈等精神气质的追求，何以在《金石要例》中就销声匿迹了呢？甚至连潘昂霄的《金石例》中都有对墓志铭记载"德善、功烈、勋劳、庆赏、声名"①的标榜，相比之下，《金石要例》似乎过于着眼"形而下"的文法了。仅仅从对"交入大壮"的期许，从恢复三代的人伦风俗建设角度，还不足以解释《金石要例》敛尽锋芒、独存礼义的原因所在。而要进一步回答这个问题，就有必要考虑黄宗羲晚年的心态变化了②。

就《金石要例》而言，其书还有一处不和谐之音，那就是最后一例——铭法例的总结。不同于前面的 35 则文例或者探讨具体的碑传书法，或者辨析碑、志、铭等碑传文体，"铭法例"完全不谈文法与文体，而是专就《礼记·祭统》中"铭之义，称美不称恶，此孝子孝孙之心也"一句而展开详细辨析，落脚点放在"不掩所短"的实录精神上。虽然这也与碑传文相关，但还是与全书整体内容隔了一层。当然，我们可以解释说是因为潘昂霄的《金石例》中也说到了这个问题，所以《金石要例》延续了老话题而已，但潘著体例松散，较少表达观点而多辑录前人成说，所以在《金石例》中出现这个话题并不为奇。但是《金石要例》的论述远比《金石例》更为集中、严密，按理说不应该出现这样一条和前文完全不并列的条目，其中的原因又何在呢？

---

① （元）潘昂霄：《金石例》，见王水照：《历代文话》，1377 页，上海，复旦大学出版社，2007。

② 以下两小节部分论述，原题为《黄宗羲的文气说辨析》，发表于《文学遗产》，2019(4)。收入本书时有所改动。

实际上，孟国栋在分析黄宗羲的金石义例观时，已经注意到"铭法例"在《金石要例》中的某种特殊性了。他讨论《金石要例》与黄宗羲其他文论观点相合之处，于正文中唯一举出的例子就是这条"铭法例"，其他的只能在《金石要例》书后所附《论文管见》中寻找。① 稍做对比即可发现，"铭法例"一条与黄宗羲作于康熙九年(1670)的《与李杲堂陈介眉书》的内容高度相似：

> 夫铭者，史之类也。史有褒贬，铭则应其子孙之请，不主褒贬，而其人行应铭法则铭之，其人行不应铭法则不铭，是亦褒贬寓于其间。后世不能概拒所请，铭法既亡，犹幸一二大人先生一掌以埋江河之下，言有裁量，毁誉不淆。如昌黎铭王适，言其谩妇翁；铭李虚中、卫之玄、李于，言其烧丹致死；虽至善如柳子厚，亦言其少年勇于为人，不自贵重。岂不欲为其讳哉？以为不若是，则其人之生平不见也；其人之生平不见，则吾之所铭者，亦不知谁何氏也，将焉用之？②

> 《祭统》："铭之义，称美而不称恶，此孝子孝孙之心也。"故昌黎云应铭法。若不应铭法，则不铭之矣，以此寓褒贬于其间。然昌黎之于子厚，言少年勇于为人，不自贵重；志李于，单书服秘药一事，以为世戒；志李虚中，亦书其以水银为黄金服之，冀不死；志

---

① 孟国栋：《黄宗羲的金石义例观与〈明文海〉编纂》，载《浙江社会科学》，2016(9)。

② 《黄宗羲全集》第十册，160～161 页，杭州，浙江古籍出版社，2005。

　　王适，书其谩侯高事；志李道古，言其荐妄人柳泌，皆不掩所短，

　　非截然谀墓者也。①

　　二者不但观点一致（寓褒贬于传述），所举文例几乎完全一样（韩愈为柳宗元、李虚中、李于、王适等作传），甚至就连语言表述上也高度一致。很明显是晚年的黄宗羲故事重提，把《与李杲堂陈介眉书》中的观点重新拿出来强调一番。而这一细节正透露出黄宗羲晚年的一段心结。

　　黄宗羲之所以作《与李杲堂陈介眉书》，起因于其友人高斗魁（1623—1670，字旦中）的去世。黄宗羲为作《高旦中墓志铭》，其中有对高斗魁放弃学术而从事医术的遗憾。而黄宗羲与高斗魁关系的疏远，又始于黄宗羲与吕留良的交恶。

　　吕留良与黄宗羲相识于顺治十七年（1660）八月，二人与高斗魁并有孤山之游。此年十一月，吕留良赠诗黄宗羲，有"绝学今时已荡然，与君一一论真诠"②之句，可见吕留良对黄宗羲学问的肯定。康熙二年（1663），黄宗羲开始在吕留良家课其子，而吕留良也因阅读《明夷待访录》而增强了夷夏之防的意识，并于康熙五年（1666）放弃了清廷的诸生身份，二人成为志同道合且交往密切的挚友。

　　然而，黄宗羲此后却开始与清廷官员姜希辙（？—1698）交好，康熙六年（1667）二人又创办了越中证人书院，教授有助于弟子参加科举考试

　　① （清）黄宗羲：《金石要例·铭法例》，见《黄宗羲全集》第二册，269页，杭州，浙江古籍出版社，2005。

　　② （清）吕留良：《赠余姚黄太冲》，见《吕留良诗笺释》，俞国林笺，216页，北京，中华书局，2018。

的内容。这在吕留良看来是十足的背叛，他作《问燕》《燕答》二诗，讥讽黄宗羲诣媚新朝，如《问燕》云：

> 从来期汝二月天，杏花雨点杨花烟。朝窗夕窗相对语，不与俗物相周旋。哺食啜华同护惜，点茵污帽恣狼藉。寒堂无伴老影孤，满眼春风慰萧寂。何图今岁得雕梁，翻然一饱成飞飓。老巢当位占高栋，群雏分户泥生香。汝居得所我亦喜，何事不复相过语。呢喃闻汝向雕梁，咒尽穷檐不堪处。寄声留取当时面，黄姑织女犹相见。雕梁住久过穷檐，向有突栾窠一片。我闻人苦不知足，天下雕梁难更仆。明年莫更绕天飞，又咒华堂当茅屋。①

吕留良相当珍视与黄宗羲的友情，故有"朝窗夕窗相对语，不与俗物相周旋"之词，然而黄宗羲的行为在他看来是攀附新朝，所谓"何图今岁得雕梁，翻然一饱成飞飓"，二人的罅隙也由此日渐加深。

作为二人的好友，高斗魁自然希望从中调停，结果反而引起了黄宗羲的不满。高斗魁去世后，黄宗羲在《高旦中墓志铭》中苛诋其放弃"佐王之学"而从事医术，谓有"身名就剥"之憾。客观来说，高斗魁对于梨洲兄弟既有经济上的接济，又有学术上的切磋，二人关系不可谓不密，因而黄宗羲在墓志铭中的一番"微言大义"实在有些难以理解。吕留良在看到黄宗羲《高旦中墓志铭》中的"微词丑诋"后，便有"铭之义，称美不称恶"的感叹。而对此遗憾的又不仅吕留良一人，黄宗羲的友人兼弟子

---

① 《吕留良诗笺释》，俞国林笺，662页，北京，中华书局，2018。

李邺嗣(1622—1680)、弟子陈锡嘏(1634—1687)同样表示不理解，陈锡嘏甚至还想劝黄宗羲修改这篇引起争议的《高旦中墓志铭》。《与李杲堂陈介眉书》就是黄宗羲对二位弟子的再次辩解。当然，围绕着《高旦中墓志铭》的讨论，问题其实并不在高斗魁的人生选择或者所谓"铭法"。全祖望看得清楚，矛盾的根源在于黄宗羲与吕留良的失和。作为二人共同的友人，"先生(高斗魁)力为之调停而不得。而梨洲颇卞急，深以生先不绝庄生为非，其作先生《墓志》，遂有微词"①(《高隐君斗魁》)。所谓"不绝庄生为非"云云，可见在全祖望看来，黄吕之争的核心仍在于二人思想观念上的巨大差异。

事件并未就此止息。十年之后，黄宗羲刊刻《南雷文案》，其中收录了这篇本是私信的《与李杲堂陈介眉书》，这再一次引起吕留良的强烈不满，他公开驳斥黄宗羲的所谓"铭法"说："凡铭之义，称美而不称恶，原与史法不同。称人之恶则伤仁，称恶而以深文巧诋之，尤不仁之甚，然犹曰'不没其实云尔'；未闻无其实而曲加之，可以不必然而故周内之，而犹曰：'古志铭之法当然也。'"吕留良批评黄宗羲所谓"铭法"看似寓褒贬于史法，其实是蓄意罗织，所谓"不必然而故周内之"，根本就不是什么史法，更谈不上"铭法"，甚至还违背了"仁"的道德原则。意气使然，吕留良还指责黄宗羲的人品说："建孔招颜，借讲院为竿牍之阶，饰丹黄为翰苑之径"，"当道朱门，枉辞贡谀；纨绔铜臭，极口推尊。"②

---

① （清）全祖望：《续耆旧》，见《续修四库全书》第 1682 册，628 页，上海，上海古籍出版社，2002。

② （清）吕留良：《与魏方公书》，见《吕留良全集》第一册，俞国林编，51、53 页，北京，中华书局，2015。

可见，反复地与黄宗羲争论"铭法"问题的正是吕留良，也正是经由这一事件的裂痕，两位清初大儒最终走向了决裂。而《金石要例》的压卷之目再提"铭法例"，表述上还与《与李杲堂陈介眉书》高度相似，可见黄宗羲对此事也一直耿耿于怀。虽然双方一直是围绕"铭法"来辩论的，但问题的实际已经不是"称美不称恶"的"铭法"问题了，其根本上是二人不同的现实选择导致的道德之争。

吕留良与黄宗羲同为清初大儒，顾炎武称赞二人说："梨洲、晚村，一代豪杰之胤。"①二人在思想观点上也有很多共鸣之处②，而二人由知己到决裂，其根本原因正在于面对新朝之出处进退的态度不同。吕留良是严守"遗民"的节操，与新朝保持拒不合作的态度，所谓："父为隐者，子为新贵，谁能不嗤鄙？父为志士，子承其志，其为荣重，又岂举人进士之足语议也耶？"③而黄宗羲虽然自己不出仕，但却不乏与清朝官员的交往，虽然自己不参加科举考试，却培养了一批学生参加科举考试，并为"二十年后交入大壮"做准备。对于"复兴三代"的理想来说，黄宗羲的态度明显更为务实，夷夏的界限则相对有限，这是当时的吕留良所不能理解的。

而对于写作《金石要例》时的黄宗羲来说，问题甚至比当年写《与李杲堂陈介眉书》时更复杂。康熙十七年（1678），康熙一面在军事上平定

---

① （清）顾炎武：《附 答李子德》，见《顾亭林诗文集》，74 页，北京，中华书局，1983。

② 方祖猷曾将黄宗羲《明夷待访录》与吕留良《四书讲义》相对比，指出其基本精神是一致的。见方祖猷：《黄宗羲长传》，344～345 页，杭州，浙江大学出版社，2011。

③ （清）吕留良：《谕大火帖》，见《吕留良诗笺释》，俞国林笺，667 页，北京，中华书局，2018。

三藩之乱，追讨据守台湾的郑经(1642—1681)政权，一面在文化上开博学鸿词科，开启清廷"右文政策"的序幕。黄宗羲这批遗民发现，复兴三代盛世的文化理想居然要由清人来实现，这种境地使他们的出处与心态更为尴尬。为了复兴文治，儒者应当挺身而出，否则是放弃了儒者的责任；而要坚守道德节操，遗民又应该拒不出仕，否则是玷污了遗民的忠诚。因而无论出仕还是不出仕，他们都会受到内心的谴责，都会处于一种进退失据的矛盾心理中。

在这种情况下，黄宗羲的"遗民"意识出现了变化，康熙十五年(1676)以前，他从来没有讨论过何谓"遗民"，因为这是一个无须讨论的问题。康熙十六年(1677)，黄宗羲在《前翰林院庶吉士韦庵鲁先生墓志铭》中首论"遗民"问题，其后康熙二十年(1681)、康熙二十四年(1685)、康熙三十年(1691)，黄宗羲先后在《宪副郑平子先生七十寿序》《谢时符先生墓志铭》《杨士衡先生墓志铭》等文章中反复地阐释他所谓的"遗民"概念，否定了"混世者""避世者"与"逃世者"，并论证"止于不仕而已"是"遗民之正"，为遗民积极入世提供理论上的准备，最终形成一种"既自觉地处身于朝廷的政治权力之外，又主动地参与社会的政治活动"①的新型遗民身份认同。

《金石要例》作于康熙二十一年(1682)以后，这时的黄宗羲已经逐渐承认了新朝统治的合法性，他不但开始在碑传中使用清朝年号，而且在

---

① 郭英德：《黄宗羲的人生定位与文化选择——以清康熙年间为中心》，载《新亚论丛》，2002(4)。

文章中提到"属天子好文，海内能文之士辐辏阙下"①，明确认可了康熙的右文政策。原来他强调的那些激烈的斗争精神，在很大程度上是基于对清朝统治合法性的质疑，而现在没有了这层目的，甚至因为新朝具有了合法性而需要维护的时候，再提忠义之烈，就显得很尴尬了，同时也让他无法回应来自吕留良一派人的指摘。那么最好的选择就是不谈这些，从外向的精神气质转为内向的伦理规范，从对"义"的标榜转向对"礼"的追求，将文学变为规范人伦、敦风化俗的文学，从而借由文学的风教而担当起儒者的社会使命。应当说，《金石要例》敛尽锋芒的背后，正是黄宗羲如此曲折的隐微心态。

三、从"阳气"到"元气"：黄宗羲文论观的转型

《金石要例》只是黄宗羲晚年文论的一个组成部分，从这部文评专书中，我们已能窥见其心态上的隐微变化。而进一步深究则可以发现，伴随着黄宗羲对"遗民"问题思考的变化，黄宗羲整体的文学论述在其不同人生阶段也有所调整。

康熙十三年（1674），黄宗羲为其弟黄宗会（1618—1663）的文集《缩斋集》作序，在序中出现的一段关于"阳气"的论述常被人提及：

> 其文盖天地之阳气也。阳气在下，重阴锢之，则击而为雷；阴
> 气在下，重阳包之，则搏而为风。商之亡也，《采薇》之歌，非阳气

---

① （清）黄宗羲：《封庶常桓墅陈府君墓志铭》，见《黄宗羲全集》第十册，442 页，杭州，浙江古籍出版社，2005。

乎？然武王之世，阳明之世也，以阳遇阳，则不能为雷。宋之亡

也，谢皋羽、方韶卿、龚圣予之文，阳气也，其时遁于黄钟之管，

微不能吹纩转鸡羽，未百年而发为迅雷。①

从所举例子来看，所谓的阳气，在这里的具体所指的就是易代之际激昂刚烈的文学气质，黄宗羲认为黄宗会的为人与为文具有"劲直而不能屈己，清刚而不能善世"的气质，所以是天地之阳气。显而易见，此时黄宗羲论文，还强调文章外向的阳刚之气。

黄宗羲在其各种文章中，不断歌颂这种外向的阳刚之气，比如，在《靳熊封诗序》中认为"从来豪杰之精神，不能无所寓"，否则就会"拥勇郁遏，垒愤激讦，溢而四出，天地为之动色"。②又如，在《时禋谢君墓志铭》中提出："不知乾坤之正气，赋而为刚，不可屈挠，当夫流极之运，无所发越，则号呼呶挐，穿透四溢，必申之而后止。"③总之，无论是"阳气""正气"还是"精神"，黄宗羲的观念中，始终在肯定一种刚而不屈的精神气质，即便受挫，最终也会"垒愤激讦，溢而四出"，或者"发为迅雷"，这种气质正是天地剧变之际，激扬在士大夫心中的精神力量。

除了"阳气"以外，黄宗羲论文也讲"情"。在其作于康熙十四年（1675）的《明文案序》中，黄宗羲批评了当时的文章缺乏真情，进而标举"情"是文章的关键："凡情之至者，其文未有不至者也，则天地间街谈

---

① 《黄宗羲全集》第十册，13页，杭州，浙江古籍出版社，2005。
② 《黄宗羲全集》第十册，62页，杭州，浙江古籍出版社，2005。
③ 《黄宗羲全集》第十册，438页，杭州，浙江古籍出版社，2005。

巷语、邪许呻吟，无一非文，而游女、田夫、波臣、戍客，无一非文人也。"①通过"至情"之论，黄宗羲赋予传统上不被认可的"街谈巷议""游女田夫"之文以合法性。这一说法继承了风诗传统与感物传统，凸显真情流露的价值。次年，黄宗羲又作《朱岷左先生近诗题辞》，在文中高度称赞陆游(1125—1210)的文章："尝读陆务观《入蜀记》，揽结窈冥，卷石枯枝，谈之俱若嗜欲，故剑南之诗，遂为南渡之巨子。"这里称赞陆游的原因，一方面，在于其诗文中充满了力量；另一方面，则是陆游能据"山川文章，相藉而成"，既有苍劲之"阳气"，又秉山川之"至情"。② 可见，在黄宗羲此时的文学观念中，文章写作一是要有迅雷疾风般的强烈情感，即阳气；二是要出乎作者自然而然的情感流露，避免因循造作，即至情。

而如果说阳刚之气是黄宗羲文论中的一个关键词，那么他最后一次明确标榜类似气质是在《谢皋羽年谱游录注序》中。稍有变化的是，他用"元气"代替了之前使用的"阳气"概念：

> 夫文章，天地之元气也。元气之在平时，昆仑旁薄，和声顺气，发自廊庙，而巵浃于幽退，无所见奇；逮夫厄运危时，天地闭塞，元气鼓荡而出，拥勇郁遏，坌愤激讦，而后至文生焉。故文章之盛，莫盛于亡宋之日，而皋羽其尤也。③

---

① 《黄宗羲全集》第十册，19 页，杭州，浙江古籍出版社，2005。
② 《黄宗羲全集》第十册，22 页，杭州，浙江古籍出版社，2005。
③ 《黄宗羲全集》第十册，34 页，杭州，浙江古籍出版社，2005。

此文系应徐沁之请而作。在《谢皋羽年谱》中，徐沁（1626—1683）提到了写作时间："庚申孟夏旬有二日，复酹酒墓上，为文哭之，以志悲戚云。"①所谓"庚申"即康熙十八年（1679），而可知黄宗羲此文当作于康熙十八年（1679）以后，而从别集依时间排序看，当在康熙二十二年（1683）之前。这里的"元气"虽然直接指称的是谢皋羽文章之"拥勇郁遏，垒愤激讦"的激烈之气质，亦即"豪杰之精神"。但黄宗羲也提出，非易代语境下，"元气"的表现应该是"昆仑旁薄，和声顺气"的。显然，这里的"元气"就和此前的"阳气"有些许不同了，黄宗羲开始承认"元气"中相对内敛的一面。

黄宗羲此前使用的"阳气"概念，在文章气质上类似于强烈情感的自然流露。而伴随着"阳气"概念转换为"元气"，大致从康熙十八年（1679）以后，黄宗羲对文章的论述开始逐渐淡化"强烈情感"，而转向强调"自然流露"的一面。这一年，黄宗羲连续作了《陈葵〔夔〕献偶刻诗文序》和《黄孚先诗序》两篇重要的文论文章。在前一篇文章中，他提到了时人载道之文的问题："今人无道可载，徒欲激昂于篇章字句之间，组织纫缀以求胜，是空无一物而饰其舟车也，故虽大辂艅艎，终为虚器而已矣。"②而陈夔献（1627—1687）的论学之文，因为是从积累中自然生发而出，所以黄宗羲给出了"此真古文也"的极高评价，这是强调文章不应被外化的条框所左右。

在后一篇文章中，黄宗羲则发展了"至情"论："情者，可以贯金石、

---

① （清）徐沁：《谢皋羽年谱》，《四库全书存目丛书》史部第 86 册，540 页，济南，齐鲁书社，1996。

② 《黄宗羲全集》第十册，29 页，杭州，浙江古籍出版社，2005。

动鬼神。古之人情与物相游而不能相舍，不但忠臣之事其君，孝子之事其亲，思妇劳人，结不可解，即风云月露、草木虫鱼，无一非真意之流通。"看似与之前所论差别不大，但是接下来对"情"的阐释就明显不同了。黄宗羲认为所谓"劳苦倦极，未尝不呼天也，疾痛惨怛，未尝不呼父母也"①的情感，都不能算是真性情，因为那只是激于一时的情绪反应，难以形成广泛与持久的感染力，文章也就难免有刻意之嫌。这里论"情"与其此前在《明文案序》中的表达有一定连续性，但其变化也是明显的。街谈巷议、游女田夫之"至情"只是强调了抒情主体的自然流露。而黄宗羲此时对"情"之"真意"的辨析，则进一步把情绪从情感中排除出去，而不受内在情绪与外在条框所左右的，才是所谓"真意之流通"。可见，黄宗羲此时论"至情"并不是从把情感发挥到极致的角度立论的，而是从"真意之流通"的角度强调了情感要合于自然。因而黄宗羲无论是论载道还是论言情，其核心皆在于学术与情感的真意自然，这成为统合黄宗羲文论观念的一条主线。

黄宗羲论文本来就有重视真挚情感的特点，此时更把真性情的标准具体落实到情感的真意自然上，那么此番强调究竟有何现实针对性呢？如果仅仅是针对模仿造作之文与庸俗滥调之学，那么这些问题早在晚明时期就已经被唐宋派、公安派等人批判过了，何以到了康熙年间，黄宗羲还要反复地重新强调呢？

也许可以从易代之际的士风中找到答案。清初士人经过易代之痛，往往容易激发出一种高标自持的心理状态。黄宗羲的文章中就多次描述

---

① 《黄宗羲全集》第十册，31～32 页，杭州，浙江古籍出版社，2005。

过这些人，他们往往故作洒脱，或者"从容乎山野之间，检襟括步，青毡如故"①，或者"峨冠方领，翱翔于市人之中"，"市日出逢故人，则肘之入舍，沽酒痛饮，晶盐脱粟，尽欢而后去。酒中亦时时道其生平过去之事，慷慨泣下"②。痛饮与痛哭成为遗民宣泄的标示性行为，董以宁（1629—1669）记陈贞慧（1604—1656）"一日客至，留饮至醉，命维崧兄弟诵屈大夫《卜居》，侑觞满座皆楚歌，先生闻而悲之。越数日，遂病以卒"③。全祖望也记载江南鄞县遗民举社"靡日不至，以大节古谊交相勖。语者，默者，流观典册者，狂饮作白眼者，痛哭呼天不置者，皆见之诗"④。通过痛饮与痛哭，遗民展现出一副"狂者"形象。而另一些人则选择成为"狷者"，隐居起来做起了高士，或者如黄宗羲所记"坏褐破袍，沛然满箧王霸之略，泪没于柴水尘土之中，曾不知悔，而歌声嗷然，若出金石"⑤；或者如彭绍升（1740—1796）《儒行述》传徐枋（1622—1694）"既遭变，遂遁迹山中。居灵岩之上沙，布衣草履，终身不入城市"⑥。叶尚皋（1607—1647）在《狱中自述》中解释这种行为说："与其自经于沟渎，何如托之佯狂，以嬉笑为怒骂，使乱臣失色，贼子寒心，则

---

①　（清）黄宗羲：《千秋王府君墓志铭》，见《黄宗羲全集》第十册，472 页，杭州，浙江古籍出版社，2005。

②　（清）黄宗羲：《陆汝和七十寿序》，见《黄宗羲全集》第十册，677 页，杭州，浙江古籍出版社，2005。

③　（清）董以宁：《陈定生先生墓表》，《正谊堂文集》，《四库未收书辑刊》第 7 辑第 24 册，536 页，北京，北京出版社，2000。

④　（清）全祖望：《陆雪樵传》，见《全祖望集汇校集注》，972 页，上海，上海古籍出版社，2000。

⑤　（清）黄宗羲：《寿徐兰生七十序》，见《黄宗羲全集》第十册，679 页，杭州，浙江古籍出版社，2005。

⑥　（清）彭绍升：《二林居集》，见《续修四库全书》第 1461 册，457 页，上海，上海古籍出版社，2002。

吾死且无遗恨也。"①可以说代表了遗民刻意的自我塑造。

黄宗羲虽然基于"称美不称恶"的文体特点而在墓志铭与寿序中称赞了这些人的人品，但其行为却并非为黄宗羲所认可，他在《谢时符先生墓志铭》中自明本志道："种瓜卖卜，呼天抢地，纵酒祈死，穴垣通饮馔者，皆过而失中者也。"②这些看似达观、看似洒脱，做出一副骇人耳目或者引人指笑的行为，其实都是"过而失中"的表现，某种意义上说仍然带有晚明习气。而超过了一定限度的情感表达，其本质就变成一种"行为艺术"，这种情感反而就有刻意之嫌，反而不是真诚自然的情感了。更严重的是这种故作姿态还于事无补，并不符合黄宗羲对士人所要求的社会责任与文化担当。

当然，在讨论遗民之行为选择问题时，我们不能忽视一个现象，即如杨旭辉所论，今天我们看到的易代之际的文献，其史源往往来自当时文人别集中的传记，"而这些传记散文的写作者大多与传主有着相同或相近的政治观念和人生出处的选择"，因而这种叙述很可能受到作传者主观感情与道德评价的影响，"算是写作者自己的道德自塑和政治宣言"。③ 于是，清初对遗民的叙述中，就存在大量"不食周粟"，"深隐山

---

① 孙延钊：《明季温州抗清事纂》，见陈光熙：《明清之际温州史料集》，59 页，上海，上海社会科学院出版社，2005。

② 《黄宗羲全集》第十册，423 页，杭州，浙江古籍出版社，2005。

③ 杨旭辉：《清初传记散文中遗民形象书写的道德范式——以清初遗民徐枋传记为例》，载《苏州大学学报（哲学社会科学版）》，2018（6）。另，杨旭辉引布迪厄（Pierre Bourdieu）《实践感》而讨论这种现象说："被集团公认为'贤人'或'头面人物'者，即使没有获得任何正式授权，也被委以一种得到默认的集团权力，他们理应通过自己的示范行为和特有的影响，不断提醒集团记住其认同的价值标准。"这正有助于理解所谓"遗民气节"在当时被反复书写的理论逻辑。参见［法］布迪厄：《实践感》，蒋梓骅译，206 页，南京，译林出版社，2003。

林"，"足迹不入城市"，"绝意科举仕进"，"不与人交接"等习见套语，既牺牲了传记文人物塑造上的文采，也不一定完全真实。由此我们更能深刻意识到黄宗羲以"情"论文的必要性。

所以，黄宗羲在康熙十七年（1678）以后更加强调情感的真意自然，这一方面是有意淡化其对强烈情感的追求，另一方面也是针对清初士人的不良风气而发，其文论观念发生转向的时间正与他对"遗民"问题深入思考的时间节点相一致。值得注意的是，"元气"概念既是黄宗羲的文论概念，又是其遗民意识的体现。在康熙二十四年（1685）所作《谢时符先生墓志铭》中，黄宗羲明确说："故遗民者，天地之元气也。然士各有分，朝不坐，宴不与，士之分亦止于不仕而已。所称宋遗民如王炎午者，尝上书速文丞相之死；而己亦未尝废当世之务。"①作为遗民的精神气质，"元气"显然包含了不废当世之务的儒者担当，这就与那些情感激荡、愤然长歌的"逃世者"迥然有别了，因而文学观念的转型显然也是其整体思想转型的一部分。在政治节操上确立文化复兴的目标，划清遗民的道德底线，在文学表达上从侧重"阳气"调整为侧重"至情"，并看重文学的伦理价值。可以说，在康熙十八年（1679）左右，黄宗羲已经在思想上完成了明清易代之际的心理建设，开始了以"遗民"身份入世弘道的人生选择，把自己的理想寄寓在读书写作，特别是寄寓在讲学传道之间。当然由此一来，也促成了其文章观念的转型。

黄宗羲是第一批有此"自觉"的士大夫，所以遭到了吕留良的非议，而调整自己在新朝的立场，这也逐渐成为易代之际士大夫必须经历的一

---

① 《黄宗羲全集》第十册，422～423页，杭州，浙江古籍出版社，2005。

步。顾炎武在康熙十五年(1676)的《初刻日知录自序》中提道："若其所欲明学术，正人心，拨乱世以兴太平之事，则有不尽于是刻者，须绝笔之后，藏之名山，以待抚世宰物者之求"①，同样希望以著书立说的方式来弘道正俗，以待后王复兴盛世文化。虽然作为"遗民"而不出仕，但是又秉持积极入世的态度，肩负起儒者的责任。而顾炎武在康熙十九年(1680)的《答公肃甥》中，把新贵徐元文(1634—1691)比作王猛(325—375)，把康熙比作苻坚(338—385)，也透露出他有意识地削弱夷夏之防的观念转变。

有趣的是，当年和黄宗羲闹得不可开交的吕留良后来也操起了选政的营生，他批点时文，汇为《天盖楼观略》，又作《四书讲义》，借助时文评点来宣扬程朱理学。以至于其友人张履祥(1611—1674)在发现吕留良的时文批点后，立刻致书感慨："复直谅不足，不能先事沮劝，坐见知己再有成事遂事之失。"②言下之意，吕留良此举已得变节之实，因此痛恨自己无法挽救知己。吕留良则自己辩解称："晚村则以为文字之坏，生于人心。而文字之善，又足以正人心隐微深锢之疾。"③搬出的理由也是欲通过讲学传道来纠正人心。至于其《四书语录》《四书讲义》的内容，又颇多与《明夷待访录》暗合之处。比如论君臣之义：

> 君臣以义合，合则为君臣，不合则可去，与朋友之伦同道，非
> 父子兄弟比也。不合亦不必到嫌隙疾恶，但志不同，道不行，便可

---

① (清)顾炎武：《顾亭林诗文集》，27 页，北京，中华书局，1983。
② (清)张履祥：《杨园先生全集》，197 页，北京，中华书局，2002。
③ 《吕留良全集》第七册，俞国林编，40 页，北京，中华书局，2015。

去，去即是君臣之礼，非君臣之变也。

五伦中惟父子兄弟从仁来，故不论是非，若君臣、朋友二伦，却从义生，义则专论是非。是而义合则为君臣、朋友，非而义离则引退，义绝则可为寇仇，故曰父子主恩，君臣主敬。[①]

表面上是按《孟子》之义讲八股文之旨，实则亦蕴含了儒家所崇尚之道义传统，如此论四书，当然也不能仅仅视为顺应时流的谋生之举，而具有了黄宗羲一般的士大夫之道德与文化使命感。

至于批判吕留良的张履祥，后来也表示"然士君子生于乱世，或肥遁邱园，或浮沉下位，或晦迹赁佣，或栖迟京辇，抑亦时命使然，未可一概论也，要在洁其身而已"[②]，对"栖迟京辇"也有了宽容的态度。他们的路径实与黄宗羲相同，差别只在时间与方法的不同而已。

随着整个"遗民"群体完成文化转型，明清易代之际的士风也就彻底完成了士大夫在彰显个人才能与回归学术传统之间的范型转换，士大夫开始将其激励名节、高标自持的晚明习气转向潜心学问的清学新风。而随着这一士风转型的完成，清代的文学与学术个性也由此拉开了序幕。

---

① （清）吕留良：《吕晚村先生四书讲义》，626、25～26 页，见《吕留良全集》第五册，北京，中华书局，2015。

② （清）张履祥：《许鲁斋论二》，见《杨园先生全集》，566 页，北京，中华书局，2002。

第二节 规范与自由：清初三大儒的文道观

上一节，我们看到黄宗羲"阳气"说到"元气"说的变化，也注意到其背后折射出的遗民观念的变化。而进一步把黄宗羲、顾炎武、王夫之这三位清初大儒视为一个整体，则我们还能从其所作文评中看到更多现实针对性与文化期许之间的复杂关系。

清初三大儒现存的文评专书除了上面已提到的《金石要例》及其所附《论文管见》，还有顾炎武《日知录》的卷十九、卷二十两卷（亦析出为《救文格论》），以及王夫之的《夕堂永日绪论外编》，等等。这些著作均成书于明亡以后，是易代之际文学观点的集中反映。以往的研究对于《夕堂永日绪论外编》的关注较多，或分门别类地概括其中立意、格调、经营、源流等理论观点，或从社会剧变背景下的文化角色意识入手，将文论思想、社会问题、士人心态等多维思考贯通考察。[①] 而当我们把三大儒的文论著作关联起来审视，则会发现其文学观念与思想意识之间的矛盾与联系，本节我们将探讨清初三大儒的文论观念是如何在明末清初曲折矛盾的语境中并生共存的，并由此进一步透视明清易代之际士大夫独特的文化思考。

---

① 参见张思齐：《从〈夕堂永日绪论〉看王夫之的八股文观》，载《大连大学学报》，2010(1)。钱竞：《曾国藩、王夫之文论思想异同》，载《文学遗产》，1996(1)。

一、文章以经世为要

易代之际，士大夫的社会责任感被空前地激发出来，经世致用之学在士林的大力提倡下成为显学，一时文人莫不谈经世。比如，陈子龙（1608—1647）编《皇明经世文编》汇集明人关于军国大政的实用文章；陆世仪（1611—1672）研究田法、水利、赋役、兵法等问题，收录在其《思辨录辑要》中；顾炎武、黄宗羲等人也分别著有《肇域志》《天下郡国利病书》和《明夷待访录》《留书》等讨论制度、舆地、经济的著作。在国家兴亡之际，士大夫们挺身而出，把自己的文化身份定位在对社会有用的实践立场上，高度关注现实的政治与民生问题。

对于文人来说，申明自己对政治与社会问题看法的最直接途径就是作文章。所以，社会政治层面的探讨往往直接渗入文学领域，形成与之相应的文论观点。顾炎武的表述最有代表性：

> 文之不可绝于天地间者，曰明道也，纪政事也，察民隐也，乐道人之善也。若此者有益于天下，有益于将来，多一篇多一篇之益矣。若夫怪力乱神之事，无稽之言，剿袭之说，谀佞之文，若此者有损于己，无益于人，多一篇多一篇之损矣。①

所谓"明道""纪政事""察民隐""道人之善"，用一个词概括就是"经世"。

---

① （清）顾炎武：《文须有益于天下》，见《日知录校注》，陈垣校注，1043页，合肥，安徽大学出版社，2007。

出于经世的目的，文学应当有为后世立法的效果，顾炎武举司马朗（171—217）议复井田制，高澄（521—549）议改币值，李叔明（？—787）议排佛老，虞集议海运之法等案例，肯定其文章对后世的积极作用。他引孟子的话说："有王者起，必来取法，是为王者师也。"①从中可以看到顾炎武高度的自信心与责任感。这种责任感在黄宗羲的《明夷待访录·题辞》中则表述为："条具为治大法"，"如箕子之见访，或庶几焉"②的一番话，可见他们以文章为后世立法的态度是非常明确的。

因为文章重在经世，所以文辞就要避免浮华。在这一点上，顾炎武对文人之文的排斥可谓不遗余力。他主要从两方面着眼，首先是文章数量。他主张文不贵多，"愈多而愈舛漏，愈速而愈不传，所以然者，其视成书太易，而急于求名故也"③。为了进一步申明此说，顾炎武还偷换了传统文论中盛世文章质朴、衰世文章绮丽的观念，提出"文以少而盛，以多而衰"④，把修辞问题偷换成了数量问题。而就其本质来说，很明显是以文章为"经国之大业"，因而不容随意为文的态度。

其次是关于作家人品。顾炎武推崇的是通古今、识经术的学者型文人，而对于像谢灵运（385—433）、王维（701—761，一说699—761）那样有政治污点的文人则大加挞伐，批判他们："末世人情弥巧，文而不惭，

---

① （清）顾炎武：《立言不为一时》，见《日知录校注》，陈垣校注，1051～1052页，合肥，安徽大学出版社，2007。

② 《黄宗羲全集》第一册，1页，杭州，浙江古籍出版社，2005。

③ （清）顾炎武：《著书之难》，见《日知录校注》，陈垣校注，1047页，合肥，安徽大学出版社，2007。

④ （清）顾炎武：《文不贵多》，见《日知录校注》，陈垣校注，1045页，合肥，安徽大学出版社，2007。

固有朝赋《采薇》之篇，而夕有捧檄之喜者。"此外，他对文人应酬、投赠之作也多有非议，因而尖锐地批评了韩愈的《上京兆尹李实书》、陆游的《南园记》《阅古泉记》等文章。在此论调下，顾炎武重新定义了"真"的概念：

> 世有知言者出焉，则其人之真伪即以其言辨之，而卒莫能逃也。《黍离》之大夫，始而摇摇，中而如噎，既而如醉，无可奈何，而付之苍天者，真也。汨罗之宗臣，言之重，辞之复，心烦意乱，而其词不能以次者，真也。栗里之征士，淡然若忘于世，而感愤之怀，有时不能自止，而微见其情者，真也。其汲汲于自表暴而为言者，伪也。①

在晚明心学传统中，"真"意味着发自本心、本性，强调纯真与性灵等，如"童心者，绝假纯真，最初一念之本心也。"②"以心摄境，以腕运心，则性灵无不毕达，是之谓真诗。"③而在顾炎武的语境中，个体是否忠于国家、言行是否如一，成为区分文章真伪的标准，"真"从个体的心性概念而被置换为一个集体的道德概念。文学要展现出忠贞的一面，而不能在行文中"汲汲自表"，在话语上"暴而为言"，换言之就是不可躁竞为文，这体现出易代之际学者对文学特殊的规范意识。

---

① （清）顾炎武：《文辞欺人》，见《日知录校注》，陈垣校注，1058 页，合肥，安徽大学出版社，2007。

② （明）李贽：《童心说》，见《焚书　续焚书》，98 页，北京，中华书局，1975。

③ （明）江盈科：《敝筐集序》，见《江盈科集》，276 页，长沙，岳麓书社，2008。

　　王夫之也讲求文章的经世价值，他选择了在他看来最有价值的文体——经义而展开论述。在一般人看来，经义是科举入仕的敲门砖，只有功利性价值。唐宋古文运动以来，士人更以古文为弘道之具，鲜有专门标榜经义之价值者。魏禧甚至说："欲知君子远于小人而已矣！欲知古文远于时文而已矣！"①以君子、小人的对立比喻古文、时文的对立。而王夫之则在《夕堂永日绪论外编》中着力强调经义文章的义理价值，把经义"代圣贤立言"的意义标举到极致："经义固必以《章句集注》为准，但不可背戾以浸淫于异端，若注所未备，补为发明，正先儒所乐得者。"②经义非但不是工具性的敲门砖，反而有助于发明义理，成为儒家思想的有机组成部分。而如此一来，经义的价值就凌驾于古文之上，成为圣人教化之文。

　　以成圣的标准衡量经义，王夫之对经义的写作就有着严格的要求。他认为茅坤(1512—1601)、归有光(1507—1571)等人提出的文法根本算不上文法，逐一抨击了反语、对偶、钩锁、呼应、缴回语、代字、警句等一系列时人推崇的写作技巧，认为这些技巧为俗儒所乐道，却根本无法体现文章的境界。那么，王夫之所看重的经义是什么样的呢？简言之，在内容上要能补《四书章句集注》所未备，"本以扬榷大义，剔发微言；或且推广事理，以宣昭实用"，具有义理与实践价值。在风格上要有"乘六龙以御天，潜亢飞跃，无不可乐之天，无不可安之土"的大境

---

　　① （清）魏禧：《日录论文》，见王水照：《历代文话》，3612 页，上海，复旦大学出版社，2007。

　　② （清）王夫之：《夕堂永日绪论外编》，见王水照：《历代文话》，3276 页，上海，复旦大学出版社，2007。

界，要给读者以"洁净中含静光远致，聊拟其笔意以骀宕心灵"的阅读感受。① 总之，必须发自内心、自然流出，不能有尖酸之态，不能着力太重，要胸襟开阔、光英朗润、洁净致远，最终发挥儒家大义。这种经义显然就不是为了科举考试而作，而是为了经世济民、垂典后世而作了。

文章在内容上要有益于世、发扬圣贤之道，那么随之而来的就是"如何写"的问题。如果只是大而无当地言道或者随意记言、记事的话，仍然难免空泛，经世之文要落实到实践层面，就必然要在文法方面提出要求。那么，三大儒如何通过文法彰显道义呢？

对于文章写法，三大儒有着非常细致的讲究，特别是在关乎历史书写的碑传、史传文章中，要求就更为严格，体现出鲜明的规范意识。上一节中我们已经讨论过黄宗羲《金石要例》对"为例之义"的强调，包括"不书子妇""直书其名字""妾不书"，以及公、君、府君等不同称谓，等等。书与不书，皆可体现各安其位的"礼"的意识，通过碑传文之文体体性，而追求人伦关系、地位关系、身份关系、世系关系等全方位秩序的和谐。与《金石要例》类似，顾炎武《救文格论》讨论的也是何者宜书，宜如何书的问题，关注的重点落实在史传文纪年、纪日月、纪年号、纪地名等细节文法上。值得注意的是，在《救文格论》中纪年月等文法问题都与政治事件密切相关。比如，顾炎武分析"论古人不以甲子名岁"以及"史书一年两号"的文例，这些问题之所以重要，是因为涉及皇帝登基的问题；又如，他坚持书年号必须用全称，这是出于对君主的尊敬；再

---

① （清）王夫之：《夕堂永日绪论外编》，见王水照：《历代文话》，3289、3277、3289 页，上海，复旦大学出版社，2007。

如，他提出书地名必须有所区别，否则会出现"一人而两地并祀"的问题。可见，表面上的文法细节问题，实际上都事关国体或者宗庙祭祀之"礼"的大问题，同样关乎伦理与秩序，所以在史传文书写中是不能不重视的。

黄宗羲与顾炎武之所以强调这些文法细节上折射出来的"礼"的意识，这与他们的整体文化设计有关。顾炎武说："值此人心陷溺之秋，苟不以礼，其何以拨乱而返之正乎？"①又说："有人伦，然后有风俗；有风俗，然后有政事；有政事，然后有国家。"②他们坚持文学为社会服务，所以规范文法就可以间接地规范人伦与政事，最终达到有益于社会、有益于天下的目的。文学的内容与形式高度统一，重视文学的文体规范，就是要建立一种上下各安其位的社会秩序，最终实现儒家"君君臣臣，父父子子"的社会理想，这才是经世文学应有的文章体式。而按照杨念群的看法，明清易代之际士人对恢复"礼"的执着，更有光复旧国的意思在，因为他们认为"礼"是华夏文明的标志，"清人是没有资格谈'礼'的"③，于是对"礼"的执着又寄寓了关于正统的文明意识。

二、文章自胸中流出

坚持文学的规范性与社会性，以"礼"的标准维护社会伦理秩序，在

---

① （清）顾炎武：《答汪苕文》，见《顾亭林诗文集》，195 页，北京，中华书局，1983。

② （清）顾炎武：《华阴王氏宗祠记》，见《顾亭林诗文集》，108 页，北京，中华书局，1983。

③ 杨念群：《何处是"江南"？——清朝正统观的确立与士林精神世界的变异》，78～79 页，北京，生活·读书·新知三联书店，2010。

文章中塑造雍容有涵养的儒者人格，强调经世致用，这些观念可以说是历代文人在反思前朝灭亡时常见的文学主张。那么，清初三大儒的文学观念又有何独特性呢？

在清初三大儒的文论中，我们又时时可见其中包含的另一面相，即强烈地标榜文学自主性，追求自由为文。这首先体现在对"文质论"的看法上。传统的文质论偏向尚"质"，清初也不乏强调"质"者，比如，魏禧批评当时文章："凡作文须从不朽处求，不可从速朽处求。如言依忠孝，语关治乱，以真心朴气为文者，此不朽之故也；浮华鲜实，妄言悖理，以致周旋世情，自失廉隅者，此速朽之故也。今人作文，专一向速朽处着想着力，而日冀其文之不朽，不亦惑乎？"①即以"真心朴气"的质朴之文为文章极则。钱谦益也评论丁雄飞（1605—1687）的《自家话》"一以为粗鄙，一以为浅陋，下士闻道大笑，彼以为尘垢糠粃，而我则以为妙道也"②，认为质朴的文章反而蕴含妙道。张履祥亦云："今日文弊极矣，疑谓当救之以质行"③，同样反对"文"而追求"质"。

黄宗羲的观点则与时人相反，在其《金石要例》篇末附有《论文管见》一篇，其中就提倡文章要写得生动活泼，不可因为追求简质而过于呆板。黄宗羲搬出儒家"言之不文，不能行远"的古训，借以批评当时文章所尚的"清真"风格就像"弊车羸马"一般，在叙事、议论方面毫无功底可

---

①　（清）魏禧：《日录论文》，见王水照：《历代文话》，3614 页，上海，复旦大学出版社，2007。

②　（清）钱谦益：《题丁菌生自家话》，见《钱牧斋全集》第六册，1636 页，上海，上海古籍出版社，2003。

③　（清）张履祥：《与严颖生二》，见《杨园先生全集》，93 页，北京，中华书局，2002。

言。而真正好的叙事，应该像《晋书》《南北史》列传那样，"每写一二无关系之事，使其人之精神生动"①，虽逸出一二闲笔，但文章的风韵即在于此，过于务实就显得"担板"了。在《留书》中，他也明确标榜文胜于质："天下之为文者劳，而为质者逸，人情喜逸而恶劳，故其趋质也，犹水之就下。"②黄宗羲甚至还标举了"情"的价值，他说："文以理为主；然而情不至，则亦理之郛廓耳"③，理固然是文章之本，但没有基于文人自身经历的真情流露去充实理，理就显得大而空泛，不足以动人。与黄宗羲一样，顾炎武也反对文章一味求质求简，他举出《史记》和《孟子》的例子，认为其"繁处"恰是其好处，非如此不能曲尽文章之妙。相对地，《汉书》与《新唐书》因为过于追求简质，结果反而使"其事多郁而不明"④。文章好坏的关键是"辞达"，其价值的高低与语言的繁简并无直接联系，过分追求简朴的文风，既不利于作家的流畅表达，也会影响读者的接受。

黄宗羲与顾炎武的批评，自有其现实针对性。比如时人陈确（1604—1677）"自幼寄兴潇洒，书法得晋人遗意，抚琴吹箫，时奏于山颠水涯，篆刻、博弈诸好无不工"，但是易代之后，其自我反省的结果是由"文"返"质"，"一切陶写性情之技，视为害道而屏绝之；其勇于见

---

① （清）黄宗羲：《金石要例 附论文管见》，见王水照：《历代文话》，3201 页，上海，复旦大学出版社，2007。

② （清）黄宗羲：《文质》，见《明夷待访录》，183 页，北京，中华书局，2011。

③ （清）黄宗羲：《金石要例 附论文管见》，见王水照：《历代文话》，3201 页，上海，复旦大学出版社，2007。

④ （清）顾炎武：《文章繁简》，见《日知录校注》，陈垣校注，1064 页，合肥，安徽大学出版社，2007。

义，遇不平而辄发者，亦视为任气而不复蹈"①。这种遗民观念，已经是一种过分的心理畸形状态了，在黄宗羲看来，就是"戎狄之道"的压迫与形塑使然②，因而在易代之际崇尚"文"，也就反映出其拨乱反正的文化意图。

　　清初三大儒虽然重视经世致用，但他们没有延续传统经世文学论调中轻视修辞的观点，更没有复古派以古为尚的标榜，而把文理自然的思想融会进来，这使他们的一些话语和晚明文人的主张非常相似。如黄宗羲提出以"情至"来填充"理"之后说："古今自有一种文章，不可磨灭，真是'天若有情天亦老'者。"又说："故古今来，不必文人始有至文，凡九流百家，以其所明者，沛然随地涌出，便是至文。"③顾炎武提到文章繁简不拘时说"昔人之论，谓如风行水上，自然成文。若不出于自然，而有意于繁简，则失之矣。"④王夫之也相信，好的文字不是靠对偶、钩锁、呼应等文法建立起来的，而是靠"与圣经贤传融液吻合，如自胸中流出者"⑤的自然发挥而成。这些观点脱化的正是苏洵（1009—1066）、苏轼（1037—1101）父子的名言，而在精神气质上又实在像极了唐顺之（1507—1560）所谓"索其所谓真精神与千古不可磨灭之见"以及"洗涤心

---

　　①　（清）许三礼：《海宁县志理学传》，见《陈确集》，1 页，北京，中华书局，1979。
　　②　参见杨念群：《何处是"江南"？　清朝正统观的确立与士林精神世界的变异》，36～37 页，北京，生活・读书・新知三联书店，2010。
　　③　（清）黄宗羲：《金石要例 附论文管见》，见王水照：《历代文话》，3201、3202 页，上海，复旦大学出版社，2007。
　　④　（清）顾炎武：《文章繁简》，见《日知录校注》，陈垣校注，1064 页，合肥，安徽大学出版社，2007。
　　⑤　（清）王夫之：《夕堂永日绪论外编》，见王水照：《历代文话》，3265 页，上海，复旦大学出版社，2007。

源，独立物表"，"直据胸臆，信手写出"的话。① 唐顺之讲这番话，针对的是明代复古派对文章风格与思想的限制，他们反对复古派的"文必秦汉"说，要用自己的语言书写自己的情志，所谓"我手写我口"，最后推动的是文章性情的解放以及作家个性的彰显。王夫之等人虽然攻击的是归有光、茅坤等人，但理由是一样的，因为唐宋派的文法成为后人模仿的对象，这与当年唐宋派批评复古派的逻辑其实是一样的。

也就是说，从文学之自由抒发的方面看，清初三大儒借鉴的思想资源显然不是单纯的经世思潮所能概括的，这种通脱、自然的文论观更多承续了晚明的性灵思潮。文学为社会服务、文学为政治服务的基调定下来了，相应地就有了各种文法上的规范，这是文学写作的"旧瓶子"。而在此基础上作家如何写作，如何充实文学的"理"，这又是不同于传统的，是文学写作的"新酒"。经世思潮与晚明心学思潮在这里伴生出"旧瓶装新酒"的文论形态，也在三大儒的文论思想中形成了奇妙的交响变奏。

三、鼎革之际的阵痛

清初三大儒的文论中产生了经世致用、注重文体规范与强调个性表达的多重声音。从内在逻辑来看，追求经世、强调规范是理学式的，其目的在于建立一种"礼"的稳定秩序，呈现为集体性的规约。而追求自然则是心学式的，其目的在于最大限度地体现文的价值，同时赋予作家充

---

① （明）唐顺之：《答茅鹿门知县二》，见《唐顺之集》，294～295 页，杭州，浙江古籍出版社，2014。

分的表达空间，呈现为个体性的自由。而在明末清初的历史语境中，理学与心学恰好处于相对立的立场上，应该如何理解这一对深刻矛盾呢？

清初三大儒的文论观点首先是对明亡之痛的直接反应。从黄宗羲总结碑版文之"坏例之始"即可看出，他鲜明地主张世代相传的文体规范，多坏于元人之手。他认为唐宋文章有礼有节，而元代文章则与其形成了鲜明对比。而顾炎武在史传文中重视年号、纪年的政治命题，在历史记述上保证君主的年号不乱，又何尝不是出于对亡明的敬意呢？再举王夫之一例，其《周易外传·乾卦》从"上九亢龙有悔"引申到"三代以下，忌穷而悔，所以处亢者失其正也，而莫灾于秦、宋之季。秦祚短于再传，宋宝沦于非类，彼盖詹詹然日丧亡之为忧，而罢诸侯，削兵柄，自弱其辅，以延夷狄盗贼，而使乘吾之短垣。逮其末也，欲悔而不得，则抑可为大哀也已！"①表面上是由《周易》爻辞而生发的史论，但是离卦辞实在太远，显然是以亡秦与亡宋来影射明朝的灭亡，并抒发其"大哀"之意。

经历了亡国之痛，清初士人开始反思明代士大夫在明末的历史作为，认为他们对明朝的灭亡有着不可推卸的责任，而问题之一就是心学的流行。王夫之批评心学说："良知之说充塞天下，人以读书穷理为戒"，"自李贽以佞舌惑天下，袁中郎、焦弱侯不揣而推戴之，于是以信笔扫抹为文字，而诮含吐精微、锻炼高卓者为'咬姜呷醋'。"②他认为心

---

① （清）王夫之：《周易外传》，7 页，北京，中华书局，1962。
② （清）王夫之：《夕堂永日绪论外编》，见王水照：《历代文话》，3275、3282 页，上海，复旦大学出版社，2007。

学的"良知"理论实属异端邪说，而名士之风不但毁坏学术与文风，更造就了整个社会的浮薄风气，成为明朝灭亡的祸根。魏禧有诗谓，"虚言无实事，伪学乱心术。相教以优伶，相师以鬼蜮"，士人道德沦丧，以致"父子有秦越，朋友无胶漆"。① 而顾炎武痛斥谢灵运、王维不忠于朝廷，鄙视韩愈、陆游奉承高官的行为，以忠贞为标准衡量人品与文品，很明显也是把批评的矛头指向士大夫的思想道德问题。

明代的官方哲学是程朱理学，但理学在当时已经不可避免地被异化了。理学式的思想体系变成了外化于人的概念框架，所以王阳明（1472—1529）要唤起人们心中内在的"良知"，提出"心即理"，将道德的承担者扩大到"满街皆圣人"的程度。同时，心学的"无善无恶"之说也必会打通欲望进入天理的渠道，形成"穿衣吃饭"即是"人伦物理"的普世价值理念。然而在这一点上随即暴露了严重问题，王阳明所说的"无善无恶心之体"是针对高层次的修道者而言的，而一般人只能接受到"为善去恶是格物"的程度。晚明时期，更多人实际上是披着"无善无恶"的外衣而在行为上放荡不羁、肆无忌惮。陈确讽刺这种士风说："今士往往言道而行俗，则亦真俗而已矣，又何道之言乎！"②心学最终失去了对社会的约束力，加之清军入关带来的风雨飘摇，文人阶层完全丧失了精神力量，这是清初士人反对心学的重要原因。

晚明士人放荡不羁的另一侧面体现为他们在政治上的激烈抗争。本来士大夫有勇气对皇帝说"不"，在中国古代是一件难能可贵的事情，但

① （清）魏禧：《乙巳正月雪中送门人熊颐归清江》，见《魏叔子文集》，1288 页，北京，中华书局，2003。

② （清）陈确：《道俗论上》，见《陈确集》，169 页，北京，中华书局，1979。

是晚明士大夫们却以一种争意气而不争是非的躁竞心态来与朝廷抗争。赵园用"戾气"二字概括明末的时代氛围，认为当时士大夫普遍具有激切、苛刻、尖酸、怨愤等不健康的习气。① 杨念群也举出嘉定李氏抗清与血腥内讧，以及民众的互不信任与心理失衡状况。② 因而这种抗争就变成了残酷之恶，而非正义之争，于国于民皆无益处，正如汪琬所论："前明崇祯之季，中朝士大夫日夜分立门户，以相攻讦，至于国事之颠覆，盗贼之蔓延，中原、秦楚之陆沉板荡，率弃置不复谁何。"③清初士人往往把明朝灭亡的原因，推究于士大夫的门户之争、意气之争，这是其又一层反思。

所以，当务之急就是挽救士风，重塑士大夫的精神品格，培养内心有道德、对国家有担当、对社会有实用的儒家标准下的圣贤。王夫之之所以要如此高标准地对经义加以限制，很大意义上是为了在士大夫人格层面矫正这股"戾气"。所以坚持文章必须写得雍容典雅、涵容大气，以恢复儒者的气象，实际上也就是把儒家"温柔敦厚"的诗教传统发挥到极致。顾炎武说："目击世趋，方知治乱之关必在人心风俗，而所以转移人心，整顿风俗，则教化纪纲为不可阙矣。"④而其论学则主张："窃以为圣人之道，下学上达之方，其行在孝弟忠信；其职在洒扫应对进退；其文在《诗》《书》《三礼》《周易》《春秋》；其用之身，在出处、辞受、取

① 赵园：《明清之际士大夫研究》，3页，北京，北京大学出版社，2014。
② 杨念群：《何处是"江南"？ 清朝正统观的确立与士林精神世界的变异》，36～37页，北京，生活·读书·新知三联书店，2010。
③ （清）汪琬：《砥斋集序》，见《汪琬全集笺校》，李圣华校注，587页，北京，人民文学出版社，2010。
④ （清）顾炎武：《与人书九》，见《顾亭林诗文集》，93页，北京，中华书局，1983。

与；其施之天下，在政令、教化、刑法；其所著之书，皆以为拨乱反正，移风易俗，以驯致乎治平之用，而无益者不谈。"①把学术归结到最普通的道德层面。总之，他们一致要求学术的纯粹、文人的忠贞，以扫除败坏风俗的"假道学"。而在文学叙事中体现伦理意识，其目的都是希望把文学书写寄托于改良士风、改良人心的社会责任之中。这成为明亡乱局下，知识阶层重塑士风的努力。

从反思明亡的历史而欲重整士风，因而规范文章写作，将其纳入"礼"的意识中，这成为思想家必然的文化选择。然而，仅仅如此还不足以解释为什么清初三大儒在文论上一面反对浮华之文，一面又强调修辞；一面崇尚文章的集体性规范，一面又突出作家的个性与文采。仍然有必要追问，究竟是什么使他们在规范与自由、理学与心学之间，形成了富有张力的理论论述？

四、亡国未可亡天下

顾炎武在《日知录》里有一段非常经典的话：

> 有亡国，有亡天下。亡国与亡天下奚辨？曰：易姓改号，谓之亡国；仁义充塞，而至于率兽食人，人将相食，谓之亡天下。……是故知保天下然后知保其国。保国者，其君其臣，肉食者谋之；保

---

① （清）顾炎武：《答友人论学书》，见《顾亭林诗文集》，135 页，北京，中华书局，1983。

　　天下者，匹夫之贱，与有责焉耳矣。①

顾炎武"亡国"与"亡天下"的理念可以说是前所未有的，如郭英德所论，
这"透视出明清之际文人士大夫价值观念的新变：他们把文化价值剥离
于政治价值之外，甚至凌驾于政治价值之上"②。王朝的统序断了没关
系，只要文化的连续性能够保持，士大夫就有了自处的空间，这是清初
遗民们的道义坚守。那么文化的连续性又如何保证呢？就是要强调汉族
文人的独特性，即恪守一种"我们是不一样的"文化他者心态，同时保证
华夏文化的先进性。当然，某种意义上说，这既是其学术与政治思想的
表达，亦是易代之际特殊情感的表达。

　　清廷入主中原后，延续明朝的政治体系，在官方意识形态上也延续
程朱理学作为官方哲学。因而政治上的大一统加上文化上的程朱理学，
成为清政权在政治与文化上的标志。清初三大儒的思想与文论恰恰与清
政权的文化路线相反。清政权横扫天下，实现"大一统"，三大儒就鼓吹
"无君"。黄宗羲在《明夷待访录·原君》篇中从人类起源开始立论："有
生之初，人各自私也，人各自利也，天下有公利而莫或兴之，有公害而
莫或除之。"自私是生民的本性，因此最初的君主就是不为己利而谋天下
之利，不为己害而除天下之害的人。但是"后之为人君者不然，以为天
下利害之权皆出于我，我以天下之利尽归于己，以天下之害尽归于人。"
君主开始利用至高无上的权力谋取个人私利，不仅不能服务大众，反而

---

　　① （清）顾炎武：《正始》，见《日知录校注》，陈垣校注，722～723 页，合肥，安徽
大学出版社，2007。

　　② 郭英德：《论顾炎武的遗民心态》，载《新国学》，第 1 卷，1999。

侵害了百姓的个人利益。于是黄宗羲大胆提出："向使无君，人各得自私也，人各得自利也。"①黄宗羲提出"无君"的理由是君主侵害到个人的私利，因而"无君"说在本质上是对个体权利的承认。

与黄宗羲相呼应，在顾炎武、王夫之等人的论述中同样可见对私利的张扬。顾炎武说："自天下为家，各亲其亲，各子其子，而人之有私，固情之所不能免矣，故先王弗为之禁；非惟弗禁，且从而恤之。"而君主或者诸侯的责任就是"合天下之私，以成天下之公，此所以为王政也"②。至于说什么"有公而无私"只是后代的美化，先王之教原本是保护个人私利从而成公心的，这同样是一种自下而上的权利意识，他强调的是有小家才有国家。王夫之也说："理尽则合人之欲，欲推即合天之理。于此可见：人欲之各得，即天理之大同。"③王夫之以"人欲"为自然而然，顺人欲反而能成天理，这些理论都是在动摇传统儒学关于天理与人欲关系的设定，突出表现为对"私欲"的尊重。他们要建立一个以士绅阶层为主导的分权社会，以此对抗君权的失控。而这种尊重私欲、尊重个人的思维方式，一方面发源于心学思潮，另一方面更是对清代官方大一统的直接反应。④

无论是基于学术思维的自然衍生，还是基于易代之际阵痛的心理反

---

① （清）黄宗羲：《明夷待访录》，6～8 页，北京，中华书局，2011。

② （清）顾炎武：《言私其豵》，见《日知录校注》，陈垣校注，130 页，合肥，安徽大学出版社，2007。

③ （清）王夫之：《读四书大全说》，248 页，北京，中华书局，1975。

④ 葛兆光认为，像黄宗羲《明夷待访录》对君主专制的批判，"可能主要是基于明亡的激愤、痛苦与反思，所以并不见得是理性的分析而是激烈的痛斥"。参见葛兆光：《中国思想史》第二卷，341 页，上海，复旦大学出版社，2013。

应，三大儒都提出了由士大夫主导政治权力的诉求。这种权力的合法性保障何在呢？这就有赖于士大夫的文章是经世之文。就像顾炎武在"立言不为一时"条中推崇的司马朗、高澄、李叔明、虞集等人一样，士大夫能在田制、币制、意识形态、海运等社会运行的各个方面提出百年不易的良策。所以整个社会只要"自天下为家，各亲其亲，各子其子"地运行，就能自下而上地治理好国家。换言之，文章的经世致用不仅仅是明清易代之际实学思潮的反映，在顾炎武这里更成为确认士大夫权力与利益的合法性保障，这是"天下"意识在政治层面的反映。

而反观统治者一方，则成为黄宗羲所谓"以天下之利尽归于己，以天下之害尽归于人"的代表，因而崇尚"私权""私利"就成为一种尖锐的反抗。他们把"公"落实在具体的"私"的满足的基础上，由于对私利的尊重，士大夫在实践新的"公"的现实道路上就具有了自发性、自主性，这反而成为一种社会改良的新动力。传统意义上的"公天下"只是一种抽象的理想，或者说是君主单方面的仁德意识①，但是君主单方面的仁德对士与民来说，是一种丧失了主体性的被救济状态。而黄宗羲、顾炎武他们要的是可以靠自己的权力与君主分治天下的制度，民本思想不再由君主一己的仁德意识所统摄，而成为士大夫阶层自我意识的充分张扬。黄宗羲说："故我之出而仕也，为天下，非为君也；为万民，非为一姓也。"②他相信士阶层的分权而治，将打破君主为一家一姓计的弊政，从而造福天下万民，而他说这番话时是充满了自信的。

---

① 参见［日］沟口雄三：《中国前近代思想的屈折与展开》，351 页，北京，生活·读书·新知三联书店，2011。

② （清）黄宗羲：《明夷待访录》，14 页，北京，中华书局，2011。

文章的高度个性化源于肯定个体、崇尚自我的思维方式。个体具有独立于政治、独立于社会的个性价值，那么对于思想家来说，就要确保其表达的自由性，让自己的思想主张沛然而出（甚至于可以不受理性的束缚）。而对于更广泛的士民群体来说，还需要文人发掘并展现他们独立于社会的个性价值。因此，以个性化的方式书写个性鲜明的人物，也就成为流行一时的文学风潮。

明末清初在文学史上出现了传状文的繁荣，王猷定（1598—1662）的《李一足传》《汤琵琶传》，魏禧的《大铁椎传》，汪琬的《江天一传》，侯方域（1618—1655）的《李姬传》《马伶传》等都是其中名作。这些文章着力刻画了那些有道德、有才艺或者能尽忠报国的民间"异人"形象，突出表现了个性鲜明的个体在历史中的作用。而它们所以能广为流传，也与作者在叙事上的风韵、人物塑造上的出彩不无关系。在这个意义上，黄宗羲所谓的"叙事须有风韵，不可担板"的一番话，亦可谓确有所指了。为了充分展现个人的道德、才艺、忠义，突出个体在历史中的作用，文章必须有足够的表现力，作家个性也就不可或缺，这是隐含在文学叙事之下的深层文化动因。

而除了否定君权与张扬自我之外，基于民族情感与亡国哀思，清初三大儒还必须塑造一种文化上的优越性，这突出地表现在他们"尚文"的文论意识中。众所周知，通常的文质论者皆以尚质为"正确"，而三大儒的文论中却给"文"留下了巨大的发挥空间。黄宗羲以"言之无文，行而不远"为由反对"清真"的文章观；顾炎武主张文章繁简要根据"辞达"的标准，反对在语言上片面追求简古；而王夫之讲究时文气象的宏大朗润，在语言上也不能寒酸拘束。于是，他们不再把"尚文"与衰世联系起来，反而强调了文章的"文学性"特点。黄宗羲明确反驳了苏洵文质代变的说法，认为："其自忠而至于文者，圣王救世之事也；喜质而恶文者，凡人之情也。"①将"文"设定在"圣王救世之事"的大框架中，而"质"则反而是低层次的"凡人之情"，这更体现出其文论深刻的社会性根源。在赵园看来，清初文质论的话题必须放在明清易代的整体社会背景中考虑："文即礼乐文化，质则反之。这里有易代过程中的文化破坏、华夏文明的危机所引出的忧思"，因而他们"是由华夏文化丧失的现实危机出发讨论这一传统命题的"。② 在易代语境下的"尚文"，本身也蕴含着保存文化的意思在，当然也就没有理由再去追求什么文章的简质了。

文章在形式上要富有文采，而在内容上则要坚持"德"与"礼"，黄宗羲在根本上还是强调"我与你们不一样"的他者意识，强调华夏文化的独特性与先进性。所以黄宗羲强调碑版文的规范，意在凸显文章中的"礼"，这种伦理秩序在他看来恰恰是华夏有别于"夷狄"的根本。顾炎武在史传文中重视年号、纪年的政治命题，也是"文即礼乐文化"意识的反映。王夫之强调经义文代圣贤立言的高尚价值，有意识地区别于应试之文，为士大夫的经义文章赋予"德性"与"理性"的光辉，以彰显其独特的文章面相。

曾国藩评价顾炎武的文章说："吾读其书，言及礼俗教化，则毅然

---

① （清）黄宗羲：《留书·文质》，见《明夷待访录》，182 页，北京，中华书局，2011。

② 赵园：《制度·言论·心态——〈明清之际士大夫研究〉续编》，359 页，北京，北京大学出版社，2006。

有守先待后、舍我其谁之志，何其壮也！"①毫无疑问，传统文学意义上的文质论在三大儒这里已经被置换为华夏民族文明意义上的文质论，"辞达""行远"仅仅是文化价值在文章写作上的表现而已，其本质上则是一种对华夏文化的坚守，具有一种"舍我其谁"的大气魄。当然也正是由于有了这些思考，才使他们在中国思想史与中国文化史上都开启了崭新的一页。

第三节 《汪文摘谬》与叶燮的士大夫批判

从清初三大儒的文论与思想观念中，我们可以看到明末清初学者型士大夫在鼎革之际的心态转型、士风批判与文化设计。而转型之后的士大夫，当他们需要以新的文化姿态立足于新朝时，文学就不可避免地会进一步与权力意识扭结在一起。毕竟文章是士林阶层的身份标志，并且对多数士大夫而言，文学更是其进身立世的基础。而切入文学之用，文法问题就被凸显出来，在清初也就形成了不少围绕文章写作而形成的论争。这其中，汪琬便是一个很好的个案。②

汪琬在清初古文写作领域名声甚著，与侯方域、魏禧并称"三家"。顺治十七年(1660)，汪琬在写给王士禛(1634—1711)兄弟的《王子底诗集序》中说：

---

① 《曾国藩诗文集》，292 页，上海，上海古籍出版社，2013。

② 本节文字题为《从文法到士大夫意识：叶燮〈汪文摘谬〉的批评方式论析》，发表于《斯文》，第 1 辑，2017，此处有所修订。

夫惟古之视诗甚重，则以田野之众而举皆能之；后之视诗渐轻，虽有士大夫之才且贤者所以求之甚力，而终于有不及。此无他，系乎其教之者而已。

新城王子子底与其弟贻上，皆以能诗称于京师，可谓自名一家，以庶几《风》《雅》之遗者也。……予盖有感于世之轻视夫诗者，故愿与子底兄弟共起而勉焉。至于诗教之所以兴，则非予三人者之所得与也，子底盍姑俟之！①

文中已隐然透露出汪琬以士大夫自任，并有意主持文运风会的意识。他所强调的"诗教"之说，自《毛诗序》以来便是士大夫在儒家思想与政治权威之间调整姿态，并最终与政治权力相妥协的理论产物。② 因此，汪琬的文论对于理解清初士大夫的政治姿态与文化心理，将是一个非常有效的视角。

汪琬在世时，与时人关于古文的论争持续不断，李圣华就列举了汪琬与周容（1619—1692）、陈僖、吴乔（1611—1695）、归庄（1613—1673）、魏禧、叶燮、阎若璩（1636—1704）、黄宗羲的八次论争。③ 而其中最有助于深刻剖析汪琬之古文观念的，当推叶燮《汪文摘谬》一书。叶燮对汪琬的批评也非常有戏剧性：在汪琬生前，叶燮摘其文章十篇作

---

① 《汪琬全集笺校》，李圣华校注，616 页，北京，人民文学出版社，2010。

② 参见李春青对汉代经学语境中的诗学观念的论述。见李春青：《在文本与历史之间——中国古代诗学意义生成模式探微》，83～88 页，北京，北京大学出版社，2005。

③ 李圣华：《汪琬与清初古文论争——兼及清初古文"中兴"》，载《中国文学研究》，2012(1)。

《汪文摘谬》，一一指出其中疵谬；而在汪琬死后，叶燮又深感"失一诤友"，将《汪文摘谬》悉数焚毁。孰料时隔百年，此书竟又为其裔孙叶德辉(1864—1927)重加刊刻，成为当今研究叶、汪论争的一份重要文献。那么，叶燮评汪文之谬，其慧眼何在？批评的原因又如何呢？

一、《汪文摘谬》的成书与流传

首先需要厘清《汪文摘谬》的成书与流传情况，这是衡量其书影响力乃至写作特点的基本依据。叶燮所批汪文出自汪琬刊刻的《钝翁前后类稿》，据赵经达所编《汪尧峰先生年谱》，该书于康熙十四年(1675)初成，次年刻完。① 而据汪敬源《续修文清公年谱》，该书出版于康熙十四年，并且提到了叶燮作《汪文摘谬》的原因："是岁《类稿》出版，士君子争相购置云。时叶横山有序文一篇，未及刊刻，《摘谬》之作即以此也。或又曰因《丑女赋》而有《摘谬》也。"② 这里提出两种猜想，其一认为叶燮作《汪文摘谬》的原因在于《钝翁前后类稿》出版时没有刊刻叶燮的序文，其二认为叶燮怀疑《丑女赋》是含沙射影，因而略带报复性地写作了《汪文摘谬》。前者的说法似为孤证，同期论及叶、汪之争的论述中未再见，姑备一说；后者则很难从《丑女赋》的文本中找到任何内证，或不足为据。然而年谱指出《汪文摘谬》的写作是在《钝翁前后类稿》刊行并流行一时的背景下写成的，却较为可信。

由年谱的含糊其词不难看出，当时人们也不清楚叶燮为什么要摆起

---

① 《汪琬全集笺校》，李圣华校注，2444 页，北京，人民文学出版社，2010。
② 《汪琬全集笺校》，李圣华校注，2481 页，北京，人民文学出版社，2010。

阵势攻击汪琬古文，进而关于《汪文摘谬》的写作还出现了小说家言：

> 吴江叶横山先生名与钝翁相埒，且相好。康熙己未，诏开博学鸿词科，横山谓钝翁曰："我二人在所必举，将应举乎？抑不应举乎？"钝翁曰："宜不应，则名更高也。"横山信以为然。后钝翁竟应举入翰林，而名益显。横山艳之，知为钝翁所卖，遂大恚。因将钝翁所刊《类稿》大加指摘，作《汪文刺谬》二卷，将刊行之。钝翁闻而惧，介横山密友，复修旧好。①

这则故事后被《梵天庐丛录》等书收录，并题为"钝翁卖友"，见《民国笔记小说大观》，可见流传之远。虽然小说家言或不足取信，但是这则材料至少提出了两个问题：首先，同样是时人对叶燮攻讦汪文的现象感到不解，因而虚设故事加以解释；其次，在小说家对叶、汪之争的叙述中，汪琬处在道德上被动的一方。

叶燮的学生沈德潜（1673—1769）为其师作《叶先生传》时也提到了《汪文摘谬》的写作因缘，他说：

> 汪说经硁硁，素不下人，与先生持论凿枘，互相诋諆，两家门下士亦各持师说不相下。后钝翁没，先生谓："吾向不满汪氏文，亦为其名太高，意气太盛，故麻列其失，俾平心静气，以归于中正

---

① （清）萧穆：《敬孚类稿》卷九，转引自郭预衡：《中国散文史长编》下册，232页，太原，山西教育出版社，2008。

之道，非为汪氏学竟谬斁圣人也。且汪没，谁讥弹吾文者？吾失一
诤友矣。"因取向时所摘汪文短处悉焚之。①

沈德潜的说法是叶燮与汪琬在退居尧峰讲学时，因持论观点不和而导致
叶燮不满汪琬文章，乃作《汪文摘谬》。而等到汪琬去世后，叶燮感到
"失一诤友"，遂尽释前嫌，将《汪文摘谬》尽取而焚之。沈德潜的记载更
合乎常理，康熙十一年（1672）秋七月，汪琬"以白金四十五两购卢氏别
业于横山之麓，命子筠更新之，四旬工竣，名曰'尧峰山庄'"②。而据
蒋寅作《叶燮简谱》，康熙十七年（1678）冬，叶燮"得废圃于苏州城西南
横山之西麓，筑草堂，名曰二弃，自作记记之。远近从学者甚众"③。
二人皆居横山，又都授徒讲学，难免互有往来辩论，故而产生了叶燮专
攻汪琬的《汪文摘谬》一书。

　　总之，《汪文摘谬》的成书不可能早于康熙十四年（1675）《钝翁前后
类稿》的刊刻，应以康熙十八年（1679）后二人相会横山之后更合情理。
而汪琬去世于康熙二十九年（1690）十二月十日，叶燮闻知，将收集到的
《汪文摘谬》悉数焚毁，被其门生视为义举，则此书停止继续生产应在此
时，其间共计有不到十二年的时间可供《汪文摘谬》传布。

　　至于《汪文摘谬》百年后再现于世的情况，叶德辉在《汪文摘谬校记》
中说：

---

① 《汪琬全集笺校》，李圣华校注，2290 页，北京，人民文学出版社，2010。
② 赵经达：《汪尧峰先生年谱》，见《汪琬全集笺校》，李圣华校注，2442 页，北
京，人民文学出版社，2010。
③ （清）叶燮著，蒋寅笺注：《原诗笺注》，543 页，上海，上海古籍出版社，2014。

　　　　此书世鲜传本。余辛亥在沪纂修家谱，分湖派印莲宗人携先世
　　祖辈所抄一帙见示，其中圈点涂抹，手泽如新，展读之余，益加珍
　　袭。壬子，赴洞庭展墓，重经沪渎。适缪艺风先生荃孙为人校刻吾
　　家天寥公年谱，谈及是书，出一抄本，系新录出者，圈点与家本相
　　同，惟直抹颇有彼此互异之处，又字句亦小有参差。因以家本付
　　刊，而缀校记于后。①

叶德辉所据两种底本皆为抄本，一出自家族内部，一出自藏书家缪荃孙
（1844—1919）。《汪文摘谬》在叶德辉重新发现之后，才以刻本形式再度
流传。

　　另一则谈到此书所见版本的材料出自萧穆（1835—1904）的《敬孚
类稿》：

　　　　去年春，独山莫楚生太学堂自吴门以书相告，曰："近见书肆
　　有旧书数种，有钞本《汪文摘谬》一册，子知其书否？"余乃顿忆《鸡
　　窗丛话》所载，知为叶横山之作，作复书言其所以，即劝楚生
　　购之。②

作为藏书家的萧穆一直未见《汪文摘谬》，以为"此书亦未必存"，直到友
人在旧书店里发现该书，才得以一见，而所得亦为抄本。

---

　　①　（清）叶燮著，蒋寅笺注：《原诗笺注》，513 页，上海，上海古籍出版社，2014。
　　②　（清）萧穆：《敬孚类稿》卷九，转引自郭预衡：《中国散文史长编》下册，232 页，
太原，山西教育出版社，2008。

校记与笔记所见材料中提到的《汪文摘谬》俱为抄本，且叶燮能在汪琬死后将《汪文摘谬》收集起来焚毁，由此可以推论《汪文摘谬》在初问世的十余年间，应该是主要以抄本的形式流传，所以传布范围并不广泛，因而叶燮才有可能将其尽焚，晚清藏书家也才会有"此书亦未必存"的误判。

此外，《汪文摘谬》以抄本流传还有一个旁证。汪琬在康熙十一年（1672）前后与归庄有一场针对归庄窜改归有光文集的著名论争，汪琬为了争意气而作《归文全集考异》，但是由于刊刻艰辛，只以其中考证诗歌部分的《归诗考异》行世。以汪琬的文学与政治地位出版这种纠谬性质的书籍尚且刊刻艰辛，则身份地位更低于汪琬的叶燮同样要出资刊刻恐怕也不会顺利，《汪文摘谬》更可能是以抄本形式经由师门与家族子弟而得以流传。

总之，从《汪文摘谬》问世到叶燮尽行焚毁，其间不超过十二年时间，而其传布又以抄本形式，世人亦不明叶燮著书的原因，这些都说明《汪文摘谬》问世初期，其传播的广度相当有限，可以把它视为一种"私人写作"。当然，据萧穆的说法，汪琬看到了这本《汪文摘谬》，在晚年删订《尧峰文钞》时还部分采纳了叶燮的批评。可惜汪琬并没有留下明确的回应文字，仅以沉默的姿态消失在这场文坛论争之中，因而汪琬对《汪文摘谬》的态度实已无从考证。

二、文法批评：小处着眼的文本细读

《汪文摘谬》中最重要的部分是其中的文法批评。叶燮往往将字法、句法、章法三个维度一起加以批驳，首先以文本细读的方式摘出句子组织关系的散漫、使用字词的不通之处，进而在整体上批评行文章法上的逻辑混乱，最终完成对汪文的批判。其中尤以字法、句法的批评最见眼光。

首先看字法批评。字法是指在文本的组织过程中选择恰切的字词，使字义与句义妙合无间，从而实现表达的准确与生动。例如，汪琬在《送魏光禄归蔚州序》中写道："先生虽欲归，太夫人亦不听之归也。"这句话看上去并没什么问题，但是叶燮的批评则可见其对虚字体会之细，叶燮批曰："'太夫人亦不听之归'，当增一'必'字，云'亦必不听之归'，才是旁人测量语；若竟云'亦不听之归'，是实事矣。此虽小疵，不可不明也。"①虽然汪琬并未用错字，但是叶燮指出的"小疵"却甚为精当，情态副词"必"的使用可以更细腻地刻画出揣度的心态，将事件写活，真有诗家炼字之功效！

又如，在《金孝章墓志铭》一文中，汪琬列举其郡之君子："近世如杜东原、邢用理、沈石田先生，降而迄于赵凡夫、文彦可之属，率皆遗荣弗仕。"叶燮指出"降"字用得极不妥："高士有何升降？若高而降矣，又何足称述？'降而迄于'四字，是时艺熟烂调，古文中无此弱句。"②时代有先后、地位有升降，唯独道德问题的标准是绝对的，不存在升降问题，人品有升降则必不得皆称高士，叶燮敏锐地发现了汪文中的时文套语，并加以批评。此外，像叶燮在其他文章中批评"不幸""士大夫""乘

---

① （清）叶燮：《汪文摘谬》，见余祖坤：《历代文话续编》，19～20 页，南京，凤凰出版社，2013。

② （清）叶燮：《汪文摘谬》，见余祖坤：《历代文话续编》，21～22 页，南京，凤凰出版社，2013。

闲""劝诚""援笔"等实词，"与""尝""尤""万一"等虚词，皆把握得非常到位，确可见其小处着眼的功力。

再看句法批评。句法是指句子内部或句子之间，各个成分(词组、小句)的相互关系与相互影响，句法组织不当会使句子散漫甚至悖谬可笑。《汪文摘谬》中论及句法不当亦不下十余处，在此姑举三例。

汪琬在《金孝章墓志铭》中说金俊明(1602—1675)工书法，又通诗、古文辞，里中人士争相求其书，"以是人间碑版，旁及僧房酒肆、颓垣坏壁之间，率多先生笔"。这句写得过于随意散漫，书法、诗、古文本是文人雅趣之事，汪琬偏偏扯上"僧房酒肆"，其语便俗，再牵上"颓垣坏壁"，其境亦衰，这两组词语的使用实在牵强。因而叶燮评道："僧房酒肆、颓垣坏壁，皆有金先生笔墨，可谓辱矣，何足以为夸诩乎?"[①]汪文中此句殊不得体，叶评真是搔着痒处!

在《送姚六康之任石埭序》中，汪琬也犯了一个句法组织的失误，被叶燮一眼看破。汪琬在叙述了士人理想状态下儒、释、道相通的状态后说"吾未见其人，而世亦莫之信也。"这是一句衬托之笔，读者的期待正如叶燮所说"读至此句，必以为将引入姚君而设也"，应该把姚氏如何把儒、释两家圆融一身写出来才算自然连贯。但汪文竟接了一句闲笔："颍滨苏氏曰:'入山林而存至道，为天下师可也，而以之治世则乱。'予不谓其言然。"偏到写对苏辙(1039—1112)谈出世、入世之分别的看法。本来借助道法将儒、释合流，至此已经在学理上顺利贯通，则当引出主

---

① (清)叶燮:《汪文摘谬》，见余祖坤:《历代文话续编》，23 页，南京，凤凰出版社，2013。

人公姚六康了，可是偏偏又扯上一句苏辙的辩论，实在如叶燮批评的："此段与上文不接，且此段当于末后为结束波澜，入此殊无着落。"①

另一种句法缺陷是句间轻重、主次关系颠倒，导致深层逻辑的偏向。如《陈文庄公祠堂庙碑记》一文中，汪琬在历数各朝宦官之祸后，认为明代的情况与汉唐不同："君子小人并立于朝，日夜以门户相倾轧，而小人遂借刃于宦官以戕君子"，写到这里都没问题，讲的是明代士林阶层被阉党腐蚀渗透的新背景，但接下来一句就有问题了："此其过在士大夫，非专属之宦官也。"这样一写，士大夫居于句子的主位，宦官退到了宾位，似乎把过错推给了士大夫而洗清了宦官的罪责，这是汪琬行文不严谨之处。于是引起了叶燮的激烈批评："此文酷似为昭雪魏忠贤而设奇文幻笔"，同时指出病因："责明末之士大夫，此论未尝不是，但上文立论之始，须有宾主、轻重、低昂，使立言之指，疆界分明，方得尚论史断之体。"②在这种细部的句法安排组织上，不能不说叶燮的文本细读抓得很准。

但是，当叶燮把视线放到整体的谋篇布局层面上，有时却因纠结于局部逻辑的处理而忽视了整体观照，不能很好地把握汪琬的内在逻辑，其中最典型的是其对《送姚六康之任石埭序》的批评。这篇赠序的对象姚子庄是一位同时具有儒家身份与释家信仰的官员，但是汪琬不从儒、释两家入手，却从道家"得小国寡民试之"开篇，这就引起了叶燮的批评：

---

① （清）叶燮：《汪文摘谬》，见余祖坤：《历代文话续编》，15 页，南京，凤凰出版社，2013。

② （清）叶燮：《汪文摘谬》，见余祖坤：《历代文话续编》，10 页，南京，凤凰出版社，2013。

　　据此文大旨，以姚之奉释立论，则布局须以儒为主，释为宾；即欲引老子入篇中，又当以释为主，老为宾。从老说入释，则当轩释而轻老，从释以较儒，方得结释以归儒，则宾主层层无不秩然矣。今篇首双提老释，既无宾主，而叙老在释先，又添入一"与"字，似老为主而释为宾；及观下文，一段老，一段释，一段说释不异老，一段说释可通儒，而总曰"比肩老子不难"。总三教而结穴于老子，其侧重偏提，意在何处着落？头绪纷然，结束何属？①

叶燮认为对姚子庄这位信佛的官员来说，开篇不从儒家身份、释家信仰入手，却从道家的"得小国寡民试之"入手，实在是喧宾夺主，使得下文结构混乱。说到得意处，叶燮甚至还为汪琬开出了一剂良方，认为即便写老子（约前 571—约前 471），也应该"轩释而轻老，从释以较儒"，这样行文逻辑就能自然地"结释以归儒"，则文章秩序井然矣。

　　由于是从老子入手，所以首赞道家之后汪琬必然要转一笔重新进入姚子庄以儒家身份而为政，这又引起了叶燮的抨击：

　　此段援老以入儒。读至此，必以为全篇专主老而言，必姚君乃儒而奉老者流，以此段为一篇关键，故不惜为老氏千峰万壑，起伏盘旋，跌入儒家正面。及阅下文至篇终，竟将老氏抛荒，略不复

————————

① （清）叶燮：《汪文摘谬》，见余祖坤：《历代文话续编》，14 页，南京，凤凰出版社，2013。

顾，全是说释，则前半何苦为老氏用如许心力耶？①

汪文主次关系的逻辑不清、喧宾夺主，一直是叶燮批评汪文的关键。而在汪琬完成了对姚六康为政与奉佛的论述，结束行文时，又写了一句"有罪吾以儒者而附会老释者，非吾徒也"的缓笔。这在叶燮看来更是时文俗烂的文末照应法，认为汪琬在末尾重提老子，只是以便和开头呼应：

> 至此又将老释双提作结。盖自姚君入文以来，老子久不登场矣，此又请来作结，只为要照应篇首一句，故有此杂沓也。
>
> 此文专为姚君奉释立论，于老子实风马牛，无路可搿入；既欲搿入，以二氏双提，已是顾宾失主。今文前半专归重老子，以致偏重难返，故自入题后，只好料理姚子奉释正面，不得不将老子搁起，于是老子来有踪而去无迹矣。方知前半哓哓说老子，何异说梦？忽然自觉无谓，只得于篇末双提释老一句救之，可谓苦矣！
>
> 此作三教纷然，不知本意归重何教？若曰归重吾儒，则夫人能言之矣。此文实以姚君通乎释，而释氏之理通于儒，儒释两两相较，头绪始清。老子原无坐位处，今文纯以老子作波澜，更推他作主宰，释与儒俱退而避之，其大谬处，总在"比肩老子不难"一句，后遂不可收拾，亦竟不复收拾矣。文无结构，意无主宰，论无成

---

① （清）叶燮：《汪文摘谬》，见余祖坤：《历代文话续编》，15 页，南京，凤凰出版社，2013。

　　说，信手拈来，可谓头头不是道矣。①

　　在叶燮看来，序中谈论老子，纯粹就是信手拈起作波澜。其失误在于主次不分以及由此导致的头绪不密，最终使得"文无结构，意无主宰"。

　　从表面看来，叶燮的每一段评文都很有道理。对于一位奉佛的儒者，汪文为何开篇要从道家立论确实令人心生疑惑。而且如此起笔，势必像叶燮批评的，拈出老子的话端来，往后写就撇在一边，最后照应亦会生硬牵强。但是反过来从汪琬的立论思路重新梳理这篇赠序的逻辑，我们会发现其实汪琬也有他的道理。

　　问题的关键在于汪琬想写姚子庄以佛家信仰治理石埭，等于强行把求来世的佛法施行在求入世的儒家政治之中，这就需要借助道家学说弥合儒、释两家的隔阂。汪琬在文章最开始就提出了"世之儒者，往往訾老释为异端，而习其说者，又多好言空虚寂灭无用之学"这一根本矛盾。其实儒、释的矛盾远甚于儒、道，所以下面写"予尝读两家之书，凡老子与佛，异流而同源"。援佛入道，为求来世的佛学附加上"虽用之官政无不可者"的现世属性。进而再讲"《老子》五千余言，率时时寄意于治国爱民、行师莅事之间。"②援道入儒，顺理成章地在现世层面进一步实现入世。换言之，只有在现世的过渡下，来世与入世这对矛盾才可能达成和解。汪琬之所以看似赘冗地把老子穿插进来，是因为其间有儒家与释

----

　　① （清）叶燮：《汪文摘谬》，见余祖坤：《历代文话续编》，16～17页，南京，凤凰出版社，2013。
　　② （清）叶燮：《汪文摘谬》，见余祖坤：《历代文话续编》，14页，南京，凤凰出版社，2013。

家难以调和的学理矛盾，汪琬的章法布局是为了学理上的完备。叶燮的批评则是从文章布局来看，认为道家与姚子庄无关，那么对于道家学说纠缠不休就是文章的主次结构不清了，其实二者的出发点是不一样的。

总之，叶燮的文法批评特别善于发现汪文中的字法、句法错误以及一些逻辑矛盾，呈现出文本细读的优势。然而有时过分纠缠细节，反而使得他在判断文章整体逻辑时忽视汪文的内在逻辑，形成一种"断章取义"的点评，这是叶燮《汪文摘谬》作为文学批评文本的基本特点。而这种"断章取义"的分析与《汪文摘谬》之私人撰述的性质是相配的，《汪文摘谬》的"期待读者"应该就是所授的门生弟子，从形式上看，《汪文摘谬》的批评方式也近乎一种教学讲义，未必真欲使其进入公共领域，否则叶燮对《汪文摘谬》中那些毫无顾忌的攻击性话语恐怕会有所处理。那么，形成《汪文摘谬》之文本细读的原因何在呢？这实际上也和叶燮写作《汪文摘谬》以及叶、汪之争的原因有关。

三、士大夫意识：大处发挥的权力批评

在《汪文摘谬》中有一个值得注意的现象：叶燮无论是在字法、句法还是章法批评中，都常常将最终的焦点落实到政治地位上。比如汪琬在《送姚六康之任石埭序》中有一句"借令今之仕宦有人焉，通于佛之旨趣"，写儒生学习佛法。叶燮指出"仕宦"这个词用得不好，应当改作"今吾儒有人焉"。从字法角度说这是有道理的，因为前面一直在说儒者如何、释者如何，所以从行文统一与顺畅的角度说，"吾儒"确实优于"仕

官"。但是，叶燮点出字法问题后，顺手接了一句"文是说理，不是说位也"①。这就把一般的字法问题上升到地位问题、身份问题，话语间带有很浓的讥讽味道。

此外，由于上面汪文讲到信佛的人"率皆剃发缁衣"，认为这对于他们来说是"不幸"。叶燮对这个"不幸"的问题也有一番引申发挥："剃发衣缁，佛之本教，而曰'不幸'，然则为佛之教而幸者又何如？"②在汪琬看来，从佛之人剃发衣缁，这是违背常情又比较清苦的，所以认为其不幸，遵循的是生活常理。而叶燮的批评遵循义理的原则，指出在佛家的教义面前，人人均应有此约束，无幸与不幸之别。③ 义理的批评是简单粗暴的，因为它悬置了一个永恒的真理，所讲的是应当的逻辑，虽然堂堂正正、无可反驳但毕竟不符合人之常情，汪琬所讲的则是现实的逻辑。严格地说二者并不在一个层面上，没有批评的必要，而叶燮却不遗余力地抓出这些细节加以反驳，就不能不令人思考驱动叶燮发难的缘由了。

句法批评同样会被叶燮引申发挥，典型的案例如在《送魏光禄归蔚州序》中，汪琬写魏光禄"疏稿具传于世，士大夫家皆有之"，叶燮批曰："'传于世'，尽矣，复添'士大夫家皆有'句，岂士大夫又在世外者乎？"

---

① （清）叶燮：《汪文摘谬》，见余祖坤：《历代文话续编》，15 页，南京，凤凰出版社，2013。

② （清）叶燮：《汪文摘谬》，见余祖坤：《历代文话续编》，15 页，南京，凤凰出版社，2013。

③ 叶燮针对汪文中"幸不幸"的争论凡三见，此外两处分别为《陈文庄公祠堂庙碑记》中驳斥杀身成仁的幸与不幸，以及《送魏光禄归蔚州序》中驳斥官职闲要的幸与不幸。在三次讨论中，叶燮都上升到义理层面认为杀身、剃发、散官皆不可谓不幸。

从造句角度说，"皆有之"与"传于世"确实语义重复、拖泥带水。但叶燮的批评绝不止于此，他接着历数本文中"士大夫"凡三见，将句法问题转向对汪琬人品的指摘："甚矣，汪君之沾沾于士大夫也！宜其与昆山归元恭书，诎区区之布衣，而以士大夫自炫。然则所称'世'者，皆元恭之流也；'士大夫'者，汪君自道也，若曰'吾家亦有之耳'。"①叶燮批评汪文之所以赘余地拉上一句"士大夫家皆有之"，只是炫耀自己的士大夫身份而已。②另外，更值得注意的是叶燮引出一段汪琬与归庄的公案。

汪琬对于归庄刻《震川先生集》中擅改归有光文字的做法表示不满，因致书与辩，在《与归玄恭书二》中有"人主尚不能监谤，足下区区一布衣，岂能尽箝士大夫之口哉"③的话。这激怒了归庄，于是复书《再答汪苕文》曰："今执事不过一郎官耳，遂轻仆为区区一布衣，稍有辨难，便以为咆哮抵触，人之度量相越，乃至于此。"④大概这场"布衣"之争被归庄传了出去，于是汪琬不断和人解释，如他在《与周汉绍书二》中说："又闻指摘最后札中'布衣'二字，谓仆简傲而轻彼，于是诉诸同人，播诸京师士大夫之口，则玄恭亦甚陋矣！"⑤书中又依次搬出先秦诸子的例子，说明"布衣"不为讥讽。然而无论如何，汪琬都在事实上成为一时舆

① （清）叶燮：《汪文摘谬》，见余祖坤：《历代文话续编》，19 页，南京，凤凰出版社，2013。

② 类似的批评又可见于叶燮《金孝章墓志铭》摘谬中对汪琬"其遗风余韵，至今犹传述卿士大夫之口"一句的批评，参见《汪文摘谬》，余祖坤：《历代文话续编》，22 页，南京，凤凰出版社，2013。

③ 《汪琬全集笺校》，李圣华校注，513 页，北京，人民文学出版社，2010。

④ 《归庄集》，344 页，上海，上海古籍出版社，1984。

⑤ 《汪琬全集笺校》，李圣华校注，515 页，北京，人民文学出版社，2010。

论的众矢之的。

叶燮在批评《送魏光禄归蔚州序》时，因发现"士大夫"一词而联想到归庄一案，这可能是引发叶燮反感的引子，而这个引子却使叶燮找到了一个政治伦理批评的立场。在《汪文摘谬》所选篇目中，叶燮只要遇到类似"士大夫"的语词出现，就会摆出讥讽的姿态，机锋最利处附着于对汪文章法的批评上。最典型的一段是叶燮对《〈泛雪诗〉序》的批评：汪琬在序中回忆自己仕宦郎署时一次被大雪所困的经历，以"畏雪"为行文发端，又讲到困窘时雪夜寒冷的经历，以反衬蒋子文咏雪之可喜。叶燮也作过一篇《〈泛雪诗〉序》，从苦雪者十之七八立论，也是和蒋子文的喜雪相反衬，按理说其篇章的逻辑结构和汪琬有相通之处。但叶燮看到"畏雪"一段文字后几乎勃然大怒，首先斥责文章内容毫无趣味，接着批评文章烦冗不实，这些还都是就文论文，谈文章内容与章法。但叶燮看到汪文中的"郎署"二字后，似乎又想起了汪琬以郎官的身份压布衣归庄的事件，因而愤然写下几大串的攻讦之词：

> 始言"在郎署"，又言"晨入署"，又言"奏事行殿"，又言"夜半抵南海子"，又言"请告归里"，又言"予方乘肩舆"。夫在都中之畏雪，为在郎署也；途中之畏雪，前此公车谒选，策蹇长途，当亦畏之熟矣，何必待请告归里，乘舆，舆上雪盈寸而始畏之也？总之，在寒士之前，矜我所有而骄其所无。娓娓二百有余言，描写极艰辛处，正是极得意处，亦可哂矣。若论文笔，则铺叙形容处，无一非俗笔；章法、句法、字法极似小说，又似烂恶尺牍。试问大家有此文笔乎？殊欲令人掩目掩鼻也。

　　此公生平每以进士仕宦沾沾自炫，时时于文中见之：一则曰"予未第时"云云，再则曰"余成进士归"云云。即如渠集中《史兆斗传》云："余举进士归，兆斗数来访余。余因报谒至其家，家在委巷中，予屏车从，徒步而入。"读至此，不觉失笑。古者诸侯造士之庐，其下贤之诚，方有"屏车从，徒步"等语，史册以为美谈。汪君此时不过一进士耳，何至于乡井之间，作如许面目态度乎？此等语，十篇之中不啻再三见，如穷子暴富，不自禁其足高气扬也。①

　　如果说叶燮批评汪琬描写"畏雪"的文字"哓哓不休"还属于见仁见智的章法争议的话，那么这一大段叶燮的批评倒真可谓"哓哓不休"了。汪琬本来是写自己畏雪，但就因为是在"郎署"，所以硬是被扣上一个"在寒士之前，矜我所有而骄其所无"的帽子。而更有趣的是，叶燮在此又偏要将道德问题和"章法、句法、字法极似小说，又似烂恶尺牍"的文法问题挂上钩。然后还不过瘾，再起一段批评汪琬沾沾自炫，又牵出汪琬其他文章中的狂言，总之得出结论：汪琬是"穷子暴富"，人品、文品具不足道。在这一整段批评中，叶燮的逻辑可以概括为：话题无味—烦冗不实—骄傲自矜—文法拙劣—不修品性，那么《汪文摘谬》一开始说选题问题、结构问题其实是为了引出修养问题，批评文法最终被置换成为批评人品。

　　总之，叶燮小处着眼式的文本细读往往有着大处发挥的批评特点。

---

　　①　（清）叶燮：《汪文摘谬》，见余祖坤：《历代文话续编》，32 页，南京，凤凰出版社，2013。

而从归庄案、士大夫、郎署地位等细节引申中，我们可以发现其批评的缘由：叶燮看不惯汪琬在与人讨论文章时的矜才使气、心骄气傲，从感情上发泄就行诸义理、修养等道德问题上的指摘，从理性上驳斥就落实在字法不顺、句法不接、章法矛盾上。这样评文就变成为挑毛病而评文，难免要用文本细读的方法，在"放大镜"下揭示汪文之谬。

四、汪琬的士大夫意识与文论指向

无论叶燮以何种缘由、何种方法展开对汪琬士大夫意识的批判，在事实上都可谓对汪琬的一次重要发现："士大夫"着实是汪文的一个关键词。检索《尧峰文钞》，士大夫一词出现 163 次，其中密度较高的是书、序等文体，而这两种文体的交往性明显强于其他文体。汪琬用"士大夫"的时候，往往有一种身份权力象征意味和文化期许意识在，这是汪琬有意无意间士大夫意识的体现。

"士大夫"区别于"士"的标准首先在于他们是"大夫"，具有一定政治地位与权力属性，比如，《安南日记序》写道：

> 惟其气能胜天下之事，然后可以立天下之大节，成天下之大功。学士大夫进则建勋名于朝，退则齐得丧，一死生，睥睨万物，浩然天地之内。

《砥斋集序》写道：

> 前明崇祯之季，中朝士大夫日夜分立门户，以相攻讦，至于国

事之颠覆，盗贼之蔓延，中原、秦楚之陆沉版荡，率弃置不复谁何。

《灵阳杂咏序》写道：

> 以彼其才，使开元、天宝诸士大夫有大力者从而推挽左右之，则亦可不至于穷，即穷亦可不至于饥寒困顿若是之甚，不幸而无哀怜之者。[①]

无论是像《安南日记序》那样肯定士大夫的成就功业、道德人格，还是像《砥斋集序》批评明朝士大夫结党营私，总之士大夫是以具有政治地位为前提的，并且像《灵阳杂咏序》所述，士大夫还能够对寒士济以资助。

汪琬在入朝为官的生平经历中深刻体会到宦海浮沉，时则以喜、时则以悲，对于权力象征意义上的士大夫时而亲近、时而疏离，比如，他在代作洪承畴(1593—1665)七十寿序时以自己能被认可而为荣，《代寿洪太傅七十序》写道：

> 九月某日，公寿七十，京师士大夫先期属予为文以序。予惟公自受知世祖章皇帝，跋历中外，更践将相者几二十年，其品望在乡国，其威名在遐荒，其丰烈伟绩在太史。夫固天所挺生，以锡我国

家，为元老，为纯臣者也，宜其福禄寿考，日引月长，而未有艾
与！予辱与公善，其知公功为最悉，愿得论次其大者。①

对于给洪承畴这位贰臣作寿序一事，汪琬丝毫没有气节、人品上的矛盾
顾虑，反而自觉把自己放在和洪承畴一致的立场上，歌颂其为清廷建立
的功业。带有对于"京师士大夫"的认同与自豪之情。

然而，在牵扯奏销案而降职兵马司后，汪琬感到极大的耻辱，他在
《兵马司西阁记》中说："兵马司号巡城使者属吏，虽其品秩故与部主事
相当，而所职猥杂，士大夫仕宦中朝者，皆得以公事檄使之。"因为职位
低下且纷繁琐碎，所以"故虽同为京朝官，而士大夫悉轻视之，至以相
讥嘲"②。在这里，汪琬就对于所谓的京师士大夫没有什么好感了。换
言之，汪琬对于权力意义上的士大夫的心理认同，是伴随着其仕宦的升
降而有所变化的。

汪琬真正始终保持心理认同的是关于对士大夫的文化期许，例如，
《丧制杂说·心丧》写道：

> 凡如嫡孙祖在为祖母、为人后者为其所生父母之类，皆许解官
> 申心丧三年。盖犹遵用前代制也。自明以来，此礼不行久矣，当亦
> 士大夫所宜讲求者。

---

① 《汪琬全集笺校》，李圣华校注，651 页，北京，人民文学出版社，2010。
② 《汪琬全集笺校》，李圣华校注，677 页，北京，人民文学出版社，2010。

《与王处士书》写道：

> 琬入仕以来，数为利禄所驱，虽亦尝以其余日有志经史之学，而茫茫乎未涉其涯，汶汶乎未测其底里。此儒者之所悔恨，而贤士大夫之所屏弃不录者也。

《归震川先生年谱后序》写道：

> 夫当明之中叶，士大夫争言古文，往往剿袭《史》《汉》诸书以相鞍轹，纷纭倡和，遍于东南。

《焦山古鼎图诗后序》写道：

> 盖当累世承平之后，朝廷无事，士大夫读书好古，如欧阳永叔、刘原父者，争以博雅相高。

《王子底诗集序》写道：

> 当成周之隆，诸士大夫彬彬然习于文学，其能诗也固宜。①

---

① 《汪琬全集笺校》，李圣华校注，445、476、563、606、615 页，北京，人民文学出版社，2010。

汪琬用"士大夫"之例甚多，实难遍举，从上面几条例子中已经可以发现，无论是古代还是本朝，汪琬所使用的士大夫多具有明礼义、通经史、习文学的文人特点，是一种文化意义上的身份认同。所以当汪琬侧身文学之士之间，谈诗论文，便具有了这种士大夫的自觉。如他在《翁用公诗集序》中说道："予少喜为古文辞，以进士来京师，从四方士大夫游，其人多奇伟男子，予厕足其末，数以诗歌相倡和，可谓幸矣。而诸君子又不鄙夷予文，或使序其所作。"经由文学上的唱和交往，汪琬获得了与"四方士大夫"一致的身份认同："凡以贤士大夫易散而难聚，追惟平昔，握手笑语，往往有不可常恃者，非文无以写吾情而慰吾思也。"① 写士大夫的"易散而难聚"须借文字来"写吾情而慰吾思"，人称代词的转换可以看出，汪琬已经把自己纳入"贤士大夫"的阵营之中了。

但是士大夫的权力是朝廷赋予的，而士大夫的精神是自我修养获得的，前者是被动的，后者是主动的，这样"士大夫"概念就陷入道与势不相统一的困境之中。特别是对于那些没有地位的文学之士，如何获得权力呢？这就回到我们开始所引用的汪琬写给王士禛兄弟的《王子底诗集序》：

> 夫惟古之视诗甚重，则以田野之众而举皆能之；后之视诗渐轻，虽有士大夫之才且贤者，所以求之甚力，而终于有不及。此无他，系乎其教之者而已。
>
> 新城王子子底与其弟贻上，皆以能诗称于京师，可谓自名一

---

① 《汪琬全集笺校》，李圣华校注，617 页，北京，人民文学出版社，2010。

家，以庶几《风》《雅》之遗者也。……予盖有感于世之轻视夫诗者，故愿与子底兄弟共起而勉焉。至于诗教之所以兴，则非予三人者之所得与也，子底盍姑俟之！①

一旦把儒家"诗教"问题牵扯进来，就可以赋予文学最高的地位，因为在"上以风化下，下以风刺上"的诗教传统中，文学就是一种政治权力，并且是无论上位还是下位都具有的话语权力，对处于下位的文人来说，更是"致君尧舜上，再使风俗淳"的重要机遇。汪琬非常看重这种文学话语权，所以在序文末尾借赞扬王氏兄弟诗歌功底的机会，将二人引为同道，希望"共起而勉焉"，至于"诗教之所以兴"的宏愿，已然隐现于文字之下了，而这才是汪琬士大夫身份的自我认同最终所期许的权力诉求。

在汪琬看来，具有文学才能、博通经史就可以成为士大夫，成为士大夫以后就应该具有对应的权力。参考马克斯·韦伯（Max Weber，1864—1920）对"权力"的定义："权力意味着在一种社会关系里哪怕是遇到反对，也能贯彻自己意志的任何机会，不管这种机会是建立在什么基础之上。"②政治权力由政治运作所赋予，有时未必能实现道与势的统一，所以退而求其次，士大夫至少应该具有意识形态领域的话语权，这种权力允许文人可以不受限制地表达自己的意志。回顾前文汪琬摆架子倾轧归庄的话："人主尚不能监谤，足下区区一布衣，岂能尽箝士大夫

---

① 《汪琬全集笺校》，李圣华校注，616 页，北京，人民文学出版社，2010。

② ［德］马克斯·韦伯：《经济与社会》，林荣远译，81 页，北京，商务印书馆，1998。

之口哉"①不正是对于士大夫话语权的极端要求吗？

汪琬的文论也有着呼唤话语权的意味，汪琬提倡文、经、道合一，具体落实到自己身上就形成一系列经史考论之文；又提倡"清文"以反动"明文"，具有自觉拥抱新朝的文化热情；同时高度重视文法，将文法抬升到更高的地位。② 他在《金正希先生遗稿序》中指出："呜呼！国运之治乱，人材之贤不肖，吾固于时文验之矣。时文之靡烂诡异，此即《五行传》所谓'言之不从'之孽也。"③汪琬以传统文运论的思路把国运与文运联系起来，而他严厉批判了明代的时文，那么复兴古文就有着变革文运，从而变革国运的意图。他在《文戒示门人》中又说道："昌明博大，盛世之文也；烦促破碎，衰世之文也；颠倒悖谬，乱世之文也。今幸值右文之时，而后生为文，往往昧于辞义，叛于经旨，专以新奇可喜，嚣然自命作者。"④其欲为清代开创"盛世之文"的意图非常明显，他把这一理想标举为文人士大夫所应自觉肩负的责任。文学与现实、文学与政治的关系在这里已密不可分，而强调士大夫的文学话语权，核心就是要张大文学自身的价值。

所以汪琬在《答陈霭公论文书》中强调才气而非"道"作为文章的首要价值，他不肯轻言"明道"，认为："惟其才雄而气厚，故其力之所注，能令读之者动心骇魄，改观易听，忧为之解颐，泣为之破涕，行坐为之

---

① 《汪琬全集笺校》，李圣华校注，513 页，北京，人民文学出版社，2010。

② 对汪琬文学理论的详细论述可参见李圣华：《汪琬的古文理论及其价值刍议》，载《文艺研究》，2008(12)。

③ 《汪琬全集笺校》，李圣华校注，1432 页，北京，人民文学出版社，2010。

④ 《汪琬全集笺校》，李圣华校注，1665 页，北京，人民文学出版社，2010。

忘寝与食。斯已奇矣，而及其求之以道，则小者多支离破碎而不合，大者乃敢于披猖磔裂，尽决去圣人之畔岸，而翦拔其藩篱，虽小人无忌惮之言，亦常杂见于中。"①他将"才雄气厚"视为文章的关键，唯有才气的自然运用，才能起到感动人心、惊心动魄的作用。在第二封书信中又进一步申说这种认识，并把才气落实在文法方面，他认为："如以文言之，则大家之有法，犹弈师之有谱，曲工之有节，匠氏之有绳度，不可不讲求而自得者也。后之作者惟其知字而不知句，知句而不知篇，于是有开而无阖，有呼而无应，有前后而无操纵顿挫，不散则乱，辟诸驱乌合之市人，而思制胜于天下，其不立败者几希。"②总之，真正能结构文章组织，使读者动心骇目的，是作家对文法的运用。

由于在第一封信中汪琬有意不言"明道"，也没有把"寄托"放在"道"的位置，这引起了陈僖的反驳，认为"无寄托而专求诸章法词令，则亦木偶之形、支离之音"，强调形而下的文法比不上形而上的寄托。汪琬则回驳但凡作者，都是"非穷愁不能著书。古人之文，安得有所谓无寄托者哉？要当论其工与否耳。工者传，不工者不传也，又必其尤工者，然后能传数千百年，而终于不可磨灭也。孔子曰：'言之无文，行而不远。'夫有篇法，又有字句之法，此即其言而文者也。虽圣人犹取之，而足下顾得用支离、木偶相鄙薄乎？"③认为但凡作者均有寄托，而文章能否流传，关键还得看怎么写，他引用孔子的话，把文法工否上升到"立言"的最高标准。

---

① 《汪琬全集笺校》，李圣华校注，481 页，北京，人民文学出版社，2010。
② 《汪琬全集笺校》，李圣华校注，484 页，北京，人民文学出版社，2010。
③ 《汪琬全集笺校》，李圣华校注，485 页，北京，人民文学出版社，2010。

可见，汪琬并非反对文以明道，反对寄托，而是把"道"与"寄托"首先内化为作者的自我修养与心境。"道"与"寄托"是写作的前提，但却不足以成为文士作为独立主体的核心。强调文法看似是一个"为艺术而艺术"的主张，其实不然，文法保证了处于文学场中，文士坚守文学合法性权力的可能。汪琬的士大夫理想化身是欧阳修（1007—1072）那样集长官、文坛领袖、学者于一身的通儒型士大夫，当文人声明通过文学可以行使话语权的时候，自然需要提防理学家对其话语权合法性的消解。所以汪琬必须强调文法，这是作为文学知识分子的不同之处，可以使文学知识分子的自主性得到保证。唯其如此，汪琬所认同的"士大夫"身份才能实现，或者说汪琬所处的那个"士大夫"阶层的话语合法性才能有所保障，这是汪琬文法说的深层理论指向。

进而言之，汪琬认为以文学为本位的士大夫在政教问题上本身就具有合法性。审视《答陈蔼公论文书一》中对于文法的强调就会发现，文法本身就是意识形态的，本身就是政教的一部分。汪琬指出，传统载道论的观点以为文学"惟道为有力"，这点是值得怀疑的，因为即使是非儒家之道的诸子百家之书，"其文或简炼而精丽，或疏畅而明白，或汪洋纵恣，逶迤曲折，沛然四出而不可御，盖莫不有才与气者在焉"。文学水平卓越，显出才气的文章，就会使人废寝忘食、动心骇魄，这样一来，尽管它们载的并非正统之道，但却足以广泛传播，这就从接受论的角度，重新阐释了"文以载道"的教化功能。汪琬最后反问陈僖："吾不识足下爱其文，将遂信其道乎？抑以其不合于道，遂并排黜其文而不之录乎？"①实际上，汪琬已经指出，道的传承必须依赖于文的才气，文法及道学，二者必须是一体关系。

　　但是这并不是说汪琬走向纯文学而否定文学的社会功能了，前面已经说了，汪琬对于"士大夫"的文化认同就在于文学与权力，二者是统一的。文学当然还是为了实现权力，特别是意识形态的话语权，其方法就是借助于文法上的优势。文法说的高扬无疑为意识形态话语提供了最好的外衣，使文学意义的士大夫真正成为政教意义的士大夫。②

　　考察了汪琬的士大夫意识及其文论的权力诉求之后，我们便可深刻理解《汪文摘谬》由文法批评揭示汪琬自矜于士大夫之观念的批评了。回到叶燮对《〈泛雪诗〉序》的摘谬。叶燮从批评句法、章法入手最终指向汪琬对士大夫身份的自矜，而正是在这篇摘谬中叶燮发现了汪琬频繁使用"士大夫"这个词的话语习惯。其实《〈泛雪诗〉序》本身并没有骄寒士的意图，《汪文摘谬》中对士大夫意识的批评完全出于叶燮的刻意导向，这构成了叶燮的第二重发现："即使偶一述之，一两言足矣，何至哓哓不休？……此公生平每以进士仕宦沾沾自炫"③，文法上的错乱来源于身份认同的错误。换言之，叶燮通过对汪文的文本细读发现了汪琬之文法与士大夫身份认同之间的深层联系：正是道德立场上的问题，使得汪文

---

①　《汪琬全集笺校》，李圣华校注，481页，北京，人民文学出版社，2010。

②　正如朱国华所说："当意识形态假装它不是如其所是的时候，当意识形态能够进行合法欺骗，从而受到被支配主体心甘情愿的合作时，符号权力才能得到最大限度的实现。"见朱国华：《文学与权力：文学合法性的批判性考察》，31页，北京，北京大学出版社，2014。

③　（清）叶燮：《汪文摘谬》，见余祖坤：《历代文话续编》，32页，南京，凤凰出版社，2013。

文法也连带着不成逻辑，或者说文法的不成逻辑是因为内在价值观的失当，二者在本质上是互相联系的。而以精于文法作为文学话语权之必备前提，这不正是汪琬士大夫意识的内在逻辑吗？那么，当叶燮解构了汪琬的文法，特别是基于"每以进士仕宦沾沾自炫"的原因而解构其文法时，汪琬的逻辑也就遭到了釜底抽薪式的打击。

而回顾这一段叶、汪之争的历史，我们可以发现：正如汪琬借由对文法的强调而建构了士大夫的话语权，叶燮也借由文法的批判解构了汪琬的士大夫身份，二者一正一反，却恰是一张纸的两面。仅仅如归庄那样的反驳是无力的，只会流于争意气的口水战。所以，叶燮需要一个立场，从根本上消解汪琬士大夫权力意识的根基——文学。文法形式批评恰好可以为他提供这样一个立场，因为它动摇了汪琬士大夫意识的语言基础。这种批评模式，恰恰是叶燮对汪琬深层思维逻辑的发现与解构。

而无论是汪琬的建构还是叶燮的解构，就文学理论与文人心态的深层逻辑来说，从康熙朝以后，士大夫们已经开始自觉不自觉地要让文学成为权力意识的一部分了，一种新的文学与政治的表述，也将呼之欲出。

第二章 ┃ 治统对文学的收编

康熙年间，清政权的统治逐渐稳定，"右文政策"开始推行。士大夫基于易代之痛而爆发的遗民行为与观念，甚至批判性思想，都逐渐平淡下来。葛兆光将明末清初的思想史比喻为"奠基于流沙"[1]，即看到了时移世易之后，清初思想界失去了易代之际的情感基础，而导致的思想史发展之消歇现象。而随之而来的则是文士对清政权的主动亲近，汪琬提倡"清文"，并欲以强调文才、文法而强化士大夫身份，便是文人阶层在新政权开启文教政策时的自然反应，而文人们也因此自下而上地掩饰了其思想的批判性。

另一方面，清政权的统治者，包括康熙、雍正等皇帝，则开始深入学习汉文学与汉文化，并借助传统

---

[1] 葛兆光：《中国思想史》第二卷，342页，上海，复旦大学出版社，2013。

儒家思维中的普适性、普遍性的思维方式，确立自身政权的合法性。雍正在《大义觉迷录》中就提出："自古帝王之有天下，莫不由怀保万民，恩加四海，膺上天之眷命，协亿兆之欢心，用能统一寰区，垂麻奕世。盖生民之道，惟有德者可为天下君。"这一理论深契《尚书》"皇天无亲，惟德是辅"的政治合法性标准，雍正甚至提出"舜为东夷之人，文王为西夷之人，曾何损于圣德乎"①的反问。这充分反映出统治者对儒家经典的熟悉，他们借助儒家经典理论，巧妙地翻转了顾炎武"亡国"与"亡天下"的论说逻辑，通过对"道义"的标榜确立其政权的合法性，也就自上而下地消解了遗民们的民族情绪以及否定君权话语的合理性。

当然，像雍正这样直接的政治宣传，只是清前期统治者政治合法化设计的最表层一环。他们更多的还是在文化建设，如通过对理学、古文等的标榜，在学术与文学上完成清廷的正统化。比如，康熙通过编选《古文渊鉴》等御制总集，在文学批评与制度上对文学之价值与观念施加影响。而以官方意识形态主导文学批评风气，使得清代文学理论的发展，也开始受到直接的政治影响，并在清前期的文学批评史上，形成了新的面貌。

第一节 《古文评论》与帝王心术

康熙二十四年(1685)，康熙着手编选古文总集《古文渊鉴》，并率徐乾学(1631—1694)等人对选文加以评骘。这一举措可以视为康熙在平三

---

① 沈云龙：《近代中国史料丛刊》第 36 辑，1、4～5 页，台北，文海出版社，1969。

藩、收复台湾的武功之后，在弘扬文治方面缔造功业的重要实践。康熙不仅组织编选了《古文渊鉴》的篇目，还亲自参与了对选篇的评点，其内容由大学士张玉书(1642—1711)汇编为《古文评论》一书，凡十八卷，共1391条，较为全面地体现了康熙在文学与政事、思想等方面的主张。其后清代文学史与思想史中的诸多命题，都可以在这部书中找到痕迹，而康熙的思想观念，也正是清代士风形成的重要因素。① 那么，《古文评论》的文学观与中国传统文学观究竟有何异同？进一步追问，康熙编选并评骘古文总集的目的又何在呢？

一、《古文评论》的文章观

康熙自己标榜："朕一生所学者，为治天下，非书生坐观立论之易"②，而《古文评论》的选篇标准，直接体现的也是经世致用思想，康熙在《御制渊鉴类函序》中明确说道："尝谓古人政事、文章虽出于二，然文章以言理，政事则理之发迩而见远者也。"③其文章观首先是实用的，是与义理、与政事密不可分的。因而《古文评论》评《左传》《国语》等文章篇目，多以阐发德政、治道为主，如从"庄公克段于鄢"看君主失

----

① 例如，蔡德龙从文章学的角度分析了《古文评论》中文道论、文体论以及雅论的理论内容及特点，及其对后世影响。见蔡德龙：《康熙〈古文评论〉的文章学思想及其意义》，载《民族文学研究》，2010(4)。又如，王亚楠拈出"古雅""得体"等文学批评，讨论了其对清代"清真雅正"文学风气之形成的影响。见王亚楠：《〈古文渊鉴〉评点意向与影响刍论》，载《郑州大学学报(哲学社会科学版)》，2013(6)。

② (宋)朱熹：《朱子全书》第 27 册，846 页，上海，上海古籍出版社，合肥，安徽教育出版社，2002。

③ (清)张英、王士禛：《御定渊鉴类函》，见《影印文渊阁四库全书》第 982 册，1 页，台北，"台湾商务印书馆"，1986。

德，从季梁、宫之奇看贤人政治，从"韩之战"看君子有礼，等等。至于汉代以后的文章，则首列帝王之诏书，其次是臣子之奏议与政论之文，无关政教的文章则一概不录，比如，司马相如（约前179—约前118）以大赋名家，但《古文评论》却单选其《谏猎书》一篇，且评曰："相如文类春华，此则秋实矣"①；又如王羲之（321？—379？）以书法著名，文学则以《兰亭集序》流芳千古，康熙不选《兰亭集序》而选其《止殷浩再举北伐书》《与会稽王笺》和《遗谢安书》三篇，且称赞其"具有经济之才，非徒以文雅见长""觞咏风流，雅兴逸致，乃能留心实政，不祖尚清虚，真中流砥柱矣。"②毫无疑问，标榜经世济用之"实"而非文采风流之"华"，这才是康熙御选古文的根本宗旨。

在具体的政事评价上，康熙也更追求务实之举，比如丙吉（？—前55）与魏相（？—前59）都以持宰相大体，"镇之以清静"著称，但是二人的代表性事件不同，丙吉以问牛喘而不问百姓斗殴闻名，而魏相则有谏止汉宣帝伐匈奴之举。二者其实都是宰相的重要职责，《史记·陈丞相世家》载陈平（？—前178）语云："宰相者，上佐天子理阴阳，顺四时，下育万物之宜，外镇抚四夷诸侯，内亲附百姓，使卿大夫各得任其职焉。"③丙吉注意的是"理阴阳，顺四时"的天道层面，魏相关注的则是"外镇抚四夷诸侯，内亲附百姓"的现实政治层面，在汉代人看来前者似

---

① （清）康熙：《古文评论》，《圣祖仁皇帝御制文集》，见《影印文渊阁四库全书》第1299 册，224 页，台北，"台湾商务印书馆"，1986。

② （清）康熙：《古文评论》，《圣祖仁皇帝御制文集》，见《影印文渊阁四库全书》第1299 册，252 页，台北，"台湾商务印书馆"，1986。

③ 《史记》，2061～2062 页，北京，中华书局，1982。

乎还更重要。而康熙评论魏相的《谏伐匈奴书》则说："今年以下，真宰相语也。丙吉问牛喘，视此不太迂阔耶?"①很明显，在康熙看来更务实的征伐匈奴事重，而燮理阴阳之事则务虚而迂阔无用，这是其务实观念在政治方面的又一体现。

　　至于康熙所关注的政事，则主要是选贤任能与抚恤百姓。有学者已指出《古文评论》评《左传》之文，充满了对选贤任能的重视②，其实不仅评《左传》，整部《古文评论》都在强调人才的重要性，比如：

评汉高帝《求贤诏》：

　　人材者，国家之桢干，储蓄而器使之，惟患其不广。高帝时取士之法未备，宜其求之若渴也。

评汉章帝《地震举贤良诏》：

　　政无大小，得人为本，自是要言不烦。

评权德舆《答柳福州书》：

　　太学，人材所自出，唐宋以来，以名贤处之，造就多士，德舆

---

　　①　(清)康熙：《古文评论》，《圣祖仁皇帝御制文集》，见《影印文渊阁四库全书》第1299 册，226 页，台北，"台湾商务印书馆"，1986。

　　②　黄建军：《致治之道，首重人才——从〈古文评论·左传〉看康熙的人才观》，载《船山学刊》，2007(2)。

此书可谓知本之论矣。①

一方面是广聚人才，另一方面是培养人才，康熙之重才可谓全面而有持续性，当然这也是他最易得人心之处，体现了他对政治精英队伍的重视。

此外，康熙还特别重视抚恤百姓，对这一内容的评价也在《古文评论》中不断出现，比如：

评汉文帝（前203—前157）《赐民田租之半诏》：

> 蠲租一事，乃古今第一仁政，下至穷谷荒陬，皆沾实惠。然必宫庭之上，力崇节俭，然后可以行此，文帝赐田租之半，盖由此道也。

评北魏孝文帝《免租算诏》：

> 有勤恤之实心，故能有丐贷之实政，非泛然仁心仁闻也。

评狄仁杰《请罢百姓戍四镇疏》：

> 请罢四镇远戍，以息百姓，命意与贾捐之《罢珠崖对》同，而文

---

① （清）康熙：《古文评论》，《圣祖仁皇帝御制文集》，见《影印文渊阁四库全书》第1299册，214、234、273页，台北，"台湾商务印书馆"，1986。

之顿挫古郁亦近之。①

赋税与征戍是古代百姓头上的两座大山，康熙的《古文评论》中不断强调对百姓的宽恤，是其在基层政治方面的着眼点。

　　与文章内容上的崇实相应，康熙在文章风格上也有对尚雅与尚质的标榜。"雅者，正也，言王政之所由兴废也。"②政事之文的最高审美原则就是典雅，康熙继承了儒家的美学追求，如评《左传·晋师旷论卫人出君》"典重醇茂处似《国语》"，评《国语·宣公夏滥于泗渊》"通篇典丽谨严，洵文章极则"，评刘向（前77—前6）《条灾异对事》"辨而裁，雅而赡"，等等。③因为务实而杜虚，所以传统文质论中对简质的崇尚也被康熙所认同，他评《国语·桓公欲从事于诸侯》"简练典重"，评汉文帝《策贤良诏》"诏辞简质，犹见古人风旨"，评萧子良（460—494）《陈时政启》"简洁峭劲，有裨民隐"。④可见，康熙论文深受儒家文论影响，呈现出以"雅"为尚、以"简"为宗的价值追求。

　　与此同时，康熙在文章写法与风格问题上，也有多元的审美趣味，并没有限定在传统儒家文论之中。他同样欣赏那些纵横捭阖之文，如评《战国策·苏秦以合从说赵》"文势忽断忽连，若长江万里，波澜无尽"，

---

　　①　（清）康熙：《古文评论》，《圣祖仁皇帝御制文集》，见《影印文渊阁四库全书》第1299册，215、259、267页，台北，"台湾商务印书馆"，1986。

　　②　（宋）朱熹：《毛诗序》，见《诗集传》，15页，北京，中华书局，2017。

　　③　（清）康熙：《古文评论》，《圣祖仁皇帝御制文集》，见《影印文渊阁四库全书》第1299册，202、207、228页，台北，"台湾商务印书馆"，1986。

　　④　（清）康熙：《古文评论》，《圣祖仁皇帝御制文集》，见《影印文渊阁四库全书》第1299册，207、215、256页，台北，"台湾商务印书馆"，1986。

这番评价出自明代归有光《史记例意》之语，明显是以文学为标准而非理与道的标准。康熙还喜欢弘博华赡之文，如评陆机（261—303）《五等论》"文特弘博妍赡，英锐高逸，洵是词场贲育"；而对于骈俪之文，康熙也没有以文体而薄文章，如评唐德宗（742—805）《西平王李晟东渭桥纪功碑》"叙戡定之烈，奕奕精采。文虽以偶丽见胜，而西京遗轨犹存"。① 所选陆贽（754—805）的奏议也多为骈文。可见康熙并没有在骈散之争的框架下论古文，也没有明代盛行的秦汉文优于唐宋文的观念。无论是典丽谨严还是波澜无尽、弘博妍赡，康熙对各种文章风格都持开放的赞许态度，对于文法、文风与文体而言，康熙心中基本上没有太多的偏见。

某种意义上说，康熙对于文章的这种态度，与历史上北朝、隋、唐一系君主对待南朝文学的态度相似。他们一方面以坚持简约朴拙的"质"作为思想政治的根基，另一方面又对南方的"文"欣羡不已，形成既对立又统一的复杂的"文质"观。清政权自觉地坚持儒家思想，从而在文化的意义上把自己"正统化"。康熙极欣赏韩愈的《原道》，恐怕与韩愈的这句"诸侯用夷礼则夷之，夷而进于中国则中国之"②不无关系。在韩愈的逻辑中，"中国"不再是空间概念，而是一种"道德正确"或者"政治正确"的文化概念，其指向的正是所谓的"文"。而若干年后，当雍正与曾静（1679—1735）就所谓"夷夏观"而辩论时，搬出的也正是韩愈的这句话。

---

① （清）康熙：《古文评论》，《圣祖仁皇帝御制文集》，见《影印文渊阁四库全书》第1299 册，211、251、266 页，台北，"台湾商务印书馆"，1986。

② （唐）韩愈：《韩愈文集汇校笺注》，刘真伦、岳珍校注，3 页，北京，中华书局，2010。

可见，康熙的文论呈现出多元的批评张力：他对文章内容的选择极为正统，非有关世教人心者不选，他的文论继承了儒家美学标准，以崇雅尚质为核心。但同时，他亦倾心于纵横逸宕，波澜壮阔的文风，甚至不无遗憾地感慨像《战国策》那样的文风，"若移此神志，明内圣外王之道，仁义礼智之功"①将会如何精彩，全然不理会儒家美学对"作文害道"的警惕，这一批评的张力赋予了《古文评论》独特的批评个性。

二、道理与人格：文品的内在来源

康熙以为"若长江万里，波澜无尽"的《战国策》之文，亦可"移此神志"，用于言道德义理，这种看法正说明他并未完全理解"文贵简"的美学核心。儒家美学讲"文贵简"，是因为唯有文章简洁不枝蔓，才能最恰当地表述、启发"道"。程颐（1033—1107）讲："言贵简，言愈多，于道未必明。杜元凯却有此语云：'言高则旨远，辞约则义微。'大率言语须是含蓄而有余意，所谓'书不尽言，言不尽意'也。"因为"道"本是抽象的真理，是无法直接用语言描述的，所以"明道"就唯有靠"辞约而义微"，以含蓄的方式启人深思，这是接近"道"的唯一方式。至于藻丽、骈偶之文，因为徒炫人耳目，没有启人深思、通达至道的高度，则为程颐所不屑，所谓"今为文者，专务章句，悦人耳目。既务悦人，非俳优而何？"②所以讲义理之文绝不能纵横恣肆、弘博妍赡，这些都不是有效阐

①　（清）康熙：《古文评论》，《圣祖仁皇帝御制文集》，见《影印文渊阁四库全书》第1299 册，211 页，台北，"台湾商务印书馆"，1986。
②　（宋）程颢、程颐：《河南程氏遗书》卷一八，见《二程集》，221～222、239 页，北京，中华书局，2004。

发道理的手段，在儒家文论中，文章之内容与形式是高度统一的。

　　然而在康熙的古文评论中，文辞优劣却不必与内容高下相一致，二者甚至可能是分裂的。一个典型的例子就是《左传》中晏婴与叔向论齐、晋两国内政，两位贤人都深刻地道出内政危机的苗头。对于二人的这段对话，康熙也表示了肯定："晏婴、叔向论齐、晋之失，切中情事，可谓智矣。"但是对这两位贤人的忠诚则提出了质疑："二子皆国之大臣，明知其失而不能救，体国之忠之谓何？"康熙以为二人不能救弊，称不上是忠臣，所以对于这段文章，他给出了"词语古藻劲峭，《左氏》之腴也"①的评价。换言之，文章的内容是高明、有识见的，语言虽然也"古藻劲峭"，但是其文品仍不免华腴浮夸，落了下乘。再如，康熙号称倾心王道，自称"朕向意于三代"②，于是他评《国语》中齐桓公合诸侯一段，认为齐桓公"亲睦诸侯，全是以谋以力，王霸之所由分也"，达不到王道的标准，所以这段文字在内容上称不上多高明。但是康熙觉得其文章风格却还不错，"至文之简练典重，洵是《史》《汉》纪传之祖。"③又如晁错（前 200—前 154）的《贤良对》，康熙以为晁错杂以霸道出之，"以帝王霸配合策问，似亦偏驳"，其水平远不及贾谊（前 200—前 168）和董仲舒（前

---

　　① （清）康熙：《古文评论》，《圣祖仁皇帝御制文集》，见《影印文渊阁四库全书》第1299 册，203 页，台北，"台湾商务印书馆"，1986。

　　② 《圣祖仁皇帝实录》，康熙三十七年戊寅十月丙子，见《清实录》第五册，1016页，北京，中华书局，1985。

　　③ （清）康熙：《古文评论》，《圣祖仁皇帝御制文集》，见《影印文渊阁四库全书》第1299 册，207 页，台北，"台湾商务印书馆"，1986。

179—前 104)以王道论政事，但是单就文章来说，却可谓"文甚古劲"①。

在康熙看来，文章的品格不完全由其内容或语言决定，那什么是衡量文章好坏的内在要素呢？从《古文评论》大量的批语来看，康熙所秉持的宗旨其实是程颐标榜"作文害道"时提出的另一段内容："圣人亦攄发胸中所蕴，自成文耳。所谓'有德者必有言'也。"②比如：

评《战国策·乐毅去燕适赵》：

> 毅报惠王书，虽急于自明，其情志悱恻，文辞深婉，固书牍之祖也。

评诸葛亮《正议》：

> 大义耸然，文辞亦极典美，使华歆辈读之，能无赧汗？

评颜真卿《论百官论事疏》：

> 磊落英爽，真卿多劲节，故文亦似之。

评郭子仪《辞太尉疏》：

---

① （清）康熙：《古文评论》，《圣祖仁皇帝御制文集》，见《影印文渊阁四库全书》第 1299 册，223 页，台北，"台湾商务印书馆"，1986。

② （宋）程颢、程颐：《河南程氏遗书》卷第十八，见《二程集》，239 页，北京，中华书局，2004。

汾阳有功而让，忠诚贯于始终，故其文亦绝无剿饰乃尔。①

这些例子中有一个基本逻辑，即作者的忠诚决定了文辞品格，乐毅、诸葛亮(181—234)、郭子仪(697—781)都是有功于国的大忠臣，所以其文辞能深婉、典美、无剿饰。对颜真卿(709—784)一文的评价，更直接道出了"真卿多劲节，故文亦似之"的"人品"即"文品"理论。当然，在康熙的批评中，所谓人品主要还是指臣子对君主的忠诚。

康熙把儒家文论中文道一体的一面忽略、压抑下来，而突出了"有德者必有言"的一面。其效果就是文学批评中，文章内容与文章风格的直接联系被削弱，文品直接和人品，特别是忠诚度挂钩，这是康熙古文批评的内在理路。在这一理路之下，文学风格的多元化固然被承认了，但却是以无关大体的前提而被承认的，康熙评价陆贽《论前所答奏未施行状》一文极有代表性："补牍而陈忠恳之情，溢于行墨，词义茂美，直余事耳。"②陆贽是"忠恳"之臣，而文章也是"词义茂美"，但问题在于其前提——"直余事耳"，换言之，做臣子的有一片忠恳之情就够了，文章之好坏则并不是康熙所看重的。

三、文统、道统与治统

将康熙的文章论置于中国传统文学批评的理路中，就会注意到其中

---

① （清）康熙：《古文评论》，《圣祖仁皇帝御制文集》，见《影印文渊阁四库全书》第1299册，212、247、270页，台北，"台湾商务印书馆"，1986。
② （清）康熙：《古文评论》，《圣祖仁皇帝御制文集》，见《影印文渊阁四库全书》第1299册，272页，台北，"台湾商务印书馆"，1986。

存在某种断裂性。自刘勰(约 465—约 520)《文心雕龙》开始就讲"原道心以敷章，研神理而设教"，讲"道沿圣以垂文，圣因文而明道"，形成道、圣、文三位一体的文道论观点。后世所谓载道、明道诸说，皆本乎此，如纪昀(1724—1805)评云："文以载道，明其当然；文原于道，明其本然，识其本乃不逐其末。"①

因为道、圣、文三位一体，所以到中唐以后，柳宗元(773—819)直接提出"文者以明道"②的口号。韩愈则在《原道》中确立了尧、舜、禹、汤、文、武、周公、孔、孟、荀、扬的道统之后，又在《送孟东野序》中几乎原样复制了伊尹、周公、孔子、臧孙辰、孟轲、荀卿的文统，当然其范围扩大到了先秦诸子、司马迁、司马相如、扬雄乃至唐代的一批文人。至宋代欧阳修标榜韩愈的一番话，更把文的传承与道的传承合而为一：

> 呜呼！道固有行于远而止于近，有忽于往而贵于今者，非惟世俗好恶之使然，亦其理有当然者。而孔、孟惶惶于一时，而师法于千万世。韩氏之文没而不见者二百年，而后大施于今，此又非特好恶之所上下，盖其久而愈明，不可磨灭，虽蔽于暂而终耀于无穷者，其道当然也。③

① （南朝梁)刘勰著，周振甫译注：《〈文心雕龙〉译注》，56、58 页，南京，江苏教育出版社，2006。

② （唐)柳宗元：《答韦中立论师道书》，见《柳宗元集》，873 页，北京，中华书局，1979。

③ （宋)欧阳修：《记旧本韩文后》，见《欧阳修诗文集校笺》，洪本健校笺，1927～1928 页，上海，上海古籍出版社，2009。

道有显隐而文有传没。文成为道的辅翼，其彰显与否本乎道，而不会随着时间的流逝而埋没。宋代以来的文人们自觉地以文寄寓道，也经由"道"的修行而强化了自身的道义担当，而借由阐发道统、天理的话语权，士阶层更在其文化主体性基础上，发展出了高度的政治主体意识，营造出一种"得君行道"，"共治天下"①的政治生态。如王夫之所说："儒者之统，与帝王之统并行于天下，而互为兴替。其合也，天下以道而治，道以天子而明；及其衰，而帝王之统绝，儒者犹保其道以孤行而无所待，以人存道，而道可不亡。""是故儒者之统，孤行而无待者也；天下自无统，而儒者有统。"②在王夫之看来，士大夫的"道统"可以凌驾于君主的"治统"之上，"道"系于儒者而非帝王，这也是宋明以来士大夫抗颜为政的理论基础。

《古文渊鉴》的选文都是有益于时事政治、世教人心的实用与义理之文，这些文章正是阐发"文以明道"的直接载体，按理说是继承了传统文论的思维方式，康熙在《古文渊鉴序》中还说了一番"夫经纬天地之谓文，文者载道之器，所以弥纶宇宙，统括古今，化裁民物者也"③的大道理。但是落实到具体批评层面，他却在逻辑上割裂了文与道的关系。那么，这一裂痕背后是否有更深层的意图呢？

在道、圣、文的三位一体中把文的地位削弱，而且康熙削弱的还不

---

① 余英时：《从政治生态看宋明两型理学的异同》，见《中国文化史通释》，26～29页，北京，生活·读书·新知三联书店，2012。

② （清）王夫之：《读通鉴论》，1127、1130页，北京，中华书局，1975。

③ （清）康熙：《古文渊鉴序》，《御选古文渊鉴》，见《影印文渊阁四库全书》第1417册，1页，台北，"台湾商务印书馆"，1986。

是一般意义上的抒情文、山水文、小品文、八股文，而是那些堂堂正正的庙堂之文、载道之文，这样一来，道统的阐释权就不在"文"这边，而与治统结合得更紧密了。康熙的不少言论都明确表达了以治统统合道统的意思，比如：

> 朕惟古昔圣王，所以继天立极，而君师万民者，不徒在乎治法之明备，而在乎心法道法之精微也。执中之训，肇自唐虞，帝王之学，莫不由之。言心则曰："人心惟危，道心惟微"；言性则曰："若有恒性，克绥厥猷惟后"。盖天性同然之理，人心固有之良，万善所以出焉。本之以建皇极，则为天德王道之纯，以牖下民，则为一道同风之治。欲修身而登上理，舍斯道何由哉？①

再如：

> 朕惟天生圣贤，作君作师，万世道统之传，即万世治统之所系也。……道统在是，治统亦在是矣。历代贤哲之君创业守成，莫不尊崇表章，讲明斯道。②

康熙虽然崇尚程朱理学，刊行《性理大全》，裁定《性理精义》，还为

---

①　（清）康熙：《性理大全序》，见《康熙帝御制文集》，303 页，台北，学生书局，1966。

②　（清）康熙：《日讲四书解义序》，见《康熙帝御制文集》，305～306 页，台北，学生书局，1966。

《朱子全书》作序，但正如杨念群所述，康熙的崇理学是为了去掉自身的"蛮夷"气，从而获得统治的合法性，而他并不承认宋儒所承担之"道统"可以拥有抗衡君权之"治统"的权力。① 于是，康熙把"道"追溯到古昔圣王的时代，从而确立了"继天立极，而君师万民者"才有资格言"道"的理论逻辑，所谓"道"的解释权，也就被限制在了"历代圣哲之君"的范围内。换言之，所谓"万世道统之传，即万世治统之所系"，其说的核心要义在于剥夺了士大夫对道统的解释权，道统、治统合一意味着君权才是"道"的唯一占有者。此外，康熙还曾亲临曲阜祭孔，行三跪九叩之礼，更宣示了其治统与道统合一。

康熙的文章评论中也直接透露出以治为道的观念，他在评刘辅《谏立赵婕妤疏》时指出："自非有德之世，不可以奉神灵之统，而树宫壶之仪。"②他批评的虽然是汉成帝（前51—前7），但很明显"奉神灵之统"，"树宫壶之仪"指的都是政治权力，而政治权力的基础来源于道德，这正是其治统与道统合一理论的体现。此外，把文统的一环去掉，其实也为康熙提供了一个有效的言说手段，使他在面对治与道的不和谐的情况时，可以方便地顾"文学"而言他，比如《史记·伯夷列传》就是很好的例子。

司马迁作《伯夷列传》，本来提出了一个道德与政治相矛盾的问题，伯夷、叔齐是有道之人，却饿死首阳山上，司马迁由此对天道产生了质

---

① 杨念群：《何处是"江南"？ 清朝正统观的确立与士林精神世界的变异》，133、196 页，北京，生活·读书·新知三联书店，2010。

② （清）康熙：《古文评论》，《圣祖仁皇帝御制文集》，见《影印文渊阁四库全书》第 1299 册，230 页，台北，"台湾商务印书馆"，1986。

疑:"余甚惑焉,傥所谓天道,是邪非邪?"在伯夷、叔齐的立场上看,武王伐纣是不合法的,因为"父死不葬,爰及干戈,可谓孝乎?以臣弑君,可谓仁乎?"①因而伯夷、叔齐的悲剧,其背后有一个根源就是政治权力与道德力量的矛盾。康熙鼓吹"奉神灵之统"的合法性基础在于"有德之世",而伯夷、叔齐的例子恰恰有颠覆这种理论的可能。面对这种不和谐,康熙的处理方式就是巧妙地将批评归结于文法精妙:

> 表章伯夷,实始孔子,故此传专以孔子为据,"怨"字即从孔子语中拈出,又从"怨"字生出天之报施意,从天道生出一段议论,逐节相生,错综变化。②

通篇不谈道德、不谈义理,而专从章法入手,讲行文的错综变化,这在《古文评论》中实属少数。其实正是因为讨论《伯夷列传》的义理将不可避免地使自己陷入治与道不统一的尴尬,所以这时讨论一下作为"余事"的文学章法,反而是更安全的批评策略。

与文学批评占领道统话语权相同步,康熙也把中国传统的"经筵会讲"中"道"的话语权从士大夫手中抢夺过来,将讲官进讲而皇帝听讲的模式,颠倒为"讲官进讲时,皇上随意或先将《四书朱注》讲解,或先将《通鉴》等书讲解,俾得瞻仰圣学。讲毕,讲官仍照常进讲"的模式,而

---

① 《史记》,2123~2125 页,北京,中华书局,1982。
② (清)康熙:《古文评论》,《圣祖仁皇帝御制文集》,见《影印文渊阁四库全书》第1299 册,225 页,台北,"台湾商务印书馆",1986。

大学士对此的态度是"则义理愈加阐发而裨益弘多矣。"①帝王彻底剥夺了士大夫对经典、对"道"的解释权，士大夫则不自觉地成为帝王思想的修正补充者，同时也是崇拜者。大儒汤斌（1627—1687）甚至在参与"经筵会讲"后写下诗歌："经陈谟典天心正，学阐勋华帝道昌。敢向圣朝称管晏，何须文藻继班扬。恩深覆载安能报？诵读衡茅志未忘。"②足见士大夫阶层已完全沦为帝王思想的膜拜者。③

本质上说，康熙对经师的解经是不以为然的："说经之家，往往凿空骋异，使圣人之道不明于天下。"这句话出自他评论唐玄宗（685—762）《孝经正义序》，康熙借评论同样贵为天子的唐玄宗之文，微妙地表示了帝王的批评反而能切中经师的要害，反而"简贵可传"④。也正是从康熙开始，清代宫廷经筵中受教育者的角色由皇帝变成了臣子，皇帝掌握了解释经典的权力，而士大夫对道统的解释权则逐渐丧失。而这一切的最终结果是，在清前期的话语场域中，政治话语逐渐收编了儒家以"道"为核心的学术话语，并且隐然把文学话语排斥于话语场之外，这可以说是《古文评论》所呈现出的深层话语意涵。

康熙的古文批评，不仅是一种文学批评。他把文章内容限定在经世

---

① 《圣祖仁皇帝实录》，康熙十六年丁巳五月己卯，见《清实录》第四册，857 页，北京，中华书局，1985。

② （清）汤斌：《辛酉二月初侍讲筵纪事二首》，见《汤斌集》，694 页，郑州，中州古籍出版社，2003。

③ 关于清初"经筵会讲"所呈现出的话语权转变，杨念群有精彩而独到的研究。参见杨念群：《何处是"江南"？　清朝正统观的确立与士林精神世界的变异》，91～102 页，北京，生活·读书·新知三联书店，2010。

④ （清）康熙：《古文评论》，《圣祖仁皇帝御制文集》，见《影印文渊阁四库全书》第 1299 册，265 页，台北，"台湾商务印书馆"，1986。

致用的范围内，注重务实的政道，而在文学风格上崇尚典雅、简质，在此基础上兼美其他风格。这一批评过程可以视为某种政治"软实力"的体现，意在形成某种非强制性但却能使人心甘情愿地接受新朝的文治力量，确立清政权统治的合法性，而唯有其在观念层面上获得了"道"的权威，才算真正完成了王朝的建立。

四、士人立场与批评合法性

　　康熙的文治思考根源于当时文人的文化观念。其执政之初即面对一个政治难题：遗民文人宁可出家为僧也不愿出仕新朝。出处问题成为明遗民的道德困境，邵廷采（1648—1711）说："出处之际，难矣！士不幸遭革命之运，迫于事会，不获守其初服，惟有其爱民循职，苟可以免清议。若没没（案：似汲汲误）贵富，入而不返，更数十年面目俱易，则君子羞之。"[1]遗民一旦入仕，就难免受到清议的指摘，成为失节文人。对此，康熙当然唯有以圣人之道来标榜士人仕清的合法性，他借评论曾巩（1019—1083）《徐孺子祠堂记》的机会说："出处，士人之大节也。必一衷于圣人之道，则干禄不为污，而洁身不为恝矣。"[2]康熙承认出处问题是士人的大节，但是关键是为谁守节？士人的守节，不是忠于一家一姓的王朝，而是应当忠于圣人之道。那么，只要证明了清政权的存在合乎圣人之道，也就彻底消解了遗民清议的道德立场。

---

　　①　（清）邵廷采：《陈执斋先生墓表》，见《思复堂文集》，439 页，杭州，浙江古籍出版社，1987。

　　②　（清）康熙：《古文评论》，《圣祖仁皇帝御制文集》，见《影印文渊阁四库全书》第1299 册，315 页，台北，"台湾商务印书馆"，1986。

问题在于，圣人之道的确认依赖于对政治行为与道德义理的阐释，谁有权力阐释"道"也就成了关键。中国古代士人，"一直在利用道统所赋予他们的'解释权'对治统实施批评和一定程度的干预。换言之，'治教合一'的理想及道统的存在是士人与皇权周旋甚而抗衡的理论支点"①。但是康熙则坚持强调治统与道统的合一，而有意忽略文统与道统的关系，很明显是要从士大夫手中夺取对"道"的阐释权。文士的话语权来源于"道"的权威与经典的传承，因为"道"借由"文"而彰显，修辞以立诚，所以"文"才有不可撼动的地位，这正是上一节我们所见汪琬的理论逻辑。但是经由康熙的转化，"文"从"道"的同位一体而降格为余事，降格为与内容分裂的形式，文品的高低取决于人品优劣，而人品这一抽象概念又被康熙具象化为对朝廷忠诚的品格。经过这样一番置换，文士批评的话语权可以说已经被降低到历代批评传统中相当卑下的位置。

我们可以附带观察一下康熙朝理学家之论文。其文论观念的倾向，正可体现出对官方正统意识形态的靠拢，其代表性人物如李光地与李绂。

李光地与李绂皆是清初理学家，亦是康熙朝重要的政治人物，李光地官至文渊阁大学士兼吏部尚书，李绂亦官内阁学士、工部侍郎等。尤其是李光地为康熙编校《朱子大全》《性理精义》《周易折衷》等书，是康熙所信用之人。康熙十九年(1680)，正是李光地向康熙提出了道统与治统合一的主张，他在《进读书笔录及论说序记杂文序》中歌颂康熙："至我

---

① 罗志田、葛小佳：《东风与西风》，28 页，北京，生活·读书·新知三联书店，2017。

皇上，又五百岁，应王者之期，躬圣贤之学，天其殆将复启尧、舜之运，而道与治之统复合乎？"①他把康熙期许为"圣人"，期许为道统的传承人。张舜徽评价李光地此论，以为"若斯之论，可谓工于诣上矣。故其一生论学，亦惟视人主之意为转移"②。李绂则比李光地更进一步。他在《谦德传跋》中甚至歌颂康熙超越了尧、舜："惟我皇上于尧、舜事功之外，探天性之秘奥，抉圣道之渊微，于十六字心传，默契无间。"又在《理学策》中说："皇上以天亶之姿，继天立极，上接尧、舜以来之统，而尤惓惓表章程朱之书"，"其真圣学昌明之会，至盛而无以复加者乎。"③在李光地那里还只是含混地"劝进"，而李绂则是直接承认康熙治统与道统的合一了。

李光地的门人徐用锡（1657—1736 后）及其孙李清植（1690—1745）曾将李光地论学与读书心得辑为《榕村语录》一书，所论内容则包括了经书、诸子、释道、理学、诗文等。此外，晚清邹福保（1852—1915）又继集《榕村语录续集》。两书加起来至少有两卷多的内容论述文章写作，而在李光地的文学观念中，一个核心就是"文章与气运相关"，他说：

> 文章与气运相关，一毫不爽。唐宪宗有几年太平，便有韩、柳、李习之诸人，宋真、仁间，便生欧、曾、王、苏。明代之治，

---

　　① （清）李光地：《榕村集》，见《影印文渊阁四库全书》第 1324 册，669 页，台北，"台湾商务印书馆"，1986。

　　② 张舜徽：《清人文集别录》，84 页，北京，中华书局，1963。

　　③ （清）李绂：《穆堂别稿》，见《续修四库全书》集部第 1422 册，576、558 页，上海，上海古籍出版社，2002。

只推成、弘，而时文之好，无过此时者。至万历壬辰后，便气调促急，又其后，则鬼怪百出矣。某尝有一譬，春夏秋冬，气候之小者也；治乱兴亡，气运之大者也。虫鸟草木，至微细矣，然春气一到，禽鸟便能怀我好音，声皆和悦。秋气一到，蛩吟虫响，凄凉哀厉。至草木之荣落，尤显而易见者，况人为万物之灵，岂反不与气运相关？所以一番太平，文章天然自变。如战国文字，都是一团诈伪，不知何以至汉，便出贾、董、马、班。至唐诗之变六朝，宋文之变五代，皆然。若周、程之道学，韩、柳之文，李、杜之诗，皆是中兴时起，力量甚大。总之，其人在庙堂者，即关气运，至孤另的，便不相干。如晚秋之菊，寒冬之松栢，不关气候，是其物性。如大乱之时，忽然生一圣贤，乃天以此度下一个种子，恐怕断了的意思。①

文运论的观念自然早已有之，无论是《毛诗序》讲"治世之音安以乐，其政和；乱世之音怨以怒，其政乖；亡国之音哀以思，其民困"②；还是《文心雕龙·时序》讲"时运交移，质文代变"，"文变染乎世情，兴废系乎时序"③，文学与政治相关的命题早就被无数人说过了。但是李光地的文运论明确标榜的是政治昌明的时代，文学就盛，反之则衰。为此，李光地甚至为了配合韩、柳之文兴而硬把中唐宪宗朝说成是"几年

① （清）李光地：《榕村语录》，511～512 页，北京，中华书局，1995。
② （宋）朱熹：《诗集传》，14 页，北京，中华书局，2017。
③ （南朝梁）刘勰著，周振甫译注：《〈文心雕龙〉译注》，610、617 页，南京，江苏教育出版社，2006。

太平",并得出"所以一番太平,文章天然自变"的结论。这却与古代"变风""变雅"的理论相出入。

《诗经》中既有颂美时代的内容,更有讽刺时弊的兴刺之辞,二者皆被孔子肯定。前者被认为是"正风""正雅",而后者则是"变风""变雅"。古人一般不否认"变风""变雅"的价值,比如,刘勰就认为"雅好慷慨"的建安文章"良由世积乱离,风衰俗怨,并志深而笔长,故梗概而多气也"①。又如,韩愈也有"和平之音淡薄,而愁思之声要妙;欢愉之辞难工,而穷苦之言易好也"②的表述。

清初讨论文运论者如汪琬,在其作于康熙九年(1670)的《唐诗正序》中,以一种较为理性的态度分析了"文变染乎世情"的原因:

> 当其盛也,人主励精于上,宰臣百执趋事尽言于下,政清刑简,人气和平,故其发之于诗,率皆冲融而尔雅。读者以为正,作者不自知其正也。及其既衰,在朝则朋党之相讦,在野则戎马之交讧,政烦刑苛,人气愁苦,故其所发,又皆哀思促节为多,最下则浮且靡矣。中间虽有贤者,亦尝博大其学,掀决其气,以求篇什之昌,而讫不能骤复乎古。读者以为变,作者亦不自知其变也。是故正变之所形,国家之治乱系焉;人才之消长,风俗之污隆系焉。③

① (南朝梁)刘勰著,周振甫译注:《〈文心雕龙〉译注》,614页,南京,江苏教育出版社,2006。
② (唐)韩愈:《荆潭唱和诗序》,见《韩愈文集汇校笺注》,刘真伦、岳珍校注,1121~1122页,北京,中华书局,2010。
③ 《汪琬全集笺校》,李圣华校注,603页,北京,人民文学出版社,2010。

汪琬的这段文字，虽然有"最下则浮且靡矣"的价值判断，但总体上并没有明确轩轾"冲融而尔雅"之文与"哀思促节"之文，只是分析政治环境对文人心态的影响，以及文人心态发之于诗歌后的表现。所以有正风，亦有正而有变者，有变而不失正者，汪琬皆肯定其价值。

而我们若是回顾此前黄宗羲"元气"的一段论述，则他反而认为乱世或亡国之时，文章最盛：

> 夫文章，天地之元气也。元气之在平时，昆仑旁薄，和声顺气，发自廊庙，而旁浃于幽遐，无所见奇；逮夫厄运危时，天地闭塞，元气鼓荡而出，拥勇郁遏，坌愤激讦，而后至文生焉。故文章之盛，莫盛于亡宋之日，而皋羽其尤也。①

乱离之中的文字，最容易元气充沛，"故文章之盛，莫盛于亡宋之日"，又如其《陈苇庵年伯诗序》云：

> 向令《风》《雅》而不变，则诗之为道，狭隘而不及情，何以感天地而动鬼神乎？是故汉之后，魏、晋为盛；唐自天宝而后，李、杜始出；宋之亡也，其诗又盛；无他，时为之也。②

在黄宗羲看来，承平之际的诗歌反而难以凸显真情，难以获得感天动地

---

① 《黄宗羲全集》第十册，34 页，杭州，浙江古籍出版社，2005。
② 《黄宗羲全集》第十册，48 页，杭州，浙江古籍出版社，2005。

的力量，而乱世之诗，却正好"元气鼓荡"，此即赵翼所谓"国家不幸诗家幸"。黄宗羲的表述可能更偏向"变风""变雅"一侧，难免走向另一个极端，但是在中国批评传统中，文学与政治的关系，绝不是一一对应的。①

对比汪琬的理性解释与黄宗羲的激情发扬，李光地之说的差异就显而易见了。李光地的文运论是刻意强调盛世之文好，他驳斥韩愈的"不平则鸣"说，也以上古三代为例，证明夔作《韶》，说不得"不平"，很明显有迎合康熙，渲染"清文"之意。

李光地另一个主要观点，可以概括为文品即人品，这也与康熙在《古文评论》中的表述高度相似。他因诸葛亮之忠诚而称赞其文章，反之则斥责王维曾仕伪朝。又如他称赞韩愈的《送董邵南序》，也认为这是"关系忠孝"之文。而以"忠"论人品、文品，不正是康熙的基本文家观吗？进言之，李光地还觉得文人命运也与文章风格挂钩，如韩愈和柳宗元："昌黎在潮诗文，依然肃穆平宽，子厚永、柳诸作，便不免辛酸凄苦。其后昌黎飨用不穷，而柳竟卒于贬所。可悟文章气象之间，关人禄命。"②认为韩愈的亨通源于其在贬所诗文的"肃穆平宽"，柳宗元的短命则因其处贬所诗文的"辛酸凄苦"。"肃穆平宽"即雅正之文，"辛酸凄苦"则类似"变风""变雅"，在李光地的逻辑中，文章风格、作者人品、命

---

① 李光地亦曾明斥黄宗羲："万季野于明文，推宋金华、黄梨洲，而以黄为更好。其实黄何能比宋，宋尚能造句，至黄议论之偏驳粗浅，又无论矣。"虽然没有明说黄宗羲什么观点"偏驳粗浅"，但二人观点之矛盾，是见诸明面的。见(清)李光地：《榕村语录》，524页，北京，中华书局，1995。

② (清)李光地：《榕村语录》，512～513页，北京，中华书局，1995。

运、时代风尚完全是一一对应的。当然如此一来，李光地的文论也就与康熙保持了高度一致，其观点自然获得了合法性保证。

同样的观点亦见于李绂的文学观念中，他在《陶人心语序》中，称赞内务府唐公之诗文，"读《起蛟行》及《甲寅五月》诗，见公忧国爱民之心；读《除夕忆禁中直宿》诗，见公不忘君恩之心；读《悼亡诗》四章及《忆两兄》诗，见公笃于人伦之心；读《崔节孝》诗、《施贞孝赞》，见公重节孝、端风化之心；读《龙钢记》，见公好古之心。盖公之诗文，皆公之心所发见者也"①。文章的好坏显然源于人品是否端正，当然衡量人品的标准则是君臣之义、人伦之心，此亦与其师李光地所论如出一辙。而为了强调忠君感恩，李绂在反驳方苞《韩文公文集评》时，还着力回护了历来颇受批评的韩愈的《潮州刺史谢上表》，以为"公言触所忌，几陷不测，释以为刺史，不当感君恩耶？且君既已明著其罪，则天下无不是之君父，负罪引慝，以日陈于君父之前，体固宜尔"②。此说虽对韩愈作文之特殊语境有所同情，但是搬出"天下无不是之君父"的道理，甚至以为韩愈此文是真心对皇帝感恩戴德，则或者是迂腐，或者是谄媚了。

出于道治合一的思路，李绂还坚持文道合一，主张："立言以明道也，道行于天下则为治，立言又将以论治也。"③如此，则是文、道、治三位一体的文学观，其政治倾向性是非常明显的，所以他肯定的文章也

---

① （清）李绂：《穆堂别稿》，见《续修四库全书》集部第 1422 册，415 页，上海，上海古籍出版社，2002。

② （清）李绂：《与方灵皋论所评韩文书》，《穆堂别稿》，见《续修四库全书》集部第 1422 册，543 页，上海，上海古籍出版社，2002。

③ （清）李绂：《说嵩序》，《穆堂初稿》，见《续修四库全书》集部第 1421 册，586 页，上海，上海古籍出版社，2002。

多是有益于政治之文。比如，在其文评专书《秋山论文》中，他强调说：

> 盖惟有德而后有言，下笔为文，亦亲切而有味。六经而下，若
> 宋元明诸儒所述是也。功必达而在上，方有表见，顾所以立功之
> 具，则须预为讲贯。凡齐治均平之理，礼乐兵农之法，务求了然于
> 中，然后见之文字，坐言可以起行。若范文正公《万言书》，王荆公
> 《上仁宗皇帝书》，苏文忠公《上神宗皇帝书》，生平措注设施，具见
> 于此，学者取以为法，庶无愧于立言之旨矣。①

可见其论文相当强调事功性，而如此论文，则文章的话语权自然也就被
所谓"德"与"功"单方面所统摄，从而置换了传统文论中"文以明道""文
以载道"之文道相应相生的理论模式。"文"成为道与治的工具，则文人
以"文"而弘道、行道的可能性便不复存在了。②

　　李光地与李绂自觉地把文运的发展以及文章的根本价值归诸政治，
其内在理路便是将文统的脉络归诸治统。就其论文而言，显然不及汪琬
周全客观，其作为士大夫的独立人格也远不及黄宗羲。而我们再回忆一
下前面论及吕留良《四书讲义》《四书语录》中"是而义合则为君臣朋友，

---

　　① （清）李绂：《秋山论文　古文辞禁》，见王水照：《历代文话》，3999 页，上海，
复旦大学出版社，2007。
　　② 常威对李绂文学观的讨论，认为其融摄于心学、政治与文学之间，以"立言须兼
德与功求之"的思想为主，亦结合"诗文，心之所发见"的心学思维与考据方法，对李绂的
文论亦多有发明。详见常威：《心学、政治、文学的张力与融摄——李绂文学观的维度建
构》，载《文艺理论研究》，2018(1)。但我们对其讨论李绂"文与道合"是对"作文害道""文
与道俱"的超越，并谓李绂保持了相对的思想独立与精神自由，则不能完全认同。

非而义离则引退，义绝则可为寇仇"①对君臣道义的论述，则同为理学家，"二李"论理学的独立性也远远比不上吕留良。吕留良坚持"道统"对"治统"的监督，认为士人在道德层面与君主平等，而"二李"则要求士人对君主的忠诚与颂美。吕留良的程朱是批判性的理学，而"二李"的程朱是附庸性的理学。这便是政治权力强大的"引力"所在，文学与理学的话语权甚至解释权，都已收归治统，沦为政治的附庸了。

这便是清初理学家之论学与论文。在学术与文学话语权的视角下，重新审视御批的《古文评论》，那么很显然，其所产生的影响也就不仅仅如前人所述，是形成了清代文学"清真雅正"的文学观这么简单。身处高位的李光地、李绂在治统压力下难免就范，罗志田与葛小佳看得清楚，"二李其实都不无门户'私见'，总希望借皇权来实现自己思想学术方面的抱负"。因而他们的理论便不自觉失去了独立性，"道统的独立认同不复存在，以'道'自任的士人也就无形中失去了批判政治权威的超越立足点和思想凭借"②。

第二节　整合与分裂：方苞师徒的"义法"说论析

中国古代士大夫每每以"道"自任，然而弘道的方式却不外乎余英时所言"得君行道"或"觉民行道"二途。康熙以来，帝王通过表彰理学家、

---

① （清）吕留良：《吕晚村先生四书讲义》，25 页，北京，中华书局，2015。
② 罗志田，葛小佳：《道统与治统之间》，见《东风与西风》，36 页，北京，生活·读书·新知三联书店，2017。

推行科举考试等方式推崇理学，并且运用权力批判异端，从而确立了皇权在思想领域与政治意识形态上的合法性。在这种环境下，以李光地、李绂等为代表的理学之士自觉不自觉地将道统归并入治统，从而丧失了士大夫的独立性与批判性，也使理学与文学沦为君主的附庸。当然，对于"二李"自身来说，其效果则是使其言"道"获得了充分的合法性。理学家既被朝廷所收编，那么理学家借"治"之力而争取的"道"必然是扭曲了的"道"。

另一方面，那些向来被排斥于学者、儒林之外的古文家们，尚未直接被皇权所收编，却正可选择另一条路，即以"文"的方式争取对"道"的阐释。方苞的文论在某种意义上，就呈现出了以文弘道，将"道"的解释权与"文"的表达相统一的可能性。

在中国散文批评史上，方苞以"义法"说而著名，他提倡散文写作"言有物"与"言有序"相统一，并且标举"雅洁"的文学风格。前人讨论方苞的文论，多认为其"雅洁"说是《古文评论》批评观的反映，其"义法"说则受到康熙崇朱的影响。比如，罗军凤就从方苞对归有光以及唐宋八大家古文的评价出发，分析方苞"义法"说受到的科举思维的影响，并指出方苞的理论与清初"稽古右文"文教政策的深度契合。[①] 张德建也认为在文学参与思想秩序重建的过程中，方苞有自觉的代言人意识，其"义法"说则是权力内在化的产物。[②] 不过，在承认方苞整体思想不可能独立于时代风气的同时，我们也许还可以追问，在方苞以"文"的方式阐释"道"

---

① 罗军凤：《方苞的古文"义法"与科举世风》，载《文学遗产》，2008(2)。
② 张德建：《义法说与清代的文学规训》，载《安徽大学学报（哲学社会科学版）》，2018(6)。

的时候，是否为"文"留下一些可能性？其"义法"说又是否能显示出某些异质性因素呢？

细读方苞下面这段话，可以看出方苞的用心处：

> 唐臣韩愈有言："文无难易，惟其是耳。"李翱又云："创意造言，各不相师。"而其归则一。即愈所谓"是"也。文之清真者，惟其理之"是"而已，即翱所谓"创意"也。文之古雅者，惟其辞之"是"而已，即翱所谓"造言"也；而依于理以达乎其辞者，则存乎气。气也者，各称其资材，而视所学之浅深以为充歉者也。①

方苞强调"文之清真"的根本在"理"，而"文之古雅"的根本在"辞"，这便是其"义法说"的两端——"言有物"与"言有序"。而这里的关键之处在于："清真雅正"来源于"义"与"法"（"理"与"辞"）的统一，文章的内容与形式是不可两分的。进而言之，方苞明言"依于理以达乎其辞者，则存乎气。"真正能通达"理"与"辞"以达至"清真雅正"的，非"气"不可，而所谓的"气"，不正是文人的千古不传之秘吗？方苞的这一套理论，意在论证"文"与"道"不可分，而证明了文、道不分，并且统合于"气"，当然也就侧面增强了文士对"道"之阐释的合法性。

而为了发挥他的理论，方苞还创作了一部文评专书——《左传义法举要》。此书专门从文章的叙事、章法、字法等方面勾连道德与文章，

---

① （清）方苞：《进四书文选表》，见《方苞集》，581页，上海，上海古籍出版社，1983。

以凸显文法的运用可以彰明义理的核心观点，从而重申"文以明道"的文论逻辑。当然，在深入剖析《左传义法举要》之前，有必要先了解方苞的"义法"说。而"义法"说的最直接表现，又体现在方苞对《史记》以及对归有光《史记》评点的态度中。

一、方苞对归评《史记》的态度

在明代中后期，受到复古文学思潮与科举考试的双重激发，文人对《史记》《汉书》的相关知识产生了强烈的需求，从而促进了《史记》评点本的大量涌现。归有光的五色评本《史记》就诞生于这种文化语境之中。该书主要从篇章、气脉、结构等角度对《史记》加以评论，重点落实在文法层面，既体现出归有光的《史记》阅读经验，又具有较强的服务科举的现实效果，所以一经问世便风靡一时。

归评《史记》最大的特点，是从以往对《史记》的义理分析转向发掘《史记》中的叙事之妙，这种转向是由其有资时文的写作指向导致的。在全书开篇的《例意》中，归有光介绍其圈点标准时所用的术语，如"起头""意句""叙事""转折""气脉""背理处""要紧处"等，几乎都稗贩于当时流行的八股文法。正是在这个意义上，时人和后人往往把归评《史记》视为科举用书。如清人于学训（1757—1828）编《文法合刻》一书，汇编归有光《史记例意》、鞠濂《史席闲话》、韩梦周（1729—1798）《文法摘抄》、李德润《笔法论》、王万里《文诀》《晴竹轩文法》等书，这些书几乎全是用时文文法分析文章的，显而易见，归评《史记》在编者心中是用来资举业的。

虽然以有资时文写作为目的，然而归评《史记》中却不乏关于文章写作的普适性讨论。比如，论叙事节奏："《史记》叙事，时有撺几句，似闲的说话，最妙。"像《项羽本纪》中"赵歇为王"一段为"渡河击赵"开出顿挫之笔，其效果"如水之涩而遽纵"。又如，论章法："叙事或追前说，或带后说，此是周到。"因而前后之间相互联署，"如画长江万里图"。①这些评论从文学叙事的角度分析《史记》的篇法、结构等特征，把握得相当准确。更有趣的是归有光通过隐喻的表达方式传达文法之妙，这种富有文学性的表述更受现代学者青睐。②

然而，今人所称道的归评《史记》的佳处，往往正是古人所不满之处。章学诚就尖锐地批评归评《史记》："今归、唐之所谓疏宕顿挫，其中无物，遂不免于浮滑，而开后人以描摩浅陋之习。"他认为，徒论文法则"言之无物"，无法看透《史记》的深意："归、唐诸子，得力于《史记》者，特其皮毛，而于古人深际，未之有见。"③

其实从提倡叙事方法的角度看，归评《史记》的确对后人的散文评论颇有启迪。比如，黄宗羲论叙事中的闲笔，主张在史传叙事中"写一二无关系之事，使其人之精神生动"④。而对于追叙与补叙的问题，顾炎武也说过"史之文，有正纪，有追纪"，"有追书，有竟书"⑤。从文章学

---

① （明）归有光：《史记例意》，见余祖坤：《历代文话续编》，442～444 页，南京，凤凰出版社，2013。

② 参见王齐：《〈归评史记〉对〈史记〉的接受》，载《文艺研究》，2005(6)。

③ （清）章学诚著，叶瑛校注：《文史通义校注》，335 页，北京，中华书局，2014。

④ （清）黄宗羲：《金石要例 附论文管见》，见王水照：《历代文话》，3201 页，上海，复旦大学出版社，2007。

⑤ （清）顾炎武著，陈垣校注：《日知录校注》，1101～1102 页，合肥，安徽大学出版社，2007。

角度说，他们的观点和归有光是有一致之处的。但是黄宗羲、顾炎武等人论文法的错综、开宕，其意在发挥史传保存历史、保存文化的社会意义，有着经世的文学宗旨，对文法的追求是"用"而不是"体"。而在章学诚看来，归有光只是孤立地谈文法而已，与文义无干，况且他的关注点还落实在时文写作上，其格调自然不高。而这恰恰成为方苞接受归有光时首先需要迈过的一道门槛。

文法原本无优劣、高低之分，只是因为被视为科举考试的敲门砖，所以才显得格卑。方苞认为，既然文法本身不具有足够的合法性，那么就需要融"道"入"法"，借助"道"来赋予"法"以合法性。方苞看得很清楚，归有光的文章在"法"的方面还不错，但在"道"的方面则不足："于所谓有序者，盖庶几矣，而有物者，则寡焉。"①所以，方苞力图整合"义"与"法"，以求"言之有物"。

于是，当方苞同样批评《史记》时，就着力在"义""法"两个层面加以申论，《又书货殖传后》说：

> 《春秋》之制义法，自太史公发之，而后之深于文者亦具焉。义即《易》之所谓"言有物"也，法即《易》之所谓"言有序"也。义以为经而法纬之，然后为成体之文。②

这段话又见于方苞的《史记评语》，该处原注：《十二诸侯年表》"约其文

---

① （清）方苞：《书归震川文集后》，见《方苞集》，117 页，上海，上海古籍出版社，1983。

② （清）方苞：《方苞集》，58 页，上海，上海古籍出版社，1983。

辞，去其烦重，以制义法。"①可知此说根源于《史记》"鲁而次《春秋》，上记隐，下至哀公获麟；约其文辞，去其烦重，以制义法，王道备，人事浃"②中的一段话。在方苞看来，"义法"始于《春秋》而成于《史记》，兼容双重属性："义"指文章的内容要言之有物，"法"指文章的形式要言之有序。出自《易经》的"言有物"与"言有序"为方苞理论的合理性提供了经典的依据：因为有"义"为基础，所以能达到"王道备，人事浃"的现实效果；因为有"法"的保证，所以能形成"约其文辞，治其烦重"的文学效果。而更重要的是，通过内在的"义"与外在的"法"相结合，"义法"说就成为一种普泛性的寓论于叙的作文标准，这极大地提升了方苞理论的价值，成为其救归氏文法之弊的根本方法。《四库全书总目提要》称赞方苞："其所论古人矩度与为文之道，颇能沉潜反覆，而得其用意之所以然，虽蹊径未除，而源流极正"③，就是在肯定方苞文论对义理的张扬。

二、方苞的《左传》"义法"论析

方苞认为"序事之文，义法备于《左》《史》。"④而除了在单篇文章中表达自己的文论见解，以经典文本《左传》作为批评对象的《左传义法举要》正是集中体现方苞"义法"说的文评专书。此书也在清代获得了广泛的认可，如方宗诚（1818—1888）称赞道："方望溪《左传义法举要》，归

---

① （清）方苞：《方苞集》，851～852 页，上海，上海古籍出版社，1983。
② 《史记》，509 页，北京，中华书局，1982。
③ （清）永瑢等：《四库全书总目》，1528 页，北京，中华书局，1965。
④ （清）方苞：《古文约选评文》，见王水照：《历代文话》，3953 页，上海，复旦大学出版社，2007。

震川《圈点史记意例》，读《左》《史》者不可不阅。"①明确将方苞与归有光相提并论，并将二人的文评视为读《左》《史》时的必读参考书。又如，贺长龄(1785—1848)从义理与文法的双重角度承认该书价值，他在为重刻《左传义法举要》作序时说《左传》文章："顾其匠心独运处，数千年来鲜有能抉发者。自望溪方氏为之批导，则操之至简，而达之皆顺，岂第求之文焉尔乎，亦澄其心以晰其理而已。"他既肯定该书的文法价值，也称许其义理价值，甚至认为该书具有"以之求道而道贯于一矣，以之治事而事得其理矣"②的道德价值与现实意义。那么，方苞是如何借批评《左传》而成功地阐释其"义法"说的呢？

《左传义法举要》系方苞应弟子王兆符(1681—1723，王源之子)之请，讲授《左传》中《韩之战》《城濮之战》《邲之战》《鄢陵之战》等篇章之"义法"。该书首先点明各选段的通篇脉络，然后随文论述各部分的文法或彰显的道义，最后以总评的方式进行总结归纳。据罗军凤考证，《左传义法举要》的基本观点或形成于康熙三十年(1691)至康熙四十九年(1710)，因与王源(1648—1710)意见相左而在当时未经传播③。直到王源去世后，该书才经方苞弟子程鉴辑录整理，于雍正六年(1728)左右成书，复经王世琪等传抄而传世。

选择《左传》作为批评对象，可以说是非常讲究的。因为《左传》本身

---

① （清）方宗诚：《读文杂记》，见王水照：《历代文话》，5718 页，上海，复旦大学出版社，2007。

② （清）贺长龄：《重刻望溪先生左传义法举要序》，见《贺长龄集》，491 页，长沙，岳麓书社，2010。

③ 罗军凤：《方苞的古文"义法"与科举世风》，载《文学遗产》，2008(2)。

就是"义法"的源头，古人以"微而显，志而晦，婉而成章，尽而不汙，惩恶而劝善"①来概括春秋义法，前四条是修辞方法，最后的惩恶劝善则是其社会功能，今人一般认为其代表了春秋义法的基本内涵。至于其外延，则包括惩恶劝善的经法、通古今之变的史法以及属辞比事的文法。② 汉儒据此而发挥其"微言大义"的政治批判功能，并固化为中国政治思维的传统模式。③ 至宋人则开始有意识地吸纳春秋书法作为自己写作的精神，如欧阳修言简而深婉的古文，杨万里（1127—1206）比兴寄托的诗歌等，也就是在经法与文法的意义上继承春秋义法，从而又将其转化为一种文学传统。

值得注意的是，传统上以春秋义法为基础而衍生的所谓"义法"，大都以"义"为主，特别是强调其中惩恶扬善的社会批判功能，"法"只是"义"的附庸。而在方苞的论述中，"法"具有与"义"同等的地位。

《左传义法举要》有时并不刻意标榜"义"而只是专论"法"。比如，《邲之战》叙述士季上军不败、赵婴齐中军败而先济，方苞认为这两件事如果放到晋军战败后再写，就会和逢大夫免赵旃、知庄子获连尹襄老等事混在一起，导致"篇法散漫而无所统"，所以在战争开始前就先"连类而预书之"④。即是说，叙事文不可简单地按时间顺序平铺直叙，需要

---

① 杨伯峻：《春秋左传注》，870 页，北京，中华书局，1990。

② 李洲良：《春秋笔法的内涵外延与本质特征》，载《文学评论》，2006(1)。

③ 过常宝：《先秦散文研究——早期文体及话语方式的生成》，148 页，北京，人民出版社，2009。

④ （清）方苞：《左传义法举要》，见余祖坤：《历代文话续编》，63 页，南京，凤凰出版社，2013。

有插叙、倒叙、预叙，形成所谓"旁支"，即归有光所谓"如水之盘旋而去"①的效果。又如《鄢陵之战》叙述战前双方大臣对胜负的看法，方苞论道："楚之败，申叔时早必之，与晋之克，郤至早必之相对。"②此为总结文章的前后对照之法，以体现文章的线索连贯。这些叙事法关注的并非人物形象、情节等因素，而在于文章的整体结构、脉络线索，这正是归有光以时文文法评析《史记》的思路。

当然，《左传义法举要》中更多的还是把"法"与"义"结合起来讨论。比如，《韩之战》中只用"三败及韩"四个字概括晋军的三场败阵，而记述大臣庆郑的谏言却用了大量篇幅。方苞指出，这里体现了《左传》的详略之法：如果按照常法，那么从前面的占卜而突接"三败及韩"殊为不妥："为急遽而无序，为冲决而不安。"③但为什么《左传》要这样略写呢？方苞认为这与本段的主旨有关，因为"三败"只是客观战况，所以略写；而庆郑的谏言却可以体现晋惠公的失德，所以详写。文章的详略剪裁取决于能否彰显文章的道德内涵。当然，方苞在这里也就通过对《左传》文法的讨论而使文学获得了政治批判的效果。

又如《城濮之战》的篇末总评：

> 此篇言晋侯有德有礼，而能勤民，所以胜；子玉无德无礼，不

---

① （明）归有光：《史记例意》，见余祖坤：《历代文话续编》，443 页，南京，凤凰出版社，2013。

② （清）方苞：《左传义法举要》，见余祖坤：《历代文话续编》，69 页，南京，凤凰出版社，2013。

③ （清）方苞：《左传义法举要》，见余祖坤：《历代文话续编》，49 页，南京，凤凰出版社，2013。

能勤民，所以败：其大经也。中间晋侯能用人言，不独博谋于卿大夫，且下及舆人；得臣刚愎自用，不独荣黄之谏不听，楚众欲还不从，即楚子之命亦不受，又一反对也。楚子不欲战而得臣强之，晋侯疑于战而诸臣决之，又一反对也。晋侯之梦似凶而终吉，得臣之梦似吉而终凶，又一反对也。楚所爱者曹、卫，晋所急者宋；鲁则阳从晋而阴为楚，郑则始向楚而终从晋，皆两两相对，所以杼轴而成章也。①

这段话讨论《城濮之战》在篇章结构上使用的正反照应之法，所叙之事皆两两相对，所以篇法不致散漫。而在这段总结中，两两相对的事件都和"有德有礼/无德无礼"的标准相应，假如单说晋文公战前犹豫、晋文公之梦等事件，都未必能体现晋文公的"德"，但是一旦把晋文公和楚将得臣的行为态度、梦境吉凶形成对比，那么晋文公的"德"马上就彰显出来了。换言之，文章的"义"依靠"法"的精巧而最大限度地得以呈现，这就是所谓的"文以明道"，当然也就是所谓的"义法"。

前后对比、上下呼应、左右勾连等都是时文写作中最基本的笔法，这些笔法之所以被学问家所鄙视，是因为通常讨论这些笔法的论调只是徒事修辞而已，无法呈现文章的道义，甚至反而束缚了文章的思路。方苞把道德上的正反对比与文章情节上的正反对比整合在一起，就等于说"法"不但可以言"道"，而且还可以把"道"言得更为精妙，这样就创造性

---

① （清）方苞：《左传义法举要》，见余祖坤：《历代文话续编》，58页，南京，凤凰出版社，2013。

地赋予了"法"的独立价值与存在的合理性，同时也强化了作为文才之士的文人之价值，文人正可以此获得道德评判的立足点。

至于《左传》中本来就体现的春秋义法，如通过常事不书、讳书、一字褒贬等手段彰显"微言大义"的批判方式，方苞也有继承，而这些正是先秦士人以文弘道的手段。比如，《邲之战》中记录郑人面对楚国围城时，占卜、出车、大临、修城，以及楚人退兵、复围等双方的一系列行动，方苞论道：

> 论叙事常法，出车，大临，乃被围，常事本不必书，而特书者，与能信用其民义相发也。《春秋》之法，书"入"则不复书"围"。退师，修城，乃复围，以前之事亦不宜书，而特书者，见楚子行师进退有礼，与篇末论武有七德义相发也。①

这段评论首先沿用了"常事不书"的笔法，而对不必叙述的事情却详加叙述，其中反映了郑伯"信用其民"的意义。然后又用"一字褒贬"，因为下文已有"入"字，那么这里不应当再多写一个"围"字，特意多用一个"围"字，就是表明楚庄王的"进退有礼"。但是从《春秋》本身来看，使用"常事不书"和"一字褒贬"的时候，大多是出于对违礼事件的讥讽，特别是"常事不书"，其用来"表达褒扬和同情的事例，要远远少于讥讽的事

---

① （清）方苞：《左传义法举要》，见余祖坤：《历代文话续编》，58 页，南京，凤凰出版社，2013。

例"。① 而方苞把"常事不书"与"一字褒贬"用作自己连接"义"与"法"的方法论依据，却巧妙地转化了"春秋笔法"的方向，由刺而转向美，这又是他的独创性之一。

总之，方苞创造性地运用了传统意义上的"春秋义法"，一方面将"法"的价值从"义"的附庸地位独立出来，另一方面又最大限度地挖掘其中足以彰显道德标准的叙事方式与语言现象。通过对《左传》的分析，方苞成功地将两两相对的文法标准整合到了道德与礼仪的义理层面，尽管有学者批评这种分析《左传》的方法未免偏执②，但大体来说其结论是基本成立的。所有这些批评方式的最终目的就是要实现"义"与"法"的统合无间，从而既成为文学批评的方法，更成为文学写作的规范。而其结果，自然是要求文人重新获得对"义"，也就是道的阐释的合法性，"法"成为"义"的有机组成部分，文人士大夫的话语权也因而必须得到保障。

中国古代士大夫唯一可以规诫君主的方式，便是避免与君主的直接对立，而以审美的方式实现"主文而谲谏"。《左传义法举要》通过"义法"而褒贬晋惠公、晋文公、楚庄王、得臣、荀林父等，正是借助论文学的姿态，隐微地在不溢出"文"的范围内展现出对君主的规诫，这个义理的道德秩序超越于春秋诸侯之上。"凡诸经之义，可依文以求。而《春秋》之义，则隐寓于文之所不载，或笔或削，或详或略，或同或异，参互相抵，而义出于其间，所以考世变之流极，测圣心之裁制，具在于此。"③

---

① 过常宝：《先秦散文研究——早期文体及话语方式的生成》，141 页，北京，人民出版社，2009。

② 关爱和：《义法说：桐城派古文艺术论的起点和基石》，载《文艺研究》，2004(6)。

③ （清）方苞：《春秋通论序》，见《方苞集》，84 页，上海，上海古籍出版社，1983。

正是因为《春秋》之义、世变之理、圣心之裁不见于文本，而包孕于文法之中，所以方苞得以在这个意义上打通文法与义理的关系，也就使"文"具有了弘扬"道"的合法性。而在"世变""圣心"的框架中，"义"是超越一时一事的，因而也在一定程度上具有理论阐释的普遍性，并可移诸当下。而在治统兼并道统与文统的官方哲学中，失去言说立场的文人们，也正可由此而重新找到其话语的立足点。

但是我们必须承认，文人这种所谓的话语权仍然是相对的。在文、道、治的相互关系中，方苞只是使"文"与"道"贴得更近，而并没有对"道"与"义理"本身加以重构，这便为其理论的独立性埋下了隐患。方苞可以借"义法"说而否定晋惠公、否定楚得臣，实现文学的政治与社会批判。但是批判的依据在于晋惠公与得臣都不拥有"道"的合法性，因而他们其实是破坏秩序的一方。那么对这些破坏秩序者的批判，最终必然倒向对统治秩序的强化，其最终结果反而会变成对统治者的维护，这便是历史的吊诡之处。如张德建所说："义理对事物的统领和管制不论在对现实事物的观照与体察上，还是在对历史进行审视上，都已成为一个固定的认识模式，所在的结论早已得出，事物完全依附于义理，必须是合乎义理的事物才有存在的价值，最终导致思想的僵化和死亡。"①从康熙对"清真雅正"的提倡，以及方苞提出的"雅洁"说看，方苞也的确有向统治者立场靠拢，从而以文学审美介入思想规训的理论趋向。那么《左传义法举要》中自始至终所强调的"德行"，最终也难免反过来落实到针对

---

① 张德建：《义法说与清代的文学规训》，载《安徽大学学报（哲学社会科学版）》，2018(6)。

士大夫自身头上，成为自我约束的道德准则。如此，我们也便不能不注意到方苞及其《左传》阐释既隐含劝诫，同时又迎合官方阐释的二重性。

三、王又朴论《史记》义法的扭曲

方苞使"文"与"道"相合，以"义法"说的逻辑宣示着以文弘道的士大夫话语权，其文法讨论中隐含着政治劝诫的可能性，这使其文本阐释呈现出依附性与独立性并存的双重特征，而没有像理学家那样完全使文章沦为统治的附庸。然而，当我们把目光从以方苞为代表的精英阶层进一步移向下层文人时，却尴尬地发现"义法"说似乎并没有那么"好用"。

在方苞的后学中，旗帜鲜明地继承其"义法"说来批评叙事文的是王又朴[①]，他用同样的批评方式解读了《史记》中的《项羽本纪》《外戚世家》《萧相国世家》等篇章，汇集成《史记七篇读法》一书。据俞樟华等考证，该书成于乾隆十九年（1755）左右，而首篇《项羽本纪读法》的写作则早在乾隆二年（1737）[②]，可见这本书是他长时间思考、总结的产物。在该书《后序》中，王又朴明确表示："余师方望溪先生曾约取《左传》数首，而特著其义法，有非世儒之所知，而语特简妙。"[③]由此可知《史记七篇读法》与《左传义法举要》有着明确的师承关系。另据光绪间《重修天津府

---

① 目前学界对王又朴的研究较少，其生平事迹可参见余祖坤：《王又朴的古文批评及其价值》，载《文艺理论研究》，2015(2)。孙爱霞：《论桐城派对天津文学的影响——以王又朴为例》，载《社会科学战线》，2010(8)。

② 俞樟华、虞芳芳：《论王又朴的〈史记七篇读法〉》，载《浙江师范大学学报（社会科学版）》，2015(5)。

③ （清）王又朴：《史记七篇读法》，见余祖坤：《历代文话续编》，86 页，南京，凤凰出版社，2013。

志》记载，王又朴的《诗礼堂文集》还曾经方苞亲自鉴定，可见二人保持着相当长的师生交谊。

王又朴首选《项羽本纪》展开论述，因为他觉得以《项羽本纪》为代表的几篇传记"皆世人误读，而不识史公之所用心"，特别是班固（32—92）讥讽《史记》"重货殖而轻仁义，进游侠而退道德，以为是非颇谬于圣人"，因而世人对《史记》有所谓"未知道"的偏见。① 王又朴就是要祛除人们的这种认识，因而着力阐扬《项羽本纪》反映的"大义"，该篇长达一万三千余字，集中反映了王又朴的论文观点。

王又朴的部分论述是对归评《史记》的直接引用。比如，论及刘邦（前256—前195）得策之际插入平国君一段，王又朴认为这正是归有光所谓的闲笔："昔归熙甫先生最善《史记》，尝曰：'《史记》往往于叙事热闹中间，忽插入闲字闲话，极有味。'"又如写楚汉两军的对比，王又朴从中归纳出相对之法："皆两两对照，或特相犯，以见笔之变；或故相避，以明事之同；较前又是一样笔法。"而这种对照法在他看来就是归有光所谓的"《史记》于写楚汉处，如做杂剧，一出上，一出下"。② 这些批评都与归有光一脉相承。

王又朴虽然直接引用了归有光的评点，但其对归评的阐释却又明显带有方苞的色彩。比如，归有光说《史记》叙事中插入闲话极有味，本来讲的是叙事节奏张弛有度的问题，王又朴则进一步申论："所谓有味者，

---

① （清）王又朴：《史记七篇读法》，见余祖坤：《历代文话续编》，85～86页，南京，凤凰出版社，2013。
② （清）王又朴：《史记七篇读法》，见余祖坤：《历代文话续编》，99～100页，南京，凤凰出版社，2013。

谓与前后大旨妙有关会，故有味耳。"①在他看来，"味"不再是"文学性"的表现，而因为关涉"大旨"而上升到"道"的高度。又如，归有光说《史记》如杂剧："项王与汉王相临广武时，如做戏，一出上，一出下，最妙。"②归说的是对场景的巧妙塑造，王又朴则把此处"一出上，一出下"等同于两两对照的文法，而对照法并非归有光所强调，反而是方苞津津乐道的。即是说，王又朴引用了归有光的话，但并不完全是在归有光原来的语境中使用的，他把从方苞那里学来的"义法"理论嫁接在归有光的评点之上，成为对归氏评点文本阐释的二度阐释。

在批评方式上，王又朴更深度借鉴了方苞的模式。方苞喜欢在开始时先点明文章主旨，又喜欢通过情节的正反对比映射人物道德的正反对比，这些都被王又朴很好地继承下来。比如他在论述项羽（前232—前202）起事的时候把项羽和项梁（？—前208）做对比："盖写梁之部勒宾客，及部署豪杰处，乃为羽不能用人反照；写梁击倍陈王之秦嘉，乃为羽倍怀王约，而王三秦将反照；写梁立楚后，乃为羽弑义帝反照；写梁不忍杀田假，乃为羽忍杀子婴反照。"通过对项梁与项羽各种行为的比较，最终得出结论："梁以楚将而得人，羽以杀楚怀王而失人，为此篇之大关键。"③在情节的正反对比中总结出人物道德的正反对比，可谓深得其师家法。

---

① （清）王又朴：《史记七篇读法》，见余祖坤：《历代文话续编》，99页，南京，凤凰出版社，2013。

② （明）归有光：《史记例意》，见余祖坤：《历代文话续编》，443页，南京，凤凰出版社，2013。

③ （清）王又朴：《史记七篇读法》，见余祖坤：《历代文话续编》，91页，南京，凤凰出版社，2013。

　　至于方苞借用"春秋笔法"来整合"义法"的方法，王又朴也有所继承。比如，"鸿门宴"一事，在《项羽本纪》《高祖本纪》《樊哙列传》中都曾提及，但是后两传都略而不详，唯独在《项羽本纪》中则大写特写。在王又朴看来，写与不写，这是由能否反映道义而决定的。他首先指出：世人都以为在"鸿门宴"上，项羽可以杀掉刘邦，但是如果在鸿门宴上杀掉刘邦而没有一个正义的理由，就失了天下大义，所以"即使沛公可得而杀，亦必不能有天下，此理也，势也"①。所以"鸿门宴"虽然写得热闹，但并非楚汉相争的关键点。那为什么《项羽本纪》要对一件不是非常重要的事如此详细铺叙呢？王又朴说："史公固以羽之失诸项心，此事最为明白显著。"②在他看来"鸿门宴"本来是常事，可以不书，但这里却浓墨重彩地写，是因为可以从中显示项羽的失人心。项伯（？—前192）作为项羽的同姓，居然倒戈帮助刘邦，司马迁特意详细写下来就是为了讥讽项羽。可见王又朴对"春秋笔法"的使用更加炉火纯青。

　　然而有趣的是，在王又朴对《史记》的解读中，却出现了不少牵强之处。比如，分析《李将军列传》时，王又朴认为全文表现了司马迁对李广（？—前119）不够忠信的讥讽，这恐怕难以自圆其说。虽然余祖坤认为出现这种情况在王又朴的理论框架中并不多见③，但类似问题的出现却正揭示出王又朴在使用"义法"理论时的深层困境。

　　又如，在《项羽本纪读法》中，也有一处明显的牵强，即关于刘邦

---

① （清）王又朴：《史记七篇读法》，见余祖坤：《历代文话续编》，95页，南京，凤凰出版社，2013。

② （清）王又朴：《史记七篇读法》，见余祖坤：《历代文话续编》，96页，南京，凤凰出版社，2013。

③　余祖坤：《王又朴的古文批评及其价值》，载《文艺理论研究》，2015(2)。

"仁其亲"与项羽"忍于亲"的对比。王又朴首先说项羽接受了章邯（？—前205）的投降，这等于失去了为项梁报仇的机会，所以是对季父残忍的表现。而对于刘邦兵败之际抛弃太公、吕后，又从车上推堕子女，却说这是"以仁而得天下"的行为。再说刘邦为什么不急于攻击项羽呢，就是想迂回地寻找机会救太公，这样刘邦一方面仁于天下，一方面又仁于其亲。而这一切解释的目的就在于说明"沛公惟仁其亲，故能推之于其臣"与"羽惟不仁其亲，故无可推于其臣"，所以刘邦得天下，项羽失天下，"史公特地写来，与羽两两对勘"①，将二人在行为上形成对比，并将原因推究到"仁/不仁"的道义层面。

这种"义法"的论说模式很明显是学习方苞的，但是得出对比结果的过程却难以成立。项羽仅仅是接受了章邯的投降就变成了"不仁其亲"，刘邦弃置亲人不顾最后还变成了"不弃太公"，体现了"惟仁其亲"，明明见刘邦不仁，却硬要说"此段全是写羽不仁"，其中的破绽明眼人一看便知。再如，写项羽胜利时就说是因为"威劫其军"，失败时就斥责是因为不仁；反过来刘邦失败弃子是为了仁于将士，胜利更是因为仁于天下。对《项羽本纪》的分析也就在一次次地由情节结构的对比而归结到"仁/不仁"的道义对比中展开，其中王又朴对项羽的偏见是显而易见的。

之所以会出现这种现象，是因为王又朴遇到了一个方苞解读《左传》时不曾遇到的难题。方苞所总结的"义法"说，其精妙处就是在情节内容与道德标准之间形成一一对应的关系，从而把"法"与"义"整合起来。《左传》中的"有德/失德"是从诸侯之间的消长对比中得出的，诸侯之间

---

① （清）王又朴：《史记七篇读法》，见余祖坤：《历代文话续编》，99页，南京，凤凰出版社，2013。

是平等的，晋侯可以仁义、楚王亦可仁义，道义确实从对比中来。但是王又朴解读《史记》，首先遇到一个"正统性"的问题，刘邦建立了大汉，所以他具有无条件的政治合法性，但是司马迁写《史记》时又出于个人遭际而对失败者充满同情，这消解了非善即恶的一一对应关系。即是说，在王又朴这里，道义标准是定死的，刘邦建立了王权的正统性，因而也就获得了道义的正统性。而王又朴使用的文法标准也是程式化的，即在文法对比中见叙述对象的德行高低。但司马迁的写作却是复杂多元的，这时再套用一一对应的"义法"标准，就真的变成学问家批评的"以题从法"，牵强而了无生气了。王又朴的不少分析也就因此而变得难以自圆其说。

四、"义法"说的再审视

　　方苞接受了归有光对文法的追求，但不满其"言之无物"，力图实现"义"与"法"的统一，进而实现文人对"义理"阐释的合法性。通过对《左传》四大战等篇章的文本阐释，方苞巧妙地挖掘出道义内容与文章结构之间的对应关系，从而实现了"义法"的整合。然而，当方苞的理论被他的学生王又朴用来阐释《史记》时，"义法"关系却发生了严重的扭曲，限于汉室正统的合法性与两两对照的文法标准，王又朴对刘、项之间"仁/不仁"的对位关系无法自圆其说。实际上，对于"义法"说是否具有普适性的问题清人已有探讨。光绪四年（1878），李光廷（1812—1880）在为《左传义法举要》作跋时就指出："望溪先生以古文鸣一代，其中必有卓见。而谓古人之法确是如此，则恐未然。"①方苞将"义"与"法"统一的过

---

　　① （清）方苞：《左传义法举要》，民国二年（1913）张氏《榕园丛书》本，36a 页。

程是妙合无间的，但"义法"统一的结果却不是放之四海而皆准的，这其中的原因又是什么呢？

从本质上说，方苞师徒对《左传》与《史记》的分析是一个文本阐释的过程。换言之，就是批评家把文本中的意义激发出来，从而使读者理解文本的过程。现代阐释学[①]认为，这种理解不是单向的，而是作家与文本互动的结果[②]，阐释者的主观目的必定会介入其中。文本存在于历史传统之中，因而其自身具有特定的历史语境，而阐释者则生活在当下，必然会有自己的立场与言说心态。因此，阐释者需要在自己的言说立场与文本的历史传统之间迁移，使自己对文本的理解与文本的内容相交融[③]，而这就使得文本产生了新的意义。

仔细审视方苞对"义法"的整合与王又朴对"义法"说的使用，就会发

---

① 阐释学在西方语境下，"原指专门用于解释圣经的释义法则；包括正确阅读圣经文本的指导原则和有关圣经文本中所述含义在应用方面的注释或评注"。19 世纪以来，阐释学泛化为一般的释义理论，演变为对"一切文字文本含义的原则和方法的阐述"。（参见［美］M. H. 艾布拉姆斯、杰弗里·高尔特·哈珀姆：《文学术语词典》第 10 版，吴松江等编译，176 页，北京，北京大学出版社，2014）《左传》同样作为中国古典文献中的"经"，在这个意义上以阐释学的方法审视《左传》解读，在比较诗学的意义上，应当是具有合理性的。

② 正如德国学者汉斯-格奥尔格·加达默尔（Hans-Georg Gadamer）所说："理解就不只是一种复制的行为，而始终是一种创造性的行为。"参见［德］加达默尔：《真理与方法》，380 页，上海，上海译文出版社，1992。

③ 阐释学将这一过程称为"视域融合"（Fusion of Horizons）。"视域"概念由尼采、胡塞尔等人提出，作为一种哲学概念，指的是从一个特殊立场出发所能看到的一切，用于哲学阐释时，视域概念强调"超越最近的边界，融入一个更大的理解范围的能力"。而"视域融合"是指读者自己的视域与文本的传统相融合。在这一过程中，阐释者并不是把文本作为一个"客体"而加以分析，而是试图通过共同的语言传统，与文本进行对话，而这一过程也就因此具有相当的开放性，文本并非只有固定不变的"正确"含义，其含义是不同读者在一时一地所领会到的。参见［美］M. H. 艾布拉姆斯、杰弗里·高尔特·哈珀姆：《文学术语词典》第 10 版，吴松江等编译，179 页，北京，北京大学出版社，2014。

现二者在文本批评时的微妙不同。方苞的阐释建立在预设经典具有"微言大义"效果的基础上，其依据是对先秦史官传统之精神与话语权的继承。他将"言之有序"的自我意识与《左传》文本"言之有物"的历史意识相融合，深层次上便是将擅长于"文"的文人价值与以象征道德秩序的经典价值相融合，最终形成了"义法"合一的解释。而王又朴的阐释却有两个基础：一是方苞"义法"合一的理论，所以文章叙事要坚持"两两相对"的原则；二是他又预设了汉室政权的道德合法性，因而刘邦必须是君子，而与汉室产生矛盾的人（如项羽、李广）则必定有道德缺陷。而这种双重预设必然造成对《史记》文本扭曲的解释。若以文本为参照，方苞论"微言大义"立足于文本一端，而王又朴对"义法"的运用既限定了文本，又限定了阐释目标，其主观演绎成分要远远超过方苞。

阐释学理论告诉我们，阐释者的主观预设越多，就越容易干扰阐释的逻辑性。如果阐释者在阅读文本之前就相信存在某种不言自明的真理，从而忽视了对文本的体会的话，那么他在阐释之前就已被"先入之见"所俘虏，进而导致文本阐释的扭曲。在方苞对《左传》的分析中，没有孰为正统，孰为异端的预设。这样就能更从容地观察《左传》中反映出的"义"，也就更便于发现叙事之"法"与文本之"义"的关系。而王又朴的阐释，首先预设了绝对的正统标准，进而又预设了叙事情节与仁德标准的一一对应是叙事的固有真理，于是他先预设一个"义"，再用文本去验证那个"义"。这实际上是绕过了《史记》文本而把"义法说"奉为圭臬，因而他以为自己找到了文本的"义"，其实阐释的只是自己的"先入之见"而已。这是导致《史记七篇读法》在"义理"上扭曲变形的关键原因。王又朴的这种"先入之见"，正鲜明地体现了治统权威收编道德合理性的思维方式。其为汉室辩护的解释与李光地以为盛世必然文盛、乱世必然文衰的

"先入之见"一样，都是对清廷官方意识形态的自觉靠拢，其理论的逻辑障碍，也正根源于他们"遵命"的文学立场。

而权力的逻辑也不可能不对方苞产生影响，虽然方苞基于对无定之"法"的灵活变换(在《左传》中表现为诸侯德行的变化，而作为文章之法，则更有随事而变的灵活处理①)，在客观上有可能隐微地撬动"治道合一"的铁板，以"文"的方式部分地获得对"道"的阐释合法性。然而其争取的文学话语权仍然统摄于官方意识形态之下，方苞也需要"宣圣主之教恩，正学者之趋向"②，最终仍使其文论纳入清廷正统思想的规训之中。这便是权力的辩证法，如罗志田所说："文化霸权的形成与维持，不仅有支配群体及其文化强势控制的一面，而且有被支配群体因各种历史和时代原因对霸权文化大致接受甚而主动赞同的一面。"③在清代士林阶层身上，我们也可以看到马克思所谓"自在"而不"自为"的一面。方苞的学说固然精妙，但其影响力最终局限于文法内部。统治者与士大夫阶层这场基于道、治、文之间的明争暗斗，也就构成了清代文学史与思想史发展形成期的底色。

---

① 郭绍虞讨论方苞的"义法"说，便举其《与孙以宁书》以及《答乔介夫书》之例，讨论"义法"的灵活性可表现为叙事得体是义，虚实详略是法，亦可表现为文章令人有所取鉴是义，而写作方式是法。所谓"法本无定，明其义自能合于法。于是义法之说，便变成不能分离的事物了。"参见郭绍虞：《中国文学批评史》下册，379 页，北京，商务印书馆，2010。

② (清)方苞：《进四书文选表》，见《方苞集》，581 页，上海，上海古籍出版社，1983。

③ 罗志田，葛小佳：《东风与西风》，11 页，北京，生活·读书·新知三联书店，2017。

第三节　以训诂言文体：王之绩的文体观论析

正统的、宗尚经典的文学标准作为清廷意识形态建构的一部分，代表了清前期文论发展的大趋势，无论是官方的强调还是士大夫的自主表述，无不借助经典来说话。不过，在清前期精英阶层把注意力集中于文道关系、义法关系的同时，也有另一种论文理路悄然出现，在义法之争之外，开创了清前期文体论发展的新路径——这便是训诂考据方法的运用。

众所周知，乾嘉汉学以训诂考据论学，亦以训诂考据论文。这种学术取径，虽然在清初顾炎武那里就有所发端，但真正成体系性地运用训诂的方法论文学，则还要等到康熙年间。至乾嘉时期，戴震、阮元等人进一步以训诂通义理，以训诂兴文统，则是对训诂学的成熟运用了。前人一般比较重视学术意义上训诂学的传承，而如果我们聚焦于散文批评，则仍然需要寻找清人以训诂论文学的理论脉络。那么，在我们进入清代士风演进下一阶段探讨之前，不妨斜目一瞥，先观察一部同为下层文人编纂，却异常厚重的文体论集成——《铁立文起》。

一、《铁立文起》以训诂言文体

《铁立文起》的作者王之绩（1648 前—1703 后）是生活于清康熙年间的一位下层文人，他勤学好问，著述颇多，有《五经人物志》《评注才子古文》《铁立文起》《名山大川集》等。然而今仅存康熙二十三年（1684）刻

《评注才子古文》以及康熙四十二年（1703）刻《铁立文起》二书。作为文学批评家来说，其影响力相对有限，然而仅传的《铁立文起》在清初却是一部颇具特色的文评专书，于文体源流及体用等多所发明，甚至引起了四库馆臣的注意。此书共二十二卷，前编十二卷，自"序"至"七"讨论文体67种，后编十卷，自"王言"至"论判"，讨论文体43种，总计约10万字。王之绩自述此书的写作缘起称：

> 予以《雕龙》修饰词章，未能淋漓委曲，畅所欲言，非独伤于文，而其体亦不备。自西山《正宗》后，则无如吴文恪《文章辨体》、徐鲁庵《文体明辨》。惜其持论，不无千虑一失，而文章极致，犹多未尽。于是思觅一毫发无憾之书以为导师，而卒不可得，为之郁郁不乐者久矣。乃发愤合采二书，于诸小序，片言不遗，删其重复，正误补阙，以归于允当。及观他籍，有可以互相发明者，急为手录，如获异珍，喜不自胜。①

可知其意在修正明代吴讷（1372—1457）与徐师曾（1517—1580）持论之阙，因而多方收集文体论资料，并大量征引了《文章辨体》《文体明辨》二书的表述，附以其他论述而汇成一书。而王之绩习惯于在各段开头或结尾处以"王懋公曰"的形式断以己意，因而此书可谓兼具资料汇编与文体专论性质。

---

① （清）王之绩：《铁立文起》，见王水照：《历代文话》，3623～3624页，上海，复旦大学出版社，2007。

就目前所存书目信息看,《铁立文起》很可能是清代第一部辑录式文评专书。而对于辑录式文评专书来说,最直接反应批评者思路的是其辑录的内容、来源及征引率等信息。一般的文体论专书,大多会从《典论》《文赋》《文心雕龙》等经典文体论入手。那么《铁立文起》有何特色呢?

在《铁立文起》提纲挈领的《文体统论》中,王之绩首先引述了倪思(1147—1220)与《金石例》论文章必以体制为先,进而简要引述了《文心雕龙·定势》对文体风格的总结,随后就直接切入了另一套文体解说系统。从《文体统论》的第五条开始,王之绩花了大量篇幅引述汉代刘熙的《释名》,从"文"开始共计列举了三十多条各类文体名称的释义,随后的第六条是对《释名》的阐释。第七条引《珊瑚钩诗话》,同样是训诂性质的文体总结,如"传者,传而信之也;序者,绪而陈之也",此段篇幅亦较大,以训诂的方式详细列举了约五十六种文体。第八条又引《事类赋》,还是训诂语体,如"诏者,照也,照人之暗,使见事宜也"。第九条"或曰"在内容上依然是文体训释。① 再往下才是《典论》《文赋》中经典的文体风格论。可见,《铁立文起》开篇就确立了以训诂作为文体辨析根柢的理论基础。而以训诂论文体,这种论说方式就与同期其他文评专书直接切入对文章体制、体式等文体特征的论说有了较为明显的不同。

除了在《文体统论》中大规模地引述训诂学材料外,在具体的文体阐释中,王之绩也经常以文体训诂开始,如:

---

① (清)王之绩:《铁立文起》,见王水照:《历代文话》,3641~3643 页,上海,复旦大学出版社,2007。

王懋公曰："评者，平也。凡作评断，须评得古今心悦诚服乃可。若使人览之而不平，又何以评为？"

王懋公曰："按字书，谕，譬也，晓也。俗作喻，非。知谕之义，则知所以为文矣。若汉元帝之《谕单于》，则又'王言'、'谕告'类也。"

王懋公曰："檄者，激也，昔人所谓激发人心者是也。《辨体》《明辨》尚少此义，故补著之。"①

在这些例子中，王之绩都直接从文字训诂入手，解读文体的本义与起源。以"平"训"评"，所以"评"以下论断而使人平服为本；以"譬"而非"喻"训"谕"，所以"谕"以告知、宣告为本；以"激"训"檄"，所以"檄"以激发人心的情感效果为本。训诂的方法使《铁立文起》准确地确认了文体的基本体式特征。

王之绩为何如此重视训诂学的方法呢？他在引《释名》时说是觉得"予甚喜其有功著述，而语又不繁"②，所以令他非常青睐。而除了他明明白白说出的这一理由外，从他对《文体明辨》的征引中，亦可寻其端的。比如：

《明辨》曰："按字书：'志者，记也，字亦作志。'其名起于《汉

① （清）王之绩：《铁立文起》，见王水照：《历代文话》，3676、3687、3787 页，上海，复旦大学出版社，2007。

② （清）王之绩：《铁立文起》，见王水照：《历代文话》，3641 页，上海，复旦大学出版社，2007。

书》十志，而后人因之，大抵记事之作也。他如墓志，别为一类。"

《明辨》曰："按字书：'解者，释也。'杨雄始作《解嘲》，世遂仿之。与论、说、议、辨，盖相通焉。此外又有字解，则别附'名字说'类。"

《明辨》曰："按字书：'述，撰也，纂撰其人之言行以俟考也。'其文与行状同，不曰状而曰述，亦别名也。"①

对比上面"王懋公曰"的直接论述，可以非常明显地看到，王之绩的论述与《文体明辨》非常相似，都是先从训诂学的角度考察文体源流，进而讨论文体写作规律、体制，并列举代表性作品，其中有着比较明显的继承关系。

《铁立文起》不仅在方法论上学习了《文体明辨》，在内容上也大量征引了《文章辨体》与《文体明辨》二书中的文体理论，其中引述《文章辨体》65 条、《文体明辨》96 条，二者合计可占全书内容的 26.8%，可见王之绩对二书的重视。② 而引用这些资料，一方面，是为了说明所列诸种文体的文体特征，因为已有现成的文献材料作为证据，所以王之绩不必再以自己下断语的方式进行训诂分析，这赋予了他扎实的文献基础；另一方面，王之绩可以更多地以补充或辨析的方式利用这些的训诂资料，从而实现他纠偏补缺的目的，这赋予了他自由的论说立场。

然而，对于王之绩继承《文章辨体》与《文体明辨》，并力图在此基础

---

① （清）王之绩：《铁立文起》，见王水照：《历代文话》，3662、3674、3693 页，上海，复旦大学出版社，2007。

② 杨许波：《王之绩生平著述考》，载《名作欣赏》，2013(2)。

上发明己意的论述方式，清人却并不推崇。《四库全书总目》提要叙《铁立文起》称：

> 《铁立文起》二十二卷（浙江巡抚采进本）。国朝王之绩撰，之绩字懋功，宣城人，是书皆论作文之法。"铁立"，其斋名也。卷首曰文体通论，前编十二卷，自序至七，凡九十三种；后编十卷，自王言至论判，凡四十八种。大略采之《文章辨体》《文体明辨》二书而以己意参补之。然持议多偏，不能窥见要领，甚至以屠隆《溟海波恬赋》为胜于木华郭璞，尤倒置矣。①

四库馆臣指出，《铁立文起》在编纂上多"采之《文章辨体》《文体明辨》二书"，但是"以己意参补"的内容却"持议多偏，不能窥见要领"，故而总体上对该书的评价不高。换言之，既然已有《文章辨体》《文体明辨》二书传世，《铁立文起》持论又未见多高明，因而此书的意义就不大了。那么，如何看待四库馆臣的评价？既然《铁立文起》与《文章辨体》《文体明辨》存在着较为明显的继承关系，王之绩的文体论在何等程度上对吴讷、徐师曾的文体论有所超越，又在什么问题上持论有偏呢？

二、《铁立文起》文体论举隅

为了考察《铁立文起》对《文体明辨》和《文章辨体》二书的利用与深化，我们需要分析该书中一些具体的文体论述，通过与二书的对比，进

---

① （清）永瑢等：《四库全书总目》，1806 页，北京，中华书局，1965。

一步探究王之绩文体论的特点。

首先看"序"。在各种文体中，王之绩首标"序"体，因为在他看来"自古迄今，文章用世惟序为大，更无先于此者"。王之绩从经世致用的角度肯定"序"的价值，更重要的是他对"序"的文体辨析：

> 宋陈骙氏谓自孔子为《书》作《序》，文遂有序，不知《书序》多谬，非孔子所作。论序之名，其始于《易》之《序卦》乎。序之文则初见于子夏之《诗序》。我犹嫌后人训诂气已萌芽于此，非末学敢议先贤，盖衡文自不得不严，欲以为万世式，无可讳也。或谓《诗序》卫宏撰，而托之卜氏。今且置此勿论。[1]

这里列举了《书序》说、《周易·序卦》说、《诗序》说三种"序"体起源的说法。三种说法中，王之绩首先以《书序》非孔子作为由否定了《书序》说，至于"序"起源于《序卦》还是《诗序》则分别言之：从起源上肯定《序卦》说，但《序卦》并没有出现"序"的文体之名，故又折中地说《诗序》是"序"文体形成的标志，至于《诗序》作者的问题则姑且存疑不论。

王之绩在交代了"序"体起源的三种说法后，做出了严格的文体界定：以《序卦》为"序"体之源，而以《诗序》作为"序"体形成的标志，从而谨慎地弥合了《文章辨体》对"序"起源交代的矛盾之处。试看《文章辨体》的论述：

---

[1]　（清）王之绩：《铁立文起》，见王水照：《历代文话》，3653 页，上海，复旦大学出版社，2007。

《尔雅》云："序，绪也。"序之体，始于《诗》之《大序》。首言六义，次言《风》《雅》之变，又次言"二南"王化之自。其言次第有序，故谓之序也。

东莱云："凡序文籍，当序作者之意；如赠送、燕集等作，又当随事以序其实也。"大抵序事之文，以次第其语、善叙事理为上。近世应用，惟赠送为盛，当须取法昌黎韩子诸作，庶为有得古人赠言之义，而无枉己徇人之失也。①

《文章辨体》先引《尔雅》的"序，绪也"，明确"序"体"次第有序"之意，下一条材料也强调"序事之文，以次第其语、善叙事理"，肯定"序"是一种按次序叙述事件的文体。但另一方面，《文章辨体》又因循传统说法，称"序"体"始于《诗》之《大序》"。那么问题来了：《诗大序》是汉儒阐发"诗教说"的理论文章，这样一篇讨论文学与政教关系的文章，又如何能引申出"次第有序"之意呢？因为无法弥合其间的龃龉，吴讷只好牵强地说《诗大序》是按照一定顺序叙述了诗六义、风雅正变等问题，以此扣回"言有序"上。

同样，《文体明辨》也存在这个问题，其曰：

按《尔雅》云："序，绪也。"字亦作"叙"，言其善叙事理、次第有序若丝之绪也。又谓之大序，则对小序而言也。其为体有二：一

---

① （明）吴讷：《文章辨体》，见王水照：《历代文话》，1622页，上海，复旦大学出版社，2007。

曰议论，二曰叙事。宋真氏尝分列于《正宗》之编，故今仿其例而辩之。其序事又有正、变二体（系以诗者为变体）。①

《文体明辨》同样引《尔雅》"序，绪也"的说法，承认"其善叙事理、次第有序若丝之绪也"之意，但紧接着徐师曾也把"序"往《诗大序》《诗小序》上靠，《诗大序》讨论"诗教说"体系，而《诗小序》则分别叙述各诗的本事、意旨等。徐师曾以《诗大序》为"正"，《诗小序》为"变"，所以"序"在文体的体式上也就要求先议论再叙事。于是，《明辨》在引入《诗序》说之后，就不自觉地把"序"的文体特征从偏重叙事的一面转向了偏重议论的一面，而如此一来，"次第有序"的"序"反而成了变体。总之，吴讷和徐师曾都引述了"序，绪也"的说法，但他们却并没有完全从次序之"绪"或者叙述之"叙"的角度讨论文体，而是明显受到《诗序》说的影响，在其理论的叙述中产生了或隐或显的矛盾。

由于"序，绪也"和《诗序》说存在矛盾，所以王之绩干脆放弃《诗序》为"序"体起源的说法，采取了另一种"序"体起源的理论。其说出于刘勰的《文心雕龙·宗经》：

故论、说、辞、序，则《易》统其首；诏、策、章、奏，则《书》发其源；赋、颂、歌、赞，则《诗》立其本；铭、诔、箴、祝，则

①　（明）徐师曾：《文体明辨》，见王水照：《历代文话》，2106 页，上海，复旦大学出版社，2007。

《礼》总其端；纪、传、盟、檄，则《春秋》为根。①

出于宗经观念，刘勰把各类文体起源上溯到五经，并将"序"归于《易》。而"序"之所以能和《易》挂上钩，还是因为《序卦》在叙述六十四卦之间的相承关系时，能够体现的"次第有序"亦即"序，绪也"的文体特点。

王之绩肯定了《序卦》作为"序"的起源，是从表达方式上追溯了"序"的文体属性。但表达方式最初只是一种叙事行为，本身还不直接构成文体，所以在此基础上，再说《诗序》是"序"出现的标志，就显得比吴讷、徐师曾等人的说法更完备了。换言之，三人同样从训诂入手，但吴讷、徐师曾只是和训诂打了个照面，就偏向传统的《诗序》说一路去了，而王之绩则在坚持训诂说法的基础上，另寻证据，从而确保了其理论内在逻辑的一致性。这是他们文体论中看似相同，实则不同的理论模式。

"传"体的起源也是一个有争议的话题，《文心雕龙·史传》篇说："丘明同时，实得微言，乃原始要终，创为传体。传者，转也，转受经旨，以授于后，实圣文之羽翮，记籍之冠冕也。"②刘勰以《左传》为《春秋》解经之作，故以"转受经旨"为"传"之起源。其说影响甚广，清中期章学诚延续此说，谓："《春秋》三家之传，各记所闻，依经起义，虽谓之记可也。经《礼》二戴之记，各传其说，附经而行，虽谓之传可也。"③

---

① （南朝梁）刘勰著，周振甫译注：《〈文心雕龙〉译注》，76 页，南京，江苏教育出版社，2006。

② （南朝梁）刘勰著，周振甫译注：《〈文心雕龙〉译注》，247 页，南京，江苏教育出版社，2006。

③ （清）章学诚著，叶瑛校注：《文史通义校注》，290 页，北京，中华书局，2014。

将"依经起义""附经而行"作为"传"之起源。

无论是刘勰"转受经旨"说还是章学诚"依经起义"说，都是在宗经背景下对"传"体背景的阐释，这和以《诗序》为"序"之起源的说法有类似的逻辑。然而，就像"序"体一样，经学的解释和"传"的字源又难以契合。王之绩在《文体统论》中引述《释名》中的解释，其中叙及"传"曰："传，传也，以传示后人也。"以"传"而非"转"来解释"传"，又引《珊瑚钩诗话》曰："传者，传而信之也"①，同样以"传信"之意训"传"字。可见，在王之绩看来，"传"的起源其实来自"传信"或"传示"之意，与解经之"传"无关。

在《文章辨体》和《文体明辨》中，也没有强调"传"作为"转受经旨"的意义，比如：

> 太史公创《史记》"列传"，盖以载一人之事，而为体亦多不同。迨前后两《汉书》《三国》《晋》《唐》诸史，则第相祖袭而已。②

> 按字书云："传者，传也，纪载事迹以传于后世也。"自汉司马迁作《史记》，创为"列传"以纪一人之始终，而后世史家卒莫能易。③

---

① （清）王之绩：《铁立文起》，见王水照：《历代文话》，3641～3642 页，上海，复旦大学出版社，2007。

② （明）吴讷：《文章辨体》，见王水照：《历代文话》，1629 页，上海，复旦大学出版社，2007。

③ （明）徐师曾：《文体明辨》，见王水照：《历代文话》，2124 页，上海，复旦大学出版社，2007。

吴讷和徐师曾都没有从经学视角出发，以"转"解"传"，而选择从文体发展的角度，把《史记》视为传之创体，以"传"解"传"。但是二人直接从《史记》立论，一来没有正面回应《左传》为"传"之始的说法，采取了回避矛盾的态度；二来也没有揭示出"传"之起源传统，只是列举了代表文本或者文体特点而已。

那么，王之绩又要如何处理这个问题呢？《铁立文起》叙"传"体曰：

> 王懋公曰：传以《史记》为祖。或谓《左氏书》，其传之滥觞也。然皆随人随事散叙，故有其端而无其名。若合一人始终、本末而次之，则自司马子长始。予近欲将内传分国类编，略如《国语》，有可并者并之。颜曰："《左氏》纪传。"又《史记》有本纪、世家、列传三例，其实皆传也。《汉书》不用世家，而以纪传括之。纪亦人主之传，特因其人不同而所称亦小异，其为传信之义则一而已。①

王之绩首先回应以《左传》为"传之滥觞"的说法，以为《左传》只是"有其端而无其名"，其处理方式和前面对《诗序》的处理是一样的，即不承认《左传》为"传"的起源，只是将其作为"随人随事散叙"的文体形成的标志。接着明确"传"体的体式特征："合一人始终、本末而次之"，这样过渡到《史记》便不觉突兀。而最有价值的一段话是在辨析了本纪、世家、列传的相似性后，提出"其为传信之义则一而已"，将"传"体的本意落实

---

① （清）王之绩：《铁立文起》，见王水照：《历代文话》，3657 页，上海，复旦大学出版社，2007。

到"传信"上，从而和《文体统论》中引述《释名》《珊瑚钩诗话》的训释勾连起来。

王之绩对"传"的解释，其价值不仅在于比吴讷、徐师曾更为周详完备，而且突出强调"传"体"传信之义"其实是对"传"之起源的深层把握。今人往往从制度、行为方式层面研究早期文体的起源，如过常宝从上古时期史官制度出发，考察《春秋》"经"与"传"的关系，指出前者基于"承告"传统，是"别国史官的正式通报"；后者则基于"传闻"传统，是"史官私下交流的信息"，因而"传闻"才是《左传》的源头。① 有了这样的学术视角，再来回溯王之绩"其为传信之义"的说法，就更可见其对"传"之起源的透辟见解。"传"实非"经"之转述，而自有其制度起源，从"传信""传示"等说法中，我们似乎已经可以看到王之绩的溯源意识了，虽然他还没有像今人这样直接点破并条分缕析地论证，只是通过罗列相近的观点加以自己简洁的断语来表述而已，而这却是《文章辨体》和《文体明辨》二书所不具备的文体意识。

从对"序"与"传"两种文体的讨论中，我们可以看到《铁立文起》的论述较之《文章辨体》与《文体明辨》更为自觉地坚持了以训诂作为研究根柢的方法，并由此解决了二书中的一些矛盾现象，在文体起源的分析上也较二者更为周全。然而在对某些文体的讨论中，《铁立文起》也不免偏颇，比如"七"体。

汉代枚乘（？—前140）始作《七发》，后人相继写作了《七激》《七辩》

---

① 过常宝：《〈左传〉源于史官"传闻"制度考》，载《北京师范大学学报（社会科学版）》，2004（4）。

《七厉》《七依》《七启》《七释》《七命》《七说》《七讽》等一系列作品，皆以《七发》为模仿对象，形成蔚为大观的创作趋势。故《文选》在赋、诗、骚后，将"七"别立为一体，并收录《七发》《七启》《七命》三篇。

《文章辨体》承认"七"为一体："窃尝考对偶句语，六经所不废。七体虽尚骈俪，然遣辞变化，与连珠全篇四六不同。"①《文体明辨》也承认其独立的文体地位："按七者，文章之一体也。词虽八首，而问对凡七，故谓之'七'，则七者，问对之别名，而《楚词·七谏》之流也。"②而在王之绩看来，"七"却并不能成为一种与其他文体并列的文体，他说：

> 王懋公曰：枚乘《七发》，亦偶然作，原不可定为一体，我欲列之杂著中。自东汉魏晋诸人争拟之，俨若传记诗赋之类，必不可缺，真堪为之喷饭也。《昭明文选》竟标曰"七"，彼拙于文而陋于识，固不足怪。而《辨体》《明辨》亦袭而莫知是正，何耶？李空同谓《七发》非必于七，文涣而成七。后人无七而必于七，皆徘语也。③

王之绩认为"七"的形成不过是出于偶然现象，因为枚乘的《七发》出了名，所以吸引文人的模仿。而他认为模仿的作品水平既然不高，则不能称"七"为文体。为了进一步阐明其观点，王之绩接着还举了"九"的

---

① （明）吴讷：《文章辨体》，见王水照：《历代文话》，1628 页，上海，复旦大学出版社，2007。

② （明）徐师曾：《文体明辨》，见王水照：《历代文话》，2108～2109 页，上海，复旦大学出版社，2007。

③ （清）王之绩：《铁立文起》，见王水照：《历代文话》，3752 页，上海，复旦大学出版社，2007。

例子：

> 因思屈原有《九歌》《九章》，宋玉《九辩》之后，王褒、刘向、王逸、皮日休、鲜于侁诸君，遂有《九怀》《九叹》《九思》《九讽》《九诵》，必不十不八，是亦不可以已乎？得毋借口于《九辨》《九歌》，天帝之乐，九者阳之数、道之纲纪欤？若然，则"七"之外又当立一"九"体以配之。予谓古人之文原不必酷拟，况又拘于其数而为之，亦可笑矣。[①]

如果"七"体成立的话，那么则当复立一"九"体，而实际上没有人承认有"九"体，所以反推过来，"七"体也就不应该存在了。

其实，"九"和"七"的情况是不一样的，《七发》之后不但形成大量仿作，而且仿作的文体性质高度相似，《文心雕龙·杂文》概括"七"类作品的性质说：

> 自《七发》以下，作者继踵。观枚氏首唱，信独拔而伟丽矣。及傅毅《七激》，会清要之工；崔骃《七依》，入博雅之巧；张衡《七辩》，结采绵靡；崔瑗《七厉》，植义纯正；陈思《七启》，取美于宏壮；仲宣《七释》，致辨于事理。自桓麟《七说》以下，左思《七讽》以上，枝附影从，十有余家，或文丽而义暌，或理粹而辞驳。观其大

---

① （清）王之绩：《铁立文起》，见王水照：《历代文话》，3753 页，上海，复旦大学出版社，2007。

抵所归，莫不高谈宫馆，壮语畋猎，穷瑰奇之服馔，极蛊媚之声色；甘意摇骨髓，艳词洞魂识，虽始之以淫侈，而终之以居正，然讽一劝百，势不自反。子云所谓"先骋郑卫之声，曲终而奏雅"者也。唯《七厉》叙贤，归以儒道，虽文非拔群，而意实卓尔矣。[1]

《七发》之后的"七"体作品，大都沿袭枚乘的思路，先铺叙美食、服饰、音乐、田猎等具有诱惑性的事物，最后上升到抽象的道德，都有曲终奏雅、劝百讽一的体性特征，这是"七"可以称之为"体"的原因所在。它们的文章结构（七段论）、表达方式（铺叙）、语体特征（铺张扬厉）、意趣旨归（劝百讽一）都高度一致，已经具备"体"的特征。而"九"类文本，其个性化程度明显更强，《九章》和《九歌》本身就是不同性质的作品，它们不具备"七"类文本这样的高度一致性。那么，对于刘勰、吴讷、徐师曾等人来说，"七"可以构成文体而"九"不能构成文体也就是顺理成章的了。至于如何解释王之绩的"狡辩"，就涉及他的文体观了。

三、王之绩文体观的论说方式

解读王之绩的文体观，引入一些现代文体理论是必要的，因为它可以为我们确立一个思考的基点，确定观察的参考系。郭英德总结中国古代文体分类的生成方式时指出，中国古代文体分类的方式不外三途：一是作为行为方式的文体分类，二是作为文本方式的文体分类，三是文章

---

[1] （南朝梁）刘勰著，周振甫译注：《〈文心雕龙〉译注》，223～224页，南京，江苏教育出版社，2006。

体系内的文体分类。① 这三条途径即构成了文体生成论的三维坐标。

作为行为方式的文体，依附于此类文本产生的具体行为或制度。比如"传"从史官"传示""传信"制度产生，所以说"传，传也"。作为文本方式的文体，首先要有一类相同的言说方式，之后"与这种'言说'方式相对应的文辞样式就形成特定的文本方式，而这种'言说'方式的行为特征同时脱胎换骨地成为特定文本方式的文体形态特征"②，从而完成对此类文本的聚类，构成一个文体序列。比如"序"从《序卦》"次第有序"的言说方式产生，所以说"序，绪也"。从《铁立文起》对"传""序"二体的溯源看，王之绩对作为行为方式和作为文本方式而生成的文体都是认可的。而作为文章体系内的文体分类，它所依赖的是"因文立体"，如《七发》作为典范性的作品，引起后代作家不断仿效，形成一组具有相似结构、题材与功能的文本系列，最终形成一种文体，王之绩显然不认可这类文体生成的方式。

如上所论，《铁立文起》在引述《文体明辨》与《文章辨体》二书的观点之外，更为重要的是坚持在文体研究中使用训诂的方法，而训诂的方法则深度影响了王之绩的思维方式，进而也影响了《铁立文起》的文体观念与文体理论。训诂的方法意在"准确地探求和诠释古籍中语言文字的词义，进而探求古代语言文字的根源和系统"③，在本质上是要寻根索源，而在方法上则是重材料、重实践，在指导思想上则可以用"实事求是"来

---

① 郭英德：《中国古代文体学论稿》，50页，北京，北京大学出版社，2005。
② 郭英德：《中国古代文体学论稿》，42页，北京，北京大学出版社，2005。
③ 郭英德、于雪棠：《中国古典文献学的理论与方法》，329～330页，北京，北京师范大学出版社，2008。

概括。①

因为追本溯源，所以王之绩思考文体问题时绝不会满足于一般性的解释，而必要追寻文本最初的言说行为或言说方式，从而为文体"正名"。所以论"传"就不止于上溯经典文本《史记》，而必要追求其原初的史官制度与"传信"行为。又由于尊重材料，所以不会为以往的经学成见所裹挟，一定根据文体的实际情况概括文体起源。所以论"序"不以《诗序》始，而能推究到《序卦》"次第有序"的言说方式。因此，当王之绩讨论以行为方式和文本方式而形成的文体时，往往就能从实际出发，以突破前人成说中的矛盾与含混之处。

然而，这种思维方式的弊端也很明显，那就是理论局部的分析性强，而系统的综合性弱。而对于中国古代无所不包的泛文学观念来说，文体学的归纳必然要求一个充满弹性的框架，从《文选》到《唐文粹》《宋文鉴》《元文类》《文章辨体》《文体明辨》，历代选本对文体的分类不断地变化，即是这种弹性的表现，其分类的依据有一个很重要的原则就是"因文立体"②。这与力求准确地分析词义的训诂学思维方式就不完全一致了，特别是对于文章体系内的文体分类，其理论的终点并不是"正名"，而是找到一个典范性的文本，在理论逻辑上缺乏"正名"的终极追求。以训诂为方法论的王之绩既然不承认《诗序》《左传》的原点性，自然也就更不会承认像《七发》这样的原始文本了。

此外，训诂学在古代附属于经学，古人治经以训诂为根本，章太炎

---

① 陆宗达、王宁：《训诂与训诂学》，314 页，太原，山西教育出版社，1994。
② 郭英德：《中国古代文体学论稿》，55 页，北京，北京大学出版社，2005。

说："学者有志治经，不可不明故训，则《尔雅》尚已。"①因此，训诂的思维与宗经的观念往往也是共存并生的，王之绩在其《铁立文起·文体统论》中就说："诗、古文之体不一，皆范围于五经。五经有文有诗，最为完备。后世之子、史、集，诗、词、曲，乃其云仍耳。"②其下又引颜之推(531—约597)、刘勰等人的话，再次申明文章出于五经。而五经，特别是"《尚书》六体"和"《诗》六义"本身就出于上古的政治制度与礼乐制度，宗经的学术指向，其终点就是早期的言说行为与言说方式。以《七发》为代表的文类，于宗经思想中根本不可能有其地位，也就不可能成为文体起源追溯的终点，这也是文章体系内的文体分类不能被王之绩所接受的原因。

如此，我们就可以明确《铁立文起》与《文章辨体》《文体明辨》二书文体论的区别所在了。在吴讷和徐师曾那里，文体学的基本方法首先是基于"因文立体"的文体分类而展开的："辨体云者，每体自为一类，每类各著序题，原制作之意而辨析精确，一本于先儒成说，使数千载文体之正变高下，一览可以具见。"③第一步便是将所选文章按文体特征归类，然后根据归类情况，为每种文体撰写序题。先有一个选文的实践基础，再总结各类文体特点，这是《文章辨体》的基本方法。至于对各种文体的总结，则尽量本于先儒成说即可。所以，《文章辨体》引"序，绪也"是先

---

① 章炳麟：《国学讲演录》，31 页，南京，江苏文艺出版社，2007。
② (清)王之绩：《铁立文起》，见王水照：《历代文话》，3645 页，上海，复旦大学出版社，2007。
③ (明)吴讷：《文章辨体》，见王水照：《历代文话》，1585 页，上海，复旦大学出版社，2007。

儒成说，又说"序"始于《诗序》还是先儒成说，既然都是先儒成说，那么即便矛盾也没关系，重要的是做到信而有征而已，文体的分类不是完全依赖理论，而是先有实践基础。换言之，吴讷、徐师曾的文体论建立在文章分类的实践原则之下，训诂不过是可资运用的论据而已，是工具而非方法论。

但是王之绩却选择了另一条路，他的学术旨趣并不在处理实际的文章分类问题。在《铁立文起·凡例》中，王之绩首先明确表明自己的态度："是编论文，非选文也，故名作如林，皆所弗录。"他认为选文意义不大："古文辞选不胜选，读不胜读，先将体制辨明，则提纲挈领，范围不过，亦昔人'得诀归来好看书'之意云尔。"①王之绩的撰述宗旨在于理论阐发而非选文实践，从"得诀归来好看书"一句亦可见，其根本目的在于追求文章的那个"诀"，追求的是文学的本体、本源，这是与吴讷等人的根本差别。吴讷是实践先于理论，理论仅是实践的补充，而王之绩无意于实践，所重全在理论。唯其重视理论，故其论说精于理论阐释内部的逻辑性，善以训诂之法直达文体之本源，避免枝蔓，以纠正吴讷、徐师曾之序题的内在矛盾，并将各类文体统合入自己的理论框架，表现出对理论本身的兴趣。亦因其所重在理论，故而对文章体系内自发产生之文体，则多视而不见，此亦"成也萧何，败也萧何"，不得不然之理。

王之绩在方法上坚持训诂、观念上以宗经为本，这种思维方式有着深刻的儒家传统，同时也深度影响了《铁立文起》的文体论形式。所谓

① （清）王之绩：《铁立文起》，见王水照：《历代文话》，3624～3625 页，上海，复旦大学出版社，2007。

"是书尽取前言，以为师友，原不欲自立一说，如瘙痒者，贵以他手也。但其间议论或有所不足，则又不得不稍以己意补之。"①从《铁立文起》的《自序》及《凡例》看，王之绩最初应该是从广泛收集文体论材料开始的，在积累了充分的材料后，他想写一部文体专论性著述，但像刘勰一样直接发论一方面会浪费他所收集的材料，另一方面又有可能陷入是非意气的文论之争。所以他有意识地"不欲自立一说"，在文论形式上选择了儒家传统中以《荀子》为代表的"集义"式的论说方式，在辑录资料的基础上，让各家的观点在书中平行地、甚至重复地呈现出来，这为实现《铁立文起》所追求的文体"正名"提供了最为自由的讨论空间，而王之绩则巧妙地在各小节的开头或结尾辨析群言，以己意补正诸说，断以"王懋公曰"的理论总结，完成他的画龙点睛之笔。

方法上坚持训诂、观念上以宗经为本，采用儒家传统的"集义"论说模式②，可以说《铁立文起》中无处不暗合着对"正名"以及"宗经"的追求，这就在文论内涵与文论形式之间达成默契，既实现了吴讷等人"信而有征"的论说效果，具有了学识上的合法性；同时又达成他想要的"辨析群言"，在理论逻辑上对吴讷等人有所超越，具有了学理上的合法性。

《铁立文起》虽然并非古代文体论的名著，王之绩作为康熙年间的中下层文人，影响力也着实有限。然而，审视《铁立文起》中作为方法的训诂，正可以给我们以鲜明的认识，当批评者需要从大量既有成说的话语

①　（清）王之绩：《铁立文起》，见王水照：《历代文话》，3625 页，上海，复旦大学出版社，2007。

②　关于"集义"的论说模式，可参见刘宁：《汉语思想的文体形式》，39～49 页，上海，华东师范大学出版社，2012。

体系中，正本清源，剥离诸多附加于文体概念上的附会之辞时，训诂考证正是一种非常有效的方法。而当乾嘉时期士大夫们进一步用训诂考据来求索义理时，训诂也便成为他们依赖传统资源，获取对"道"的解释权的重要途径。

　|　 在义理、辞章与考据之间

乾隆十九年（1754）的礼部大试，"最号得人"，此科录取了钱大昕（1728—1804）、王鸣盛（1722—1798）、王昶（1725—1806）、纪昀、朱筠（1729—1781）五位重要的汉学家，标志着清代学术由"尊德性"转向"道问学"。汉学成为乾嘉时期最为流行的学术，这一转型与爱新觉罗·弘历（乾隆）（1711—1799）本人对汉学的崇奉密切相关。乾隆热衷于考据之学，甚至亲自参与对古礼的考据，比如考论乐礼："朕亲加厘定，为器为音，为宫为调，声之高下，节奏之短长，分刌而节比之。合则仍其故，不合则易其辞，更其调。或出自臣工撰述，或出自几暇亲裁，必考义理之原，究制作之本"，"更参稽前代因革损益之异，为乐器考、乐制考、乐章考、度量权衡考，以备律吕之

条贯。复推阐为《乐问》三十五篇，以申明其旨趣。"①《乐》为六经中唯一失传的经典，是经书考证中相当复杂的学问，而乾隆对乐礼的探究，足见其对考据之学的浓厚兴趣。上之所好，当然使得乾隆一朝的学术风气迅速转向。

与此同时，乾隆对"道统"的控制欲较之康熙更强，他在《修道之谓教论》中明确表示："上天眷命，作之君师，使有以节民之情而复性之善以行其道。故曰修道之谓教，非道之外别有所谓教也。"他要求"君师"合一的身份，所谓"古昔圣王之治民也，渐之以仁，摩之以义，节之以礼，和之以乐，熏陶涵养，使德日进而道自修"。② 这番话将士人熟习《中庸》在"修道之谓教"完全解释为帝王治理社会、施行教化，更是"道统"与"治统"合而为一的表述。此外，乾隆年间以《四库全书》为代表的修书运动，更向世人宣示了官方认可的意识形态，同时借机禁毁、消灭了大量违碍的思想。清政府晚期的控制力进一步加强。

当然，在政治因素之外，清代思想史的演变亦有其自身逻辑，思想史的研究已经充分展现这一变化的思想史意义。比如，余英时从学术史的角度，通过对比戴震与章学诚，建构了以戴震为代表的清代儒学从"尊德性"向"道问学"转型的内在理路。本杰明·艾尔曼（Benjamin Elman）亦考察了清代从理学到朴学的学术转型，并特别关注了戴震等人

---

① 《高宗纯皇帝实录》，乾隆十一年闰三月丁酉，见《清实录》第十二册，394 页，北京，中华书局，1985。

② 《清高宗（乾隆）御制诗文全集》第一册，57 页，北京，中国人民大学出版社，1993。

学术思想中对理学与政治权威的批判意识。① 类似的分析视角也被沟口雄三(1932—2010)提出，他把戴震置于晚明以来前近代思想展开的一部分来认识。② 葛兆光则论证了清代皇权垄断真理、"治统"兼并"道统"语境下，学者通过学术性注释、札记、函札等形式的文献考据和历史研究，以及担任座师、幕僚、山长、修谱志者等身份，获得类似于哈贝马斯(J. Habermas)所讨论的"公共空间"(publicsphere)的庇护，从而促进了清代学术思想的展开，并隐含了革命性的意义。③

与此同时，清代文学领域中最为重要的流派——桐城派也在此时兴起。姚鼐在《刘海峰先生八十寿序》中祖述方苞与刘大櫆，并将自己纳入其中，建立起清代影响最大的文学流派。此外，义法、考据、辞章三者兼容的主张，也是当时各家热衷讨论的话题。因而乾嘉时期虽然文禁日紧，却呈现出更加多元的格局，不同学术风气皆得以生长，显示出各类士人对政治、学术、文学的深刻思考，也构成了学统与文统的交流碰撞。

第一节　文与学的不同取径

首先来看以戴震为代表的学者和以姚鼐为代表的文人，在呼应文道关系以及争取文化资本方面的不同选择。

---

① ［美］本杰明·艾尔曼：《经学·科举·文化史：艾尔曼自选集》，复旦大学文史研究院译，北京，中华书局，2010。

② ［日］沟口雄三：《中国前近代思想的屈折与展开》，北京，生活·读书·新知三联书店，2011。

③ 葛兆光：《中国思想史》第二卷，上海，复旦大学出版社，2013。

一、戴震的"考证挑战"

戴震在乾隆朝以"反理学"而著名,钱穆(1895—1990)在《中国近三百年学术史》中指出,戴震在扬州遇到惠栋(1697—1758)之后才反理学,牟润孙(1909—1988)又进一步指出惠栋之反理学,乃是出于家族原因。惠栋的父亲惠士奇(1671—1741)无端遭雍正的冤枉,被罚变卖家产修镇江城,最终家产耗尽而停工罢官,然而却没有申诉的门径,甚至钱大昕为惠士奇作传、王昶为惠栋作墓志铭,于此事都含糊其词,不便明说。理学成为官方意识形态,对道德、正义的解释权在朝廷,尤其在皇帝手中,这构成了对惠栋父子等一批士人的压迫。[①] 此外,从前面李光地、王又朴的例子中,我们也能清楚地看到,正统思维是如何收编对义理的解释,进而扭曲文人话语的。理学已被异化,士大夫苟欲有所作为,便需要以另外的途径来重构理学的话语空间。

戴震的选择是训诂之学,正如上一节我们由《铁立文起》论文体的方式所见,训诂的方法论可以剥离附加于文体概念之上的附会之辞,使"序""传"等文体回归其本义。那么,对"善""理""性"等哲学概念的训诂,也可以剥离理学意识形态对人情、人性的扭曲。而乾隆时期恰是训诂考据流行的时代,乾隆本人对汉学甚为推崇,朝堂之上也多有汉学之士。如此一来,戴震的学说便有了足以生根的土壤,很快便应运而生了。

---

① 参见牟润孙:《注史斋丛稿》(增订本)下册,621~624页,北京,中华书局,2009。

戴震虽然没有经典的关于文学的理论与批评，但是清代流行于乾嘉时期，乃至之后一段时间的义理、辞章、考据三分的学术理路，却正是由戴震首先提出的。乾隆二十年(1755)，他在《与方希原书》中首先表示"古今学问之途，其大致有三：或事于理义；或事于制数；或事于文章。事于文章者，等而末者也"①。当然，我们可以看到此时他对文章之学的轻视，说文章是"等而末者"。而戴震讲学术三分，似乎还是为了在考据盛行的年代，为他自己突破考据，创作新的学术范式寻找理论支持。九年后，当段玉裁(1735—1815)向其请业时，戴震又将其表述更改为："天下有义理之源，有考核之源，有文章之源，吾于三者皆庶得其源。"②又说："有义理之学，有文章之学，有考核之学。义理者，文章、考核之源也。熟乎义理，而后能考核、能文章。"③这一修正有两个变化，一是不再明确歧视文章，而是寻求兼容，即所谓"吾三者庶得其源"。二是标举三者之中当以义理为重。可见戴震最关心的还是对义理，也就是对"道"的追求，而考核、文章则是阐释义理的两翼。

中国古代士大夫有一个特点，越是思想上的狂狷者，其理论表述反而越中庸。戴震这里讲义理、考核、文章三者兼容，就是希望以综合通达之学，形成某种学术路径的"中庸"，从而既减轻来自汉学内部的学派之见，同时也缓解其理论的尖锐性。比如下面一段话，就极其尖锐地批

---

① （清）戴震：《戴震文集》，143 页，北京，中华书局，1980。

② （清）段玉裁：《戴东原先生年谱》，见（清）戴震：《戴震文集》，246 页，北京，中华书局，1980。

③ （清）段玉裁：《戴东原集序》，见（清）戴震：《戴震文集》，1 页，北京，中华书局，1980。

评了理学戕害人理的社会现实：

> 尊者以理责卑，长者以理责幼，贵者以理责贱，虽失，谓之
> 顺；卑者、幼者、贱者以理争之，虽得，谓之逆。于是下之人不能
> 以天下之同情、天下所同欲达之于上；上以理责其下，而在下之
> 罪，人人不胜指数。人死于法，犹有怜之者；死于理，其谁怜之？①

这段话深刻地道出了理学作为官方哲学的清代，社会的压抑状态。在
"理"这一看似具有普适性的绝对真理控制下，所有其他话语、思想，甚
至行为、习惯都被某种"绝对正确"所挤压。因而学者们论及戴震这番
话，以及讨论乾嘉学者对理学的反拨时，也往往将此观点视为戴震思想
的革命性因素。从戴震的论述逻辑上看，很明显他是在社会性、公共性
的层面去限制天理的约束力，乃至认定情欲的价值。如沟口雄三所说：
"他的意图在于以他的'分理'来纠正尊、长、贵等社会上层将自我中心
式的理的裁断强加于卑、幼、贱等下层的不公正。"②

　　戴震的论述在哲学的、理性的层面展开，而如果我们看到袁枚
（1716—1798）《俭戒》所描绘的这则人间悲剧，便更能深刻体会戴震批判
"以理杀人"的现实针对性：

> 某尚书抚浙，以俭率下。过三元坊，见圬者妻红袄襦，簪花立

---

① （清）戴震：《孟子字义疏证》，10 页，北京，中华书局，1982。
② ［日］沟口雄三：《中国前近代思想的屈折与展开》，443 页，北京，生活·读
书·新知三联书店，2011。

而目公。公命将某妇诣辕前，驺拥之去。圬者故新娶也，号泣从之。伺辕三日，探刺不得信，乃弃其屋，并其妻之屋，得二十金，贿中军。中军为之请，公笑曰："吾几忘。"引妇之中庭，而高呼夫人。妇瞠视，俄而有蓬首持奋，衣七缏之布，从灶舭来者，曰："此夫人也。"已，公立妇而训之曰："夫人封一品，服饰如是。汝家圬者，而若是华妆，行见饥寒之将至矣。吾召汝者，以身立教，俾语而夫知也。"饭脱粟而遣之。妇归已无家矣，乃雉经死。

巡抚以圬者新娶之妻华妆簪花为由，拘押其妇，以致圬者家破人亡，这正是"尊者以理责卑"，"死于理"之生动写照。袁枚在叙事之后有一段感慨："俭，美德也。自矜其俭，便为凶德。蓼虫食苦而甘，彼自甘之，与人无与也。必欲率天下人而为蓼虫，悖矣。"[1]其用意正与戴震一致，只不过袁枚是从经验的、感性的层面发论，而戴震的论述则是基于学理思考而已。袁枚一向被视为狂狷之徒，而从思想史角度看，戴震又何尝不是狂狷者呢？

　　《孟子字义疏证》是戴震生平最引以为重的著作，段玉裁曾记载戴震于乾隆四十二年(1777)四月二十四日来书称："仆生平著述最大者，为《孟子字义疏证》一书，此正人心之要。今人无论正邪，尽以意见误名之曰理，而祸斯民。故《疏证》不得不作。"[2]可见戴震对此书的高度重视，视为其"生平论述最大者"，而其不得不作的原因，正在于戴震希望"正

---

①　(清)袁枚：《小仓山房诗文集》，1171～1172页，上海，上海古籍出版社，1988。

②　(清)段玉裁：《戴东原先生年谱》，见(清)戴震：《戴震文集》，241页，北京，中华书局，1980。

人心"，希望重新解释"理"。而此书开篇就论述"理者，察之而几微必区以别之名也，是故谓之分理；在物之质，曰肌理，曰腠理，曰文理；得其分则有条而不紊，谓之条理"。他以"分理""条理"解释"理"的概念，又引郑玄注"理，分也"，许慎（约 58—149）《说文解字序》"知分理之可相别异也"等小学解释，把"理"框定在"天下事情，条分缕析"的层面。①这样就解构了理学的基本理论，如陈来所总结："理学中所说的'理'，其中两个最主要的意义是指事物的规律和道德的原则"，"而这两者在本质上是统一的，即道德原则实质上是宇宙普遍法则在人类社会的特殊表现而已。"②"理"是抽象的普遍真理，对人而言则具体呈现为道德原则，而戴震的小学考证，其结果便是取消了附加在"理"概念上的道德原则。如此论理，也就给人情留下了位置。

当理学思维把基于现实的"气质之性"设定为"理"的堕落，就等于是把"理"悬置起来，而成为人情与人欲的反面，这在戴震看来就不是"理"了。戴震的"理"是基于人伦日用的分理与条理，人有区分，则理应当是异中之同，即"心之所同然"。他引孟子的话说："一人以为然，天下万世皆曰是不可易也，此谓之同然。""理"不是宋儒设定中"得于天而具于心"的那个"物"，而是基于现实人心之所同，这一过程是自然而然、不假外求的。而未能满足人心所同，基于一己的道德原则所确认的"理"，便只是得于一己之心的所谓"意见"，并不是真理，所谓"心之所同然始谓之理，谓之义；则未至于同然，存乎其人之意见，非理也，非义

---

① （清）戴震：《孟子字义疏证》，1 页，北京，中华书局，1982。
② 陈来：《宋明理学》，177 页，北京，生活·读书·新知三联书店，2011。

也。"①"意见"之心出于一己，很可能受到势力的挟持，反而成为某种异化的力量。其结果便如葛兆光所说："整个社会被一整套空洞、教条但是又绝对、高调的真理话语笼罩，人们无法逃逸在这种官方认可的语言外，甚至也无法置身于国家的体制之外，可能还会相当真诚地被这种话语所折服，真心诚意地歌颂这种官方语言和国家体制。"②当然，清代的这种文化空气，也就深度挤压了士民阶层的生存空间。

于是，戴震就以训诂的方法重塑了"理"的概念：天理基于人理的合宜，天理不再是外化于人的，而是基于人的社会性需要而存在，而这个"理"也从"得于天而具于心"的主观化的"理"置换为基于现实人情之分理、条理，亦即作为社会性公理的客观化的"理"。在戴震看来，程朱以理、欲二分，错在以主观一己的"理"统摄万物，宋儒认识不到情欲也是社会的客观属性，所以他们的理出于主观，便成了"意见"。而戴震的思路也为学者型士大夫以训诂考证而获得对"理"的解释权提供了另一种可能性。

二、姚鼐的文章与经术

戴震是从学术层面，试图以训诂考据的方法，釜底抽薪式地解构理学，从而在异化之"公"与人情之"私"的框架中，承认人情、人性的一面。然而，虽然围绕在戴震的周围形成了一个汉学的学术群体，但是戴震以训诂考据解构理学的思想，却并未被汉学家们所接受。汉学受到乾

---

① （清）戴震：《孟子字义疏证》，3 页，北京，中华书局，1982。
② 葛兆光：《中国思想史》第二卷，350 页，上海，复旦大学出版社，2013。

隆的支持，但总体来说是以对知识的兴趣取代对价值的兴趣，文献功底深厚而思想性减弱。在为官方哲学所支持的诱惑下，汉学也难免丧失其活力，而这却给"儒林/文苑"框架下，处于另一面的文人带来了巨大挑战。

如前所见，文学在康雍时期的独立性并不强，理学家论文，以文为治统与道统的附庸。方苞的"义法"说或许一定程度上具有政治批判性，但也很难不受官方哲学的影响，至其弟子王又朴，则更因为过于亲附治统而导致了文学批评的扭曲。乾隆时期，理学的势头虽然被汉学盖过，但汉学家们依旧歧视文学，姚鼐请辞四库全书馆的经历，便是当时文人生态的生动写照。那么，尚欲有所作为的文士阶层，又要以何种方式回应这种时代风气与考证挑战呢？

与戴震讲"三分法"相似，姚鼐也喜欢讲"三分法"。嘉庆元年(1796)，姚鼐在《复秦小岘书》中说："鼐尝谓天下学问之事，有义理、文章、考证三者之分，异趋而同为不可废。一途之中，歧分而为众家，遂至于百十家。同一家矣，而人之才性偏胜，所取之途域，又有能有不能焉。凡执其所能为，而呲其所不为者，皆陋也，必兼收之乃足为善。"此文之作，起因于秦瀛(1743—1821)致书姚鼐，称赞其学问文章，而姚鼐谦虚地表示"虽一家之长，犹未有足称"①。可见这里提倡兼才三分是一种理想的境界，而姚鼐以为这并非人皆力所能及，只要择其善者尽之便可。

嘉庆四年(1799)，姚鼐又在写给王昶的《述庵文钞序》中说："鼐尝

---

① （清）姚鼐：《惜抱轩诗文集》，104～105 页，上海，上海古籍出版社，1992。

论学问之事，有三端焉：曰义理也，考证也，文章也。是三者苟善用之，则皆足以相济；苟不善用之，则或至于相害。"他举例说："然而世有言义理之过者，其辞芜杂俚近，如语录而不文；为考证之过者，至繁碎缴绕，而语不可了当，以为文之至美，而反以为病者"，其病根都在于"自喜之太过而智昧于所当择也"，而所谓的"三分法"，只有"能尽其天之所与之量而不以才自蔽者"能实现，这就是相当困难的了，当然基于书序文的特殊语境，姚鼐还是称赞王昶本人可谓"三者皆具之才也"。①

回顾戴震所提出的义理、考证、文章的兼才说，戴震是强调学者应当三者兼善。而姚鼐却认为兼才难得，而且就算拥有了上天禀赋于个体的才华，三者也有可能相互妨碍。所以姚鼐的主张还是取法乎下，择善而从便可，这其实也是对戴震之挑战的侧面回应。那么，戴震更侧重于那种才呢？从《述庵文钞序》的表述看，他批评了"言义理之过者"和"为考证之过者"，似乎将侧重点放在了文章上。然而在其他文章中，姚鼐却也经常把文章与考据放在一起批评，比如：

> 美才藻者，求工于词章声病之学；强闻识者，博稽于名物制度之事；厌义理之庸言，以宋贤为疏阔，鄙经义为俗体。若是者，大抵世聪明才杰之士也。②

> 且夫文章、学问一道也，而人才不能无所偏擅，矜考据者每窒

---

① （清）姚鼐：《惜抱轩诗文集》，61页，上海，上海古籍出版社，1992。
② （清）姚鼐：《停云堂遗文序》，见《惜抱轩诗文集》，53页，上海，上海古籍出版社，1992。

于文词，美才藻者或疏于稽古，士之病是久矣。①

　　姚鼐把"美才藻者"和"强闻识者"或"矜考据者"并列批评，以为其不能兼善。而在《停云堂遗文序》中，姚鼐明确表示希望"苟有聪明才杰者，守宋儒之学，以上达圣人之精；即今之文体，而通乎古作者文章极盛之境"②。如此，则又可见姚鼐于文章之外，亦偏重于义理。

　　与论才华重视宋学与文章相应，姚鼐的文章设计也主要以延续"文以明道"的传统表述为主。在其提出著名的阴阳刚柔二分法的《复鲁絜非书》中，姚鼐提出"文者，天地之精英，而阴阳刚柔之发也"，而文所以能具有如此地位，则在于"人之学文，其功力所能至者，陈理义必明当，布置取舍、繁简廉肉不失法，吐辞雅驯不芜而已"③。首先是文可以陈说义理，其次是有文法，用词准确，所以堪为"天地之精英"。

　　文章若要布置得当，文辞雅驯，就有赖于文法的安排。此前如汪琬强调文法之重要，方苞论述"言有序"之法度安排皆如此。而姚鼐的不同之处在于，他不喜欢讲文法，而喜欢讲"至法无法"，如他答复翁方纲（1733—1818）关于文法的意见说：

　　　　夫道有是非，而技有美恶。诗文皆技也，技之精者必近道，故诗文美者命意必善。文字者，犹人之言语也，有气以充之，则观其

---

① （清）姚鼐：《谢蕴山诗集序》，见《惜抱轩诗文集》，55页，上海，上海古籍出版社，1992。

② （清）姚鼐：《惜抱轩诗文集》，53页，上海，上海古籍出版社，1992。

③ （清）姚鼐：《惜抱轩诗文集》，93～94页，上海，上海古籍出版社，1992。

文也，虽百世而后，如立其人而与言于此；无气，则积字焉而已。意与气相御而为辞，然后有声音节奏高下抗坠之度，反复进退之态，采色之华。故声色之美，因乎意与气而时变者也，是安得有定法哉！①

这段话说得非常精妙，姚鼐首先把"诗文"定义为"技"，以退为进，说诗文只是形而下的技术，而不是形而上的"道"。但是优秀的文章，却能达到"百世而后，如立其人而与言于此"的生动效果。诗文固然是用来明道的，但诗文之精者，可以把"道"言说得更真实生动，所以"技之精者必近道"。这反而是进了一步，只要达到"精"的程度，诗文就与"道"相近了。那么如何"精"呢？各人就有各自的发挥，不可一律了，在姚鼐看来除了"命意必善"的"道"之基础，主要靠的是"气"。而论"气"以"有声音节奏高下抗坠之度，反复进退之态，采色之华"则是得益于其师刘大櫆的"文气说"了。而如此立论，则传统上不被重视的小道末技，亦有可能达到近乎"道"的最高效果。

不过话又说回来，强调文章才华以通经致道的论述也并无特别新意，概括之就是"文以明道"的传统理论。而"文以明道"的逻辑往往容易使"文"的价值被"道"所取代，姚鼐的文论有时也难免入彀。例如，他说："夫古人之文，岂第文焉而已，明道义、维风俗以诏世者，君子之

---

① （清）姚鼐：《答翁学士书》，见《惜抱轩诗文集》，84～85页，上海，上海古籍出版社，1992。

志；而辞足以尽其志者，君子之文也。达其辞则道以明，昧于文则志以
晦。"①此说则近于理学家论文，以道为本，以文为末了。又如："夫文
者，艺也。道与艺合，天与人一，则为文之至。世之文士，固不敢于文
王、周公比，然所求以几乎文之至者，则有道矣，苟且率意，以觊天之
或与之，无是理也。"②虽然说"道与艺合"，但根柢显然是"道"。因此，
徒有文学之才是绝对不够的，姚鼐评价吴德旋的文章，以为吴德旋学韩
愈，却很难达到韩愈的程度，其原因正在于是否"真为学"。在这些论述
中，姚鼐几乎是端起一副宋学家的脸孔说话了。而这也显示了乾嘉时期
学术史上的一个特殊现象，如龚鹏程所述："宋学在乾隆间并无大师，
也无法对讲经学或汉学者提出什么反击"，"当时讲汉学考证者，真正的
劲敌，其实就是这一批文人，而非宋学家。"③作为汉宋之争"宋学"一方
的主将，反而是姚鼐这批文人。

　　不仅是文才与理学，在实践层面上，姚鼐的野心更大。一方面，他
标榜天赋的才气为文人之专长，可以运"文法"于"无法"之中，进而使得
"技之精者必近道"，从而获得对"道"的解释权；另一方面，他又涉足经
学，喜欢单刀直入地切入经学问题，反而拒绝以文人身份进入士大夫的
话语空间。他致书陈用光（1768—1835），叮嘱其不要印刷自己的古文，
但是不妨先把他的《经说》刊刻，可见其自负于此。而在其《惜抱轩笔记》

　　① （清）姚鼐：《复汪进士辉祖书》，见《惜抱轩诗文集》，89页，上海，上海古籍出
版社，1992。
　　② （清）姚鼐：《敦拙堂诗集序》，见《惜抱轩诗文集》，49页，上海，上海古籍出版
社，1992。
　　③ 龚鹏程：《乾隆年间的文人经说》，见彭林主编：《清代经学与文化》，236页，
北京，北京大学出版社，2005。

中，经部的内容几乎占了一半，远远超过集部，其中诸如驳斥《古文尚书》为伪书，论《鱼藻》《采菽》二诗非刺幽王而刺厉王之作等，亦颇中肯綮。

这里我们注意到戴震和姚鼐一个有趣的对比：戴震标榜义理、考核、文章三者兼善，但自己却只是展现考核的才能，并意图实现建构新的义理的思路。而姚鼐表示义理、考核、文章三者未必兼善，学者可取法乎下，但却把自己塑造成了一个兼善的"超人"式文人。而姚鼐论经学也通乎文学之法，比如考证《鱼藻》《采菽》的写作年代，就根据诗之"词气"而发论，认为诗中有"畏惮"之情，因而"此二篇者，所述者美，而意则伤；辞不迫，而情实切"[①]。这样看，两首诗不像是刺幽王，而更符合刺厉王的情实。以审酌词气的方式考论《诗》之作年，恰恰凸显了姚鼐以文章而通考核的功夫。

而进一步反思，戴震与姚鼐除了在理论的设计与实际的发展之间形成错位外，更加错位的还有他们的学术姿态与思想取向。无论是艾尔曼、沟口雄三等汉学家还是葛兆光、余英时等思想史家，都指出了戴震思想中"反理学"或者攻击程朱学说的革命性因素。姚鼐守宋学之本，以为程朱"言之精且大而得圣人之意多也"（《复曹云路书》），"当明佚君乱政屡作，士大夫维持纲纪，明守节义，使明久而后亡，其宋儒论学之效哉"[②]的思路似乎反而是有些保守甚至迂阔的（比如以为纲纪、节义能使

---

① （清）姚鼐：《惜抱轩全集》，《四部备要》影印本，310 页，北京，中华书局，1936。

② （清）姚鼐：《赠钱献之序》，见《惜抱轩诗文集》，88、110～111 页，上海，上海古籍出版社，1992。

明后亡云云）。但是反过来看，戴震的路径却正是乾隆朝受到官方认可的学术取向，反而是姚鼐成为对主流学术的悖反。这便是士人身处政治风向与学术风向之中的吊诡之处，清代官方意识形态自身孕育出了影响其后思想史发展的新变性，而被边缘化的文人们在抵抗风气的时候，反而成为旧体系的维护者，姚鼐是一个例子，下面要讨论的章学诚更是一个典型。

其实姚鼐这种"超人"式的文人形象，更像是受挫后愈加自尊的表现。姚鼐的学术与仕途发展皆不顺利，乾隆二十年（1755），姚鼐欲拜戴震为师，而戴震却作表示"至欲以仆为师，则别有说：非徒自顾不足为师；亦非谓所学如足下，断然以不敏谢也。古之所谓友，固分师之半。仆与足下，无妨交相师，而参互以求十分之见，苟有过则相规，使道在人不在言，斯不失友之谓，固大善"。① 戴震可谓委婉地拒绝了姚鼐拜师的请求，其实却是对姚鼐不通汉学的否定。② 二十年后，姚鼐又请辞四库馆③，所有这些都说明了姚鼐之学问在考据学如日中天之际的尴尬境遇。我们从姚鼐的《复蒋松如书》中，正可以看到他对此情结的耿耿于怀：

夫汉人之为言，非无有善于宋而当从者也；然苟大小之不分，精粗之弗别，是则今之为学者之陋，且有胜于往者为时文之士，守

---

① （清）戴震：《与姚孝廉姬传书》，见《戴震文集》，142 页，北京，中华书局，1980。

② 关于戴震拒绝姚鼐的考辨，可参见王达敏：《从辞章到考据——论姚鼐学术生涯第一次重大转折与戴震的关系》，载《清华大学学报（哲学社会科学版）》，2007(1)。

③ 对姚鼐于四库馆时，与馆臣的学术分歧、请辞主因等的论述，可参见王达敏：《论姚鼐与四库馆内汉宋之争》，载《北京大学学报（哲学社会科学版）》，2006(5)。

一先生之说，而失于隘者矣。博闻强识，以助宋君子之所遗则可也，以将跨越宋君子则不可也。鼐往昔在都中，与戴东原辈往复，尝论此事；作《送钱献之序》，发明此旨，非不自度其力小而孤，而义不可以默焉耳。[①]

论学术而牵扯到与戴震交往的旧事，并且显出一番"非不自度其力小而孤，而义不可以默焉耳"的义气慷慨，其被边缘化而又难以释怀的悲愤已经表露无遗了。甚至于说出"且其人生平不能为程、朱之行，而其意乃欲与程、朱争名，安得不为天之所恶。故毛大可、李刚主、程绵庄、戴东原，率皆身灭嗣绝，此殆未可以为偶然也"[②]的话，则更是负气以至于人身攻击了。

　　姚鼐试图走出一条文才与学术兼善的路径，但依然难免被边缘化的结果。而他标举宋学，守程朱之说的思想观念，也难以成为思想史发展的变革因素。可以说，在乾隆时期的士人风气与学术环境下，对于姚鼐以及文士群体来说，无论是学术理想还是社会现实，这条"兼善"之路似乎都难以顺畅。

三、建立文统：桐城派的努力

　　不过，姚鼐还是找到了一条适合他的路径。从文学史上看，姚鼐真

---

① （清）姚鼐：《惜抱轩诗文集》，96 页，上海，上海古籍出版社，1992。
② （清）姚鼐：《再复简斋书》，见《惜抱轩诗文集》，102 页，上海，上海古籍出版社，1992。

正形成巨大影响的，是创建了桐城派，并在理论上建构了一套完整的"桐城文统"。而桐城派讲"文道合一"，因而重塑千古一系的文统，未尝不可视为文人群体在道统的解释权丧失后，退而求其次地以"文"弘"道"的尝试。

通常叙述桐城派会从方苞讲起，但曾国藩看得清楚，桐城之关键在姚鼐，他说：

> 乾隆之末，桐城姚姬传先生鼐善为古文辞，慕效其乡先辈方望溪侍郎之所为，而受法于刘君大櫆及其世父编修君范。三子既通儒硕望，姚先生治其术益精。历城周永年书昌为之语曰："天下之文章，其在桐城乎！"由是学者多归向桐城，号"桐城派"，犹前世所称"江西诗派"者也。①

曾国藩此文原本于姚鼐的《刘海峰先生八十寿序》，乃姚鼐为刘大櫆祝寿之作，在寿序中，姚鼐引述程晋芳(1718—1784)与周永年(1730—1791)之语称："为文章者，有所法而后能，有所变而后大。维盛清治迈逾前古千百，独士能为古文者未广。昔有方侍郎，今有刘先生，天下文章，其出于桐城乎？"程晋芳、周永年皆为姚鼐在四库馆的同僚，是学界名人，借二人之口引出方苞、刘大櫆以至桐城的脉络，其权威性是不言自明的。其下，姚鼐又历叙方苞对刘大櫆的激赏，当然也是借由某"长者"

---

① （清）曾国藩：《欧阳生文集序》，见《曾国藩诗文集》，285 页，上海，上海古籍出版社，2013。

之语说出。再后面就开始说自己，"鼐之幼也，尝侍先生"，"及长，受经学于伯父编修君，学文于先生"①。于是姚鼐也就将自己纳入这个所谓的桐城古文传承序列之中了。

姚鼐这篇《刘海峰先生八十寿序》影响甚大，以至于如陈平原所说，后世谈桐城文章者，竟因姚鼐对戴名世（1653—1713）的回避而将戴名世忽视。② 其后，姚鼐又通过编《古文辞类纂》，把归有光上接唐宋八大家，又视方苞为接续归有光，如此一来，则桐城就不仅仅是清朝一代之文派，而成为千古传承之文统了。如方东树（1772—1851）所说："往者，姚姬传先生纂辑古文辞，八家后，于明录归熙甫，于国朝录望溪、海峰，以为古文传统在是也。"③

桐城文统的建立，姚鼐当然是首倡者并且影响巨大，但也离不开一批心向往之的文人的主动建构。如姚鼐的学生吴德旋、吴德旋的学生吴铤（1800—1832），都在其论文及著述中参与着这一"唐宋八大家—归有光—桐城派"的文统建构，吴德旋还有意将姚鼐比为欧阳修（见姚鼐《复吴仲伦书》），进一步推尊其文。这里我们姑且越出乾嘉时期的论说语境，以吴德旋及吴铤的表述为例，审视文学之士努力参与文统建构的过程。

道光八年（1828），吴德旋在返回宜兴的途中路过杭州，受到素来仰慕其文的吕璜（1778—1838）延请，至丛桂山房小住。期间吴德旋向吕璜

---

① （清）姚鼐：《惜抱轩诗文集》，114～115 页，上海，上海古籍出版社，1992。

② 陈平原：《从文人之文到学者之文》，208 页，北京，生活·读书·新知三联书店，2004。

③ （清）方东树：《考盘集文录》，见《续修四库全书》第 1497 册，361 页，上海，上海古籍出版社，2002。

传授古文，吕璜辑录并整理成《初月楼古文绪论》一书。在这部文评专书中，吕璜记录了吴德旋对桐城派文学地位的大力推崇。

吴德旋首先加强了姚鼐所建构之文统的完整性，比如将归有光上接唐宋八大家，在姚鼐那里是通过编纂《古文辞类纂》的选文来实现的。而吴德旋则直接下论断说："归震川直接八家。姚惜抱谓其于不要紧之题，说不要紧之语，却自风韵疏淡，是于太史公深有会处，不可不知此旨。"在直陈论断后，还补充了姚鼐对归有光的发明之功。又说："颍滨在八家中自觉稍弱，然自渠以后，至震川未出以前，无此作也。"①吴德旋认为文章自苏辙以后便式微，而归有光则有继起之功，这一方面是强化了归有光的文学史地位，另一方面也将其与唐宋八大家之间的关系勾勒得更为清晰。

在将归有光上接唐宋八大家后，如何使方苞接续归有光，这也是桐城文统建构的关键一环。吴德旋于此亦有直接的断语："方望溪直接震川矣，然谨严而少妙远之趣；如人家房屋，门厅院落厢厨，无一不备，但不见书斋别业，若园亭池沼，尤不可得也。"②这句话既点明了方苞的文学传承，同时也是对姚鼐观点的强化。其实姚鼐本人对方苞的文章也不无微词，认为"义法"说还不足以尽文人之道。他在给陈用光的尺牍中说："震川论文深处，望溪尚未见，此论甚是。望溪所得，在本朝诸贤为最深，而较之古人则浅。其阅《太史公书》，似精神不能包括其大处、

---

① （清）吴德旋：《初月楼古文绪论》，见王水照：《历代文话》，5048、5047页，上海，复旦大学出版社，2007。

② （清）吴德旋：《初月楼古文绪论》，见王水照：《历代文话》，5050页，上海，复旦大学出版社，2007。

远处、疏淡处及华丽非常处，止以义法论文，则得其一端而已"①。姚鼐以为方苞的"义法"过于机械，无法窥见《史记》的气韵精神之妙，换言之，即无法道出文人之才气。而吴德旋的一番论述，正可谓对姚鼐之论的具象化表述。

至于刘大櫆，姚鼐虽然称其为师，并在《刘海峰先生八十寿序》中极力推崇，但他似乎对刘大櫆也不甚满意，对刘大櫆的文章不乏批评之词。虽然称赞其文章有"奇"气，但认为其在语言上却繁而不阔。② 同样地，吴德旋也对刘大櫆褒贬参半，谓"刘海峰文最讲音节，有绝好之篇。其摹诸子而有痕迹者，非上乘也"③。对刘大櫆模拟之病的批评比批评方苞少风韵还重一些。而在所谓"桐城三祖"中，承认方、姚而贬低刘氏，这也成为其后桐城派传人的一致见解，诸如鲁缤（1768—1818）、邵懿辰（1810—1861）、吴汝纶（1840—1903）等均有此见④。

至于评价姚鼐，吴德旋就不吝溢美之词了，他说："姚惜抱享年之高，略如海峰，而好学不倦，远出海峰之上，故当代罕有伦比。拣择之功，虽上继望溪，而迂回荡漾，余味曲包，又望溪之所无也。叙事文，恽子居亦能简，然不如惜抱之韵矣。"⑤追述姚鼐学习刘大櫆而高于刘大

---

① （清）姚鼐：《惜抱轩语》，见余祖坤：《历代文话续编》，401 页，南京，凤凰出版社，2013。
② 王达敏：《姚鼐与乾嘉学派》，126 页，北京，学苑出版社，2007。
③ （清）吴德旋：《初月楼古文绪论》，见王水照：《历代文话》，5050 页，上海，复旦大学出版社，2007。
④ 王达敏：《姚鼐与乾嘉学派》，113 页，北京，学苑出版社，2007。
⑤ （清）吴德旋：《初月楼古文绪论》，见王水照：《历代文话》，5051 页，上海，复旦大学出版社，2007。

槌，并且上继方苞而超越方苞，顺便还借对比而贬抑了当时正在崛起的阳湖派。如此，则不但桐城派在清代的传承关系清晰可见，而且姚鼐本人的巅峰位置也表露无遗了。当我们以反思的视角审视姚鼐、吴德旋等人的文统建构，便可清晰地看出方苞、刘大櫆可能都是作为标榜的旗帜而出现的，桐城派真正的核心无疑还是姚鼐。

有趣的是，吴德旋本人是否真的对自己这番言论充满自信呢？在前面讨论叶燮《汪文摘谬》的例子时，我们注意到叶燮后来对其摘谬颇为自悔，而有焚稿之举。而吴德旋一开始似乎根本就不想《初月楼古文绪论》行世。这部书乃是吕璜向吴德旋请益古文之作，由吕璜的笔记整理而成。在全书末尾，吕璜记载了这样一段话：

> 右若干条，皆先生就璜所问而答者。璜退，以片纸书之。先生别去，乃稍比次而书于册。他日以告先生。先生曰：“此不可以示人也。凡论人论事，必本末具，乃可笔于书而无遗议。此等或舍大而专言其细，或举偏而不见其全，不量余者，将以为口实焉。”璜不敢忘，而并识于此。[①]

吴德旋明确告知吕璜“此不可以示人也”，并强调吕璜所记的这本《初月楼古文绪论》中的诸多观点都是舍大求细、以偏概全的，可见吴德旋本人对其评论的谨慎态度。而令吴德旋担心成为“口实”的，可能倒不

---

① （清）吴德旋：《初月楼古文绪论》，见王水照：《历代文话》，5053 页，上海，复旦大学出版社，2007。

在评论汉、唐、宋诸家，《历代文话》中此书的叙录者王宜媛已为点明：此书"于清代文家，持论反较前代为严"①，持论如此严格，将汪琬、朱彝尊（1629—1709）、黄宗羲、侯方域、魏禧、方苞、刘大櫆、恽敬（1757—1817）等人一概扫净，却对姚鼐无一句否定。如此批评文家、倡言桐城的态度，自然难免主观、难免有自我标榜的目的性。王达敏对此看得透彻："桐城文统本不存在，只因出于同汉学派抗衡的需要，而由姚鼐构建而成。既然是人为的结果，主观色彩就未免过浓，离事实的距离也未免遥远，也就难免令派外人士齿冷、派内人士扼腕。"②

吕璜将吴德旋尊为"今日之姚鼐"，自然没有理由自焚其稿，想必也乐得他人传抄。道光十七年（1837）春，吴德旋与钱泰吉（1791—1863）、陈增相会于海昌钱氏警石斋，陈增便携出所藏《初月楼古文绪论》一册，有趣的是，陈增记载吴德旋的态度是"先生曰：'月沧可谓好学也已。'遂加校正，以贻警石"③。陈增描绘了一个艺文之友相聚的场合下，吴德旋为了馈赠钱泰吉而亲自校订《初月楼古文绪论》的行动，这似乎显示了吴德旋有意默许了此书的流传。又说州人蒋元煦（1894—1942）有刊刻丛书之举，因而此书得以正式刊刻。在这个故事中，吴德旋的态度可谓暧昧，他明明承认自己的评论过于主观，却又似乎默许其书的传抄，明明强调"此不可以示人"，却又亲自校订以助其传。姚鼐之后，桐城文人自我塑造时的心态，大抵如此。

---

① （清）吴德旋：《初月楼古文绪论》，见王水照：《历代文话》，5036 页，上海，复旦大学出版社，2007。

② 王达敏：《姚鼐与乾嘉学派》，126 页，北京，学苑出版社，2007。

③ （清）吴德旋：《初月楼古文绪论》，见王水照：《历代文话》，5054 页，上海，复旦大学出版社，2007。

四、无名的后继者

吴德旋一面极力推崇姚鼐所建构的文统，一面又态度暧昧，先说"此不可以示人"，又私下校订而推波助澜，这或多或少显示了吴德旋自我意识中的谨慎。而在更多下层文人的论述中，桐城文统则成为他们不遗余力去捍卫的对象。我们可以再稍稍驻足片刻，观察一位吴德旋的门生——吴铤对于桐城文统的表述。

吴铤也师从吴德旋学习古文，并著有《绍韩书屋文钞》《诗钞》《文翼》等书，可惜因举业未就而抑郁早夭，其所作《文翼》是一部以作家作品评论为主的文评专书，我们正可以从其作家批评中见出其对桐城文统的推尊。①

唐宋八大家是清代散文作家论中不可不论及的对象，检视《文翼》中讨论唐宋八大家的频次：其中论及韩愈 109 次、柳宗元 42 次、欧阳修 59 次、曾巩 37 次、王安石 52 次、苏洵 33 次、苏轼 34 次、苏辙 8 次。可见吴铤最推崇韩愈，而另外六家在数目上大致相当，欧、王稍多，而苏洵、苏轼父子稍少，唯独苏辙被论及的次数绝少。而且在仅有的 8 次论述中，还有一次是"苏明允父子"合论，一次是引用他人的话语，一次是谈学习"八大家"而不成会导致的弊端，更有三次反而是批评之辞，真正肯定苏辙的仅有可怜的 2 次而已。那么，吴铤如此淡化苏辙是否有其深意呢？

---

① 对吴铤及《文翼》的研究，前已有蔡德龙《吴铤〈文翼〉与曾门文论的纠杂传播》，从薛福成误引《文翼》为曾国藩之言的传播角度加以阐释。见蔡德龙：《清代文话研究》下编，第四章，北京，中国社会科学出版社，2017。

"唐宋八大家"概念在产生时确有一番争议，在吕祖谦(1137—1181)的"八大家"名单中是王安石(1021—1086)被张耒(1054—1114)替代，而"三苏"则是吕祖谦关注的重点。其后的唐宋古文选本中，苏辙始终没有被排斥。下意识地将苏辙排出"唐宋八大家"的名单，吴铤的做法实在令人惊讶，也几乎是前无古人之举。他自己解释之所以不把苏辙列入八大家的原因如下：

> 近时有讥震川文为肤庸者。要之，南宋后当推震川为首出，较之颍滨有过之无不及也。晋望先生常欲于八家中退颍滨而进震川，仲伦先生以为此乃真得为文深处。
>
> 凡编次文集之法，辞意相类者，须删其烦复，不宜多多而积之，累累而陈之也。自宋南渡后，文集皆以此自累，故卓然可观者绝少，虽归震川亦所不免。若取震川文删其十之三四，则其文格卓然抗衡于永叔、子固，而位置当在颍滨之上矣。①

这番解释更加惊世骇俗，吴铤表示排除苏辙的理由是因为归有光的文章比苏辙更好。为此，他还找了两位前辈作为理论上的"外援"。首先是他曾经师从的族父吴士模(1751—1821)提出希望把唐宋八大家中的苏辙去掉而换上归有光。此外，吴铤又表示这一观点还得到了他后来的老师吴德旋的认可。在他们看来，归有光的文章虽然难免也有一些问题，但至少达到了和欧阳修、曾巩相比肩的水平，文学史地位当在苏辙之上。所

---

① （清）吴铤：《文翼》，见余祖坤：《历代文话续编》，595、634 页，南京，凤凰出版社，2013。

以，退苏辙而进归有光，这成为"三吴"在古文史判断上达成的共识。

虽然吴铤号称此说得到了吴德旋的支持，但吴德旋在《初月楼古文绪论》中的原话其实是"颍滨在八家中自觉稍弱，然自渠以后，至震川未出以前，无此作也"①。吴德旋并未明确提出归有光足以取代苏辙的结论。所以退苏辙而进归有光，这实际是吴铤本人的意思，吴德旋只是被拉出来作为挡箭牌而已。那么吴铤为什么不惜亲自站出来，也要发表这番"高论"呢？

吴铤很明显地自任为桐城后人，但作为布衣的他缺少像曾国藩那样的号召力与创作实践，那么《文翼》就只好在理论上补足桐城文统的链条，而姚鼐所建构的文统序列中，归有光这个关键的过渡环节还没有扣稳。《文翼》的第一步就是要建立桐城文人与归有光的联系，吴铤在《文翼》中说：

> 仲伦先生云："从子长、退之入者，长于奇变，然虑其形具而神不属也；从子厚、介甫入者，长于幽邃，然虑其多为作而晦且诡也；从震川、望溪入者，长于浑朴，然虑其狃于近而识不远也。"
>
> 震川论文以气韵，望溪论文以义法，惜抱论文以妙悟，才甫论文以音节，子居论文以骨力。
>
> 惜抱文字实得力于震川，而与震川却又不同，以惜抱之文视震川，较道郁也。②

---

① （清）吴德旋：《初月楼古文绪论》，见王水照：《历代文话》，5047 页，上海，复旦大学出版社，2007。

② （清）吴铤：《文翼》，见余祖坤：《历代文话续编》，602、612、661 页，南京，凤凰出版社，2013。

第一则引吴德旋的话，分别讲述文章"奇变""幽邈""浑朴"三种风格，可以发现吴德旋选的几对作家都是有传承关系的，韩愈学司马迁，王安石学柳宗元，那么显然方苞的风格也是学习归有光的。此外，这则论述以排比的方式立论，在一段之间本身就可以营造出一种互动性的"对话"关系，三对作家既形成了后者学习前者的关系，同时又形成了互为集体的共性关系。第二则直接把归有光、方苞、姚鼐、刘大櫆、恽敬五人并置在一起，同样以对比的方式分别概括出他们论文的独擅之处，当然，如此并置也意味着他们之间的流派传承。第三则是吴铤自己的总结，认为姚鼐文章也得力于归有光，但在"遒郁"方面又胜于归有光。

下一步的问题在于，如何能使归有光与唐宋八大家形成平起平坐的对话关系，这是建立起由韩愈到"八大家"，进而通过归有光延续到桐城派这一文统序列的关键。直接或间接地表示归有光之文胜过苏辙之文，只是吴铤建构文统序列的第一步，关键还是要在理论上让归有光、甚至桐城派文家真正能得和"唐宋八大家"一样的文学史地位。

与其他文家论直接下结论的方式略有不同，《文翼》的结论往往是在比较之中，或者是通过转述以及评论前人观点而得出的，它天然具有一种对话性，既有古代作家之间通过文本阅读而形成的"对话"，又有当代批评家观点之间的直接对话，整部书的文论家形成一个各有差异而又互为依傍的意义链条。在比较的过程中，处于意义链条中的每一个作家个体都不足以自足地呈现自身特点，个体的意义必须在与其他或对立或相似、相关的个体的关系之中才能获得。就像韩愈"雄"与"宕"的特点本身无法自足地彰显，而必须通过与王安石、欧阳修的比较而彰显；同样，归有光"自然神妙"的特点也无法通过自己而彰显，必须在与唐宋八大家、桐城派的对比中彰显。这一过程建构了文统序列中每一个节点的意义。

这一特点非常重要。因为当我们把韩愈、柳宗元、欧阳修、曾巩、王安石、苏洵、苏轼、苏辙这八个人并称"唐宋八大家"时，那么以这个群体为代表的唐宋文人就具有了一定的封闭性。换言之，一旦形成了文人并称，他们就凝聚成一个符号。被符号化了的文人群体，其共性就会被放大，而相对地，群体中个体的个性都会或多或少地被遮蔽。而基于对话关系而建立的同中见异、异中求同，其理论基础就在于对关系中的每个作家创作个性的承认。所以吴铤压抑了苏辙，就等于解构了"唐宋八大家"并称的符号（能指）。当然，由于《文翼》不断地在历代作家的文本之间形成相互参照，所以唐宋文家的流派系统（所指）并未被动摇。换言之，韩柳、欧曾、苏王这一理想序列的链条依然存在，但是因为没有八大家并称，所以就确保了整个意义链条始终保持一种开放性。[①]

这样一来，《文翼》所确立的唐宋文家的系统就是开放的系统，其中可以插入其他节点，当然桐城派的意义也是开放的，同样可以插入其他节点。在《文翼》中，它们组成的关系就构成了一个由无数文本组成的多维空间。开放的系统保证了以归有光沟通"唐宋八大家"与桐城派的可能，以此为中介，桐城派也就被纳入韩愈开创的古文传统当中。

而经过对作家作品的反复对读以及批评比较，在《文翼》中也就可以看到吴铤对他精心塑造的这一完整文统序列的评述，比如：

----

① 如罗兰·巴特(Roland Barthes)所说："我们可以从许多入口进入此文本，但是没有一个入口可以称得上是主要的。"《文翼》中每一则具体的作家论都是这样一个入口，它指引读者进入吴铤所编织的作家关系网。"意义系统可以从这种绝对多元的文本中获得。但其数目不是封闭的，因为它所依据的群体永远是无穷尽的。"参见［法］罗兰·巴特：《S/Z》，屠友祥译，62 页，上海，上海人民出版社，2000。

柳子厚、王介甫、苏明允、曾子固精与谨细，而未能自然神妙者也；欧阳永叔自然神妙，而未能精与谨细者也；苏子瞻未能精与谨细，而时能自然神妙者也；若既能精与谨细，而又自然神妙者，惟退之一人而已。归震川自然神妙，而未能精与谨细者也；方望溪、恽子居、张皋文皆精与谨细，而未能自然神妙者也；若由精与谨细，而几于自然神妙者，惟姚惜抱、吴仲伦时近之。①

这是一则典型的吴铤文统的完整呈现。在这则论述中，"精与谨细"与"自然神妙"构成一对对立项，唐宋与明清则构成一种相似的排比结构。其中展现的文统关系正可以表示如下图：

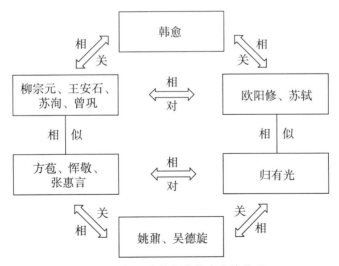

图 1　吴铤心中的历代作家文统关系

①　（清）吴铤：《文翼》，见余祖坤：《历代文话续编》，598 页，南京，凤凰出版社，2013。

如图 1 所示，吴铤以唐宋文家、归有光、桐城派为基点建立起来的文统关系相当精致，每一个作家都可以在其中找到自己的位置，而最终的结果是使桐城派与唐宋大家构成了一个天然的整体，从而最大限度地提升了桐城派的文学地位。

吴铤作为桐城派的后学，在道光年间通过一系列对作家作品的评论，把历代作家之间相对或相似、相关的关系呈现出来，并编织起一张细密复杂的作家关系网，以此彰显作家的文学渊源与个性风格特征。在这个网络中，历代作家之间形成了多维的对话关系。而为了建构唐宋八大家到桐城派一系的传承关系，吴铤不惜将苏辙从唐宋八大家之中排抑出去，而把归有光作为文学史上的关键节点。很显然，没有归有光的这一逻辑节点，整个文统就是不连贯的，甚至可以说如果没有归有光的这一节点，就会导致整个文统关系的崩溃。这成为吴铤排抑苏辙，让归有光获得与唐宋八大家平起平坐地位的重要原因。

而经过从姚鼐立派，到吴德旋、吴铤的推波助澜，文士群体这样一番操作，也就终于建构出一个从唐宋八大家传承至桐城派的文统序列。既实现了对桐城派作家特点的充分总结，也在文学史意义上最大限度地提升了桐城派的地位，实现了对千年文脉的理论总结。而"文统"也隐然成为一套与"道统"相并列的传承系统，为文人的言说拓展了更多的空间。

第二节 历史文本的独断读法：章学诚的《史记》《汉书》解读

面对乾嘉时期的考据挑战，如姚鼐一般的文士们选择重塑文统，建立文派，并不断强化文统的方法，标举其文学的价值。而此时同样郁郁不得志的章学诚，在反对考据之学的路上，亦走出一条完全不同的史学路径。①

今人公认章学诚为史学家，但是在乾嘉时期，章学诚的史学与历史观却并未被士大夫群体所接受。流行于士大夫阶层的是乾嘉学派的历史意识。他们以类似历史主义的观点，相信历史是客观的、透明的、已知的，可以通过历史考证而将过去的真实"按它本来的样子"（兰克语）还原出来。在西方，以兰克（L. von Ranke，1795—1886）为代表的史学流派以训诂考证（philology）为治史基础，寻求"历史上真正发生过什么事"。②而这一故事的"中国版本"便是清代的乾嘉学派③，段玉裁的这段话很有代表性：

> 自古圣人制作之大，皆精审乎天地民物之理，得其情实，综其始终，举其纲以俟其目，兴以利而防其弊，故能奠安万世，虽有奸暴不敢自外。《中庸》曰："君子之道，本诸身，征诸庶民，考诸三

---

①　本节以下内容曾以《历史文本的独断读法——章学诚的〈史记〉〈汉书〉解读》为题，发表于《求索》，2016（10），此处对原文中的部分观点做了修正。

②　余英时：《论戴震与章学诚》，275 页，北京，生活·读书·新知三联书店，2000。

③　客观地说，中国古典学术中并不存在系统的历史哲学理论，但这并不代表古典学术中对历史的哲学性思考是缺位的，乾嘉汉学的学理认识正具有可以与历史主义哲学相沟通的精神契合，正如余英时在《章学诚与柯灵乌的历史思想》一文中提道："清代经学本建立在训诂考证的基础之上。就这一点言，它与西方 19 世纪兰克以来的'历史主义'在精神上确有其契合之处。清人之考订个别事实与辨别材料真伪，与西方的'历史主义'取径尤为近似，故其流弊亦相同，如'见树不见林'，不能触及价值问题（即柯灵乌所谓史事之内在的一面）等皆其著者。"见余英时：《论戴震与章学诚》，279 页，北京，生活·读书·新知三联书店，2000。

王而不缪，建诸天地而不悖，质诸鬼神而无疑，百世以俟圣人而不惑。"此非考核之极致乎？圣人心通义理，而必劳劳如是者，不如是不足以尽天地民物之理也。①

他认为体察"天地民物之理"的根本方法在于考据，通过考据可以纲举目张地建立起"奠安万世"的和谐秩序。而即便是"心通义理"的圣人，也必须通过考核万物才能洞悉天理。这句话的要害在于宣称义理的不必要性，唯有"考核之极致"才是学术的唯一出路。与段玉裁的意见相似，流行一时的乾嘉汉学学者都相信只有通过历史地考证文字、名物、制度，才能获得对人类社会规律的认识，甚至孜孜于考据训诂，反不求义理思考。江藩（1761—1831）记载钱大昕对一时学风的不满称："尝谓自惠戴之学盛行于世，天下学者但治古经，略涉三史，三史以下茫然不知，得谓之通儒乎！"②惠栋、戴震兴起的汉学风气促使清代士人一味地投向古文经学的怀抱，对史学以及其他学问则抱着轻视的态度，可见一时学风。

然而，考据史学往往放弃了对历史的解释，既无法真实地反映过去的完整图景，也无助于揭示真理。按照海登·怀特（Hayden White，1928—2018）的说法："历史是一种诗意的虚构的叙事话语，对它的阐释需要修辞性的阐释"，历史学家通过"建构的想象力"来理解支离破碎的

---

① （清）段玉裁：《戴东原集序》，见（清）戴震：《戴震文集》，1 页，北京，中华书局，1980。

② （清）江藩：《钱大昕传》，见《国朝汉学师承记》，49 页，北京，中华书局，1983。

历史材料，因而"历史是象征结构、扩展了的隐喻"。① 新历史主义的理论在以重实践、贵启发为文化底蕴的中国学术传统中未必可以比附对应。然而在清代学术语境中，却同样有对历史考证的哲学性反思，其代表便是章学诚。

一、章学诚的《史记》《汉书》解读

章学诚一生沉沦下僚，辗转于幕府，却不甘埋没才华，以修史志为己任。编有《永清县志》《亳州志》《湖北通志》等，并撰写了《校雠通义》《文史通义》等著述，惜《文史通义》未成而卒。

要理解章学诚的学术反思，最直接的方式莫过于从他对历史文本的解读入手，特别是对《史记》《汉书》这两部史学高峰的解读之作。对二书传统的批评或者在对比中争论谁更"真实"，孰为"正统"；或者从辞章学角度分析二书的结构、文脉、气质等。然而考据真实性、争论正统性的结果往往是削弱司马迁"究天人之际，通古今之变，成一家之言"的史学思想。文法的分析又容易流于浮浅，为学者所不屑。章学诚对《史记》《汉书》的解读，则于考据、辞章二者之外别有洞见。

章学诚在《文史通义·书教下》中首先对司马迁和班固做了一个基本总结："史氏继《春秋》而有作，莫如马、班，马则近于圆而神，班则近于方以智也。"所谓"圆而神"和"方以智"其实是史书表达方式的区别，实斋说：

---

① ［美］海登·怀特：《作为文学虚构的历史文本》，见张京媛：《新历史主义与文学批评》，160～168 页，北京，北京大学出版社，1993。

　　《易》曰："著之德圆而神，卦之德方以智。"闲尝窃取其义，以
概古今之载籍，撰述欲其圆而神，记注欲其方以智也。夫智以藏
往，神以知来，记注欲往事之不忘，撰述欲来者之兴起，故记注藏
往似智，而撰述知来拟神也。藏往欲其赅备无遗，故体有一定，而
其德为方；知来欲其决择去取，故例不拘常，而其德为圆。①

撰述之体启人神思，所以书无常法，所谓"圆而神"；记注之体记录往
事，所以有一定之规，所谓"方以智"。司马迁与班固气质不同，所以一
则"圆而神"，一则"方以智"。而在这二者之间，章学诚的天平更偏向
"圆而神"，他推崇《史记》说："推精微而言，则迁书之去左氏也近，而
班史之去迁书也远；盖迁书体圆用神，多得《尚书》之遗；班氏体方用
智，多得官礼之意也。""去《左氏》也近"，"得《尚书》之遗"，同时以两部
经典作为参考系，足见《史记》在章氏心中地位之高。而即便是《汉书》，
章学诚也认为其"本撰述而非记注，则于近方近智之中，仍有圆且神者，
以为之裁制，是以能成家，而可以传世行远也。"②虽然和《史记》相比，
《汉书》显得"方以智"，但就《汉书》自身来看，它还是称得上"圆而神"。
而在"记注藏往"与"撰述知来"二者之间，章氏也就更侧重后者，重视历
史撰述对于兴起来者的意义，这贯穿了其解读历史文本的核心理路。
　　首先看章氏对《史记》部分篇目的解读，其中确多妙见，例如：

---

① （清）章学诚著，叶瑛校注：《文史通义校注》，58页，北京，中华书局，2014。
② （清）章学诚著，叶瑛校注：《文史通义校注》，59页，北京，中华书局，2014。

　　《伯夷列传》，乃七十篇之序例，非专为伯夷传也。《屈贾列传》
所以恶绛、灌之谗，其叙屈之文，非为屈氏表忠，乃吊贾之赋也。

　　即楚之屈原，将汉之贾生同传，周之太史，偕韩之公子同科，
古人正有深意，相附而彰，义有独断，末学肤受，岂得从而妄
议耶？①

这里提到《伯夷列传》《屈原贾生列传》等文章，章学诚认为司马迁这几篇
列传的写作都别有心裁。

　　先看《伯夷列传》。章学诚认为"《伯夷列传》，乃七十篇之序例，非
专为伯夷传也"这个观点极有洞察力，德裔美国汉学家柯马丁（Martin
Kern）基于西方的知识传统，也指出可以将《伯夷列传》视为《史记》编述
的方法论文本②，不知柯马丁是否了解章学诚的观点，但二人的思路却
大致相同。在《丙辰札记》中章学诚更深论此观点曰：

　　至太史《伯夷传》，盖为七十列传作叙例。惜由、光让国无征，
而幸吴太伯、伯夷之经夫子论定，以明己之去取是非，奉夫子为折
衷。篇末隐然以七十列传窃比夫子之表幽显微。传虽以伯夷名篇，
而文实兼七十篇之发凡起例。③

_____

①　（清）章学诚著，叶瑛校注：《文史通义校注》，59、436 页，北京，中华书局，
2014。

②　柯马丁于 2014 年 11 月 3 日在北师大讲座时提到了这个观点。

③　（清）章学诚：《遗书》外编三，见《丙辰札记》，91 页，北京，中华书局，1986。

许由、务光与伯夷、吴太伯有相似经历却有不同历史影响，通过对比，《伯夷列传》揭示出史传的历史作用。在章学诚看来，《伯夷列传》并非简单记录伯夷一人事迹的历史文本，而是包含着司马迁自比孔子的隐微心态：就像孔子赞伯夷、吴太伯，从而在历史长河中"拯救"了他们一样（没有孔子，则此二人亦会如许由、务光般湮没无闻，说亦见《文史通义·砭异》篇），司马迁也可以通过《史记》实现对历史人物与事件的"拯救"。历史人物通过史传文本成为被读者所切身体验着的存在，他们生命的意义也由此实现。章学诚对《伯夷列传》"七十篇之序例"意义的发现，实际上也就是对《史记》诸篇列传意义的发现，没有这些列传，那么历史上的人物是不幸的，他们会被人遗忘，甚至扭曲，而通过历史叙述，他们重新闪现在现实中，并获得了影响现实的可能（如孔子一般彰善惩恶）。

至于对《屈原贾生列传》的解读，章学诚发现了传中多个主体之间的"对话"关系。看似屈原（约前 340—前 278）和贾谊并叙，而通过贾谊《吊屈原赋》把二人联系起来，实则屈原的历史化为贾谊所见屈原的历史，这就构成了一种双层嵌套的叙事方式，非为屈原表忠，而是贾谊感慨屈原之忠，并反身及于自己。而如果再看《文史通义·知难》篇的论述："人知《离骚》为词赋之祖矣；司马迁读之，而悲其志，是贤人知贤人也。夫不具司马迁之志，而欲知屈原之志，不具夫子之忧，而欲知文王之忧，则几乎罔矣。"①那么这个双层嵌套的叙事模式还能再向外衍生，即一方面是贾谊感慨屈原而反及自身，同样司马迁也是感慨屈原、贾谊而

① （清）章学诚著，叶瑛校注：《文史通义校注》，425 页，北京，中华书局，2014。

反及自身，历史叙事成为一种关乎司马迁，同时也关乎读史者切身经历的体验。历史叙述被"当下"的体认所唤醒，成为一种对现实产生影响的情感与意识。

再来看章氏对《汉书》叙例的讨论：

> 班氏董、贾二传，则以《春秋》之学为《尚书》也，即《尚书》折入《春秋》之证也。其叙贾、董生平行事，无意求详，前后寂寥数言，不过为政事诸疏、天人三策备始末尔。贾、董未必无事可叙，班氏重在疏策，不妨略去一切，但录其言，前后略缀数语，备本末耳，不似后人作传，必尽生平，斤斤求备。①

《汉书》处理《贾谊传》的方式是全录其《论政事疏》，《董仲舒传》亦全录《贤良对策》三篇，却对贾谊、董仲舒二人的生平行事记载很少。这种书法遭到刘知幾（661—721）《史通》的讥讽，以为其有违传记体例。章学诚则认为这恰是《汉书》的优点，因为对于贾谊、董仲舒这样的文士来说，最能凸显其一生事迹的，莫过于"立言"。换言之，这些文章才是他们可以"闪现"并被读者所捕捉的"历史瞬间"，也只有这些文章才是能从历史中唤醒现实意义的载体。所以全文著录历史人物的重要文章，其价值远高于简单的生平罗列。

董、贾之外，几位赋家列传也是如此。章学诚认为汉代的赋家不同于后代文人，而是"犹有诸子之遗意，居然自命一家之言者"，所以在司

---

① （清）章学诚著，叶瑛校注：《文史通义校注》，49页，北京，中华书局，2014。

马迁、班固的历史叙述中，"相如、扬雄诸家之著赋，俱详著于列传"[①]，这和一般史书《文苑传》的写法迥然有别，更被刘知幾讥为"无裨劝奖，有长奸诈"[②]。而在章学诚看来，正是通过这种著录，赋家获得了与贾谊、董仲舒等士大夫相似的待遇。为什么要如此隆重地记载这些赋家呢，从体会史家意图角度说，这是因为"赋家者流，纵横之派别，而兼诸子之余风，此其所以异于后世辞章之士也"[③]。正是在这种不似常理的历史书写中，章学诚读出了史家对于赋家在文化传统上"异于后世辞章之士"的认识。换言之，从哲学上说，当史家把作家的疏策与辞赋作为列传的本体凸显出来时，这些作品就有了从历史中脱离出来的可能，它似乎有意给你一种历史叙述不够连贯的感觉，赋予史传以张力与冲突。而也正是这些历史叙述中"生硬"插入的文本，在不和谐的张力之中使读者惊讶，从而使得历史人物得以闪现光辉。

二、章学诚的历史意识

章学诚以"义有独断"的意识阐释《史记》，诚不同于考证之学者，当时的史学家比如王鸣盛，便将史学的职能限制在考据史实之中，所谓"但当考其典制之实，俾数千百年建置沿革，了如指掌，而或宜法，或宜戒，待人之自择焉可矣"。对于历史只有考证，而不断是非褒贬，"其事迹则有美有恶，读史者亦不必强立文法，擅加与夺，以为褒贬也。但

---

① （清）章学诚著，叶瑛校注：《文史通义校注》，94 页，北京，中华书局，2014。
② （唐）刘知幾：《史通》，张三夕、李程注评，71 页，南京，凤凰出版社，2013。
③ （清）章学诚著，叶瑛校注：《文史通义校注》，94 页，北京，中华书局，2014。

当考其事迹之实，俾年经事纬，部居州次，纪载之异同，见闻之离合，一一条析无疑，而若者可褒，若者可贬，听诸天下之公论焉可矣"。王鸣盛以为文法以及"议论褒贬皆虚文耳"①，唯考据典章制度是求，放弃了对于历史的解释，因而也就放弃了对历史褒贬的权力。钱大昕也同样放弃了历史褒贬，表示："更有空疏措大，辄以褒贬自任，强作聪明，妄生疵痏，不稽年代，不揆时势，强人以所难行，责人以所难受，陈义甚高，居心过刻，予尤不敢效也。"②而在杨念群看来，制约王鸣盛、钱大昕等人诗学观念的因素之一，就是清代帝王对文人历史书写的规训。③

而章学诚自负之才，却正在于对历史的见识。他不止一次说："整辑排比，谓之史纂；参互搜讨，谓之史考；皆非史学。"④史家的职能不在于对史料的罗列、积累，也不在于繁复的考证、训诂，重要的是钩玄提要，达于大旨。在他看来，天下之情事复杂，就算孜孜不倦地考证，白首穷经也是考证不完的。他举苏轼读《汉书》的例子，认为"八面受敌"读书法并不是苏轼的高见，因为每读一遍类求一业，不知人伦日用之纷繁复杂，最终只会一无所成。在章氏看来，苏轼的才高其实在于"揣摩世务，切实近于有用"⑤，学问不在于苦心孤诣地上下求索，而在于"揣

---

① （清）王鸣盛：《十七史商榷》，1页，北京，中华书局，2010。

② （清）钱大昕：《廿二史考异序》，见《潜研堂文集》，378页，南京，凤凰出版社，2016。

③ 见杨念群：《何处是"江南"？ 清朝正统观的确立与士林精神世界的变异》，302页，北京，生活·读书·新知三联书店，2010。

④ （清）章学诚著，叶瑛校注：《文史通义校注》，607页，北京，中华书局，2014。

⑤ （清）章学诚著，叶瑛校注：《文史通义校注》，185页，北京，中华书局，2014。

摩世务"的独断眼光。以《史记》《汉书》为代表的优秀的史著，其经典价值不在于记录历史，而在于如何记录历史，在于史家的"圆而神"以及读者的会心。换言之，章学诚以其"独断之学"①对历史的把握超越了史事层面而上升到史述层面，实际上也就是把握了历史文本作为一种文学表达方式的深刻作用。

历史主义者相信历史是被客观地记录的，历史事实必然存在非此即彼的事实逻辑，因此可以通过考证把握真实的历史，从而获得历史规律与认识。但在章学诚这里，历史并没有唯一的真理，对待历史需要以"恕"道视之。"恕"的标准要把自己放在古人的立场上看问题。他举例说："陈寿《三国志》，纪魏而传吴、蜀，习凿齿为《汉晋春秋》，正其统矣。司马《通鉴》仍陈氏之说，朱子《纲目》又起而正之。"但章氏以为无论以魏为正统还是以蜀为正统，皆有其道理："陈氏生于西晋，司马生于北宋，苟黜曹魏之禅让，将置君父于何地？而习与朱子，则固江东南渡之人也，惟恐中原之争天统也。"②陈寿(233—297)、习凿齿(317—384)、司马光(1019—1086)、朱熹(1130—1200)对于三国历史有不同的叙述，其间没有是非对错之分，只有作者的立场不同。历史本来就不存在一个是曹魏正义还是蜀汉正义的绝对性，历史只存在于史家的叙史方式之中，换言之，史家的立场影响了他的叙史方式，读者不应固执地将其认

---

① 章学诚在《答客问中》篇中谓"高明者多独断之学，沉潜者尚考索之功，天下之学术，不能不具此二途"。而追求主观阐发、追求义理的章氏，所尚者则实为"独断之学"耳。见(清)章学诚著，叶瑛校注：《文史通义校注》，552～553 页，北京，中华书局，2014。

② (清)章学诚著，叶瑛校注：《文史通义校注》，324～325 页，北京，中华书局，2014。

识为对历史的真实描述。

同时，读者也不能将自己淹没在史述的材料之中，应该透过历史的碎片发现史家的匠心与隐微之旨，使自我成为历史意识的主宰，而不是茫然地被人所牵引。此即孔子笔削《春秋》的"大义"，章学诚说：

> 史之大原，本乎《春秋》。《春秋》之义，昭乎笔削。笔削之义，不仅事具始末，文成规矩已也。以夫子"义则窃取"之旨观之，固将纲纪天人，推明大道。所以通古今之变，而成一家之言者，必有详人之所略，异人之所同，重人之所轻，而忽人之所谨，绳墨之所不可得而拘，类例之所不可得而泥，而后微茫杪忽之际，有以独断于一心。及其书之成也，自然可以参天地而质鬼神，契前修而俟后圣，此家学之所以可贵也。①

所谓"笔削之义"，并不在记载事件本末与保持史家之文体与文法，而在于"纲纪天人，推明大道"，像司马迁一样"通古今之变，成一家之言"。那么如何做到呢？靠的就是"详人之所略，异人之所同，重人之所轻，而忽人之所谨"，在异乎寻常的文本关系之中以"独断之心"赋予文本以意义。如上所述，《史记》《汉书》突出了贾谊、董仲舒、扬雄（前53—18）等人的疏策与辞赋，在"详人之所略"中凸显了士人服务于政事的现实意义与赋家继承的诸子遗意。《屈贾列传》于人物关系之间同中见异，异中

---

① （清）章学诚著，叶瑛校注：《文史通义校注》，545～546页，北京，中华书局，2014。

求同，以见忠贞之悲慨。《伯夷列传》于列传之中独见序例之别，以见史家之"表幽显微"，所谓"类例之所不可得而泥"。章学诚的一系列《史记》《汉书》的阐释无一不遵循着"独断于一心"的"笔削之义"，从琐碎的历史材料中发现古今之大义。

问题在于，章氏何以能以自身的学术逻辑，呼应对于乾嘉学派的批判？更具体地说，章氏以迥然不同于训诂考据的方法来解读《史记》《汉书》，其合法性的依据何在？这固然与中国史学重视褒贬的传统、与史学的自主性有关，但真正要形成理论之间的平等对话，还要从章学诚本身的逻辑推演入手。

章学诚非常关注学者的"史学"功夫，"学"本来是指积累知识的过程，讲究知识广博。但章氏却对所谓的"博雅"并不以为然，他举出宋代王应麟(1223—1296)的例子，说他的书"谓之纂辑可也，谓之著述，则不可也，谓之学者求知之功力可也，谓之成家之学术，则未可也"。进而又批驳当时之人："今之博雅君子，疲精劳神于经传子史，而终身无得于学者，正坐宗仰王氏。而误执求知之功力，以为学即在是尔。学与功力，实相似而不同。"①反对钻故纸堆式的学术，而章氏论"学"反过来讲"性情"：

> 夫学有天性焉，读书服古之中，有入识最初，而终身不可变易者是也。学又有至情焉，读书服古之中，有欣慨会心，而忽焉不知歌泣何从者是也。功力有余，而性情不足，未可谓学问也。性情自

---

① （清）章学诚著，叶瑛校注：《文史通义校注》，189 页，北京，中华书局，2014。

有，而不以功力深之，所谓有美质而未学者也。①

所谓学有性情，第一要有"识"，章学诚把"识"视为天性、视为学的最高标准；第二是"情"，"情"与上面的"恕"类似，即设身处地地体会古人的立场，同样需要学者具备通达的历史见识。总之，实斋论"学"，根本上强调的是"识"。而把焦点落在史"识"上，其内在的理论核心显然是站在义理一边的。

但是义理之学在清代遇到的尴尬在于它往往被考据派讥为空疏，宋学在清中期也一度式微，只有姚鼐这批文人在当时为宋学辩护。为此，章学诚不得不拈出一个老命题——六经皆史②。他在《文史通义》开篇即言："六经皆史也。古人不著书，古人未尝离事而言理，六经皆先王之政典也。"③六经作为儒家经典，本来是发明儒家哲学义理的文献，但是章学诚认为六经所载都是"先王之政典"，这些都属于"事"，没有"事"则谈不上发明义理，所以六经首先应该是史。这样，章学诚就为"六经"在义理之外附加了"事"的属性，谈义理可能流于空虚，而如果首先把"六经"限制为"先王之政典"，就使谈经具有实据了，所谓："事有实据，而理无定形。故夫子之述六经，皆取先王典章，未尝离事而著理。"④

以"事"言经，先王之法就成为一种历史上的当然而然："当日圣人

---

① （清）章学诚著，叶瑛校注：《文史通义校注》，190 页，北京，中华书局，2014。
② "六经皆史"一说并非章学诚首创，明代王阳明、王世贞、胡应麟、顾炎武等皆有此论，钱锺书对此有细致辨析，然责之未免过苛。见钱锺书：《谈艺录》，642～643 页，北京，商务印书馆，2011。
③ （清）章学诚著，叶瑛校注：《文史通义校注》，1 页，北京，中华书局，2014。
④ （清）章学诚著，叶瑛校注：《文史通义校注》，120 页，北京，中华书局，2014。

创制，则犹暑之必须为葛，寒之必须为裘。"而"道"也就不再是玄而又玄的最高真理，而只是一种事物自然呈现的状态：

> 《易》曰："一阴一阳之谓道。"是未有人而道已具也。继之者善，成之者性。是天著于人，而理附于气。故可形其形而名其名者，皆道之故，而非道也。道者，万事万物之所以然，而非万事万物之当然也。人可得而见者，则其当然而已矣。①

"道"是上天自然赋予的，理也自然附于气质之中，而借助符号表述的就不是"道"了，这似乎借鉴了《老子》的思想，但目的不是要把道抬升，而是消解"训诂明而后义理明"的理论逻辑，最终把"道"限制在"万事万物之所以然"的成然性，而不是以某种义理或训诂为标准的当然性上。②"道"不再是玄虚不可及之道，也不是一个"必然"存在的客观标准，所谓"君子顺自然之理，不求必然之事也"③。"道"应该显现在人伦日用之间，对于历史来说，就显现在史事之间。章学诚在《文史通义·朱陆》篇中打了个比方："理，譬则水也。事物，譬则器也。"④争辩义理就仿佛是争辩水的盈虚，始终难有结果，只有究讨事物才能避免无谓之争，做

---

① （清）章学诚著，叶瑛校注：《文史通义校注》，140 页，北京，中华书局，2014。

② 如叶燮在《细碎集序》中说："人有言曰：'汉儒通训诂而不明义理。'嗟乎！训诂通矣，义理复安往乎？世之所患，正在训诂之不通耳。是故义理无由明，而事情亦不切，声律于何谐，议论于何骋哉！"正是典型的"训诂明而后义理明"的理路。见（清）叶元垲：《睿吾楼文话》，见王水照：《历代文话》，5417 页，上海，复旦大学出版社，2007。

③ （清）章学诚著，叶瑛校注：《文史通义校注》，516 页，北京，中华书局，2014。

④ （清）章学诚著，叶瑛校注：《文史通义校注》，306 页，北京，中华书局，2014。

到"理著于事物，而不托于空言也。"这样一来，章学诚也就找到了赋予义理之学以客观性的理论基础。①

余英时指出："'六经皆史'可以看作是实斋对东原的'考证挑战'的一个最具系统性的反应。"②作为以学归本于义理的章学诚来说，其理论立不立得住，在乾嘉时期的学术语境下，还得看有没有实证功夫，考据派有经学训诂的底子，其学说就不容置疑。而气质近于宋学的章学诚，就只好搬出"史"作为他的底牌。这未尝不是他基于自身学术兴趣的一种迂回策略，然而也正是这种以史为本，上达义理的学术体系，最终使他于历史文本的读解中，发现了史传文本之隐微意涵。

三、治道合一之学

让我们回来思考乾嘉时期的学术三分：义理、辞章、考据。"三分"之争在学术上表现为汉学与宋学之争，争在义理还是考据。在文学上表现为古文与骈文之争，表面上争在文体，其实背后仍有学理取向之别。为古文者以程朱理学为自己作势，实际写作上讲究文法。为骈文者则以知识相标榜，如袁枚谓："盖其词骈，则征典隶事，势难不读书；其词

---

① 英国科学史家李约瑟(Joseph Needham)曾把章学诚比作西方的维柯(Giambattisto Vico)，就是看中他把史学发展成真正的历史哲学的贡献，这一比喻是非常有意思的。参见[英]李约瑟：《文明的滴定：东西方的科学与社会》，张卜天译，223页，北京，商务印书馆，2016。

② 余英时：《论戴震与章学诚》，49页，北京，生活·读书·新知三联书店，2005。

散，则言之无物，亦足支持句读。"①在知识体系内赋予骈文以地位。其后阮元的理论更为决绝，他作《文言说》直接将"文"追溯到有韵为文、无韵为笔的传统："为文章者，不务协音以成韵，修词以达远，使人易诵易记，而惟以单行之语，纵横恣肆，动辄千言万字，不知此乃古人所谓直言之言，论难之语，非言之有文者也，非孔子之所谓文也，《文言》数百字，几于句句用韵。"②经由骈文一派的倡导，其文学理论实已将考据对知识的追求纳入自身，从而和号称尊奉理学的古文分庭抗礼。

而在章学诚看来，处于派别纷争旋涡中的三者，本身恐怕都有问题，他说：

> 学博者长于考索，岂非道中之实积，而骛于博者，终身敝精劳神以徇之，不思博之何所取也？才雄者健于属文，岂非道体之发挥？而擅于文者，终身苦心焦思以构之，不思文之何所用也？言义理者似能思矣，而不知义理虚悬而无薄，则义理亦无当于道矣。此皆知其然，而不知所以然也。③

考据之学的问题在于劳神费力，却于历史认识无甚裨益；辞章之学的问题在于精心构思，却于天理日用无所作为；义理之学的问题在于理论玄虚而无当。而章学诚的学术路径是主观性的"独断之学"，实在义理一

---

① （清）袁枚：《答友人论文第二书》，见《小仓山房诗文集》，1549 页，上海，上海古籍出版社，1988。

② （清）阮元：《揅经室集》，605 页，北京，中华书局，1993。

③ （清）章学诚著，叶瑛校注：《文史通义校注》，180 页，北京，中华书局，2014。

路。他讲"六经皆史",讲"所以然"之道,就是要为义理赋予言史事的属性,理论阐发可能是主观的,但解释对象却是客观的,这样就能在最大程度上解决义理空虚的问题。那么,自负具有史识的章学诚又发明了什么"理"呢?

章学诚的史学之理,在他自己的表述就是"经世":"史学所以经世,固非空言著述也。且如六经,同出于孔子,先儒以为其功莫大于《春秋》,正以切合当时人事耳。后之言著述者,舍今而求古,舍人事而言性天,则吾不得而知之矣。学者不知斯义,不足言史学也。"①可见章学诚讨论《史记》《汉书》等史学文本,所重亦在"切合当时人事"而已。所以《汉书》要突出贾谊、董仲舒有益于国家、有益于政事的经世之才,突出司马相如、扬雄不徒为文辞而承诸子遗风的独特性,更要彰显传屈原、贾谊之忠心,以及传伯夷而"表幽显微"之效。这样一来,历史文本就可以通过钩玄提要而传达有益于世教的意义。这又与他对六经的看法相一致:"夫道备于六经,义蕴之匿于前者,章句训诂足以发明之。事变之出于后者,六经不能言,固贵约六经之旨,而随时撰述以究大道也。"②孤立地训释六经不足以明道,明道之途在于通过研究六经而有益于当下,在现实之中"随时撰述以究大道"。

那么,章学诚的"六经之旨",从根本上指什么呢?这里说得比较含混,但是结合其著名的"六经皆史"说,则可知其所重之"史"就是"先王之政典",就是"先王之道"。同样地,在《校雠通义》中,他又说道:

---

① (清)章学诚著,叶瑛校注:《文史通义校注》,607页,北京,中华书局,2014。
② (清)章学诚著,叶瑛校注:《文史通义校注》,162页,北京,中华书局,2014。

> 六经之文，皆周公之旧典，以其出于官守，而皆为宪章，故述之而无所用作。以其官守失传，而师儒习业，故尊奉而称经。圣人之徒，岂有私意标目，强配经名，以炫后人之耳目哉？①

章学诚反复强调六经是"政典""旧典""官守""宪章"，对"道"的解释不应出于各持己见的私家异端，而应谨守于官方，所谓"其支离而不合道者，师失官守，末流之学，各以私意恣其说尔。"②如此立论，则"道"的解释权，全在官府了。

所以章学诚也反对文人撰述，他搬出的理由是文人矜于文辞便有害于"道"：

> 古人之言，所以为公也，未尝矜于文辞，而私据为己有也。志期于道，言以明志，文以足言。其道果明于天下，而所志无不申，不必其言之果为我有也。
>
> 呜呼！世教之衰也，道不足而争于文，则言可得而私矣；实不充而争于名，则文可得而矜矣。言可得而私，文可得而矜，则争心起而道术裂矣。③

---

① （清）章学诚著，叶瑛校注：《文史通义校注》，1189～1190 页，北京，中华书局，2014。

② （清）章学诚著，叶瑛校注：《文史通义校注》，23 页，北京，中华书局，2014。

③ （清）章学诚著，叶瑛校注：《文史通义校注》，199、214 页，北京，中华书局，2014。

与理学家言"作文害道"不同的是，章学诚以"道"切关典章制度，体现于人伦日用的方方面面，所以是"公言"。而文人对文辞的矜耀，则使对"道"的阐述沦为一家之"私言"。失去了"政典""宪章"的官方权威，也失去了阐释的合法性。由此，章学诚还区分了著述之文和文人之文：

> 答曰：文人之文，与著述之文，不可同日语也。著述必有立于文辞之先者，假文辞以达之而已。譬如庙堂行礼，必用锦绅玉佩，彼行礼者，不问绅佩之所成。著述之文是也。锦工玉工，未尝习礼，惟藉制锦攻玉以称功，而冒他工所成为己制，则人皆以为窃矣。文人之文是也。①

在章学诚这里，著述之文与文人之文判若云泥，著述之文可以上升到国家礼乐制度层面，而文人之文仅为雕虫小技，甚至还不免剽窃。前者关乎政教，而后者则是某种堕落。王汎森颇为精到地指出：《言公》篇的意图在于"希望他的时代能回到战国以前'文'与'道'合一的关系，再回到'治教合一''官师合一''同文为治''官、守、学、业皆出于一'的理想状态"②，以书掌于官，进而实现思想的统一。如此一来，作为私家撰作的文人之文，自然是首先打击的对象，比如，他批评汪琬："汪钝翁以古文自命，动辄呵责他人，其实有才无识，好为无谓之避忌，反自矜为

---

① （清）章学诚著，叶瑛校注：《文史通义校注》，567 页，北京，中华书局，2014。

② 王汎森：《对〈文史通义·言公〉的一个新认识》，见《权力的毛细管作用——清代的思想、学术与心态》(修订版)，457 页，北京，北京大学出版社，2015。

有识，大抵如此。"^①又如，批评方苞："夫方氏不过文人，所得本不甚深，况又加以私心胜气，非徒无补于文，而反开后生小子无忌惮之渐也。"^②认为汪琬与方苞之文乃文人之文，其言论是"有才无识"或者"私心胜气"使然，汪琬的自矜自命、方苞妄以文人身份评论著述之文，不但无补于文，反而开了坏风气，因而对其所论文辞皆以无视的态度对待。

实斋肯定"著述之文"而鄙视"文人之文"，所以他对归有光评点《史记》的行为也持批评态度：

> 盖《史记》体本苍质，而司马才大，故运之以轻灵。今归、唐之所谓疏宕顿挫，其中无物，遂不免于浮华，而开后人以描摹浅陋之习。故疑归、唐诸子，得力于《史记》者，特其皮毛，而于古人深际，未之有见。^③

章学诚认为归有光徒论文法，却不得《史记》要领，浮华不实，乃至毒害后学。观归氏《史记例意》，确以论《史记》之文脉、波澜、精神等为主，于章学诚反复言之的"先王之道""先王之政典"毫无关涉，受到章氏之批评是很正常的。而推进一步说，章学诚还认为纠缠于情感、修辞等因素会妨碍思想，使人走上歧路。他举《史记》的例子说，司马迁在《太史公自序》中写过一段"《诗》三百篇，大抵圣贤发愤之所为作也"的话，引起

---

① （清）章学诚著，叶瑛校注：《文史通义校注》，526页，北京，中华书局，2014。
② （清）章学诚著，叶瑛校注：《文史通义校注》，569页，北京，中华书局，2014。
③ （清）章学诚著，叶瑛校注：《文史通义校注》，335页，北京，中华书局，2014。

后人的共鸣与发挥，以致有人"以史迁为讥谤之能事"。在章氏看来，这就是文人不学之过："不学无识者流，且谓诽君谤主，不妨尊为文辞之宗焉，大义何由得明，心术何由得正乎？"①而章氏眼中的《史记》绝不是一部发泄怨悱的书，而是"抗怀于三代之英，而经纬乎天人之际"的"至文"。单纯地从文辞、情感角度阅读《史记》，就无法理解其中大义，徒为肆无忌惮之论而已。而章学诚的这种思路，最终也就势必导向"书掌于官，私门无许自匿著述，最为合古"②的文化集权思维。

这就是他反对桐城古文的理由。桐城派看似尊奉理学，提倡辞章、考据、义理的结合，但却无关治道、无关经世，便成了空疏之理，所谓"有序之言虽多，而有物之言则少"③，仅得辞章一面而已，于世道人心则无补于世。与戴震类似，章学诚在《文史通义·原道下》也讲"兼才"："义理不可空言也，博学以实之，文章以达之，三者合于一，庶几哉周、孔之道虽远，不啻累译而通矣。"④章氏的药方是在"六经皆史"说的官方统领下，使典章制度上达周、孔之道，然后发而为文辞，这就是有补于世风的学术了。

由此，我们再反思章学诚与戴震的关系：二人虽然路径上有相似之处，戴震从考据训诂的实事求得义理之"是"，章学诚从史学的见识求得义理之"是"，二人都由具体而上达抽象的根本之"道"。但是戴震的"义

① （清）章学诚著，叶瑛校注：《文史通义校注》，260 页，北京，中华书局，2014。
② （清）章学诚著，叶瑛校注：《文史通义校注》，1145 页，北京，中华书局，2014。
③ 郭绍虞：《中国文学批评史》下册，398 页，北京，商务印书馆，2010。
④ （清）章学诚著，叶瑛校注：《文史通义校注》，163～164 页，北京，中华书局，2014。

理"是反驳程朱以上统下的义理，而章学诚的"义理"反而觉得程朱的以上统下还不够，追求实现"官师合一""治道合一"。这样一来，戴震无疑便是章学诚最大的对手，而且戴震作为小学大家，以考据之学被诏入四库馆，任纂修官，赐进士出身，授翰林院庶吉士。这和章学诚沉沦下僚、颠沛流离的境遇形成天壤之别，也充分显示出戴震对主流学术话语权的占有。章学诚的思路与戴震相反，但其地位却远远达不到戴震的高度，因而章学诚也必须在理论上回应戴震的挑战。

《文史通义》中有《朱陆》一篇，论陆王派与朱子派交攻之弊，十余年后，实斋又作《书后》并点明其为戴震所发。《朱陆》篇的议题主要集中于陆王与朱子两派的纷争上，章学诚把自己定位为本于浙东一派，溯自陆、王，但主张经世致用而反对空谈义理，他对戴震讨论朱子的言论有所不满，故作文与辩。章氏首先批评"朱陆之争"皆是门户之争，从陆、王而攻朱者未免空虚，从朱而攻陆、王者又显得村陋无闻、傲狠自是。戴震早年服膺程朱义理，本出朱子一脉，其后却以经学训诂批评朱学，甚至解构了"天理""人欲"的理学基础，走上反理学的义理建构。所以章学诚讥曰："贬朱者之即出朱学，其力深沉，不以源流互质，言行交推。"在其后作《书后》一文时，更直接指责戴震"偶有出于朱子所不及者，因而丑贬朱子，至斥以悖谬，诋以妄作"，认为戴震攻朱的影响比不学无术者更加恶劣，因为一个深通考据训诂之学的人，以自己的学术理论以及影响力攻击朱学，将会导致社会风尚的盲从，"世有好学而无真识者，鲜不从风而靡矣"①，最终产生不良的学术风气，特别是背离章学

---

① （清）章学诚著，叶瑛校注：《文史通义校注》，309 页，北京，中华书局，2014。

诚所设计的追求"官师合一"之古道。

戴震对理学的破坏可能并没有章学诚想象的那样严重。以《孟子字义疏证》为代表的晚年戴震对义理之学的批判与阐释，并没有受到乾嘉汉学家的认可，章学诚的批判似乎有些过虑了。当然这也值得我们进一步追问，章学诚为何要如此不遗余力地攻击戴震，乃至戴震去世十二年后还念念不忘地写下《书后》呢？

章学诚攻击戴震，其中固然少不了二人关于学术理念、方志书写，乃至命运遭际、社会影响等方面的矛盾。对此，美国汉学家倪德卫（David S. Nivison）通过描述二人两次交往的过程，对他们意见上的分歧做了比较细致的分析①，然而仅以个人恩怨视之则实斋未免小气。值得注意的是，《文史通义》中有多篇涉及对考据的批评，而《书后》偏偏选择放在《朱陆》篇后，可见章学诚对《朱陆》篇的重视。从他对学术脉络的清理与标榜看，他自己的独断之学贴近陆、王的"尊德性"，而戴震的考据训诂贴近朱子的"道问学"，二人正是朱、陆的两端。戴震固然有攻击朱子的不逊之处，也有轻视章学诚史学的态度。但更重要的是，一旦将戴震纳入朱、陆对峙的学案之中，章学诚就可以在清代的学术语境中树立起一个"朱子（戴震）—陆王（章学诚）"两极学术的概念模式，从而获得与戴震并列的论辩框架与学术史地位，这或许才是实斋攻戴的深层用意。

章氏的理论设计成功了吗？某种程度上说他失败了，因为终其一生，他始终无力抗衡士风与学风。汉学考据的流行继续如日中天，而桐

---

① ［美］倪德卫：《章学诚的生平及其思想》，杨立华译，40～42页，南京，江苏人民出版社，2008。

城古文之拥趸也渐成规模，唯有章学诚寂寞没有回音。但是某种程度上说，反而是章学诚的理念在乾隆朝得到了落实。章学诚通过与朱筠的密切关系，经由朱筠的上疏而将其经世意识上达于乾隆的视线①，最终通过编修《四库全书》的形式而得到实现。

在呼应皇权，实现"官师合一"之古意上，唯有章学诚的理念得到了落实。而流行于汉宋之争两面的考据与辞章两家，则纷纷陷入理论危机。桐城一派流入辞章，既无骈文派的知识追求，也失去了宋学对义理的追求，倒向了纯形式的文学。考据一派则无力在知识的基础上提升思维，丧失了对道的追求。余英时总结中西学术传统，将其概括为智识主义(intellectualism)流入文献主义(textualism)。② 而如果跳出学术发展的"内在理路"，审视思想史的外部因素，则更可清晰地注意到此种学术转向的深刻逻辑，在于士人阶层尴尬的"失语症"。无论是汉学家的文字训诂、历史考证还是古文家的文学辞章，最终都仅仅成为"士人表现自己智力和学养的一种形式"③。这又不能不说是历史的吊诡之处。而我们也正可由此而反思章学诚之"独断之学"的特殊面相。

---

① 胡适、杨念群、倪德卫等人都推测朱筠奏章中表达的观点，极有可能出自章学诚、邵晋涵等小圈子的讨论。见杨念群：《何处是"江南"？ 清朝正统观的确立与士林精神世界的变异》，302页，北京，生活·读书·新知三联书店，2010。

② 余英时：《论戴震与章学诚》，158页，北京，生活·读书·新知三联书店，2005。

③ 关于清人学术思想的"失语"，葛兆光不同意余英时单纯从"内部逻辑"角度梳理思想史脉络，并且有相当精彩的论述。参见葛兆光：《中国思想史》第二卷，356～362页，上海，复旦大学出版社，2013。

第三节　汉石的冲击：清代金石例研究的屈折与展开

乾嘉汉学不仅影响了清代学术风气的发展趋势，也深度影响了清代散文理论的发展，这最直接地反映在碑版文领域。稍微回顾一下清初黄宗羲等人对碑版文的讨论，他们主要基于"礼"的意识，寻找蕴含在碑版文例背后的社会秩序。而经过乾嘉学风的转向，清中期对金石例的讨论，已更多地走向了考证。他们搜集与金石例相关的文献资源，却在不断的举例论证中，偏离了最初设定的义例。对碑版文例资料汇总得越多，清人越会发现文例书写的现实远比《金石要例》所概括的复杂，而这一发现恰恰促进了清代金石义例之学在嘉道年间的兴盛。那么，清中期的学者要如何解决文例之复杂性与义例之规范性的矛盾呢？本节我们将围绕墓志文体，重点关注清人的金石例研究。①

在黄宗羲《金石要例》之后，清代的金石例研究较为沉寂。直至清代中期，梁玉绳（1745—1819）的《志铭广例》、王芑孙（1755—1817）的《碑版文广例》、郭麐（1767—1831）的《金石例补》、吴镐的《汉魏六朝志墓金石例》、梁廷楠（1796—1861）的《金石称例》、李富孙（1764—1843）的《汉魏六朝墓铭纂例》、冯登府（1783—1841）的《金石综例》、鲍振方的《金石订例》、刘宝楠（1791—1855）的《汉石例》先后问世。这些专著论述历代

---

① 本节内容曾以《汉石的冲击：清代金石例研究的屈折与展开》为题，发表于《北京社会科学》，2019(12)。

墓志、碑刻文献，特别是汉代石刻，总结归纳金石义例。并最终使金石义例成为史部下独立的次级目录分类，而从集部诗文评类中独立出来①。

嘉道以来清人的金石学贡献，当然也引起了一些学者注意，他们从拘守与变通角度审视清代金石例的内在逻辑②，从金石学与辞章学的关系探讨清代金石例的定位③，以及相关的学术史思考④，等等，清晰地分析了清代金石例研究的内涵与外延。然而，在探讨清人金石例研究的理论价值之外，仍有一些问题值得追问：嘉道以后的清人为何如此热衷于金石义例的探讨？其理论又是如何传播的？汉石的发现为清代金石义例的研究注入了什么动力？清人对汉石的解读分歧又如何对金石学产生影响？对这些问题的回答，将有助于更深入理解清代金石义例之学发展的内在逻辑，也有助于探讨集部诗文评类到史部金石例类这一目录范畴

① 史部设金石类，见于张之洞《书目答问》，又分金石义例为一子目。其后，《续修四库全书总目提要》亦仿其例，可知从晚清开始，金石例的研究就已经不再被视为诗文评类文献了。

② 陈志扬以夫妇合葬、称谓"连身数"与"离身数"两个问题为例，探讨了清人碑志义例之学的学术风气及文体影响。见陈志扬：《拘守与变通：清代碑志义例的抉择》，载《华中师范大学学报（人文社会科学版）》，2007(5)。

③ 党圣元、陈志扬将金石学领域中关涉义例之作的分类概括为骈文、古文、折中三派，从辞章学维度探讨了清代金石义例的文章学和文体学意义。见党圣元、陈志扬：《清代碑志义例：金石学与辞章学的交汇》，载《江海学刊》，2007(2)。

④ 王雪玲探讨了清代金石学作为整体的学术自觉与理论价值，认为清代金石学发展已具有一定理论高度，见王雪玲：《论清代金石学的学术自觉与理论价值》，载《吉林大学社会科学学报》，2013(2)。潘静如从清代与近代、史学与艺术的多维视角，对清代至民国初期的金石学研究进行了学术史与思想史的审视，见潘静如：《被压抑的艺术话语：考据学背景下的清金石学》，载《文艺研究》，2016(10)。潘静如：《前罗王时代清金石学的变化大势与理论自觉——一个学术史的考察》，载《诗书画》，2017(4)。

的变化原因。

一、清代金石例研究者的身份

乾隆二十年(1755)，两淮盐运使卢见曾(1690—1768)因见"碑碣叙次失宜，烦简靡当"①而将《金石例》《墓铭举例》以及《金石要例》三书汇编成《金石三例》出版，嘉庆十六年(1811)，又由郝懿行(1757—1825)再版，这极大地促进了三部金石例在清代的流行，而《金石三例》也成为清人研究金石学的起点。

《金石例》共十卷，前五卷述志铭之始，中三卷以韩愈碑志为例，论家世、宗族、职名、妻子、死葬等程式，后附"杂论文体"与"史院凡例"二卷。《墓铭举例》取韩愈、柳宗元、欧阳修、苏轼等十五家文例，归纳讳字、姓氏、乡邑、族出、治行、履历、卒日、寿年、妻子、丧葬等程式，以补《金石例》之遗。而黄宗羲认为《金石例》"未尝著为例之义与坏例之始，亦有不必例而例之者"②，乃作《金石要例》36 条，讨论合葬、称呼、行述等与碑版写作相关的文法问题。三书均收入《四库全书》集部诗文评类，并得到四库馆臣较为正面的评价，如称《金石例》："其书叙述古制，颇为典核，虽所载括例但举韩愈之文，未免举一而废百。然明以来金石之文，往往不考古法，漫无矩度，得是书以为依据，亦可谓尚

---

① (清)周中孚：《金石三例序》，见《郑堂读书记》，976 页，上海，上海书店出版社，2009。

② (清)黄宗羲：《金石要例 附论文管见》，见王水照：《历代文话》，3185 页，上海，复旦大学出版社，2007。

有典型。"称《金石要例》："考据较潘书为密"①。《墓铭举例》似乎未引起四库馆臣的特别称赏，然而却经由清初朱彝尊的一则序跋而进入清人视线。

朱彝尊本来就对金石学感兴趣，其《曝书亭集》第四十六卷至第五十一卷有六卷的篇幅为金石碑铭之题跋，譬如卷四十七就题跋了汉代《戚伯著》《娄寿》《孔彪》《曹全》《景君》等 35 则碑文，规模数量相当可观。朱彝尊晚年受《墓铭举例》启发，更发愿希望从宋代洪适（1117—1184）所编《隶释》《隶续》中辑录汉代墓铭，按王行的编法胪列成例，完成一部汉石例的专书，他在《书王氏墓铭举例后》中说：

> 《墓铭举例》四卷，长洲王行止仲编。先以唐韩退之、李习之、柳子厚，次以宋欧阳永叔、尹师鲁、曾子固、王介甫、苏子瞻、陈无己、黄鲁直、陈莹中、晁无咎、张文潜、朱元晦、吕伯恭，凡一十五家之文，举以为例，足以续苍厓潘氏《金石例》而补其阙矣。是书未见雕本，抄自无锡秦氏。窃意墓铭莫盛于东汉，鄱阳洪氏所辑《隶释》《隶续》，其文其铭，体例匪一，宜用止仲之法，举而胪列之。惜乎！予老矣，不能为也。②

据文渊阁四库本《墓铭举例》后附朱彝尊署款，题书于康熙丙戌（1707）立秋日，其时已是朱彝尊晚年，故有"予老矣，不能为也"之叹。

---

① （清）永瑢等：《四库全书总目》，1791、1793 页，北京，中华书局，1965。
② （清）朱彝尊：《曝书亭全集》，548～549 页，长春，吉林文史出版社，2009。

有趣的是，朱彝尊一则不经意的题跋，却在清代产生了巨大的影响。除《志铭广例》和《金石订例》以外，清代所有金石例专书，皆在序跋中引述朱彝尊之叹，作者们均表示撰作金石例著作，正是为了完成朱彝尊未了之心愿，比如：

> 予惟乡前辈朱竹垞检讨之言，因取洪氏《隶释》《隶续》所载，益以六朝人碑制及有墓石之出于近世者，略仿止仲之法，胪而列之，曰《墓铭纂例》。[1]

> 朱锡鬯检讨尝言，碑志始于东汉，欲取洪氏《隶释》《隶续》胪列其体制，以补三家之例，而未及为。[2]

> 因《曝书亭集》跋《墓铭举例》之言，辄思补为之，以广前人所未及。[3]

> 昔朱竹垞检讨尝欲香《隶释》《隶续》所载著为例，以补三家之缺

---

[1] （清）李富孙：《汉魏六朝墓铭纂例》，见《丛书集成新编》第80册，375页，台北，新文丰出版社，2008。

[2] （清）郭麐：《金石例补》，见《丛书集成新编》第80册，272页，台北，新文丰出版社，2008。

[3] （清）吴镐：《汉魏六朝唐代志墓金石例》，见《丛书集成新编》第80册，393页，台北，新文丰出版社，2008。

而未果。近人缉有《金石例补》，犹检讨志也。①

秀水朱氏尝欲胪举鄱阳洪氏《隶释》《隶续》所述汉碑版，以补潘
氏、王氏两家之阙，而未及也。②

朱竹垞尝谓墓铭莫盛于东汉，鄱阳洪氏《隶释》《隶续》，其文其
铭，体例非一，宜用止仲之法，举而胪列之。③

祖述朱彝尊并表明自己的撰作是向前辈看齐，这几乎是清代金石例专书
作者与序者的共性特点。然而，如果从正文是否引述朱彝尊金石学观点
来看，则清代金石例专书中，真正引用过朱彝尊的只有《汉魏六朝墓铭
纂例》《金石综例》《汉石例》三种。那么，讨论朱彝尊未了之愿到底只是
序跋作者自我标榜的策略性的说辞，还是别有意味呢？④

朱彝尊去世于康熙四十八年（1709），至 80 余年后的嘉庆元年
（1796），才出现梁玉绳的《志铭广例》，其后形成清代金石例研究的高
潮。嘉庆十二年（1807），王芑孙归里扬州，开始撰写《碑版文广例》，嘉

---

① （清）冯登府：《金石综例》，见《丛书集成续编》第 205 册，89 页，台北，新文丰
出版社，1988。

② （清）王芑孙：《碑版文广例》卷首，道光刻本，1a 页。

③ （清）刘宝楠：《汉石例》，见《丛书集成新编》第 80 册，300 页，台北，新文丰出
版社，2008。

④ 党圣元、陈志扬在《清代碑志义例：金石学与辞章学的交汇》一文中，从乾嘉汉
学兴盛以及骈文中兴的时代背景出发，认为汉魏六朝骈文体碑志有与古文家争文统的意
味，因而朱彝尊之说能激起众多回音。此说可从。而具体到金石例编纂者，则又有其自
身的特点。

庆十五年（1810）以后初成，并主张以韩愈为尊，至道光二十一年（1841），由族人王遂刊刻。嘉庆十六年（1811）郭麐作《金石例补》，次年，吴镐作《汉魏六朝唐代志墓金石例》，嘉庆二十四年（1819）梁廷楠成《金石称例》，六年后又有李富孙的《汉魏六朝墓铭纂例》，其弟李遇孙（1765—?）亦从事金石研究，并有《金石余论》，两年后冯登府的《金石综例》亦问世。道光十年（1830），刘宝楠有感于金石例之学众说纷纭而作《汉石例》，强调以汉石为准，以考据为宗。可以说，从嘉庆以来的几十年间，几乎每隔几年便有一部金石例著作问世，无疑是清代金石义例之学的高峰时期。

除了成书时间集中外，金石例研究者的地域性特征也非常明显，除梁廷楠为广东顺德人以外，梁玉绳为浙江钱塘人，郭麐为江苏吴江人，吴镐为江苏镇洋人，李富孙、李遇孙、冯登府均为浙江嘉兴人，王芑孙为江苏长洲人，刘宝楠为江苏宝应人，鲍振方为江苏常熟人，上溯到浙江余姚人黄宗羲、江苏苏州人王行，可以说金石例的研究几乎可与江浙一带画上等号。朱彝尊亦为浙江秀水人，在这个意义上，乡谊之情可以说是众人称引朱彝尊的原因之一，李富孙称朱彝尊为"乡前辈"，冯登府为朱彝尊汇编诗文遗集的行为，均可为明证。

此外，他们的仕宦经历也高度相似，除冯登府和刘宝楠中过进士，王芑孙中过举人外，清代其他金石例研究者全部是监生或贡生，且大多不习举业、绝意仕进，即便做官，也只是做到府学训导（李遇孙）、府学教授（冯登府）、教谕（王芑孙）等学官，或知县（刘宝楠）一类的小官。相似的经历决定了他们相似的交往对象，梁玉绳、李富孙曾与钱大昕、卢文弨（1717—1795）等交游，讨论金石时亦多引钱大昕之说为佐证。冯登府与同郡李富孙兄弟相互唱和，李富孙称赞其"余成金石癖，访录几经秋"①，可见其学问切磋与诗文酬唱之情。冯登府为郭麐撰写墓志铭，二人又皆为阮元所赏识，而阮元正是金石例研究者交往的核心人物。②李富孙曾师从阮元于诂经精舍，并以《汉魏六朝墓铭纂例》向阮元请教，得到阮元称赞。有感于阮元资助刊刻《补考三家诗异文疏》，冯登府有诗云："厚禄早看同舍贵，新书难得故人刊。"③阮元还将《金石综例》收入《学海堂经解》，可谓对冯氏给予了极大支持。总之，清代金石例作家一方面是与雅好相似的江南文士交往，另一方面便是进入阮元等汉学家的圈子，具有明显的同人团体性质，而共同标榜朱彝尊之叹，显然也使他们增强了这种社群性共识。

《金石综例》由冯登府的同年徐士芬（1791—1848）助资刊刻，刘宝楠的《汉石例》也在写成之后由"雅好金石"的山西富商杨尚文（1807—1856）出资编入《连筠簃丛书》。而其他几人的专书，最初或自刻、亲属家刻，或附于别集存世。直到晚清朱记荣（1836—1905）将其汇刻入《槐庐丛书》与《行素草堂金石丛书》，才开始广泛传播。而家刻本的书籍，一般印数有限，只能是一种小范围的馈赠品④，这也使金石例研究的性质更接近

---

① （清）李富孙：《冯郡授登府省假旋里赋诗见赠依韵和答二首》其一，《校经庼文稿》，见《续修四库全书》第1489册，416页，上海，上海古籍出版社，2002。

② 除了这些江南文人外，《金石称例》的作者梁廷楠虽然是广东人，但同样为阮元器重，充任学海堂学长。此亦可见阮元对金石学的重视。

③ （清）陆以湉：《冷庐杂识》，129页，北京，中华书局，1984。

④ 据张升研究，清代下层士人私刻本一次开印的印数大致为二十部至二百部，大部分用以赠送，一小部分自藏，极小部分用以作为商品交换。赠送对象以本地为主，以身份相当为主，以友人为主。见张升：《从"文字狱档"看清代以书为礼》，第九届中国古文献与传统文化国际学术研讨会会议论文，北京，2018。

于江南文化圈内的同人学术撰作。他们独自编纂而又相互交流，如李富孙分析《北海相景君铭》《敦煌长史武斑碑》等大量征引梁玉绳之辞，冯登府讨论《越两朝墓额仍称故国》引李遇孙之言，因而清代金石例研究正可作为一种整体加以观照。那么，这种学术性同人写作究竟发现了汉代金石的哪些规律？以及反过来，汉代金石的引入，又对清代金石学研究产生了何种影响呢？

二、正与变：清代金石之例的寻觅

"为文当必明例，碑志又文字之最谨严者，其例尤不可不讲。"①金石文具有和史学相似的褒贬评判功能，因而清人对金石文体的归纳相当感兴趣。清人见潘昂霄、王行、黄宗羲皆以唐宋文人的墓志文为定例，李富孙谓"顾十五家之文，譬诸黄河之水，已过积石龙门，但见其流之飘输奔注，而未知昆仑以上之原之所在也"②。因而上溯本源，努力寻找汉代金石碑刻之例。这一做法自李富孙等倡导，又经阮元推波助澜，"谓碑碣当以汉魏为法，六朝犹不失遗意，宜将原文及碑式趺寸，并为载入，俾古制有所考"③，而成为清代金石例研究的核心特质。大量运用汉魏时期的碑志文献，也就极大地丰富了金石例研究的格局。

清人的汉石研究，首先建立在更丰富的文献，特别是出土文献基础

①　（清）张穆：《汉石例序》，见（清）刘宝楠：《汉石例》，见《丛书集成新编》第80册，300页，台北，新文丰出版社，2008。

②　（清）李富孙：《汉魏六朝墓铭纂例》，见《丛书集成新编》第80册，375页，台北，新文丰出版社，2008。

③　（清）李富孙：《汉魏六朝墓铭纂例》，见《丛书集成新编》第80册，392页，台北，新文丰出版社，2008。

上，比如，《豫州从事孔褒碑》出土于雍正三年(1725)，墓主为泰山都尉孔宙(103—163)的长子，李富孙《汉魏六朝墓铭纂例》以及冯登府《金石综例》已收录此碑。又如，道光三年(1823)，会稽发现《建初元年摩崖造冢碑》，亦为李遇孙《金石余论》记录备存。而且，清人对待金石文献态度更为严谨，特别强调不轻易改字。比如，钱大昕《潜研堂金石跋尾》有"大戴礼载丹书铭"，周中孚提出"丹书"或当作"戒书"，这是一种不严谨的推理，因而遭到李遇孙反驳，以为"尚父自道丹书，武王自作戒书，本是两事也"①，虽然李遇孙也不知"丹书"为何器？但主张姑且存疑，这种对待文献的态度是相当严谨的。

因为接触到历代更多金石文本，所以对于前人的某些成见，清人就能形成有理有据的反驳。比如，汉代刘曜碑题书："汉光禄勋东平无盐刘府君之碑"。洪适《隶释》谓："汉人铭墓以郡邑题其首者，惟见此一碑。"②王昶也视此碑以郡望冠其姓的现象为异例。然而，经过大量阅读与积累，冯登府和刘宝楠就发现此"异例"并非个案，在汉代还有陈实碑额云"故太丘长颍川陈君坛"，至于唐代更有《潘府君墓志》《何长史碑》《赵叡冲碑》《杜氏墓志》等大量碑铭都有相似特点。而清人扎实、丰富的文献积累，也使他们更能从看似寻常的金石例书法中发现问题。

总体而言，清人集中讨论的金石例问题主要包括：夫妇合葬、祔葬，叙前世书官而不书名，墓主之称呼，铭词、颂词、系词、乱词等韵语，书卒葬年月日，不书墓主名讳而书字，碑后附他人名字，载书碑、

---

① （清）李遇孙：《金石余论》，见《丛书集成续编》第72册，595页，上海，上海书店出版社，1994。

② （清）莫友芝：《宋元旧本书经眼录》，159页，北京，中华书局，2008。

刻碑人名字，书孙异称，碑题前任官职，等等。其中一半是黄宗羲《金石要例》中的老问题，另一半则是梁玉绳《志铭广例》中提出的新问题。黄宗羲是世所公认的大儒，梁玉绳也是著名史学家，他的《史记志疑》获得钱大昕盛赞，称其书"洵足为龙门之功臣"①。此二人的观点不断引起讨论与呼应，自然是其学术眼光独到的结果，然而，从众人与之"对话"的方式看，又有所不同。

对梁玉绳的观点，时人大多采取应和态度，以补充材料、例证为主。比如，讨论"碑后附他氏"例，《志铭广例》于汉碑只举《绥民校尉熊君碑》"于碑后空石，提行书茶陵长文春重、安侯相杜晖二人官寿、行事各数十言"②一则石例。而吴镐又举《太傅文恭候胡公碑》中"书故吏名"之例，李富孙则举《益州太守无名碑》碑左书"功曹掾故吏"，题名四十八人之例，进一步丰富"碑后附他氏"之例证。而对于黄宗羲的观点，清人一方面补充其例证，如黄宗羲指出："昌黎碑志只书子女，更无书孙者。"③钱大昕也认为不尽书子孙在文法上体现了简质风格，而在义理上又"征古风之淳厚也"④。郭麐则进一步举证汉石之例，谓"考之汉人表志，皆不尽书其后嗣之名也"⑤，为黄宗羲的观点提供支撑。然而与此

---

① （清）钱大昕：《潜研堂文集》，370 页，南京，凤凰出版社，2016。

② （清）梁玉绳：《志铭广例》，见《丛书集成新编》第 80 册，368 页，台北，新文丰出版社，2008。

③ （清）黄宗羲：《金石要例 附论文管见》，见王水照：《历代文话》，3195 页，上海，复旦大学出版社，2007。

④ 《元洛州刺史刁遵墓志》，见（清）钱大昕：《潜研堂金石文跋尾》，58 页，南京，凤凰出版社，2016。

⑤ （清）郭麐：《金石例补》，见《丛书集成新编》第 80 册，276 页，台北，新文丰出版社，2008。

同时，清人对黄宗羲的看法也时有商榷，如黄宗羲引宋代孙何（961—1004）之说，据班固《泗亭长碑文》和蔡邕（133—192）《郭有道碑文》《陈太丘碑文》，以首有序、末有乱为碑文正体，而杨炯（650—692）《成知礼神道碑》铭后附系词为别体。梁玉绳则提出：“《绥民校尉熊君碑》，铭词之后提行，又有追叙君兮一段，《北海相景君》《太守樊敏》《孝廉柳敏》诸碑，铭后皆有‘乱曰’一段，杨碑仿汉制也。”①以汉代更多碑铭文本而为杨炯正名。类似地，《都乡孝子严举碑》亦有颂又有乱，《北海相景君名》与《孝子严举碑》皆前有诔、后有乱，《李翕郙阁颂》颂后还有骚体诗。那么，该如何解释这种现象呢？一种简单的处理是称其为“变例”，比如郭麐对《严举碑》的分析即如是。

以正变论墓志始于王行的《墓铭举例》，可以说是取舍纷纭困境下的简易策略。清人既以唐宋碑文不足道，而上溯两汉，则主意更在寻找千古一系之正例与伴生之变例的文本内涵。吴镐的《汉魏六朝志墓金石例》就经常明确标识碑志写作的正变规律。其“正例”一般不书，仅标明某碑写法是正例，而对“变例”则具体点明，比如，《司空文烈侯杨公碑》“右碑书本人及其父祖之官，皆不书讳，变例也”；《文烈侯杨公碑》“右碑不书家世、履历及卒葬日，亦变例也”；《司空袁逢碑》“右碑亦不书姓讳、家世、乡邑，似史臣论赞，变例也”；《彭城姜伯淮碑》“右碑书高祖、祖皆豫章守而不书父，因显也，即例之变也”；《严䜣碑》“右碑题止书名，

---

① （清）梁玉绳：《志铭广例》，见《丛书集成新编》第 80 册，362 页，台北，新文丰出版社，2008。

非例也"，等等。① 这种研究方法正是《春秋》"常事不书"的研究范式。

作为正例的"常事不书"，虽然不书，却自有其意义。这在吴镐所述之"正例"中非常明显，书法的规则往往与叙墓主之德行有关，比如：

《故民吴仲山碑》：

"右碑专书尚志惠施之德，一正例也。"

《先生郎辅碑》：

"右碑叙家世、论孝友，皆正例也。"

《都乡孝子严举碑》：

"右碑首书某乡里孝子某，一例也。独详叙孝行，正例也。"②

碑志本有慎终追远之意，清人把墓志文之"正例"与叙述尚志惠施、孝友、孝行相提并论，当然是充分发挥了墓志的传统功能。从黄宗羲认为《金石例》"未尝著为例之义"开始，清代金石例研究者无一不重视从金石之"例"中归纳"义"，当然这也适应了流行于清代文章写作中对雅洁与义

① （清）吴镐：《汉魏六朝唐代志墓金石例》，见《丛书集成新编》第 80 册，394、396 页，台北，新文丰出版社，2008。
② （清）吴镐：《汉魏六朝唐代志墓金石例》，见《丛书集成新编》第 80 册，396 页，台北，新文丰出版社，2008。

法的追求。

另外，变例书写也可以表达特殊意义，比如，《故民吴仲山碑》不书其官职，是因为"有官位而不足以为其人之重则不书"①，不书官反而是为了显示吴仲山惠施一方之德，有推尊之义。此外，碑称吴仲山为"公"，《玄儒先生娄寿碑》称娄寿（97—174）为"先生"，按说不符合称呼之例，而李富孙与冯登府皆认为其中以有德者为尊之义。而同样以为书尊，郭麐的角度又不一样，他认为称"吴仲山"是称字不称名，以此彰显"尊爱之"义。② 又如，《循吏闻嘉长韩仁碑》之所以题"循吏"，钱大昕认为是"汉世重吏治，而仁在闻熹刑政得中，碑额称循吏，贤之也。"③书身份而非官职乃推重贤者之义。那么，同样微言大义的正例与变例，清人更侧重哪一方面呢？

从清初以来，文人于文章理论层面更推崇正体，比如，程廷祚（1691—1767）《上方望溪先生书》批评方苞《古文约选》选入变体，姚鼐谓："神道碑有铭，似墓表用铭亦可通，然非体之正也。吾谓文章体制，当准理决之，不得以前贤有此，便执为是。"④然而一旦进入金石例的学术探讨中，清人反而更习惯忠实地呈现变例。例如，世所公认叙先世书官而不书名。郭麐就举《绥民校尉熊君碑》既书高祖、曾祖官位，又书其

---

① （清）郭麐：《金石例补》，见《丛书集成新编》第 80 册，279 页，台北，新文丰出版社，2008。

② （清）郭麐：《金石例补》，见《丛书集成新编》第 80 册，277 页，台北，新文丰出版社，2008。

③ （清）钱大昕：《潜研堂金石文跋尾》，28 页，南京，凤凰出版社，2016。

④ （清）姚鼐：《与陈硕士》，见《惜抱轩尺牍》卷七，见余祖坤：《历代文话续编》，1501 页，南京，凤凰出版社，2013。

名字。又举《刁遵墓志》，指出其不但书祖先名字，还叙其夫人姓氏。又如，黄宗羲提出碑志不书孙为墓铭之准则，郭麐则发现《孙叔敖碑》不但书孙，还详细列举了宗族后裔，可见汉人未必不书孙。对于这些变例，郭麐以为不足为怪，或谓"此亦世变文繁之一验也"，或谓"此亦当时偶成之体，可备一例也"。① 至于书卒年月日之例，郭麐以《谒者景君墓表》《郎中王政碑》《平舆令薛君碑》为例，指出应该直书年月日，而紧接着又以《严䜣碑》和《外黄令高君碑》为不直书年月的反例。冯登府则在此基础上，又补充了《高君碑》《冀州从事郭君碑》《文翁石柱记》《辛仲定碑》《堂邑令费凤碑》《逢童碑》《韩敕碑》《华山亭碑》《吴国山碑》《曹全碑》等一系列文例，说明未直书年月日并非孤例。再如，上述书称呼例，一般皆以称"公"为尊称，而郭麐以《太尉刘宽碑》为例，指出汉碑称"君"为尊称，而称"公"可能只是因为官职原因，又补充晁错亦因官至三公而称"公"。

如此一来，就出现了汉石是否存在例的问题。清人大量阅读、例举汉石的结果是，发现但凡举出某例，则很可能又随之举出一些反例。所谓"汉碑版之在世亦多矣，或奥而赜，或枝以蔓，虽或得焉，其所得常不敌其所失"②。这一矛盾成为清人不得不面对的困境。

三、"义"的焦虑：从变例到非例

"所得常不敌其所失"的困境始终困扰着清人的金石学研究。梁玉绳

---

① （清）郭麐：《金石例补》，见《丛书集成新编》第80册，275、276页，台北，新文丰出版社，2008。

② （清）王芑孙：《碑版文广例》卷一，道光刻本，1b页。

讨论合葬之例，就发现汉石中存在夫在而妻先卒、子为母刻石、夫自立碑等多种情况，不同的情况决定了是否书配偶，本无一定之规，他引杭世骏(1695—1773)之言说："或书配某，或不书，则因乎其人，因乎其时，于礼无碍。原无一定之制，亦无一定之例也。"① 而上述铭辞、颂辞、乱辞、系辞结构、用法之纠纷，以及以哀赞、哀词为铭的现象，梁氏也认为"此皆古人随意为之"②，未必有固定体例。王芑孙则干脆说："前为叙，后为铭，此是唐以后例耳。汉碑或铭后有叙，或辞后有乱，亦不论有韵无韵，随所命名，了无定著。"③ 又如，书祖父官爵之外是否书名，是否另书兄、书从父等，在《金石综例》中亦概而论之，编为"书祖父官爵书名不书名并书兄书从父"一例，而在例举完各碑后，冯登府也表示"从简从繁，古人并不拘体"④。同样，王芑孙发现汉石书子弟时亦或著名讳或不著，或书官职或不书，认为"可见当时文律未具，作者固未尝以史法裁之也"⑤。此外，《金石称例》中诸如"碑阴题名或名字并称或不称字或名字俱略"的标目中含有如此多的"或"例，虽然形式上仍属一例，但其内部显然已不具统一性。

因为汉石与传统习惯的不一致，那些看似平凡无意义的随意书写，

---

① 高步瀛：《文章源流》，见余祖坤：《历代文话续编》，1506 页，南京，凤凰出版社，2013。

② (清)梁玉绳：《志铭广例》卷一，见《丛书集成新编》第 80 册，362 页，台北，新文丰出版社，2008。

③ (清)王芑孙：《碑版文广例》卷二，道光刻本，25a 页。

④ (清)冯登府：《金石综例》，见《丛书集成续编》第 205 册，90 页，台北，新文丰出版社，1988。

⑤ (清)王芑孙：《碑版文广例》卷五，道光刻本，13a 页。

开始变成某种意味深长的、必须认真思考的笔法。汉石的冲击便开始动摇"文以载道"的理论基础，所谓"举其异而汉碑版之无例自见，例之不存，义于何有？"①于是，清人便时常会在总结汉石例时陷入某种焦虑，尤其体现在对同一个问题而征引相互矛盾的解说上，如《金石综例》的这条：

> 生时作诔铭亦曰叙　　汉校官碑
>
> 此碑颂潘君生德之美，为在位时所立，故碑阴书丞尉等名，不称故字。《两汉金石记》曰："碑以前半叙事之文目曰诔，以后半有韵之文目曰叙，亦变例也。"钱氏大昕以诔本为哀死而作，今县民颂其长而称诔，失其义矣。王氏昶证以《周礼》太祝六词，皆为生人作词，无为死者之事，谓诔之名通于死生，殆如考妣嫔可兼生称也。又引《论语》"诔曰"，孔注"诔，祷，篇名"，《说文》引此作"讄"，亦云累功德以求福。推之此碑，于义无嫌。余按，《说文》："讄，祷也"，"诔，谥也"。《檀弓》："士之有诔"，《曾子问》："幼不诔长，贱不诔贵"，皆谓累其功德以定谥。《论语》作诔，本讹文，当作"讄"字。诔以定谥，亦生后之义。生而赐谥，左氏所议。且以吏人而诔长官，亦昧于《檀弓》之说，于义终未协，古人从质不拘耳。②

这则石例的矛盾点在于，人在位时立碑，叙述生时德行之美，而居

①　（清）王芑孙：《碑版文广例》卷一，道光刻本，2a 页。

②　（清）冯登府：《金石综例》，见《丛书集成续编》第 205 册，127 页，台北，新文丰出版社，1988。

然称"谥"。汉石先在的金石书写与后世对金石书写的概念之间发生了矛盾，这使冯登府不得不思考如何解决概念先行还是文本先行的问题。他的处理是首先引述翁方纲以谥生者为变例的说法，接着又引钱大昕之说，认为谥生者属于"失其义"，破坏了义理。这是从概念层面上，对此文例之异的一致驳斥。而随后王昶的一段话，引《周礼》太祝六词中有"谥"，而六词皆是为生者作，证明"谥"并非不能为生者作。下面又从《说文》的文字训诂入手，认为汉石并非违礼。如此论述，也就在翁方纲、钱大昕与王昶之间构成了直接对立，而这种矛盾冲突当然也是作为编者的冯登府遇到汉石文本时内心矛盾的反映。更有趣的是下面的按语，冯登府在"推之此碑，于义无嫌"之后，再次翻转口气，重新征引《檀弓》及《曾子问》的说法，强调其例"于义终未协"，似乎是驳倒王昶而回到钱大昕的批评了。上述讨论无论是引用还是自下按语，都处在概念层面上，然而冯登府的结句却意味深长："古人从质不拘耳"，等于又是一转，通过叙述汉石不拘一格的文法，最终以文本先行的逻辑而把各种论争消解了。当然，从整段论述的逻辑看，冯登府面对汉石非例的现象，其理论论述始终处于焦虑与矛盾之中。

由于汉石中具体文例难以规模，清人也就形成了相对通达的观念。[①] 郭麐认为"以为泥于例，则官府吏胥之文移也，不知例，则乡农村学究之论说也"[②]，主张在不拘泥于例的基础上讨论例。王芑孙更强调与其重视金石例之源，不如关注其流，因为"传家以例说《春秋》，而

---

① 具体情况，可参见陈志扬《拘守与变通：清代碑志义例的抉择》一文的分析列举。
② （清）郭麐：《金石例补》，见《丛书集成新编》第 80 册，272 页，台北，新文丰出版社，2008。

《春秋》晦，文家以例求文章，而文章隘"①，认为盲目尊奉汉代碑版文之例，反而既使文章狭隘，更使义理晦涩。王芑孙的立论已经重新回到重视碑版文例之实用性，而反对将汉石悬置为某种固定的标准了。

然而王芑孙的选择足以被接受吗？回到韩、欧固然是在维护"例"的前提下，对"义""例"冲突的简化，然而却是以牺牲汉石之合法性为代价，王芑孙甚至说出"汉碑版不皆出于文士，乖离析乱，人率其臆，固未尝有例也"②这样否定汉碑、汉人的话，这当然是推崇两汉的清学所不愿接受的。而其评论《北海相景君铭》，谓"殆当日故吏诸生之不笃于文者为之，动皆非法，故特举之，此不可为例之例也"③，"不可为例之例"云云，甚至动摇了汉石例总结的必要性。于是继起者刘宝楠集汉学考证之大成而作《汉石例》，用其锐利的考据武器与《碑版文广例》对抗。

譬如一般位尊者才称"公"，而前人都已注意到《故民吴仲山碑》称"公"之违礼现象。刘宝楠的分析方式是先列举秦汉时期称"公"之例，有称诸侯、三公等位尊者，也有子孙称祖父者，而他特别举出《后汉书·郑玄传》中，"孔融告高密县为玄特立一乡，曰郑公乡"一事，谓"公者，仁德之正号"。虽然顾炎武、赵翼皆有反驳之辞，但在刘宝楠看来，"此说未为不通"④。因而吴仲山之称公，既有子孙称祖父之原因，亦有称赞其仁德（不贪仕进）的原因，而且还有《后汉书》的依据。又如，关于私

---

① （清）王芑孙：《碑版文广例》卷首，道光刻本，1b 页。
② （清）王芑孙：《碑版文广例》卷一，道光刻本，1b 页。
③ （清）王芑孙：《碑版文广例》卷三，道光刻本，3b 页。
④ （清）刘宝楠：《汉石例》卷一，见《丛书集成新编》第 80 册，315 页，台北，新文丰出版社，2008。

谥一事，汉石有《陈太丘碑》私谥"文范先生"，《鲁峻碑》私谥"忠惠父"，《梁休碑》私谥"贞文子"。《隶释》就认为"群下私谥，非古也，末流之弊，更相标榜三君八顾之目纷然，而奇祸作"。清人也大体持此见解，如吴镐以书私谥为变例，郭麐亦称赞洪适"其论甚正"①。以私谥为非礼，这当然是汉石非例的证据之一，而刘宝楠则认为其并非非礼、非例，他首先引蔡邕《朱公叔谥议》之说："古之以子配谥者，皆诸侯之臣"，以及"周有仲山甫、伯阳嘉父，宋有正考父、鲁有尼父。父虽非爵号，天子诸侯咸用，优贤礼同。"推求称"子"者身份为诸侯之臣，而梁休为司徒掾，堪比诸侯之臣，所以称"子"无过。鲁峻之私谥，则是门生为了"贤而尊之"，亦不为过。他并举《后汉书》中大量私谥的例子，认为是"作史者大书，以明舆论之公，补国典之缺"，所谓"据事直书，其得失亦自见也"。②

从称公与称私谥这两个例子看，刘宝楠非常善于通过史学与考证，对前人所总结的"非例"现象加以巧妙回护。其说具有坚实的史学及文献依据，这是其形之于外的"硬实力"，而其无论是"贤而尊之"还是"仁德之正号"，刘宝楠辩护汉碑的内在依据都以德而不以位为本，其论说也就更通于人心，是其"软实力"。不论地位的尊卑而论生命之价值与否，碑志文的意义即是对死亡的生命的延续，是在荒芜的废墟中绽放的永恒精神。

---

① （清）郭麐：《金石例补》，见《丛书集成新编》第 80 册，278 页，台北，新文丰出版社，2008。

② （清）刘宝楠：《汉石例》，见《丛书集成新编》第 80 册，318～319 页，台北，新文丰出版社，2008。

四、汉石的冲击：金石研究的理论潜能

因为是近似同人学术性质的金石研究，所以清人研究金石例多以纯粹的学术兴趣驱动，属余事为之。自刻或家刻的刊刻方式，也注定了他们的金石学问成为交往馈赠的一部分，自主性反而比较高。而从他们的交游圈子看，多数人的交往对象以阮元、钱大昕、卢文弨等汉学家为主，或如梁玉绳自身亦是精于史学的学者，这使他们更倾向于实事求是地客观呈现。而汉石的"发现"恰恰动摇了以往金石义例的根基，清人本来只是觉得韩愈不足为标准，而欲上求两汉，而一旦大量接触两汉石例后，便发现汉石之"例"可能并不存在。

如此，汉石便形成了对金石例研究的巨大冲击，清人对待汉石的焦虑便随之而生。清人清楚地认识到，汉石书法与传统礼制观念并不一致，甚至有所悖反。从钱大昕、王昶到梁玉绳、刘宝楠等人都试图为变例之义寻求合法性解释，然而文本的多样性溢出了金石例的规范性，解释的复杂性又突破了正统观念。汉石这一原本构想的"权威"现在反而僭越了传统的界限。如此一来，"例"之不存的进一步结果，就是质疑"例"背后之"礼"的规范性。文学因其以关乎人心与德性，从而在政治理性与人文关怀之间保持了张力。

譬如冯登府因汉石书卒葬的随意性而质疑《曲礼》："诸侯曰薨，大夫曰卒，士曰不禄，庶人曰死"的礼制，谓"考之汉制，有不尽合者，可知《曲礼》皆汉儒后起之说也"。其又因汉石书葬期的随意性，而进一步

反思"考之《礼》三月五月而葬之说亦不合"①，这是从文献入手而对成说的批判。在义例与文本的冲突下，汉石研究造成了对文道关系的破坏，而王芑孙主张"盖汉之去古犹近，其文字直为应事而作，淳闷朴略，一切风气未开，本无义例"②。所以《碑版文广例》以数卷的篇幅讨论汉石，其实是为了证明汉碑不可法而韩、欧可法而已。这又刺激了刘宝楠的汉石再阐释，他希望通过史学与考证来回护汉石文本的合法性，从而坚持以汉石为尊的学术传统。然而，这一逻辑的结果仍是对既有的"礼"学成说的颠覆，如上述私谥一例，从"礼"的角度当然是不合礼制的，然而经过刘宝楠的一番论述，就以《后汉书》所载历史事实的逻辑，取消了礼制的抽象逻辑，私谥反而因碑刻的存在而具有了合理性。

这便是清代金石例研究的矛盾之处，碑志墓铭本是一种慎终追远的文体，要凸显亲亲尊尊的"礼"的意识。如陈春生指出："像《墓铭举例》，就着重从'例'中去议论'义'，认为具体文例上的特点都是体现了古代宗法礼仪思想的'义理'。"③黄宗羲亦批评《金石例》没有概括"为例之义"与"坏例之始"，而他论合葬、论称谓等，显然是以文体书写的规范来保持身份地位、辈分亲疏之间的等级差异。然而如果我们从逻辑上剖析黄宗羲的思维方式，其实是因为"礼"已是某种先验的观念了，以"义"的角度观察金石之"例"不过是一种验证而并非真正的观察与归纳。这样一来，金石例就成为一种"认识性的装置"，它必须在是否合礼的概念中才能被

---

① （清）冯登府：《金石综例》，见《丛书集成续编》第 205 册，107 页，台北，新文丰出版社，1988。

② （清）王芑孙：《碑版文广例》卷四，道光刻本，8b 页。

③ 陈春生：《金石三例与金石义例之学》，载《东南文化》，2000(7)。

观察，而这种认识装置反而遮蔽了金石例的起源。

　　清人当然也难免于传统思维，一方面，他们在汉石中努力寻找正例，区分变例，寻找叙事书法中所体现的尊、敬、孝、爱之心。但另一方面，当面对汉石中不断出现的私谥、称谓用公、书葬用薨、书子孙等现象时，他们又意识到或者从历史事实的角度维护汉石的合法性，或者从抽象伦理层面维护"礼"的合法性，二者不可兼得。此正如章学诚的表述："金石文字义例，论说甚多，其言古法，自不可废，但有碍于理，自不可从。俗无碍于理则古犹今也。"①一方面是古法不可废，另一方面是有碍于理，偏重义理的章学诚选择倒向了理。而嘉道之际的金石例研究者则更倾向于维护汉石的合法性，如此，黄宗羲著"坏例之始"的行为也就淡化了其理论意义，汉石的发现让清人意识到金石义例之学本身的尴尬，换言之，就是义理与学术、道学与经术分裂，金石义例真正成为"问题"。

　　金石研究中道学与经术的分裂，其自身亦是清中期整体学术思潮的一部分，关于这点，前人已有大量的分析，比如，沟口雄三对戴震《孟子字义疏证》的分析，就清晰地显示出戴震以学理逻辑纠正"尊者以理责卑，长者以理责幼，贵者以理责贱"的现实强加于人的"定分"框架。②艾尔曼也论述了戴震、阮元等人对"克己复礼为仁"之"克"与"仁"的观念

---

① （清）章学诚：《乙卯札记》，19 页，北京，中华书局，1986。
② ［日］沟口雄三：《中国前近代思想的屈折与展开》，443 页，北京，生活·读书·新知三联书店，2011。

之重构。① 作为学术思潮的一部分，清代金石例研究者们自然也难免受到这种思潮的影响，更何况阮元是冯登府的资助者，梁廷楠被阮元所用，郭麐、李富孙等皆与阮元交往，他们当然很清楚阮元等人的学理取向，也当然会以自身的研究对象呼应阮元等人的理论逻辑。经由汉石例的发现与总结，那些本来在义例框架中似乎不存在的异类，忽然成为不证自明、自古有之的东西，这对于汉学阵营的学者而言，不啻为发现了某种宝库。

在这个意义上，清代的金石例研究就蕴含了清晚期权力逻辑全方位控制时代下的解放性力量。义法合一亦即文道合一的书写传统，实际上是对思想、行为、情感态度的格式化与程式化，而汉石的冲击则打断高度一体化的义理与文法。面对汉石的复杂文本，"文以载道"的思维定式被悬置起来，一些司空见惯的叙事（如不书孙、卒葬等）因汉石的冲击而变得陌生，而一些违背常规的叙事（如称呼、生人作谥等），却作为一种有意义的叙事而被"发现"。金石例研究的当然还是碑志文法的问题，但清人意识到必须从历史事实的角度、从文献与考证的角度审视，而非从文道关系的角度阐释文法。金石之"例"不以是否合乎后世之"礼"而确认其合法性，而是像刘宝楠那样以是否符合事实的情感与伦理来确证其合理性。其背后当然也指向了内在的"人"才是确证"例"之合理的学理趋向，乾嘉汉学的汉石考证削弱了"义"对"例"的约束，其结果便是解冻了"例"之思维定式对碑志文体之精神探索与想象的空间。

---

① ［美］艾尔曼：《经学·科举·文化史：艾尔曼自选集》，116～124 页，北京，中华书局，2010。

汉石的发现展现了历史存在物的某种可能性，一个深不可测的世界在清人眼中骤然出现，历史存在的合理性取代了观念的合理性。在这个意义上，金石例研究也就具有了超越于文道关系之外的独立学术传统。而其独立为史部的一个子目，也就绝不仅仅因为其文献数量上的增加所致，而是因为金石义例之学终于获得了独立的学术价值，从集部诗文评类的尾巴，一变而成为史部的金石类。

第四章

联通世界：人心与致用之间

嘉道之际是清代士风与学风发生深度变化的时期。当时的学界领袖阮元上承乾嘉汉学的考据训诂，组织刊刻十三经，创办书院，主持学术风会数十年。同时，在西方世界日益进入中国视野的历史背景下，阮元也开始关注西学知识，并且以学术眼光审视中西文化的异同。

阮元身上还比较鲜明地体现出以中律西、中优于西的思维方式，尤其是将西方的自然科学知识比附秦汉诸子之学说。而随着中国与世界之接触程度不断加深，士大夫"开眼看世界"的步伐也渐趋加快。清代经学的发展也产生了变化，皮锡瑞（1850—1908）概括说：

嘉、道以后，又由许、郑之学导源而上，《易》宗虞氏以求孟义，《书》宗伏生、欧阳、夏侯，《诗》宗鲁、齐、韩三家，《春秋》宗《公》《榖》二传。汉十四博士今文说，自魏、晋沦亡千余年，至今日而复明，实能述伏、董之遗文，寻武、宣之绝轨。是为西汉今文之学。学愈进而愈古，义愈推而愈高；屡迁而返其初，一变而至于道。①

如钱基博(1887—1957)所说："清治至道光而极敝，清学至道光而始变。"②经学开始由古文变而为今文，治经的思路也逐渐从注重"实事求是"转变为注重"经世致用"，经学的现实倾向加强了。魏源(1794—1857)作《诗古微》，以西汉今文经学的方式解说《诗经》，把《诗经》视为"圣贤发愤"的产物，以三百篇为"谏书"。所以他讨论《诗经·鹿鸣》，就不像朱熹那样讲君臣和谐一体，而是突出君主应当承认士大夫阶层发表政见的合法性，从而将权力部分地让渡给士大夫。如此论学，是希图以重组知识的方式重建秩序，无疑比清中前期士大夫的作为要凌厉得多了。

文学方面的变化也在悄然兴起，桐城古文的地位在其确立之后，随即面临巨大威胁。阮元率先发力，以"沉思翰藻"的"文言"之说，力图将古文从"文"的范畴内驱逐，同时又以建立骈文的文统而取代桐城文统。其后，今文经学的新文体也开始登上舞台，王先谦(1842—1917)在《续古文辞类纂序》中说："道光末造，士多高语周、秦、汉、魏，薄清淡简

---

① （清）皮锡瑞：《经学历史》，周予同注释，250 页，北京，中华书局，2011。
② 钱基博：《近百年湖南学风》，9 页，上海，上海古籍出版社，2012。

朴之文为不足为。梅郎中、曾文正之伦，相与修道立教。惜抱遗绪，赖以不坠。"①文学领域内流行起反对"清淡简朴"之文的文学风气，龚自珍（1792—1841）与魏源之文流行一时，这进一步冲击了桐城古文。

这些变化的出现，势必会影响士大夫的处世心态，也会影响文学理论、批评观点的表达。本章的开始，我们将首先考察阮元的"文言说"，其"文言说"立足于乾嘉汉学的思维方式，对桐城派之文统建构有着釜底抽薪、拨乱反正的影响力，同时又对清中后期的文论产生了深远的影响。而在随后的论述中，我们也会以阮元弟子梁章钜对骈散关系的论述切入，继续审视在阮元"独标骈体"之后，"骈散之争"视角下清代士大夫的反应。

第一节　阮元的训诂思维与文言说

乾嘉时期的文人、学者们不约而同地讲义理、考据、辞章的三分法，但理论建构不等同于实践可行，唯有戴震做到了义理兼考据而已。而至乾嘉后期，骈文派的兴起方才有了考据与辞章相联系的可能，而其中的关键人物则属阮元。②

阮元是清代乾嘉时期举足轻重的人物，《清史稿·阮元传》称其"身历乾、嘉文物鼎盛之时，主持风会数十年，海内学者奉为山斗焉"③。

---

① 《王先谦诗文集》，33 页，长沙，岳麓书社，2008。
② 本节内容曾以《实事求是：阮元的思维方式论析》为题，发表于《新亚论坛》第 19 辑。
③ 赵尔巽：《清史稿》，11424 页，北京，中华书局，1977。

他历乾隆、嘉庆、道光三朝，官拜体仁阁大学士；又是经学大师，主持刊刻了《十三经注疏》《文选楼丛书》等，并创办了诂经精舍、学海堂书院；此外，阮元在文学上也因重申"文笔之辨"而成为骈文派的领袖人物。

目前学界对于阮元的经学成就、文献编纂、学术思想以及文学观念等已经取得了丰富的研究成果，比如，艾尔曼、陈志扬等从学术与文学的关系角度，分析了阮元沟通经学与理学、骈文与散文、中学与西学等的关系；於梅舫从阮元的生平事迹等细微史料出发，思考其理论的来源；郭英德基于"真伪判断"的理路，考察阮元"文章之学"的提出方式、阐释路径、文化内涵和意义指向，指出阮元建构了符合孔子之道的"文统"，与桐城文统分庭抗礼，具有挽救汉学颓势的意义。[①] 这些研究基本廓清了阮元尊骈理论的社会意义与文学史意义，也足以显示乾嘉时期学风、士风的演进与文学理论之关系的诸多面向。然而在这些讨论之余，我们似乎仍然可以探讨阮元是如何将考据、义理、辞章三者相结合，特别是追问，阮元坚持骈文之说的思想依据是什么？其以骈文为"文之正宗"的文化指向又是什么？

一、因声求义：阮元的经学方法论

阮元一生得力处，首先在于以经学为代表的学术，《揅经室集》首卷

---

① ［美］艾尔曼：《经学·科举·文化史——艾尔曼自选集》，北京，中华书局，2010。陈志扬：《阮元骈文观嬗变及历史意义》，载《文学评论》，2008(1)。於梅舫：《阮元文笔说的发轫与用意》，载《学术研究》，2010(7)。郭英德：《"以经术、文章主持风会"——阮元"文章之学"新诠》，载《文学评论》，2018(6)。

即以小学说经开始，阮元依次对象、心、磬、盖、且、颂、矢、顺、达、门、相等字的字义做了语词训释。在训释过程中，阮元得出了一个普遍性的规律："义从音生也，字从音义造也"①，明确提出因声求义的音训标准。他又在与宋保论《尔雅》的信中指出，《尔雅》的"山、水、器、乐、草、木、虫、鱼诸篇，亦无不以声音为本，特后人不尽知耳"，因而鼓励宋保"要当以精义古音贯串证发"②。

阮元自己的论述中也无处不贯穿着因声求义的基本思路，比如他释"鲜"字与"斯"字古音相近，因而《尚书·无逸》篇文王"怀保小民，惠鲜鳏寡"中的"鲜"当为"斯"之义，而不可依孔传训"鲜"为"少"。这一解释是比较合理的，孔安国（前156—前74）释"鲜"为"少"，但明显与句意不合，所以只好说："又加惠鲜乏鳏寡之人"③必须再添一个否定词"乏"才能说得通，阮元把"鲜"音转为副词，也就没有这个问题了。又如解释"矢"字，因为与"施""雉""尸"等字同音，所以皆有"自此直施而去之彼"之义。这样一来，本是象形字的"矢"，其字义就由其音而生了："凡人引弓发矢，未有不平引延陈而去止于彼者。"④此说较有新意，当然把象形字说成是声音相近的同源字，似乎也有点复杂了。

至于释"进退维谷"的"谷"字，阮元就难免被自己坚持的音训法所拘，反而使自己的训释隔了一层。传统的解释都把"谷"释为"穷"，比

---

① （清）阮元：《释矢》，见《揅经室集》，22页，北京，中华书局，1993。
② （清）阮元：《与高邮宋定之论尔雅书》，见《揅经室集》，125～126页，北京，中华书局，1993。
③ （汉）孔安国传，（唐）孔颖达正义：《尚书正义》，黄怀信整理，634页，上海，上海古籍出版社，2007。
④ （清）阮元：《揅经室集》，23页，北京，中华书局，1993。

如，段玉裁《说文解字注》说："《诗》'进退维谷'，叚谷为鞠，《毛传》曰：
'谷，穷也。'即《邶风·传》之'鞠，穷也。'"①段玉裁使用的训诂方法也
是音训，因为"谷"与"鞠"音近而义通，所以可以训"谷"为"穷"。但是在
阮元看来，"谷"虽与"鞠"音近，却不如与"穀"字音同，而"穀"乃"善"
也，所以"进退维谷"之义当为"进退维善"。为了把意思说通，阮元又举
了《左传》的两个例子说："一则叔向之言，一则鲁哀公时齐人之言。曲
体二人引《诗》之意，皆谓处两难善全之事而处之皆善也，叹其善，非嗟
其穷也。"②很显然，阮元也看出这里是"处两难善全之事"，那么语境中
当然具有"穷"的语义，但是他非要由此延伸到"而处之皆善"，这就是要
为其训"谷"为"穀"而正名了，反不如段注清楚明白。

可见，阮元的训诂方法有一根本性原则，即"字出乎音义，而义皆
本乎音也"的音训理论。他坚持不懈地实践着这一理论，有时可以有效
地解决训释中的问题，有时却也难免使自己陷入烦琐或隔膜的尴尬。至
于为何会有此种矛盾，就必须深入考察阮元的思维方式了。

二、实事求是：阮元的思维方式

对于汉学家来说，其基本的学术追求便是"实事求是"，这当然也是
阮元的治学宗旨。他自称做学问乃"推明古训，实事求是而已"，又说
"非敢异也，亦实事求是而已"。对于当时一流的经学之士，以"好学深
思，实事求是"来概括。而阮元在为他人作书序、赠序文时，也喜欢称

---

① （清）段玉裁：《说文解字注》，575 页，北京，中华书局，2013。
② （清）阮元：《进退维谷解》，见《揅经室集》，105 页，北京，中华书局，1993。

赞对方"实事求是",比如,为纪昀的别集作序,就先以河间献王刘德(前 171—前 130)"修学好古,实事求是"切入,"后二千余年,而公生其地",言下之意称纪昀继承了刘德的治学宗旨。又如,他为焦循(1763—1820)的《群经宫室图》作序,把"实事求是"作为学者的准则:"余以为儒者之于经,但求其是而已矣。"再如,他为宋咸熙(1766—?)《惜阴日记》作序,则援引《汉书》以"修学好古,实事求是"作为儒者的本分。甚至评价郭可典的诗歌,都说他"所为诗,尔雅真挚,实事求是"。① 显然,"实事求是"正是阮元最为推崇的治学与作文原则。

汉学家最擅长的训诂学推求古代语言文字的根源,寻求字词的本义,这种工作本身就具有语言学的科学性质。不过仔细推究起来,训诂学的求本、求古与求是、求真固然相似相通,但仍有微妙的差异。② 求本、求古须有经书的依托,比如《说文》《尔雅》等,还需要借《诗》《书》《春秋》等经典文本还原语词使用的本初语境,《揅经室集》首卷的训诂文字,几乎都是立足于《说文》《尔雅》,发挥因声求义的特长,再通过正文或小字注补充五经中的语料作为例证,最终完成对文字的释义。

而对于求是、求真来说,则可更进一步抛弃经书,阮元在《焦里堂循群经宫室图序》中就明确表示,对于古代建筑、器物的考证可以违背传注:"是之所在,从注可,违注亦可,不必定如孔、贾义疏之例

---

① (清)阮元:《揅经室集》,1、55、621、678、250、688、690 页,北京,中华书局,1993。

② 特别是在自然科学领域,阮元的"实事求是"并不"以古为是",参见张立:《科学"乃儒流实事求是之学"——略论阮元科学思想的实学精神及其局限》,载《北京大学学报(哲学社会科学版)》,2002(3)。

也。"①另一个典型的例子是他考据《小雅·十月之交》的写作时间，阮元明确反对《鲁诗》以及郑玄的说法，而论证的理由却并非以经典传注为依据，而是根据僧一行(683—727)、郭守敬(1231—1316)等人的天文历算方法，计算诗中描绘的日蚀现象出现的时间，以此断定此诗不可能按郑玄所说作于厉王时期。这种考证显然也已经跳出了经注，是一种旁求别门地探求真理的过程。换言之，训诂学的求"本"是建立在经典文本基础上的，而阮元的求"是"则是在经典之外，更追求某种超越文本的真理。可以说，"实事求是"部分地来源于汉学家训诂考据的学术习惯，但显然又不仅仅来源于汉学传统。

像阮元这样对真理的追求，在中国古代文化中是十分有趣的。英国科学史家李约瑟(Joseph Needham，1900—1995)曾经认为"中国人不认为可以通过观察、实验、假说和数学推理等方法来破解或重新表述一个理性的至高存在所制定的法"②。这一假设建立在中国人有机世界观基础上，对于大多数中国古代学者而言比较适用。然而，在阮元对"实事求是"的追求中，我们却可以看到他的心中存在一个"理性的至高存在"，他追求的是客观的事实，而非思辨性的玄想。譬如朱熹观察雪花的六瓣结晶，和太阴玄晶石的结晶现象做了对比，但总结时却将"六"推究到某种天地自然之数，从经验观察走向了理学的玄思。阮元则不认可这种学术理路，因为由"实"入"虚"的理论，最终无法抽象出普遍性的真理，对于玄学与理学、心学，可以评价某种思辨是否高妙，但却无法证明其是

---

① （清）阮元：《揅经室集》，250页，北京，中华书局，1993。

② ［英］李约瑟：《中国科学传统的不足与成就》，见《文明的滴定：东西方的科学与社会》，张卜天译，25页，北京，商务印书馆，2016。

否正确，而阮元所追求的则是那个正确性的"是"。

阮元以"是"作为学术追求，一个经典的案例是他评论朱熹对"克己复礼为仁"的解释，朱子把"克"解作"胜"，把"己"解作"身之私欲"："故为仁者必有以胜私欲而复于礼，则事皆天理，而本心之德复全于我矣。"[1]这样就把孔子的话纳入理学的"天理/人欲"模式之中。此前戴震也反驳过这句解释，他反对训"己"为"身之私欲"，因为这样一来下面"为仁由己"的"己"就无法获得一贯的解释。戴震的本意显然是要防止"己"成为被"克"的对象，他区分了"无欲"与"无私"，认为圣人之意在"无私而非无欲"[2]，所以朱子"胜私欲"的解释反而归于老庄、释氏之流。然而，朱熹似乎也有依据，因为《说文》训"克"为"肩也"，段玉裁引《释诂》云："肩，克也"，又曰"肩，胜也"。又引许慎云："胜，任也。任，保也。保，当也。凡物压于上谓之克。"[3]则"克己"本身就有"胜己"之意。可以看到，戴震在这里选择性忽视了对"克"的解释，对朱熹的解构是不够完备的。

阮元的思路延续戴震，以为若把"克己"的"己"解释为"私欲"，那么下面"为仁由己"的己就说不通了。但是戴震没有解释"克"的问题，阮元的论证理路是直接关注"克己复礼为仁"的那个结果，即"仁"。因为"克己复礼"的目的是"仁"，所以由根本性的"仁"的解释自可反推"克己复礼"之本意。他以郑玄"相人偶"的训释解"仁"字，所谓"己欲立而立人，己欲达而达人"，所以"克己复礼"当解作："我先自己好，自然要人

---

① （宋）朱熹：《四书章句集注》，125 页，北京，中华书局，2011。
② （清）戴震：《孟子字义疏证》，54 页，北京，中华书局，1982。
③ （清）段玉裁：《说文解字注》，323 页，北京，中华书局，2013。

好。我要人好，人自与我同作好人也。"①阮元否定宋儒的理论，本质上也是对"天理/人欲"模式的否定，其切入点与戴震相似，都是因为"己"的语义不统一。而二人论述的过程却又不完全一致，阮元绕过具体的"克己"，而直达那个本原的"仁"。"仁"在《论语》中有诸多体现，也由此会产生诸多训释上的歧义，"克己复礼"只是其中一条表现而已。所以，所求之"是"只能是那个"仁"的本意，因为"仁"在《论语》中具有标准的相对一致性，它抽象于"克己"等具体的表现，所以只要在"仁"的准则下方才有"克己"的解释。反之，若找不到标准一致性的"仁"，便会陷入众说纷纭的选择性误读之中，如此解经基础上的"道"自然也就是空中楼阁了。

由此，我们便可理解阮元何以如此坚持因声求义了。因为有《尔雅》《说文》的文献依据，有《诗经》《楚辞》的音韵语料，所以古音是确定可考的。汉字是音义结合体，相对于"义"而言，"音"更具有标准一致性。以"义"训诂，结果可能歧义纷纷，仍以"惠鲜鳏寡"为例，阮元训"鲜"为"斯"可通，俞樾训"鲜"为"赐"②亦通，这样依然可能陷入宋儒为我所用的解经方式。而为了"实事求是"，为了有一个普遍性的标准，即便有时烦琐，甚至有时隔了一层，阮元也要坚持因声求义，这是其内在思维方式所决定的。

---

① （清）阮元：《揅经室集》，181 页，北京，中华书局，1993。
② （清）俞樾：《群经平议》，见《续修四库全书》第 178 册，91 页，上海，上海古籍出版社，2002。

三、西学与算学的融会

阮元寻求绝对标准的"实事求是"思维方式，究竟来源于何呢？有理由推测，阮元的思维方式可能部分地来自他对于古代算学以及西学的接触。

乾隆二十五年（1760），法国耶稣会士蒋友仁（Michel Benoist，1715—1774)向乾隆进呈《坤舆全图》，代表了西方世界对地理与天文学发现的最新成果。乾隆命蒋友仁翻译，并由何国宗(? —1767)、钱大昕负责润色，不过此图在翻译后并未流传。其后，钱大昕主讲紫阳书院，弟子李锐(1769—1817)根据钱大昕的讲义，整理出一部《地球图说》，并于嘉庆四年(1799)刊行。然而，钱大昕的书中却没有图，阮元认为"有说无图，读者骤难通晓"①，于是补刻了李锐据《地球图说》所绘的《坤舆全图》2 幅（即世界地图，该图清楚标示了经纬线，东、西半球各一幅)以及《太阳并游曜诸图》19 幅，其中包括《日蚀图》《月蚀图》《黄赤交角图》《九重天图》(即九大行星图)等，这 21 幅图具有丰富的知识量。书成之后，阮元命名为《地球图说补图》，置于《地球图说》之后，收入其所编《文选楼丛书》中。

在刊刻时，阮元还为《地球图说》作序，其中以曾子(前 505—前 435)《天员篇》解释天圆地圆说，并与熊三拔（Sabbatino deUrsis，1575—1620)《表度说》理论进行了对比。可见阮元对《地球图说》中的天

---

① （清)阮元：《地球图说补图》，见《续修四库全书》第 1035 册，15 页，上海，上海古籍出版社，2002。

文与算学理论相当熟悉，不过他坚信"西学中源"，所以竭力尝试以中国古籍之说来解释西学理论，然而若无天文、数学知识，则阮元不可能做出这种"套用"。

除了《地球图说补图》之外，阮元的算学知识更系统地体现在了他的《太极乾坤说》一文中。中国古代传统学者讨论"太极""乾坤"，往往堕入玄而又玄的神秘主义，阮元批评这种阐释是"舍其实以求其虚"，因此，他要发挥"实事求是"的精神重新解读太极与乾坤：

> 非太极不生两仪，两仪谓天地。地圆居中而不坠，天旋包之而有常。两仪生四象，四象谓四时。天具黄、赤道，与地圆相游行以成四时，春夏秋冬即东南西北也。四象生八卦，则因四方以定八卦之位，《说卦传》"帝出乎震"以下皆其位也。然则乾坤为天地，宜居正南北矣，曷由乾居西北坤居西南也？曰：此正太极即北极之实象也。地体正圆，中国界赤道而居，北极斜倚乎其北，南极入地不能见，以浑圆之体论之，则但于赤道纬线之内外，北极高低有分别耳。至于两极经线，如瓜之直痕，则处处皆可谓当极之中，本无偏也。然洪荒既辟，及于中古，中国之地，以黄河横亘为起止，若执洛阳为地之中，谓其所北之天正当北极，则应以洛阳南北地面一线之经为最高之地脊，其水当分东者向东流，西者向西流矣，曷由河与洛皆由西而来复东流也？观于河、洛之由西而东，则中国之地东与海近，古圣人以为大势偏乎东矣。故河源之西，水分东西流处，方许以为当北极经线之中，为地之脊。古圣人居中国而考其仪象，

则乾居西北，坤居西南，职此之故。①

阮元用了相当长的篇幅解释《周易》"易有太极，是生两仪，两仪生四象，四象生八卦"一句话，把"两仪"解作天与地，而且特别明确了"地圆居中而不坠，天旋包之而有常"，这里"地"的概念不是"天圆地方"的模型：一方面"圆"，一方面又"居中不坠"，则"地"当是一"星球"概念。从阮元的描述看，这种世界模型很可能来源于西学"天地仪"的理论模型，取地球在浑天之中之貌。蒋友仁在《坤舆全图说》中也明确提到"天体浑圆，地居天中，其体亦浑圆也"②。此外，阮元在《太极乾坤说》后文解释乾、坤的方位时，还通过河流走向论证了中国并不在地球之"中"的事实，所以圣人制卦，以"乾居西北，坤居西南"。以洛阳为天下之中，这种意识从周公营建洛阳就开始了，《何尊》中就有"宅兹中国"的铭文。阮元此番理论显然是"离经叛道"，违背古说的，但却符合了科学意义上的真理。此亦可谓"是之所在，从注可，违注亦可"，甚至不仅是"违注"，就连"违经"亦可了。

阮元所追求的，是具有标准性真理的"是"，它不能像玄学、理学那样可以任由阐释者随意阐释，而是必须有确定性的标准。而算学与西学中的科学意识，恰好可以在经典系统之外，提供另一重坚实的学术基础。以此为依托，阮元就可以更自由地以"实事求是"的实学精神，清理、思考经典传承中的各种学术问题。

---

① （清）阮元：《揅经室集》，39 页，北京，中华书局，1993。

② ［法］蒋友仁：《地球图说》，何国宗、钱大昕润色，《文选楼丛书》本。

在乾嘉时期的学术圈子里，不仅阮元对科学抱有兴趣，戴震、钱大昕、焦循等一批具有影响力的学者也都对算学有所研究[①]：戴震从《永乐大典》中辑出《数书九章》，并收入《四库全书》；焦循著有《加减乘除释》八卷、《天元一释》二卷、《释弧》三卷、《释椭》一卷，合为《里堂算学记》，阮元还为此书作了序，且在序中把算学上推到"六艺"之一，并将算学视为儒者的本分：

> 数为六艺之一。而广其用，则天地之纲纪，群伦之统系也。天与星辰之高远，非数无以效其灵。地域之广轮，非数无以步其极。世事之纠纷繁颐，非数无以提其要。通天地人之道曰儒，孰谓儒者而可以不知数乎！自汉所来，如许商、刘歆、郑康成、贾逵、何休、韦昭、杜预、虞喜、刘焯、刘炫之徒，或步天路而有验于时，或著算术而传之于后。凡在儒林类能为算后之学者，喜空谈而不务实学，薄艺事而不为，其学始衰。[②]

在这番表述中，我们再次看到阮元"务实学""实事求是"的意识，直接来源于他对"算学"的强调。为此，他还开列了一个古代算学家的序列，其中刘歆（前50—23）、郑玄、贾逵（20—101）、何休（129—182）等经学名家赫然在列。类似的表述又见于其《畴人传序》："是故周公制礼，设冯相之官，孔子作《春秋》，讥司历之过，先古圣人咸重其事，两汉通才大

---

① 参见[美]艾尔曼：《经学·科举·文化史：艾尔曼自选集》，80～87页，北京，中华书局，2010。

② （清）阮元：《揅经室集》，681页，北京，中华书局，1993。

儒若刘向父子、张衡、郑玄之徒，纂续微言，钩稽典籍，类皆甄明象数，洞晓天官，或作法以叙三光，或立论以明五纪，数术穷天地，制作侔造化。儒者之学，斯为大矣。"①算学的地位不再居于旁门左道，而与经学相等同。阮元甚至说："我国家稽古右文，昌明数学，圣祖仁皇帝御制《数理精蕴》，高宗纯皇帝钦定《仪象考成》诸编，研极理数，综贯天人，鸿文宝典，日月昭垂，固度越乎轩辕、隶首而上之。"②把算学纳入清代官方政治意识形态之中，真可谓用心良苦。

算学对"实事求是"的追求与考据训诂对求本、求古的追求，其内在的精神气质本是一致的，所以无论是恢复古代算学知识，还是接触西方算学知识，这一过程本身就对考据学家有着天然的吸引力。《揅经室集》中就有很多关于地理、钟枚、计算粮米、自鸣钟、闰月、河运、勾股算法的记载，其中亦不乏图解与详细计算过程。当然，所有的一切，最终都赋予了阮元(同时也包括了一批乾嘉汉学者)以追求普遍性真理标准的"实事求是"的思维方式。

四、作为语言净化的骈文

在实事求是的思维方式下，我们便可以进一步透视阮元著名的文论观点——文言说。他在《文言说》中把《易·文言》视为"千古文章之祖"，认为"文"的标准是"协音以成韵"，"修辞以达远"，在形式上要多用韵、

---

① （清）阮元等：《畴人传合编校注》，冯立升主编，3 页，郑州，中州古籍出版社，2012。

② （清）阮元：《里堂学算记序》，见《揅经室集》，681 页，北京，中华书局，1993。

多用偶，所谓"两色相偶而交错之，乃得名曰'文'"①。在《书昭明太子文选序后》中，阮元指出：

> 然则今人所作之古文，当名之为何？曰：凡说经讲学皆经派也，传志记事皆史派也，立意为宗皆子派也，惟沉思翰藻乃可名之为文也。非文者尚不可名为文，况名之为古文乎。②

阮元认为以讲学、记事、立意为主的文章首先就不是"文"，当然也就不可称为"古文"，这样就从根源上解构了"古文"的概念。与之相对地，唯有"沉思翰藻"的文章才能称为"文"，所谓"奇偶相生，音韵相和，如青白之成文，如咸韶之合节，非清言质说者比也，非振笔纵书者比也，非佶屈涩语者比也"③。而"沉思翰藻"这一术语出自萧统（501—531）的《文选序》，本身就是骈文的文体属性。

　　阮元论文学同样是通过字义训诂的方法来解释"文"的本义，又以《易·文言》的经典作为理论支撑，在方法论上与治经学的理路一致。而他以《文选序》作为发力点，最终目的就是要把古文（散文）从"文"的领域中驱逐，从而把"文"提纯为讲究声韵比偶、沉思翰藻的具有文学性的"有韵之文"。

---

① （清）阮元：《揅经室集》，606 页，北京，中华书局，1993。
② （清）阮元：《揅经室集》，609 页，北京，中华书局，1993。
③ （清）阮元：《揅经室集》，608 页，北京，中华书局，1993。

一般认为，乾嘉汉学治经学主要是和宋明理学相抗衡①，阮元标举骈文则是为了和桐城派分庭抗礼②，这些结论都没有问题。而如果更进一步追问，在阮元反理学、反桐城的立场之下，又有其怎样的文化意图呢？

在阮元对西学的认识中，有一段话值得注意，学界一般认为这是阮元"西学中源"说的表述，而且往往因此为科学史家所遗憾：

> 然元尝稽考算氏之遗文，泛览欧逻之述作，而知夫中之与西，枝条虽分，而本干则一也。如地为圆体，则《曾子》十篇中已言之。七政各有本天，与郗萌日月不附天体之说相合。月食入于地景，与张衡蔽于地之说不别。熊三拔简平仪说寓浑于平，而崔灵恩已立义以浑盖为一矣。的谷四方行测创蒙气反光之差，而姜岌已云地有游气蒙蒙四合矣。然则中之与西，不同者其名，而同者其实。乃强生畛域，安所习而毁所不见，何其陋欤？③

阮元在这段话中提到了星球概念、意大利传教士熊三拔以及丹麦天文学家的谷（Tycho Brahe，1546—1601）的理论，并且一一为其在中国古人的论述中找到对应的理论，最终得出"中之与西，不同者其名，而同者

---

① 艾尔曼在清代学术转型的背景下，对此问题做了颇有见地的分析，参见[美]艾尔曼：《经学·科举·文化史——艾尔曼自选集》，北京，中华书局，2010。

② 郭英德：《"以经术、文章主持风会"——阮元"文章之学"新诠》，载《文学评论》，2018(6)。

③ （清）阮元：《里堂学算记序》，见《揅经室集》，682页，北京，中华书局，1993。

其实"的结论。暂时搁置孰源孰流的争议，可以看到在阮元的认知中，西学与中学的差别仅仅是表述不同而已，对背后真理的探知是一致的。换言之，对真理的探究与表述可以超越语言而存在。钱大昕的表述更道明了这种意识："夫东海之与西海，语言不通，文字各别，而布算既成，校之无累黍之失，无他，此心同，此理同，此数同也。"①"数"作为乾嘉汉学新工具，使阮元与钱大昕找到了人心与学术相通之处，而且这种沟通还具有超越语言的能力。

阮元对"数"的重视与他对"文"的重视是高度一致的，在其《文言说》之后，紧接的是一篇名为《数说》的短文，该文开篇即强调：

> 古人简策繁重，以口耳相传者多，以目相传者少，是以有韵有文之言，行之始远。不第此也，且以数记言，使百官万民易诵易记，《洪范》《周官》尤其最著者也。②

"数"的价值与有韵之"文"的价值一样，都具有上古时期"行之使远"的功能，同属人类表义最为纯粹的阶段。"数"具有超越表象的真理性，而阮元将"文"与"数"并称，可见阮元对"文"的追求也应当具有某种纯粹的真理性。

阮元对语言的关注，恰恰使他意识到汉语在千年的发展过程中，已经受到了污染。特别是儒家学术话语更直接受到了佛、道话语的污染，

---

① （清）钱大昕：《赠谈阶平序》，见《潜研堂文集》，352 页，南京，凤凰出版社，2016。

② （清）阮元：《揅经室集》，606～607 页，北京，中华书局，1993。

二氏之学进而也干扰了儒学的发展路径，使儒学走向玄虚。阮元作《塔性说》，分析"塔"的物理概念与"性"的心理概念，细致论证了无论是客观的"塔"还是主观的"性"，都因为佛教翻译的影响而丧失了其本义。而其结果就产生了诸如唐代李翱（772—841）的《复性书》一类理论，虽然表面上还是引述儒家经典，但本质上谈的却是佛教"无得而称之物"①一类概念了。这就是翻译造成的语言的异化，进而造成学术的异化。类似地，阮元在为江藩《国朝汉学师承记》作序时也指出："浮屠之书，语言文字非译不明，北朝渊博高明之学士，宋、齐聪颖特达之文人，以己之说傅会其意，以致后之学者绎之弥悦，改而必从，非释之乱儒，乃儒之乱释。"②因为翻译佛经，使得魏晋以后的学者把释家的哲学话语与儒家的哲学话语相混，特别是其后形成一种心性之学，破坏了汉代以前纯粹的儒学，于是"濂、洛以后，遂启紫阳，阐发心性，分析道理，孔孟学行，不明著于天下哉"③。那么要匡正儒学，就必须从语言文字入手，恢复学术话语本来的纯粹性，彻底实现对汉语的净化，戴震的《原善》《孟子字义疏证》以及阮元的《性命古训》等就是其学术代表。

在这个意义上，《文言说》《书昭明太子文选序后》等文章的意义就凸显出来了。尊骈抑散不仅仅是对仗、押韵的文体问题这么简单，在阮元的理论设计中，骈文实为承载净化语言的文学手段。为倡导尊骈说，阮元还极力标举了汉代赋家的价值："贾生、枚叔，并辔汉初，相如、子

---

① （清）阮元：《揅经室集》，1060 页，北京，中华书局，1993。
② （清）阮元：《揅经室集》，248 页，北京，中华书局，1993。
③ （清）阮元：《拟国史儒林传序》，见《揅经室集》，37 页，北京，中华书局，1993。

云，联镳西蜀。"①赋，长期以来被认为是无关经术的末道小技，扬雄讥司马相如为"雕虫小技"，自己亦颇悔少作。因而阮元此论自然引起不少非议，所谓"千年坠绪，无人敢言，偶一论之，闻者掩耳"②。

阮元所以肯定汉代赋家，与他们是不是"曲终奏雅"，"劝百讽一"无关，与是否关乎经济民生无关，重要的在于他们用字雅驯。他在《扬州隋文选楼记》中说："古人古文小学与词赋同源共流，汉之相如、子云，无不深通古文雅训。"又在《与学海堂吴学博兰修书》中说："岂有不明音韵篆文训诂，能土拟相如、子云者哉？"③以音韵、训诂的学问称赞司马相如、扬雄，几乎是前所未有之论。而这种对赋家的高度评价，正反映出阮元内心迫切的渴望，即以音韵、训诂之学，恢复"文"的纯洁雅驯，进而驱逐学术话语中的异端语言与思想。

如此一来，我们也能明白他称赞郭可典诗歌的"尔雅真挚，实事求是"究竟指什么了。阮元所提倡的，就是文学语言的表义准确、规范典雅，他说："诗人之志，登高能赋。汉之相如、子云，文雄百代者，亦由《凡将》《方言》贯通经诂，然则舍经而文，其文无质，舍诂求经，其经不实。"而文学语言上"耀采腾文，骈音丽字"的前提，正在于"洞穴经史，钻研六书"的学术基础。没有音韵训诂的知识无法做到八音协和的骈文境界，没有典章制度、历史知识又无法实现骈文用典的自然流畅，所以骈文无论如何都是寄托汉学家学养的最佳文本。桐城派也讲文学之音

---

① （清）阮元：《四六丛话序》，见《揅经室集》，738 页，北京，中华书局，1993。

② （清）阮元：《与友人论古文书》，见《揅经室集》，610 页，北京，中华书局，1993。

③ （清）阮元：《揅经室集》，388、1071 页，北京，中华书局，1993。

韵，但刘大櫆等人把音韵引入"神""气""理"，实则又使文学遁入了玄虚，而阮元论音韵，就必须落到有切实标准的音韵训诂之学中："曷就段氏精审之，而进以王氏之学定为古韵廿一部，以群经、《楚辞》为之根柢，为之围范，庶无隔部臆用之谬乎。"①如此论文，其文论的学术性也就达到一种极端的程度了。

阮元的思路后来启发了清末的章太炎，章氏于《文学总略》中批驳阮元独尊骈文的论点，这只是表面上的分歧。实际上章太炎《自述学术次第》中"亦欲使雅言故训，复用于常文耳"②的主张，很明显秉承了阮元的思路。只不过阮元只是想把"雅言故训"打入他说框定的"文学"领域中，而章太炎更欲把"雅言故训"应用于更广泛的"文章"之中。二人学术理路的本质都是要通过净化语言文字，以求真、求实的思维，解构包括理学在内的意识形态领域的固化意识，进而形成一种具有"革命潜义"的新的语言。③ 这才是阮元以"实事求是"的思维论文，进而为文学划定严格语言标准的深层内涵。

第二节　不拘骈散务为有用：《退庵论文》的现实批判

阮元"文言说"对骈文的倡导，也伴随着一批文人的创作实践，骈文

---

① （清）阮元：《揅经室集》，548、738、1071 页，北京，中华书局，1993。

② 章太炎：《菿汉三言》，197 页，上海，上海书店出版社，2011。

③ 参见陈雪虎：《"文"的再认：章太炎文论初探》，70～79 页，北京，北京大学出版社，2008。

日渐复兴并涌现出汪中(1744—1794)、洪亮吉(1746—1809)等一批骈文名家，一时大有与桐城古文争文章正统之势。而在创作之外，阮元也在文学教育方面下功夫，他兴办学海堂与诂经精舍，专以骈文教育子弟。

　　清代的学术论争往往具有宗派性与师承性，然而有趣的是，骈、散两股文学宗尚却在阮元弟子梁章钜的文论中得到了统一。[①] 梁章钜对阮元非常崇敬，然而他在论文时一方面继承了阮元对骈文的尊崇态度，另一方面却又系统地论述了如何学习古文的方法。这些观点见于其《退庵随笔》卷十九《学文》，该书初撰于道光十四年(1834)并初刻于道光十六年(1836)左右，基本代表了梁氏晚年的观点。其后又经阮元以及梁章钜之子梁恭辰(1814—?)的修订而有所增补。民国年间，有正书局《文学津梁》将其析出为《退庵论文》单行。

　　目前学界对于《退庵论文》之文学观的关注还比较少，仅有的几篇文章，比如，来新夏对其版本、内容进行了简要介绍，颜莉莉讨论了《退庵随笔》对诗教说的回归以及其中对诗歌创作经验的总结。[②] 当然，两篇文章分别侧重于文献考辨与诗学，而纯粹从散文理论的角度对《退庵随笔》的研究尚属空白，值得进一步挖掘。当然，首先有必要考察的就是尊骈与尚散这两种不同的文体观念是如何和谐地并存于梁章钜的文论框架之中的。

---

　　① 　本节内容，曾以《不拘骈散务为有用：梁章钜文论的现实批判》为题，发表于《明清文学与文献》，2017(1)，此处有所修订。

　　② 　参见来新夏：《清代笔记作家梁章钜》，载《福建论坛(人文社会科学版)》，2004(9)。颜莉莉：《梁章钜〈退庵随笔〉诗学初探》，载《闽西职业技术学院学报》，2008(3)。

一、骈与散：梁章钜文论的两极

在《退庵论文》中，梁章钜首先开列了一个学作文者应读的书单：包括《史记》《汉书》《文选》、徐庾、韩柳等，其中兼有史部、集部，并采古文、骈文。可见，兼容并包是梁章钜论文的基本思想。

首先看梁章钜对骈文的推崇。梁氏在开列书目中提到了《文选》后，马上就特别强调文人以往轻视《文选》的态度是不对的。针对友人谢金銮（1757—1820）批评文选没有义理、不能经世、缺乏波澜的话，梁章钜列举了《文选》中诸葛亮《出师表》、李密（224—287）《陈情表》、束皙（261—300）《补南陔白华诗》、子夏（前 507—前 400）《毛诗序》、杜预（222—285）《左氏传序》、刘向《移太常博士书》、陆机《文赋》等一系列文章予以反驳，表示《文选》中收录的文章有道德、有经世、有文采。为此，他还搬出阮元的话助阵：

> 阮芸台先生曰："昭明所选名曰《文选》，盖必文而后选，非文则不选也。凡以言语著之简策，不必以文为本者，皆经也、子也、史也，皆不可专名之为文。专名曰文者，自孔子《易·文言》始，实为万世文章之祖。此篇奇偶相生，音韵相和，如青白之成文，如《咸》《韶》之合节，非清言质说者比也，非振笔纵书者比也，非佶屈涩语者比也。是故昭明以为经也、子也、史也，非可专名之为文也；专名为文，必沉思翰藻而后可也……"①

----

① （清）梁章钜：《退庵论文》，见王水照：《历代文话》，5157 页，上海，复旦大学出版社，2007。

这段话引自阮元的《书梁昭明太子文选序后》，只是语序稍有变化而已，基本上表现的都是阮元的核心观点。不过，梁章钜在引文之后并没有对阮元的话做出直接评价，那么，要把握梁氏对阮元此番话的态度，首先便需要考察二人的交往关系。

梁章钜与阮元自嘉庆十四年（1809）开始有所接触。道光十六年（1836），梁章钜以《退庵随笔》向阮元请益，阮元亦为之增删重刻。道光十八年（1838），阮元又为梁氏《文选旁证》作序，对其书给予高度评价。至道光二十二年（1842），梁章钜正式拜阮元为师。[①] 与此同时，梁章钜本人对《文选》也是非常精熟的，他的《文选旁证》对《文选》做了细致的校勘、注释、考证、评论工作，还得到了阮元很高的评价。[②] 可见二人不但交往密切，而且学术兴趣、观点主张也大致相仿，因而梁章钜在论文时首先标举阮元的理论并非只是对老师的单纯膜拜，他自身的学术经历也使他对这一问题有充分的发言权。应当相信，在认同《文选》这件事上，梁章钜与阮元的态度是一致的。

如前所述，阮元于《书梁昭明太子文选序后》等文章中提出"文言说"，其深层用意是要借《易·文言》而为骈体正名，目的是要在文章领域内驱逐古文（散文），彰显骈文的价值，进而塑造与古文文统分庭抗礼的骈文正统。然而梁章钜的目的似乎并不在此，恰恰相反，他随后就开始为学者介绍起他心目中理想的唐宋古文选本。

---

① 对二人交往的详细梳理，可参见蔡清德：《梁章钜与〈华山碑〉及其交游论略》，载《美术学报》，2012(6)。

② 关于《文选旁证》著者及版本问题等相关考证，参见王军伟：《传统与近代之间——梁章钜学术与文学思想研究》，135～142 页，济南，齐鲁书社，2004。

　　梁章钜分析了一个在当时相当尖锐的问题——以古文为时文，指出无论是韩愈还是欧阳修，他们写作古文都是反对科举场屋之文。而从明代茅坤以来，习古文者却用八股文的作法来讲古文，并以古文为八股文正脉，这在当时的一批学者看来是降低了古文的格调，不少人批评桐城派也是从以古文为时文的角度立论的。所以，梁章钜在批评了茅坤、储欣（1631—1706）等人的唐宋古文选本后，马上标举了乾隆朝编纂的《唐宋文醇》，称赞其书"去取谨严，考证典核，其精者足以明理载道、经世致用，其次者亦有关法戒、不为空言；其上者矩矱六籍，其次者波澜意度，亦出入于周秦、两汉诸家"①。也就是说，并不是唐宋古文不好，而是茅坤、储欣的读法不对，这等于又绕回来对唐宋古文表示了认可。

　　介绍了《唐宋文醇》之后，梁章钜又先后称赞或介绍了《唐文粹》《宋文鉴》《古文关键》《文章正宗》《古文雅正》《元文类》《明文衡》《明文海》等古文选本，这几乎就是在给后学开列书单，指示学习古文的门径。值得注意的是，在介绍选本中间，梁章钜还插入了一则引述王慎中（1509—1559）对学欧、曾还是学班、马的讨论。王慎中提出，时人号称学班、马，其实只是摘抄字句而已，不如干脆学欧、曾，反而能上溯《史》《汉》的精神。虽然梁章钜没有对王慎中的话做任何评论，但在介绍历代古文选本中间插入王慎中的这段话，其态度是不言而喻的。此外，梁章钜在这里依次评价了朱熹、元好问（1190—1257）、宋濂（1310—1381）、刘基（1311—1375）、方孝孺（1357—1402）、李东阳（1447—1516）、唐顺之、

――――――

　　① （清）梁章钜：《退庵论文》，见王水照：《历代文话》，5160 页，上海，复旦大学出版社，2007。

归有光、王慎中、汪琬、朱彝尊、方苞等人的古文，对他们均做了较为正面的评价，等于是一篇简略的古文发展史的梳理。

尚骈与尚散在梁章钜的文论中奇妙地并存在一起，这似乎构成一种矛盾，即一方面是尊奉阮元，另一方面又指引学者学习唐宋散文。然而阮元那一番话却又决绝地点明了散文那些"无韵之笔"连"文"都算不上，把散文整个排斥于"文"之外，这使得梁章钜的文论观念在表述上呈现出一种不协调感。那么，就需要思考梁章钜是在什么意义上引用阮元观点的？他的立场与阮元有何异同？不明乎此就无法解释梁氏论文的内在矛盾。

二、与阮元不同的文论指向

据钱基博的分析，阮元的《书梁昭明太子文选序后》中的一番话本是针对桐城古文而发的："桐城之说既盛，而学者渐流为庸肤，但习为控抑纵送之貌而亡其实；又或弱而不能振，于是仪征阮元倡为文言说，欲以俪体嬗斯文之统。"①而该文其后对明代骈体的时文又颇多褒扬之辞，因而也有学者认为其中可见阮元更反对方苞等人提出并倡导的"以古文为时文"的作法②，其最终目的"是要立骈文的'文统'来反从唐宋八大家到桐城派的古文'文统'"③。

梁章钜则对批评桐城派的文章并无太大兴趣，反而他非常赞赏方

---

① 钱基博：《现代中国文学史》，28 页，南京，江苏文艺出版社，2008。
② 於梅舫：《阮元文笔说的发轫与用意》，载《学术研究》，2010(7)。
③ 王风：《世运推移与文章兴替——中国近代文学论集》，57 页，北京，北京大学出版社，2015。

苞，表示：“方灵皋则有根柢，又有词华，读之可以开拓心胸、增长笔力。盖灵皋经术本深，又于周秦诸子、宋儒诸集无不贯通，故言皆有物。”①此外，他还引李光地的话说：“文字扯长，起于宋人；长便薄。”②这正与方苞崇尚谨严质朴的“雅洁”风格相一致，可见梁氏对方苞并无菲薄之辞，论文所针对的对象也并非桐城派。

梁章钜真正反对的是那些过于冗长的文章，他要求作家写完文章后必须做好删改的工作，比如欧阳修曾修改《昼锦堂记》《醉翁亭记》等。他又举曹植（192—232）、白居易（772—846）的话，说明作者自己不舍得割截文章，便应求良友代为删削。总之，文章必须有节制，绝不能恣意写出炫人耳目的烦冗文字。而为了防止文章写得烦冗，对文章修辞、韵律等的强调就非常重要了。梁章钜在《退庵论文》中引述阮元以骈文为文章正统的话后，随即又引述阮元的观点，认为古人文字书于金石、简策，所以下笔谨慎，不像今人动辄下笔千言甚至万言，因此“为文章者不务协音以成韵、修词以达远，使人易诵易记，而惟以单行之语纵横恣肆，动辄千言万字不以为烦，不知此乃古人所谓直言之言、论难之语，非言之有文者也，非孔子之所谓文也”③。骈文以其精致的语言、和谐的声律特点，限制了文章的随意与烦冗。阮元此番议论意在通过强调《易·文言》等上古经典具有词寡音协的修辞特点，进一步提升骈体文的地位。

---

① （清）梁章钜：《退庵论文》，见王水照：《历代文话》，5175 页，上海，复旦大学出版社，2007。

② （清）梁章钜：《退庵论文》，见王水照：《历代文话》，5163 页，上海，复旦大学出版社，2007。

③ （清）梁章钜：《退庵论文》，见王水照：《历代文话》，5158 页，上海，复旦大学出版社，2007。

而结合《退庵论文》中梁章钜对文字冗长的批评来看，梁氏这里引阮元的话，恐怕还有借助学界领袖的议论而为自己反对冗文的作文主张张本的意思。

在梁章钜看来，散文的问题往往是在没有约束的情况下，恣意为文而流于冗长、拖缓了文气。那么相应的对策就是或者在内容上加以凝练，像欧阳修删改《醉翁亭记》，把数十字的内容压缩到"环滁皆山也"五字；或者在语言上下功夫，通过音韵上的约束而控制文章的蔓衍。当然，在这一方面骈文"协音以成韵，修词以达远"的文体特点使其独具优势，这也是梁章钜首肯骈文的重要原因。

然而，骈文的音韵特征远远超过了简单的修辞层面，它要求在充分运用汉字声律特点的基础上，实现对字词的精致组合，所以阮元说："所谓韵者，乃章句中之音韵，非但句末之韵脚也。六朝不押韵之文，其中奇偶相生，顿挫抑扬，皆有合乎宫羽。"他又引《南书·谢灵运传论》说："五色相宣，八音协畅，由乎玄黄律吕，各适物宜。欲使宫羽相变，低昂舛节，若前有浮声，则后须切响。一简之内，音韵尽殊；两句之中，轻重悉异。妙达此旨，始可言文。"①《谢灵运传论》中这段话的含义比较复杂，今人一般认为其中涉及平仄、清浊、轻重、声调等多种音韵问题。而通达骈体的条件显然首先就要对音韵学有基本的掌握，否则很难做到使文章中每个字都能"合乎宫羽"。而这还只是在音韵这种外在的体制特征层面的要求，更遑论骈文内容上的用典对考据知识的需求了，

---

① （清）梁章钜：《退庵论文》，见王水照：《历代文话》，5167～5168 页，上海，复旦大学出版社，2007。

所以阮元提倡的骈文，对作家知识的要求是非常高的。

梁章钜自然也认识到了这一点，他说："今人之韵脚不足以该韵字，然但谓章句中之声韵，恐浅人仍不能骤解。"完全按照阮元的意思，则今人非精通小学则写不了骈文，如此一来，梁章钜希望以骈文的体制规范来节制长文的想法就是空中楼阁。所以，梁章钜的办法是折中为之，既不简单地说骈文的声韵就是押韵，也不纠缠到复杂的清浊、轻重等层面，而是一面承认《谢灵运传论》是"千古文章之秘"，另一面又简化地说："余则谓古人之韵，直是今人之平仄而已。"①梁章钜支持骈文，但却大大简化了骈文的体制要求，平仄问题只需要根据韵书便可很快掌握，不像阮元那样需要复杂的音韵学知识，这样就给骈文写作打开了方便之门。当然，如此简化文体规范，虽然便于作家实际操作，却又会降低骈文的品位，可见梁章钜重视的并不是骈文的正统地位，这是他引用阮元的观点，却又与阮元有不同的文论指向。

三、不拘一格的实用文体观

与阮元反对桐城派而为骈文争正统的目的不同，梁章钜主要是从骈文有助于限制文章烦冗恣肆的角度来肯定骈文的。然而，阮元否定古文的意图是却是非常明确的，那么梁章钜引用阮元的话就难免被骈文派的理论所同化。而事实上，《退庵论文》中又充满了对古文的认可与肯定之词。所以，梁章钜如何看待骈文与古文甚至与时文等文体之间的关系，

---

① （清）梁章钜：《退庵论文》，见王水照：《历代文话》，5168～5169 页，上海，复旦大学出版社，2007。

这就成为一个必须回答的问题。否则就无法解释梁氏在继承阮元而尊奉骈体的理念下，如何又能提倡学者学习古文的不协调现象。

嘉庆二十年(1815)，梁章钜在京城拜翁方纲为师，翁氏论学主张调和汉、宋。徐世昌(1855—1939)在《苏斋学案》中评价他说："考据之学，至乾隆中叶而极盛。苏斋说经，以抽绎经义为务，教人以笃守程、朱传说，以衷汉、唐精义，反复言之，不惮与诸儒立异。尝谓'考订训诂，始能究理。顾谓圣人之道，必由典制名物得之，则不尽然'。立论持平，不为风气所囿。后之调停汉、宋者，莫能外焉。"①梁章钜于诗法与学问皆向翁方纲请益，翁氏亦称"茝林最后至，而手腕境界迥异时流，又最笃信余说"②。那么翁方纲调和汉宋的学术主张当然也就为梁章钜所耳濡目染，梁氏晚年作《论语集注旁证》，就有着明显的调和汉宋的意图。

一般来说，桐城派尊奉宋儒义理而骈文派更本于汉学考据，而调和汉宋的主张自然会打通调和骈散的理路，翁方纲的另一位弟子(同时也是姚鼐的弟子)陈用光就明确对祁寯藻(1793—1866)说："力宗汉儒，不背程朱，覃溪师之家法也。研精考订，泽以文章，姬传师之家法也。吾于二师之说无偏执焉。"③学术上的调和与文学上的调和，正可于此打通，那么笃信覃溪学说的梁章钜提出骈散不拘的主张，似乎也是顺理成

① 徐世昌等：《清儒学案》，3585 页，北京，中华书局，2008。

② (清)梁章钜：《退庵诗存》卷首，见《续修四库全书》第 1499 册，429 页，上海，上海古籍出版社，2002。

③ (清)祁寯藻：《太乙舟文集序》，见《祁寯藻集》，284 页，太原，三晋出版社，2015。

章的事。然而仍然有必要探讨的是，梁章钜提出的骈散不拘论，是否又有其自身的理论逻辑呢？

梁氏在《退庵随笔》中有一段讨论读经的话说："治经者，不拘汉学宋学，总以有益身心、有裨实用为主，否则无论汉学无益，即宋学亦属空谈。说经者亦期于古圣贤立言之旨，愈阐而愈明，方于学者有益。"① 他把学问落实在"有益身心""有裨实用""于学者有益"的基础上，所论一本于有益实用。而与读经相似，梁章钜论文的立场也在于实用。

如前所述，梁章钜并不反对古文，甚至有意指导后学如何阅读、写作古文，他肯定韩愈、欧阳修、苏轼等人的文章，也不反对方苞的文章。然而唐宋古文运动以来，对古文的推崇是建立在贬抑骈文的前提之下的。梁章钜既要同时借用古文与骈文双面的资源来节制行文，就还需要回应骈散之争中来自散文一方的质疑。对此，梁章钜指出："文章家每薄骈体而不论，然单行之变为排偶，犹古诗之变为律诗，风会既开，遂难偏废。"骈体文的出现是历史发展的必然，既然产生了就有其存在的合理性，不可偏废，而且"四六文虽不必专家，然奏御所需、应试所尚，有非此不可者"。② 从写奏折和应试的角度也提出骈文的好处，真可谓晓之以理、动之以情了。

但是，当梁章钜说骈体可以服务于政事、服务于科举时，从逻辑上说等于把自己也推到了阮元批评古文家"徒为科名时艺之累，于古人之

---

① （清）梁章钜：《退庵随笔》，见《续修四库全书》第 1197 册，341 页，上海，上海古籍出版社，2002。

② （清）梁章钜：《退庵论文》，见王水照：《历代文话》，5173、5173～5174 页，上海，复旦大学出版社，2007。

文有益时艺者始竞趋之"的悬崖上。那么显而易见，梁章钜并没有为骈
文争正统的意思，他是站在骈体有实用价值的角度立论的。同时，梁章
钜也觉得学骈文没必要给自己要求太高："纯用六朝体格，亦恐非宜，
惟有分唐四六、宋四六两派，各就性之所近而学之。"①他一方面标举
《文选》的文章价值，另一方面又表示不必尽学《文选》，只要根据自己的
性情喜好学习唐宋骈文就可以了。这和前面他引用王慎中的话如出一
辙，王慎中讲的是《史》《汉》虽然好，但是学者不必学习班、马，学欧、
曾就够了。可见，在梁章钜看来无论是学古文还是学骈文，学到唐宋文
的程度就足够了，对于古文与骈文，他都不追求文体的正统与极致。那
么骈文学来干什么呢？他引孔广森(1751—1786)的话说："骈体文以达
意明事为主；不尔，则用之婚启，不可用之书札；用之铭诔，不可用之
论辨，真为无用之物。六朝文无非骈体，但纵横开阖，与散体文同
也。"②说到底，骈体与散体在梁章钜看起来是没有什么区别的，都是用
来"达意明事"的，都是要有用的，不讲文体而专论内容，这才是他一面
标举阮元，一面又教人学习古文的用意所在。

梁章钜对时文也持类似意见，比如众人批评时文庸俗，在他看来就
不是什么问题，因为时文是入仕的必经之路，所以没必要在时文的问题
上过于强调格调。他说："作制艺文能读书穷理，一以学古文之精力材
料为之，未有不工者，但体格不必过于求高。夫既随众应举，自然志在

———————

① （清）梁章钜：《退庵论文》，见王水照：《历代文话》，5170～5171、5174 页，上
海，复旦大学出版社，2007。
② （清）梁章钜：《退庵论文》，见王水照：《历代文话》，5174 页，上海，复旦大学
出版社，2007。

求售，而反以不入时眼为高，则何如舍此不务?"①既然要写时文就是为了中举，那么根本没必要像韩愈那样纠结，追求时文的格调在他看来是完全不必要的。他还举出欧阳修、苏轼的例子说明少时作文自然英发畅满，即作时文质量不佳亦不妨，不必少时就追求高简古淡的境界。此外，他一方面看不上唐彪的时文用书《读书作文谱》；但另一方面为了考试，又指出其中有一些切实可行的文法，不妨好好学习，而梁章钜本人也编写了一部关于时文应举的《制义丛话》。总之，时文在他看来只是敲门砖，是士大夫人生的必经之途，既不代表才华也不代表学问，所以无论是以古文资时文的态度，还是安于时文格调不高的文风，甚至学习必要的文法套路，这些都不是原则问题，都应当以最有利于现实需求的方式处理。

可见，无论是治经学还是治文学，无论是骈文与古文之争还是古文与时文之争，在梁章钜的理论话语中，都应当本着实用的目的而看待。所以他虽然不断引述阮元尊骈体、非散体的话，但是却对古文并不排斥，而且还鼓励后学学习古文；他虽然掩饰不住对时文的鄙夷态度，但却又劝人不妨以骈文、以古文为时文。可见，不拘骈散、务为有用，这是梁章钜面对骈散之争的基本态度。

四、对今文经学的抵制

如果我们仅仅从文体在政务、举业上实用的角度审视梁章钜的文

---

① （清）梁章钜：《退庵论文》，见王水照：《历代文话》，5175 页，上海，复旦大学出版社，2007。

论，这种观点未免显得庸俗而小气。更值得思考的是，梁氏调和各种文体，并将其转化为自己的话语资源加以利用，其中究竟有何种现实针对性呢？

梁章钜的文体观以实用性为主导，在"用"的方面，骈体与散体没有本质区别，那么倡导骈文用意何在呢？这可以从他对阮元观点的引用看出：

> 为文章者不务协音以成韵、修词以达远，使人易诵易记，而惟以单行之语纵横恣肆，动辄千言万字不以为烦，不知此乃古人所谓直言之言、论难之语，非言之有文者也，非孔子之所谓文也。
>
> 然则今人所便单行之文、极其奥衍奔放者，乃古之笔，非古之文也。
>
> 言之无文，则子派杂家而已。①

梁章钜几乎每次引述阮元的话，最后都落实到针砭"纵横恣肆""奥衍奔放"的直言论难之文上，直斥这种文章不是文章。同时，上文中梁氏引孔广森的话也表明他强调骈体文不可为书札、不可为论辩之辞。此外，他指导后学写作古文也要求学者像欧阳修一样，在文章写完之后必须有所删改，反对随意为文。他又认为苏轼的文章"意尽而言止"的特点正好体现出《论语》"辞达而已"的行文追求。可见，梁章钜所针对的始终是汪

---

① （清）梁章钜：《退庵论文》，见王水照：《历代文话》，5158、5168、5171 页，上海，复旦大学出版社，2007。

洋恣肆、行文无节制的文章，其典型就是类似宋人"万言书"式的政论文、论辩文。他在《退庵论文》中引李光地的话说："文字扯长，起于宋人；长便薄。太公《丹书》行几多，大体说出来，才只四句；箕子《洪范》三千具备，才一千四十三字；老子《道德经》不知讲出他的多少道理，才只五千言。宋人一篇策便要万言，是何意思！"①对宋代"万言书"的非议是很明显的。

实际上，"万言书"绝非简单的语体风格问题。章太炎看得很清楚："口说复与文笔大殊。策士飞钳之辩，宜于宋儒语录、近人演说同编一秩，见其与文学殊途，而工拙亦异趣也。"其与文学的区别就在于："在文辞则务合体要，在口说则务动听闻"②，章太炎把先秦策士、宋儒与清代演说家相提并论，原因就在于他们的文章往往口无遮拦，无意于理据而追求耸人听闻的效果，以形成政治鼓动的目的。③

在清代后期的历史语境中，这种汪洋恣肆的文章确实流行一时，如王先谦在《续古文辞类纂》序中所述："道光末造，士多高语周、秦、汉、魏，薄清淡简朴之文为不足为。"④而文章写作的风气必然伴随着士风、学风的演变而变化，那么时人具体喜欢哪些人的文章呢？阮元的弟子蒋

---

① （清）梁章钜：《退庵论文》，见王水照：《历代文话》，5163～5164 页，上海，复旦大学出版社，2007。

② 章太炎：《文学说例》，载《新民丛报》，第 5、9、15 号，1902。

③ 晚清的这些演说家，很大程度上也是当时的今文经学家。如陈雪虎所论，"章太炎竭力制造口说与文字的对待关系，以此针砭当时康有为、梁启超以今文经学之法缘饰政治、以口说飞辩为文字的做法，这种略隐略现的古文经学立场，有革命派对维新派斗争的时代策略性，也有学派之间的对立和意气。"见陈雪虎：《"文"的再认：章太炎文论初探》，52 页，北京，北京大学出版社，2008。

④ 《王先谦诗文集》，33 页，长沙，岳麓书社，2008。

湘南(1795—1854)在《与田叔子论古文第三书》中说："其当吾世而获从捧手者，有刘礼部申甫、龚礼部定庵、魏刺史默深三君，精西汉今文之家法，而又通本朝之掌故。"①龚自珍与魏源都是著名的维新运动的倡导者，而在学术上则是清代今文经学的重要代表，至于刘逢禄(1776—1829)则更是龚、魏二人的老师，三人在当时产生影响，正代表了今文经学的发展潮流。

今文经学初兴于西汉，以口传的家学为传统，并逐渐成为儒生发挥想象力、纵横骋词以实现微言大义、干预时政的工具，并在短时间内恢复了先秦士人横议政治的士风。道光以后，国家的危机为今文经学的复兴提供了土壤，正如周予同所论："内有太平天国的革命，使满廷的权威突然衰落，外则从鸦片战争以后，帝国主义者的压迫与日俱增。当时士大夫们的秀出者，'惧陆沉之有日，觉斯民之待拯'，所以一方面对于当时学者专究名物训诂之末而致其不满，一方面震于《公羊传》中'张三世'、'通三统'、'绌周王鲁'、'受命改制'等等'非常异义可怪之论'，而借托经学以为昌言救世的护身符。"②于是，一批具有政治主张的文人纷纷借助今文经学来推阐政论。在学术上如邓绎(1833—1899)推举《韩诗外传》，认为该书虽然"为训诂也疏矣"，但是"然闻圣师论士优劣与乎诵《诗》之旨，皆以达政、专对为先，宜无不敬修德业而兼政事、言语、文学之长者矣"，其原因正在于"其能断章取义也"。进而言之，邓绎还认为东汉以后，学者独尊《毛传》《郑笺》的行为，抱残守缺，墨守章句，

---

① （清）蒋湘南：《七经楼文钞》，137 页，郑州，中州古籍出版社，1991。
② 周予同：《周予同经学史论著选集》，朱维铮编，19 页，上海，上海人民出版社，1996。

反而断绝了"孔门传经之大要"①。很明显宣传今文经学的意义就在于其不仅仅是学术,而且还能"达政""兼政事、言语、文学之长"。

至于辞章之士,则更站在桐城"清淡简朴"的反面,以纵横驰骋的文风以及微言大义的内容表达自己在国家危机、社会问题上的主见。梁启超(1873—1929)后来概括晚清的这种文风说:"务为平易畅达,时杂以俚语韵语及外国语法,纵笔所至不检束,学者竞效之,号新文体。老辈则痛恨,诋为野狐。然其文条理明晰,笔锋常带情感,对于读者,则别有一种魔力焉。"②钱基博也描述今文经学文风说:"宣究今学,抉经之心,而博综子史,高谈王霸,宏我汉声,通经致用。"③可见"纵笔所至不检束"但却充满感情、独具吸引力,足以"博综子史,高谈王霸",这是今文经学一派微言大义文章的核心特点。那么,在梁章钜搬出骈文、古文双重文体的写作规范来力求"高简古淡"的背后,一种反对今文经学"处士横议"的学术目的以及政治主张也就浮出水面了。

今文经学家的政治主张与学术路径是什么呢?道光年间,以魏源为代表的中下层士大夫开始在政治上思考国家如何促进士大夫们积极参与政治、承担社会责任,从而提振政权的生命力与统治力的问题。④ 这必

---

① (清)邓绎:《藻川堂谈艺》,见王水照:《历代文话》,6145页,上海,复旦大学出版社,2007。

② 梁启超:《清代学术概论》,72页,上海,上海古籍出版社,2005。

③ 钱基博:《近百年湖南学风》,12页,上海,上海古籍出版社,2012。

④ 美国汉学家孔飞力(Philip A. Kuhn)将其称为政权的"根本性问题"(constitutional question)。具体指"积极参与政治的公民们思考政治体制应当是什么或应当如何予以组织的'道德和哲学原则'。"参见[美]孔飞力:《中国现代国家的起源》,陈兼、陈之宏译,5、31页,北京,生活·读书·新知三联书店,2013。

然要求处于下位的士阶层获得更多的权力与自由，特别是在处理公共事务上的参与权与话语权。为此，魏源还作了《诗古微》一书，书成于道光九年(1829)以前，完全使用今文经学的方法推阐他的经世主张。今文经学家谋求朝廷的放权与改制，在不同社会问题上有着不同的具体表现。而我们正可以道光年间发生的一场货币危机为观察点，审视梁章钜与魏源等在观念上的分歧。

1808年(嘉庆十三年)，拿破仑入侵西班牙，导致西班牙在中南美洲的殖民统治失控。玻利维亚、墨西哥、秘鲁等国先后发动革命，南美洲社会的动荡造成了世界市场白银供应的短缺，引起了全球性的危机连锁反应，清王朝的白银进口也随着革命战争而被迫中断。同时，中英鸦片贸易也加剧了白银在国际市场上的外流，这些都严重消耗了清政府的白银储备，爆发了严重的货币危机。这股危机随即影响到民生、军事等方面，使清王朝的统治陷入空前危机。

在这种情况下，有识之士纷纷提出了自己的解决之道。其中最为激进者如江苏生员王鎏(1786—1843)，他作《钞币刍言》(后改称《钱币刍言》)主张由官方发行纸币以取代在社会上流通的银圆，同时禁止民间铸造铜器，将收集上来的铜用于铸造更大面值的铜钱，这种思路总体上获得了梁章钜的支持。而反对派则包括魏源、包世臣等人，他们主张依靠市场的自发调节来度过危机，反而希望减少政府对市场的干预。从经济学角度看，梁章钜支持王鎏发行大额铜钱的主张，可以把货币的交易属性与其作为贵金属的物质属性相分离，从而创造一种新的货币体系，在货币量紧张的情况下创造可供市场流通的替代货币，这未尝不是治本的办法。① 但是魏源、包世臣等也有自己的考虑，发行替代货币必须借助政府的权威与公信力，但他们担心当时清政府的公信力正在下降，将不足以发行受民众信任的大额货币或纸币，因而提议靠市场的自我调节来应对危机。

以经世为重的梁章钜，亦曾与魏源有短暂的交往，称其为"楚南奇士"②。但梁章钜对魏源的政治立场与经济逻辑却未必认同。在他看来，清政府的统治危机，问题出在百姓身上而非政府的失败，他恰恰认为出现货币危机的根子就来源于市场的自发作用。正是在市场交易过程中百姓对洋货的过分追求，导致了民间更多的生活必需品在贸易交换中的流失，从而引发了国内资源在市场中的紧俏。梁章钜在《退庵随笔》中引陈鳣(1753—1817)的话说：

> 夫居处之雕镂，服御之文绣，器用之华美，古之所谓奢也，今则视为平庸无奇，而以外洋之物是尚。如房室舟舆无不用玻璃，衣服帷幕无不用呢羽，甚至什物器具曰洋铜、曰洋磁、曰洋漆、曰洋锦、曰洋布、曰洋青、曰洋红、曰洋貂、曰洋獭、曰洋纸、曰洋画、曰洋扇，遽数之不能终其物。而南方诸省则通行洋钱，大都自日本、流求、红毛、英吉利诸国来者。内地出其布帛、菽粟、民间

---

① 参见林满红：《银线：十九世纪的世界与中国》，台北，台湾大学出版中心，2016。

② 关于梁章钜与魏源的交往，可参见王军伟：《传统与近代之间——梁章钜学术与文学思想研究》，249～250 页，济南，齐鲁书社，2004。但王军伟从梁章钜《雁荡诗话》收魏源诗作以及梁章钜《毗陵舟中有怀邗上诸君子》一诗的证据，认为梁章钜与魏源有思想上的认同，或许就显得有些粗线条了。

至不可少之物，与之交易。有识者方惜其为远方所欺，无如世风见异思迁，一人非之，不敌众人慕之。其始达官贵人尚之，浸假而至于仆隶舆伍，浸假而至于倡优婢嫔。外洋奇巧之物日多，民间布帛、菽粟日少，以致积储空虚，民穷财尽，可胜叹哉！①

这种观点可谓毫无创造性，完全是自古有之的崇尚节俭、反对奢侈的套话，是传统思维中轻视商业、歧视贸易的表现，还不如林则徐（1785—1850）等人从鸦片贸易导致白银外流的角度对经济问题思考的深刻。然而这恰恰反映出梁章钜的政治立场，在他看来，放任民间自由自为，就会助长百姓的私利与欲望，最终导致社会秩序的失衡。在他的另一部笔记杂著《归田琐记》中，梁章钜同样表达了对于中低阶层家庭在冬天使用多个暖手炉，以及拥有闺阁之镜、舆盆、炭盆、鼓等"奢侈品"的不满，认为这是民间肆意挥霍、追求奢侈的恶习的表现。毫无疑问，这和肯定人的利己本能、相信市场具有自我调节机制而反对政府干预的魏源等人相比具有根本性差别。②

　　梁章钜的基本思维方式是控制、干预为主导，希望以一种绝对的合理性来统合纷繁复杂的具体问题。这一思维表现在经济领域是坚持政府主导，既然流通的货币量不足，那么就发行大额铜钱作为替代货币。同时严格限制民间的商业活动，特别是对外贸易，从而维护市场的稳定。

---

① （清）梁章钜：《退庵随笔》，见《续修四库全书》第 1197 册，254 页，上海，上海古籍出版社，2002。

② 比如魏源就认为富人的消费可以刺激经济，从而为穷人提供就业机会。这种观点在今天看相当具有现代性。

表现在政治领域是坚持中央政府的集权，反对维新与权力下放，以维护国家现行统治秩序的稳定。同时，他也认为文学或学术领域的纵横恣肆会导致学术乃至政治上的失控，最终使国家的权力被下层所分割，所以对文章也必须加以节制。而这一切主张，都统一地凝聚在梁章钜的文化立场之下，他始终站在朝廷的立场发言，拒绝魏源等今文经学家提出的对政治改革、对经济放权的要求，而这与他的身份又是密切相关的。与魏源、包世臣这些长期混迹于封疆大吏幕府的中下层官员不同，梁章钜在道光朝已经身任布政使、巡抚等职，身处高位并拥有实权，所以他对权力、自由或者民主的要求并不如魏源等人那么强烈。反之，作为朝廷大员，他更自然地站在朝廷的立场上考虑问题。特别是身处道光以降的乱世，似乎更需要一个强大的国家、强大的政府，以快刀斩乱麻的强硬手段平息内忧与外患。

基于这样的立场，梁章钜的文论观除了实用外，还喜欢讲诗教说。他在《退庵随笔·学诗》中说："古人言诗，必推本于《三百篇》，或以此言为迂者，浅人之见也。古人言语之妙，固非今人所能。几无论今人，即汉魏以迄三唐，所谓直接《三百篇》之作者，亦差之尚远，此时代限之也。然《三百篇》之宗旨，'思无邪'三字尽之，则人人所可学也。《三百篇》之门径，'兴观群怨'四字尽之，则人人所同具也。《三百篇》之性情，'温柔敦厚'四字尽之，则人人所当勉也。"①可见在梁章钜看来，《诗经》的语言文字不可学，也不必学，但是"温柔敦厚"的性情观，"思无邪"的

---

① （清）梁章钜：《退庵随笔》，见《续修四库全书》第 1197 册，422 页，上海，上海古籍出版社，2002。

宗旨则是人人所当学的，而以"温柔敦厚"论诗，不以炼字造境、独抒性灵论诗，其中维护风俗教化的意味还是很明显的。

总之，梁章钜希望在国家主导的前提下，由政府出面直接干预社会，从传统的角度教化百姓，从而化解一时的社会危机。他不相信民间具有自为解决问题的能力，也不认可中下层士大夫横议政治的行为，这是决定其政治意识，当然同时也是决定其文论主张的根本原因。于是，在清代骈散之争的背景下，作为阮元弟子的梁章钜继承了阮元推崇骈文的论述，但目的并非为骈文争正统，而是希望借助骈文的修辞、格律特点节制汪洋恣肆、行文无节制的今文经学文风，而在表面上则呈现出既推崇骈文，又重视古文的理论表述，这使他在清中期的骈散之争中，呈现出折中调和的独特视角。

第三节　经世文学的别调：包世臣的韩文批判

梁章钜论文秉持经世理念，所以不拘骈散，务为有用。他同时吸收骈文的精炼与古文的简质，以此来排抑处士横议的文章。而就本质上来说，其立场皆出于他封疆大吏的身份，这个身份决定了他坚持维护朝廷权威，在中央集权框架下解决问题的思路，这代表了士大夫基于官方立场所做出的选择。

另外，道咸以降，桐城古文由唐宋八大家至桐城派的文统既以建立，便不免在中下层文人圈中不断激起涟漪，上一章中我们由姚鼐建立文派延展出吴德旋、吴铤等支持、巩固的声音。本节我们则将关注点放在桐城派的另一面向，探讨道光年间包世臣（1775—1855）对韩愈进而对桐城派的批判。而更为微妙的是，包世臣还同时介入了道光朝对货币危机的讨论，而他也提出了和前面梁章钜截然相反的政治、经济主张，也为清中后期的经世文学弹出了别调。因而无论是从文学流派与文论发展，还是从政治意识与思想主张的角度看，包世臣的案例都是一个绝佳的、代表了一定阶层士人立场的对立项。

包世臣一般被认为是经世派思想家，他曾入陶澍（1779—1839）等人幕府，与林则徐亦多有交往，虽然官职不高，但其在《中衢一勺》《齐民四术》等书中对漕运、水利、盐务、农业、军事等事关国计民生问题的讨论，则在近代史上颇具影响力。当前学界对包世臣的研究，也主要集中于此。不过，让我们先从政治学、经济学的大问题中走出来，从包世臣的文学批评切入，看看他是如何理解韩愈，进而如何评判桐城派的。

一、包世臣对韩文的批评

包世臣对自己的文章很有分类意识，各种篇章都会分门别类地整理成书，其中关于论文与论书的内容，一并编入其《艺舟双楫》①中。此书虽然由写作时间、语境各异的单篇论文集合而成，但其中却有着较为统一的思维脉络。

首先看《艺舟双楫》中《书韩文后上》一篇，该文作于道光二十三年

---

① 目前对此书的研究，还主要以介绍性为主，且多数集中于书法领域，文学领域的关注则非常有限。如卢善庆：《包世臣论文学艺术的内容和形式之美——读〈艺舟双楫〉》，载《上饶师专学报》，1988(1)。郑大华：《包世臣的文论、诗论及文学成就》，载《安徽史学》，2008(4)。此外还有若干硕士学位论文。

（1843），包世臣已年近古稀，此文可以说是他对自己一生阅读韩文体会的集中总结。包世臣首先介绍了自己阅读韩文的过程有"三变"：幼年时"爱其横空起议"；成童以后觉得韩愈的"横空起议"不过是作文习气，转而倾心苏洵、王安石的文章；再长大后，又对韩愈"文从字顺各识职"的观点最为服膺，并认为这是后来欧、苏、曾、王所不具备的品质。在包世臣看来，经此三变后，他对韩愈的文章是有发言权的。

那么包世臣如何评论韩文呢？他上来就单刀直入地批判韩愈的《原道》。《原道》一般被认为是韩文的代表作，正是在《原道》中，韩愈提出了对后代影响至深的"道统"序列，而且《原道》又是韩愈排佛抑老、高扬儒学的纲领性文本，其重要性不言而喻。然而包世臣却说："今观《原道》，大都门面语，征引蒙庄，已非老子之旨，尤无关于释氏。"[1]所谓"门面语"，按照周振甫的解释就是"离开具体的事与当时的礼制，空讲道，这是用道来装门面"[2]。包世臣认为韩愈根本没读过佛书，《原道》排佛针对的佛法也不是真正的佛法，而"皆俗僧耸动愚蒙以邀利之说"[3]，这些俗僧之法后来是因为攫取愚夫愚妇的财利而自衰的，和韩愈的攻击没有任何关系。而除了《原道》外，包世臣还举了韩愈在《策问》《读墨子》中的表述，指出韩愈非但不理解佛家的义理，甚至对儒家、墨家的观点也不精深。总之，包世臣就是认为韩愈的这些论道或论学文字

---

① （清）包世臣：《艺舟双楫》，见王水照：《历代文话》，5232 页，上海，复旦大学出版社，2007。

② 周振甫：《中国文章学史》，392 页，南京，江苏教育出版社，2006。

③ （清）包世臣：《艺舟双楫》，见王水照：《历代文话》，5232 页，上海，复旦大学出版社，2007。

并没有触及各家思想的本质，只是在表面上摘引字句，缘饰自己的观点而已。

包世臣否定了韩愈的学术性与思想性，却认为"钩玄提要"四字可以代表韩文之长。所谓"钩玄"的代表是《原性》，因为《原性》中的理论辨析要比《原道》更充分；而"提要"的代表是《顺宗实录》以及各篇神庙碑等记事文字。以此为标准，包世臣列举了他认定的韩文优秀之作，如《圣德诗序》《荐士》《南溪始泛》《和太清宫纪事》《鳄鳄鱼》《释言》《行难》《五箴》《策问十三首》《上宰相第三书》《感二鸟》《复志赋》等。包世臣认为，这些文章或气盛言宜，或迂回往复，能自成一家，可惜"韩文如是者绝少，盖切要语本自无多"。可见，韩文之弊的关键在于切中要害的理论论述不足，这是包世臣对韩文的总体评价。

至于韩愈的部分名篇，包世臣则有不少非议，比如说《进学解》"故为舒缓"，《王承福传》"亦嫌澜漫"，《送李愿归盘谷》"间入骈语，缓漫乏气势"，《送穷文》"精神不发越"，《张中丞传后序》"含混不能作下文辨驳之势"，等等。① 这种论调基于文章的精神气势而发，也往往是道学家所不屑于韩文之处，譬如王夫之亦曾指摘《进学解》和《送穷文》"悻悻然怒，潸潸然泣，此处不分明，则其云'尧、舜、禹、汤相传'者，何尝梦见所传何事？"②同样认为两篇文章写得过于寒酸了。

包世臣尤其看不过去的是《平淮西碑》和《毛颖传》两篇文章。韩愈的

---

① （清）包世臣：《艺舟双楫》，见王水照：《历代文话》，5233 页，上海，复旦大学出版社，2007。

② （清）王夫之：《夕堂永日绪论外编》，见王水照：《历代文话》，3277 页，上海，复旦大学出版社，2007。

《平淮西碑》主要称赞唐宪宗(778—820)和宰相裴度(765—839)的功绩，而对先锋李愬(773—821)的功劳则略而不谈。也因此在碑文写成后遭遇了被废的命运，宪宗改命翰林学士段文昌(773—835)重撰碑文。后人对此文的争议也在于到底应该肯定主帅裴度的功劳，还是肯定在关键战役中取胜的大将李愬的功劳。包世臣明确反对韩愈把功劳都推给裴度，指出："归功裴相而揶揄通朝，立言既为非宜。"而且在他看来，像《诗经》中《六月》《采芑》《江汉》等篇那样，通过记述将士的劳苦就自然可以达到颂美宣王的效果，所谓"良以将士用命以有功，则君美自见，何必如碑言，乃为善颂哉？"①那么同理，褒扬李愬的功劳，则裴度的用兵之功也是不写而写，因而完全没必要像韩愈这样贬低李愬。至于《毛颖传》的问题，则在于为文不伦，是"无取而以文为嬉笑，是俳优角觝之末技"②，君子立言当有体，而《毛颖传》文章多嬉笑怒骂之辞，这在包世臣看来就不够严谨、不够典雅了。

总之，包世臣批驳韩文之处在于韩文学理性缺失的"门面语"，在于韩文精神气势不振、语言不伦，在于韩文立论有偏。同样，褒扬韩文之处也在于韩文逻辑思想上的钩玄提要、语言上的文从字顺、精神气势上的气盛言宜。可以说，包世臣对韩文的批评从内容到形式全方位都有所观照。然而全面归全面，是否客观就由后人评说了。更值得讨论的是，在包世臣如此苛责韩愈的背后，是否有某种深层原因呢？

————————————

① （清）包世臣：《艺舟双楫》，见王水照：《历代文话》，5233 页，上海，复旦大学出版社，2007。

② （清）包世臣：《艺舟双楫》，见王水照：《历代文话》，5234 页，上海，复旦大学出版社，2007。

二、人心：包世臣文论的关键词

包世臣评价韩愈一方面侧重内容上的学理精研，另一方面侧重语言上的气盛言宜、文从字顺，这与他对文学的看法是密切联系的。嘉庆年间，包世臣为《扬州府志·艺文类》作序，在序中提出了在他心中理想的文学形态：

> 懿彼发伦类之淳漓，讽政治之得失，闾阎疾苦，由以上闻，云霄膏泽，于焉下究，言必有物，斯其上也。若夫风云月露，文焕于天；山川草木，文交于地；忧愉欣戚，文成于人。于以发抒抑郁，陶写襟怀，程其格式，平险分焉。是故气盛者，至平流而多姿；势健者，履险隘而不踬。气以柔厚而盛，势以壮密而健，风裁既明，兴会攸畅。故其所作，直抒胸臆，遂感心脾，日选常言，弥彰新色，斯其次也。至若以形声求工，倍犯为巧，此则属对之余，酬酢之技。又或排比故实，以多为贵，搜罗隐僻，以异为高。聊充筐篚之需，比于角觝之尚，虽臻绮丽，风斯下矣。①

这里提出文章写作的三个层次，最高的是能关怀国计民生、言之有物的经世之文；其次是借助自然景物而抒写自我情怀的文章，这类文章必须气盛势健，而做到气盛势健的方法是靠兴会、靠自抒胸臆。最下一等是

---

① （清）包世臣：《艺舟双楫》，见王水照：《历代文话》，5199 页，上海，复旦大学出版社，2007。

雕琢文字、堆叠典故，没有内容与情感的绮丽文字。在包世臣看来，上
一等的言之有物与中一等的兴会体悟是有关系的，言之有物当然是前提
条件，但关键是有物之文如何能"行远"，这靠的就是对人心的体悟了。

　　包世臣在为宋维驹的古文作序时，又用当时流行的"言有物"与"言
有序"标准衡量古文：

　　　　盖文之盛者，其言有物；文之成者，其言有序。无序而勉为有
　　序之言，其既也可以至有序，无物而貌为有物之言，则其弊有不可
　　胜说者。夫有物之言，必其物备于言之先，然言之无序，则物不可
　　见。物即可见，而言不可以行远，故治古文者，唯求其言之有序而
　　已。读书多，涉事久，精心求人情世故得失之原，反之一心而皆
　　当，推之人人之心而无不适焉。于是乎言之而出之以有序，此间世
　　之英，古所谓立言之选也。①

细读之下就能发现，包世臣讲"言有序"和当时流行的桐城派讲"言有序"
不同，桐城派讲"言有序"落实在"法"的层面，比如方苞评论《左传》之文
法，就重点关注文章的呼应、对比之法。但是包世臣讲"言有序"，却落
实到"精心求人情世故得失之原"的人情世故层面，认为能把握人的内心
就能做到"言有序"，这种"言有序"毫无疑问是深度内化的，指向作者与
读者的内心世界。而之所以如此重视人心，是因为在包世臣看来，人心

---

　　① （清）包世臣：《艺舟双楫》，见王水照：《历代文话》，5273～5274 页，上海，复
旦大学出版社，2007。

才是沟通文章与政治风俗的关键纽带。还是在《扬州府志艺文类序》中，包世臣指出："文气之变，本自人心，人心所流，寖成风俗。"①这种思考问题的方式几乎伴随其一生，道光十三年（1833）晚年的包世臣在与友人讨论《晋略》一书时依然认为："至于人心所趋，视乎初政，心趋既久，遂成风俗，风俗既成，朝政虽力矫之，而有所不可，今古一辙，匪唯晋代。"②文章要想达到关乎人伦、关乎时政的经世效果，就必须要在人心风俗上影响读者，所以文章必须要打动人，当然也就要求作者必须自抒胸臆、兴会攸畅。

在这样的观念下，包世臣严厉地批评了韩愈的赠序文，因为那些文章不能感动人心，他说："至于退之诸文，序为差劣，本供酬酢，情文无自，是以别寻端绪，仿于策士讽逾之遗，偶著新奇，旋成恶札。"③韩文有时难免因求新而艰涩，这点古人一般都会承认，清初的方以智（1611—1671）也说："退之有时生割，刻意形容，琢古磨石，未免乎痕。"④然而把这种刻意生新的原因归结到为了避免"情文无自"的"别寻端绪"，这就是包世臣独有的归因了。应酬文字与刻意生新二者本没有必然联系，而包世臣的这种错位归因却正可见他对文章要通情达理、以

---

① （清）包世臣：《艺舟双楫》，见王水照：《历代文话》，5200 页，上海，复旦大学出版社，2007。

② （清）包世臣：《艺舟双楫》，见王水照：《历代文话》，5225 页，上海，复旦大学出版社，2007。

③ （清）包世臣：《艺舟双楫》，见王水照：《历代文话》，5202 页，上海，复旦大学出版社，2007。

④ （清）方以智：《文章薪火》，见王水照：《历代文话》，3210 页，上海，复旦大学出版社，2007。

情动人的高度追求。

如此反观包世臣对《原道》篇的批评，也就自然可以理解包世臣的用意了。《原道》根本就没有展示出讲道理的诚意，一上来就命令式地摆出仁、义、道、德的定义，然后要求必须遵守儒家学说，最终导向必须遵守君—臣—民的上对下绝对控制的社会体系。这在中唐藩镇割据的时代背景下有稳定社会、稳定国家的意义，但是韩愈急于确立儒家"道统"，《原道》写得命令化而非学理化，更没有人情味。这在包世臣看来是根本无法达到目的的，他的人生阅历使他深知"举事骇众则败成"①，反过来要想成事就必须"常求顺人情，去太甚，默运转移而不觉，必能自信也"②。《原道》没有从学理上辟佛老而张儒道，也就不能令人发自内心地认同，因而只能是"门面语"。

有了对《原道》之"门面语"的理解，我们也就能进一步理解包世臣的"言有物"绝非简单的作为旗帜性的儒家之道、圣人之道，而是切关人伦日用之道、是自然而然之道，所以他在与杨季子论道时明确表示："足下谓圣道即王道，研究世务，擘画精详，则道已寓于文，故更无道可言，固非世臣所任，而亦非世臣意也。"③如果一上来就把"道"认定为圣道、王道，那么就会使"道"变得过于玄虚、过于抽象，其结果反而使文章空洞而无道，而这也正是当时学界义理之说的弊病。

---

① 参见徐立望：《时移势变：论包世臣与常州士人的交往及经世思想的嬗变》，载《安徽史学》，2005(5)。

② （清）包世臣：《艺舟双楫》，见王水照：《历代文话》，5208 页，上海，复旦大学出版社，2007。

③ （清）包世臣：《艺舟双楫》，见王水照：《历代文话》，5204 页，上海，复旦大学出版社，2007。

三、反对"以时文为古文"的立场

包世臣是从关乎人心、关乎风俗，进而关乎时政的角度看待文学的，他的理想是通过对人情世故的把握影响世风，从而实现经世目的。退而求其次也要坚持文章写作的自抒胸臆、感人心脾，这是他不满韩文的一大原因。然而，包世臣对行文气势的高度要求，又来源于什么，有何针对性呢？

除了韩愈，包世臣在《艺舟双楫》中还不止一次地批评了当时流行的桐城派的文章，如《再与杨季子书》："方望溪视三子为胜，而气仍寒怯……刘才甫极力修饰，略无菁华；姚姬传风度秀整，边幅急促。"《自编小倦游阁文集三十卷总目序》："（董士锡）虽沿用桐城方望溪、刘才甫之法，而气力遒健能自拔，故予雅不喜望溪、才甫而特爱晋卿。"《齐物论斋文集序》："纪墨守则，推熙甫、望溪为杰然者，犹不免为严家饿隶，汗流僵走不自耐。姬传近出，较望溪为纯净，而弥形局促。"[1]包世臣在书信、序跋以及自编文集的目录等多种不同场合下，均表达了对桐城派的不满，或者批评他们的文章没有气势，或者批评他们只重视修辞，或者批评他们墨守成规，总之是对桐城文法的深切不满，这种态度应该是真实可信的。然而，桐城派作为清代散文的代表，未必真如包世臣指摘的局促气弱，有必要厘清的是，包世臣的气弱之论究竟在针对什么？

包世臣与常州士人关系甚密，先后与张惠言（1761—1802）之弟张琦

---

[1] （清）包世臣：《艺舟双楫》，见王水照：《历代文话》，5206、5210、5276 页，上海，复旦大学出版社，2007。

（1764—1833）、张惠言的外甥兼女婿董士锡（1782—1831）、李兆洛（1769—1841）、恽敬之师郑环（1730—1806）等人结为好友。在阅读了恽敬的文集后，他专门作文表达了对恽敬的称赏：

> 　　子居之文，必传于后世，然其必以是数者致累，亦无疑也。然古文自南宋以来，皆为以时文之法，繁芜无骨势，茅坤、归有光之徒，程其格式，而方苞系之，自谓真古矣，乃与时文弥近。子居当归、方邪许之时，矫然有以自植，固豪杰之士哉。①

以恽敬、张惠言为代表的阳湖派认为桐城派已发展成为只重视文法而没有学问的文派了，为了避免像桐城派一样陷入学术缺失的危机，他们以吸收骈文、考据的方式来提升文章的价值。包世臣正是在矫正文法之弊的意义上肯定恽敬的，他批评南宋以来的古文发展皆为时文所累，所以"繁芜无骨势"。可见，气弱无骨势针对的是以时文为古文的世俗态度。茅坤编《唐宋八大家文钞》，归有光评点《史记》，方苞出版《古文约选》，这些著述都是为科举考生所编，以可资时文的文法规模古文，所以他们的古文其实都不纯粹，正是这一点引起了包世臣对唐宋派—桐城派一系的不满。

　　出于对时文的反感，包世臣甚至对唐宋八大家的文章都表现出一定的否定态度，还因此引起了一些误会。所以，他特别在与友人的书信中澄清自己的观点说："八家与时文时代相接，气体较近，非沉酣周秦子

---

　　①　（清）包世臣：《艺舟双楫》，见王水照：《历代文话》，5257 页，上海，复旦大学出版社，2007。

书，必不能尽去以时文为古文之病耳。"①之所以如此苛责八家古文，并不是说八家文章都不足观，而是因为八家文章在明清的语境下，已经不可避免地时文化了，这就降低了八家文章的格调。而这正是包世臣读韩文之一变的原因：他一开始喜欢韩文的"横空起议"，但是随后就对此不以为意了，这是因为他意识到"横空起议"只是一种为时文所用的文法而已：

> 自前明诸君泥子瞻文起八代之言，遂斥《选》学为别裁伪体，良以应德、顺甫、熙甫诸君，心力悴于八股，一切诵读，皆为制举之资，遂取八家下乘，横空起议，照应钩勒之篇，以为准的。②

"横空起议"成为一种为唐宋派所标举的文法、流于资举业的工具，反而不是文章自然的气势，那么这种所谓的优点也就走向它的反面，成为文章之累了。韩愈文章恰好多有这个特点，这成为包世臣反思韩文的开始。可见，包世臣批评韩文并不是孤立地就韩文论韩文而已，背后蕴含着他长期以来对文学流派之观念与学术的审视。

从内容的角度，包世臣批评了韩文中不切要害的"门面语"，从形式的角度，包世臣批评了韩文中精神不振、气势靡弱的文法问题。二者都可以在反对时文的立场上得到统一，因为"代圣人立言"的八股文中，也难免因学问不精而发出"门面语"。这些文章的关键问题是发为空言、于

---

① （清）包世臣：《艺舟双楫》，见王水照：《历代文话》，5280 页，上海，复旦大学出版社，2007。

② （清）包世臣：《艺舟双楫》，见王水照：《历代文话》，5205 页，上海，复旦大学出版社，2007。

事无补，这才是包世臣对唐宋派、唐宋文批评的现实指向。

也正因为此，包世臣对于唐宋文中那些在他看来行文有气势、能道出真正义理、有益于世的文章还是持肯定态度的。比如苏轼在他心目中就是文人的理想形态，他在多篇文章中表露出对苏轼个人以及苏轼文章的推崇。比如《赠余铁香序》：

> 东坡少年锐意天下事，及其晚年，立论与少壮如出两人，然其心乎济世利物，百折而不回者，终始如一，而晚乃弥挚。观其前后论议之殊，盖悔者屡矣。然其用悔也，在斟酌事理之当否，而一身之崎岖颠踬，不以介于其间，此东坡所为深契周、孔无咎之旨，善用其悔，而可为百世才人师法者也。①

包世臣推崇苏轼，因为在他看来苏轼始终心系"济世利物"，具有经国济世的理想，且在经历宦海浮沉之后，仍能够斟酌事理，没有受到个人遭际的影响。更重要的是苏轼"机神敏妙，比及暮年，心手相忘，独立千载"②，能把道理蕴含在自然成文之中。不同于韩愈先标举出一个"道"，再命令式地要求执行，苏轼的文章往往把道寄寓在稼穑、潜水等日常生活之中，以明自然适用之道，而这样一来，文、道、学也就天然合一、顺其自然了，这是苏轼在散文史上的贡献，也是包世臣最看重的一点。

---

① （清）包世臣：《艺舟双楫》，见王水照：《历代文话》，5261 页，上海，复旦大学出版社，2007。

② （清）包世臣：《艺舟双楫》，见王水照：《历代文话》，5206 页，上海，复旦大学出版社，2007。

他在《赠方彦闻序》中引用苏轼的《稼说》与《日喻》两篇文章，显而易见，他认同了苏轼道出于顺应自然，道出于日常实践的主张。

而如此一来问题也就出现了，如果按照周作人的简式划分，把中国古代文人分成"载道派"与"言志派"的话①，多数持经世文论的文人都喜欢讲载道而少言心性。而包世臣却一方面鼓吹文学应当关怀国计民生，另一方面又不喜欢韩愈的《原道》诸文而认同苏轼的"心手两忘"，这似乎把文学经世论弹出了别调。那么，作为一个以经世为追求、甚至还有不少事功实绩的士人，包世臣这种别样的经世文学论又该如何解释？文学上的观念又与他的政治主张有什么关联呢？

四、政治放任派的经世主张

包世臣生于乾隆四十年（1775），正处于中国历史上最后一个盛世，而他却出身贫寒，所以"幼涉忧患，壮困奔走"②，在盛世之时已知民间难处。而乾隆盛世的存在对于中国来说已不可孤立看待，而是中国深度联系世界的结果。从美洲引进的玉米、红薯、花生等经济作物扩大了中国的农业规模，农业结构也随之发生变化，这促使中国的人口持续性增加。而庞大的人口基数与经济规模使清王朝在经济领域对货币的供应需求相应提升。当然，清王朝通过与其他国家进行贸易，通过丝绸、茶叶、瓷器等出口，使作为支付手段的白银与铜钱大量流入中国，满足了

---

① 周作人：《中国新文学的源流》，17 页，上海，华东师范大学出版社，1995。

② （清）包世臣：《艺舟双楫》，见王水照：《历代文话》，5251 页，上海，复旦大学出版社，2007。

清王朝的经济需求，并形成一种良性循环，不断刺激着经济增长与人口增长。

然而，道光年间这一情况发生了严重变化。清政府对外面临南美白银减产而造成的白银供应紧缺，对内又面临着中英鸦片贸易而带来的白银流失加剧。当时的有识之士，包括王瑬、梁章钜、魏源等，均就此提出了救弊之策，或建议发行纸币（如王瑬），或建议发行大额铜钱（如梁章钜），或主张依靠市场的自我调节（如魏源）。包世臣也参与到这场危机的讨论中来，他一方面同意由政府发行纸币，另一方面又强烈反对废除白银和禁止民间铸造铜器的建议。

在包世臣看来，纸币是"虚"的而白银才是"实"的，所以纸币必须能兑换成贵金属（就像银票一样），否则难以成为具有公信力的流通货币。至于反对纸币取代银圆，包世臣担心如果清政府以纸币取代白银，将会加速白银在国际市场上的外流，进一步恶化白银紧缺的危机，所以纸币只能取代较为粗重的铜钱作为一种支付手段，而决不可代替白银作为流通货币。此外，更为焦点的问题是，王瑬、梁章钜等主张官方发行替代货币，而没收民间的白银、控制铜器，在包世臣看来是政府垄断天下财富的行为，他质疑政府这种权力的合法性依据以及政府的财政能力，担心君主因此而攫取更多的财政收入。①

从现代经济活动看，以纸币或大额铜钱等新的货币体系取代旧有的植根于贵金属货币体系的办法，未尝不是更为治本的选择。一旦新的货

---

① 关于这场争论各方意见的详细讨论，参见林满红：《银线：十九世纪的世界与中国》，台北，台湾大学出版中心，2016。

币体系成功建立，在政治上就实现了对国家货币主权的强化，成为应对白银外流的釜底抽薪之计。① 但是包世臣考虑的却是另一个现实问题：纸币取代贵金属成为流通货币的前提条件是民众对纸币的信心，而且发行面额越大的纸币就需要越大的信心。但是就当时的社会现实来说，政府对百姓的公信力正在下降，社会上不存在发行大面额货币的民意基础。至于禁止百姓铸造铜器和没收白银，这在包世臣看来更是政府利用手中的权力粗暴地与民争利而已。

问题就在于此，梁章钜为代表的一派士人站在政府的立场上，要求政府发挥主导作用，以政策干预的方式强行推动货币改革。而对于来自民间的不信任，他们则习惯性地指斥为百姓的自私自利。以包世臣为代表的另一派士人则站在百姓的立场上，他们认可人性的自私自利，而相信市场的自我调节，为此强调对政府权力的限制。经济史学者林满红分别用"干预派"和"放任派"来概括这两股力量②，这种定性基本上是准确的。而考虑到作为放任派的包世臣对社会问题的基本看法，我们自然可以联想起苏轼在王安石变法中反对政府干预、鼓励民间自为的主张。包世臣对苏轼的肯定并不仅仅限于苏轼的文章，还在于处理社会问题的立场与态度。可以说，在应对王朝的经济问题时，包世臣的思路实与苏轼有更多共鸣。

包世臣固然讲经世、讲文章要关怀国计民生，但他的经世理想是在

---

① 林满红：《银线：十九世纪的世界与中国》，139～140 页，台北，台湾大学出版中心，2016。

② 林满红：《银线：十九世纪的世界与中国》，193 页，台北，台湾大学出版中心，2016。

洞察人心与人性的基础上，站在民众立场而为改良提供动力，推动自下而上的变革而不是自上而下的干预。这种放任派的经世主张在《艺舟双楫》中也随处可见，比如他读顾炎武的《亭林遗书》，就高度认可顾炎武所谓"今日之事，兴一利便添一害"的话，这为其"小政府"的民自为、民自化观点提供了基础。至于顾炎武"目击世趋，方知治乱之关，必在人心风俗"的话，更被他推为"至言"①。限制政府而对民心因势利导，发挥市场的自我调节作用与百姓的能动性，这成为包世臣一贯的思想主张。而这也适应了道光时期清政府控制力下降的国情，成为经世思潮中的一股别调。

这种政治意识也渗透至包世臣的文本解读，比如，他在《论史记六国表叙》中评价汉武帝（前 156—前 87）说："至孝武兴礼重儒，顾专饰玉帛钟鼓以欺世，而严刑嗜利，反甚于高、惠、文、景之世，遂使利操大权，而人心趋之如鹜，是天意欲变古今之局。故史公发愤而作。"汉武帝改革了西汉初期文、景以来崇尚黄老的内敛政策，对内罢黜百家、独尊儒术，对外征讨匈奴、开疆拓土，是典型的干预型有为君主。而包世臣却对汉武帝持严厉的批评态度，他认为这种"变法"实际上是君主集权的膨胀，其结果是"土木兵革无虚日，徭役繁，怨讟兴，而算轺告缗之法，见知诽谤之律，相继并作"②，不但害苦了百姓，还助长了不良的士风，这就是干预型集权政府的弊端。

---

① （清）包世臣：《艺舟双楫》，见王水照：《历代文话》，5208 页，上海，复旦大学出版社，2007。

② （清）包世臣：《艺舟双楫》，见王水照：《历代文话》，5221、5220 页，上海，复旦大学出版社，2007。

至此，我们再来回顾包世臣对韩愈《原道》与《平淮西碑》的批评，也就可以读出其中深层的政治命意。《原道》对佛老的排抑，对君主发令、大臣执行、百姓纳税的等级秩序的强调，都毫无疑问显示出韩愈加强中央集权的意图，他高扬儒家道统，也未尝不带有"罢黜百家，独尊儒术"的意思，其在本质上都是树立单一的、绝对的权威。至于《平淮西碑》也有明显的扬君抑臣的用意，韩愈在《平淮西碑》中歌颂了唐宪宗的英明，歌颂了裴度的功劳，而削弱了李愬的战功，这是在实践儒家碑铭"春秋之论铭也，曰天子令德，诸侯言时计功，大夫称伐"的标准，意在强调天子令德、诸侯计功，而作为大夫的李愬则是可有可无的地位。这还是在放大君主而缩小臣下，还是在为加强中唐时期的中央集权而在意识形态上做出的渲染。异时而论，就成为包世臣所不认可的政治美学范式了：韩愈的意思是功劳都归功君主，臣下只需对君主颂扬美化即可，而包世臣则认为只要歌颂了臣下，君主的光辉不言自明，那么韩愈的写法就实在是舍本逐末了。

总之，包世臣主张文章写作应有益于世，能起到感化人心风俗的现实效果。因此，他批评了韩愈文章中不切学理的论断，认为这并不能让人心悦诚服，只是生搬硬套的"门面语"。同时，他也不喜欢唐宋派与桐城派一系的文论主张，认为那只是"以古文为时文"的俗学，会使文章局促而气弱。像苏轼一样行文自然灵活而又能道出人情之所当然，这成为包世臣心中理想的文学形态。

这种文学观念又与包世臣的政治主张深度契合。在政治问题上，包世臣也倾向于苏轼的"道"在自然、"道"在人伦日用的观点，反对政府对民间的政策干预，而希望通过感动人心、感化风俗来发挥民情自为自化的能动性。在政治意识与文学观念的共同影响下，就形成了包世臣别样的经世文学论，也形成了他不同常人的韩文批判。而集政治事功与文艺批评于一身的包世臣，也正可以作为清中后期士人群体中的一个代表，帮助我们了解处于近代危机中的清代知识分子所做出的努力。

时代发展至晚清，清政府在太平天国之乱与列强入侵的内外交困下，愈显力不从心。对于士大夫而言，"道统"与"文统"似乎已经没有多少争夺的价值与意义了，更值得他们思考的是如何回应内外交困的社会问题。是基于一己之力，力挽狂澜，挽救政治与文化方面的颓势，还是消解传统，探寻启蒙与现代性①的火种，就成为晚清士大夫必须面临的选择。

士大夫的这种选择在上一章的几个个案中，已初见端倪，在梁章钜与包世臣面对经济危机而提出解决之道时，就可以看到立场差别所造成的思维方式的巨

---

① 所谓"现代性"，这里采取葛兆光的定义，"指传统（tradition）权威的崩坏和理性（reason）力量的确立，人们将理性视为知识与社会进步的根源，也把理性看成是真理判断和系统知识的基础。"参见葛兆光：《中国思想史》第二卷，366 页，上海，复旦大学出版社，2013。

大不同。晚清时期，无论是基于官方立场的士大夫，如曾国藩，还是基于启蒙立场的士人，如章太炎，其实都是延续了嘉道之际的思想分歧，当然也形成了他们不同的文论侧面。

而嘉道之际，学者们对金石例的讨论，也清晰地显示出清代学术内在逻辑演变中，解构传统，尤其是解构"义法""文道"传统的可能性。清中后期，对金石例的解构进一步扩散到更多散文理论中，以"文话"体裁为突破口，形成了整体上对古代"文"之概念的变化。其间多元、丰富的价值观念，非常值得注意。

第一节　清代"文话"的编纂心态与批评潜能

在前面的章节中，我们曾经讨论过清中期的散文批评史上，出现了金石例研究的小高潮，并由金石例的研究产生了对义例之学的反思与解构。与此相似地，清中后期的散文批评语境中，也有一件值得注意的批评史现象，这就是以"文话"命名的文评专书开始出现。

中国古代散文批评与诗歌批评虽然并属"诗文评"类，但以"诗话"命名者很多，而以"文话"命名者极少。今天查有存书或存目的以"文话"为名的散文批评著作，仅有十余种①，且清代以前的"文话"已全部散佚，现存所有"文话"均成书于清代。究其原因，学者们一般从体制特征角度

---

① 蔡德龙列举了清代题名"文话"的文论著作十种，见蔡德龙：《清代文话研究》，25～26 页，北京，中国社会科学出版社，2017。

立论，将原因概括为"文"与"话"的内在矛盾，使散文批评著作在内容、风格与形式上都异于典型的"话"体批评。① 今人虽然编纂了《历代文话》，但如王水照所述，其中绝大多数文献都"实已不为说部性文话所限"，甚至有不少是反"说部"性质的。② 吴承学亦认为不同于诗话的"体兼说部"，文话具有"体兼子论"的特点。③ 而正是在这个意义上，郭英德主张以"文评专书"取代"文话"概念，来指称这些散文批评文献。④

"文话"虽被古人视为小道而不习惯用于评文，然而考察一下清代以"文话"命名的著述，却会发现其编纂者中不乏阮元、梁章钜这样的学者或封疆大吏。那么，何以这批士大夫会选择以"文话"为自己的书籍命名呢？同属广义的文话或文评专书⑤，清代以"文话"（或"丛话"）命名的散文批评文献，在文体与编纂观念上又具有哪些特点？是否具有文学史意义呢？这些问题也仍值得进一步探讨。

一、清代"文话"的文体特征

阮元是清代最早编纂"文话"的学者，据其《四书文话》（今佚）自序，该书成于道光四年（1824）左右，可惜流传不广，即便阮元的弟子梁章钜

---

① 参见龚宗杰：《近世视野下的明文话研究与文章学建构》，载《文艺理论研究》，2017(6)。蔡德龙：《文话的辨体与溯源》，载《文学评论丛刊》，2010(2)。

② 王水照：《历代文话·序》，1页，上海，复旦大学出版社，2007。

③ 吴承学：《中国文章学成立与古文之学的兴起》，载《中国社会科学》，2012(12)。

④ 郭英德：《名定则实辨——论"文评专书"的内涵与外延》，载《北京师范大学学报（社会科学版）》，2016(5)。

⑤ 本节以加引号的"文话"特指书名中含有"话"字的"话"体散文批评文献，而以不加引号的文话泛指《历代文话》意义上的散文批评文献。

都辗转多次才得一见。六年之后，日本人斋藤正谦(1797—1865)撰《拙堂文话》还感慨"文而无话，岂非缺典乎？"①此时已进入清中后期，"文话"编纂的潮流还相当迟滞。直到道光至光绪年间，清人才开始成规模地编纂"文话"。叶元垲(1780—1834)编《睿吾楼文话》，刊于道光十三年(1833)。梁章钜编《制义丛话》，于道光二十四年(1844)定稿。受叶元垲影响，张星鉴(1819—1877?)亦编《仰萧楼文话》，今传抄本作于咸丰九年(1859)。李元度(1821—1887)的《古文话》(今佚)虽难考成书时间，但其自序中提及《拙堂文话》及《渔村文话》(成于 1852 年)，则此书必成于此后。此外，孙万春的《缙山书院文话》成于光绪二年(1876)，后人所辑李伯元(1867—1906)的《庄谐丛话》亦作于光绪年间。

"文话"编纂的高潮在清中后期，其编纂者多有补艺林之"缺典"的心态，最典型的是李元度，他非常明确地发出"而日本国人所撰《拙堂文话》《渔村文话》反流传于中国"的感慨，以为是中国"艺林中一阙典"②。这种心态往往会增强他们对"文话"文体的自觉，实际上很多编纂者或评论者都会在书籍的序跋、凡例中明确揭示其命名的动因，比如：

> 唐、宋诗话多，文话少，而明以来《四书》文话更少，非无话也，无纂之者也。③

---

① ［日］斋藤正谦：《拙堂文话》，见王水照：《历代文话》，9832 页，上海，复旦大学出版社，2007。

② （清）李元度：《天岳山馆文钞》，见《续修四库全书》第 1549 册，407 页，上海，上海古籍出版社，2002。

③ （清）阮元：《四书文话序》，见《揅经室集》，1069 页，北京，中华书局，1993。

　　文之有话，始于刘舍人之《文心雕龙》；诗之有话，始于钟记室之《诗品》；降而宋王铚之《四六话》，近人毛奇龄之《词话》，孙梅之《赋话》，层见叠出，惟制义独无话。非无话也，无好事者为之荟萃以成书也。①

　　夫古今诗话多矣，文话则未之闻。②

　　自梁钟嵘、唐司空图作《诗品》，繇宋迄今，撰诗话者几于汗牛充栋矣。宋王铚有《四六话》，近世毛西河有《词话》，梁茝邻有《楹联话》《制艺话》《试律话》，而文话独无闻焉。③

清人编纂"文话"时，普遍意识到历代诗话很多，而"文话"极少，于是他们以诗话作为"文话"编纂时先天的背景资源，自觉地将诗话的文体特征与"文话"编纂相互参照，形成对比意识。当然，《四书文话》之前的诗话已可谓汗牛充栋，文评著作也不下数百种，那么"文话"类文献在文体特征上，究竟与以往的诗话与文评有何异同呢？

　　与多数诗文评著作相似，清代"文话"的编纂一般也都简洁短小，大多数十至数百字一段。有的是闲居笔记，比如梁章钜："自辞官养疴，

　　① （清）梁章钜：《制义丛话·例言》，见《续修四库全书》第1718册，528页，上海，上海古籍出版社，2002。

　　② （清）叶元垲：《睿吾楼文话》，见王水照：《历代文话》，5357页，上海，复旦大学出版社，2007。

　　③ （清）李元度：《天岳山馆文钞》，见《续修四库全书》第1549册，407页，上海，上海古籍出版社，2002。

端居多暇，日月既积，笔记滋多。"①孙万春："每于阅文，偶有触动，振笔书之。此外，饭后酒余、小窗清静之时，忽想一则，亦随笔记之。"②有的是摘抄古书，比如叶元垲："余撷拾古今名论，积久成帙，名之曰《文话》。"③张星鉴："余好读古人文集，见其论文之旨，有与鄙意合者，录其词句以为吾论文之证据。积之既久，得百有余条。"④这些自述都说明"文话"的编纂者往往不是基于某种文论观念的有意撰述，而是不断积累材料之后，自然汇集成册的结果。在这一特点上，清代"文话"与多数诗文评著作的撰述过程是一致的。

文评著述的编撰，其重要功能之一就是指导子弟学习文章写作，这从很多书名就能看出来，比如，《读书作文谱》《耐俗轩课儿文训》《作文家法》等。"文话"当然也不会缺少实用性，《制义丛话例言》称"制义之命题著于功令，其破承、起讲亦具有格式"，讨论的主要是应举的时文写作。然而另一方面，梁章钜又刻意强调"其间旧闻琐事，皆足为摛华之助、谈艺之资"⑤，注重其资闲谈的可读性。又如，徐京《缙山书院文话序》亦谓："举凡相题、命意、制局、行机、炼词、用笔以及股法、句法、字法，条分缕析，指示详明。"看起来与《读书作文谱》等书在内容上

---

① （清）梁章钜：《制义丛话例言》，见《续修四库全书》第 1718 册，528 页，上海，上海古籍出版社，2002。

② （清）孙万春：《缙山书院文话》，见王水照：《历代文话》，5872 页，上海，复旦大学出版社，2007。

③ （清）叶元垲：《睿吾楼文话》，见王水照：《历代文话》，5363 页，上海，复旦大学出版社，2007。

④ （清）张星鉴：《仰萧楼文话》卷下，咸丰九年（1859）抄本，18 页。

⑤ （清）梁章钜：《制义丛话》，见《续修四库全书》第 1718 册，529～530 页，上海，上海古籍出版社，2002。

也差不多，但孙万春"特质其名曰《文话》，亦谓共话斯文，使游吾门者知所从事"①，强调其"共话斯文"的特异性。这种刻意的命名，显然与他们对"话"的认识有关。

以《制义丛话》为例，梁章钜无论是转引他人话语还是自行叙述，在段落结构上往往由几个部分组成：先交代或某场科举，或某人视学的背景，然后突出某位考生的文字优秀，再引用精彩文段，最后加以点评。这几个部分不一定完整出现，有的段落只有背景和文本，有的段落只有文本和评点。但是其论文乐于交代写作背景的特点，就与其他谈论时文的文评著述大不相同了，与其说其像文评，不如说其更像诗话，尤其与《本事诗》式的诗话相似。实际上，清人也是以诗话之体看待《制义丛话》的，《孽海花》中就明确提到，"我记得道光间，梁章钜仿诗话的例，做过一部《制义丛话》，把制义的源流派别，叙述得极翔实"②。

从"文话"类著作的体式上看，"文话"与其他文评相比，最明显的特点就是叙事性的加强。章学诚在《文史通义·诗话》篇中总结诗话类著述的起源说：

> 诗话之源，本于钟嵘《诗品》。然考之经传，如云："为此诗者，其知道乎？"又云："未之思也，何远之有？"此论诗而及事也。又如"吉甫作诵，穆如清风"，"其诗孔硕，其风肆好"，此论诗而及辞也。事有是非，辞有工拙，触类旁通，启发实多。江河始于滥觞。

---

① （清）孙万春：《缙山书院文话》，见王水照：《历代文话》，5869 页，上海，复旦大学出版社，2007。

② （清）曾朴：《孽海花》，13 页，上海，上海古籍出版社，2005。

后世诗话家言，虽曰本于钟嵘，要其流别滋繁，不可一端尽矣。①

章学诚所概括的"论诗而及事"和"论诗而及辞"对于诗话来说极为准确。清中后期的"文话"是相对于"诗话"的体式建立起来的，因而对于"及事"与"及辞"都有重视，而一般的文评往往重"及辞"而绝少"及事"。

比如，叶元垲自述编纂《睿吾楼文话》宗旨是作为家塾刻本，希望子弟能"因话而用功焉"，但是开篇卷一就辑录了《曲洧旧闻》中欧阳修作《归田录》的一则故事：

> 欧阳公《归田录》初成未出，而序先传，神宗见之，遽命中使宣取。时公已致仕在颍川，以其间纪述有未欲广者，因尽删去之；又恶其太少，则杂纪戏笑不急之事，以充满其卷帙。既缮写，进入，而旧本亦不敢存。今世之所有，皆进本，而元书盖未尝出之于世。至今其子孙犹谨守之。②

这则故事在宋代笔记中经常出现，其实与读书作文没有太大关系，但是叶元垲仍将其置于《睿吾楼文话》中。更值得注意的是，这段文字以《归田录》涉及未欲广传的内容为由，为欧阳修"杂纪戏笑不急之事"进行了辩护。而《睿吾楼文话》中辑录的"戏笑不急之事"也很多，比如胡旦文辞敏丽（卷二），杨炯号"点鬼簿"（卷三），牛僧孺谒见韩愈（卷七），王安石

---

① （清）章学诚著，叶瑛校注：《文史通义校注》，648 页，北京，中华书局，2014。
② （清）叶元垲：《睿吾楼文话》，见王水照：《历代文话》，5370～5371 页，上海，复旦大学出版社，2007。

幅巾杖履游寺(卷八)等大量文人逸事。那么,《睿吾楼文话》在卷一就出现对《归田录》的辩护之辞,其间未尝没有叶元垲的匠心安排。类似的还有《缙山书院文话》引《考古质疑》述王子韶谒见达官谈《孟子》故事(卷一),回忆自己科考用"恒"字作诗失粘故事(卷三);《仰萧楼文话》述李锐精于算术事,袁枚擅为他人作墓志铭事(卷上),等等。这些具有文人博趣性质的内容,显然更接近于诗话而不同于主流谈文法或评文本的文评著述。

至于阮元的《四书文话》,其书虽已失传,但仍可通过一些旁证管窥其体式。梁章钜编《制义丛话》时,曾提到其"辛丑移抚吴中,旋以引疾就医邗上",读到《四书文话》的稿本,发现"间有余稿中所未及采入者,因穷旬日之力,目营手缮,计增入余稿者十之一二"①。则《制义丛话》中包含了《四书文话》中的一定篇幅,二书的叙述模式当有一定相似处。此外,《四书文话》中应当还有故事性的内容。其旁证是杨钟羲(1865—1940)《雪桥诗话》中记载了沈虹舟在礼部秋试中因嵩寿的避嫌而被调为第二的故事,这在诗话中是比较寻常的内容,而关键是杨钟羲特别强调了此事可入《四书文话》,可见《四书文话》中亦包含有相当数量类似的逸事。

叙事性内容的加入,有时会打断"文话"中段与段之间的联系,比如,《缙山书院文话》开篇讲了作文典型之后,很快跳转追述其房师,之后又讲起文章与题目的关系,再后则接了一则揣摩文章的逸事,这样无

---

① (清)梁章钜:《制义丛话》,见《续修四库全书》第 1718 册,535~536 页,上海,上海古籍出版社,2002。

疑模糊了该书的逻辑性。又如，《制义丛话》在分卷上有大致的主题归类，先总论再以时代、地域分列，当然基本上只是按作家做了排序，比如卷十开篇数则先讲方舟（1661—1701）的制义，其下数则再讲其弟方苞的文章。而更多情况下，比如《制义丛话》卷十七至卷二十一，为梁章钜结合自身或亲友的科举、讲习经历，讨论或评点具体的时文段落，这些内容则在段与段之间保持了相对的独立性，每段讲述一个故事、一篇文章。换言之，《制义丛话》是以个人或以事件为中心的叙述框架，迥然有别于其他时文批评（如《读书作文谱》《斯文规范》《作文家法》《制义纲目》等）或以破题、承题、起讲等结构为序，或以描写、衬贴、跌宕、转折等笔法为序，或以过脉、覆述、暗比、明喻等题型为序的逻辑模式。

有时，"文话"的逻辑淡化甚至是编纂者的有意为之，比如叶元垲《睿吾楼文话》，他征引了《日知录》卷十九《书不当两序》的内容，顾炎武此处的论述本来有四条，而在《睿吾楼文话》中却被分别拆入四卷中。又如魏际瑞的《伯子论文》与魏禧的《叔子论文》，叶元垲分别打散置入《睿吾楼文话》卷一至卷七及卷十，是一种相当零散化的处理，而同样一部拆散《伯子论文》与《叔子论文》的张秉直（1695—1761）《文谈》，则非常明确地基于"作文之本""作文之旨""作文之法"和"论文之概"而编排。可见后者对材料之逻辑性的关注非常明确。

与体式上的叙事性增强相应，"文话"在语体上亦时有轻松诙谐的特点。孙万春的《缙山书院文话》本是其执掌书院讲学内容的文字转述，但其《话端》就表明："《随园诗话》中，间有谈文及言他事者。兹作亦仿其例，俾学者作正书看，可以用功；作闲书看，可以消遣。是亦引人入胜之一法也。"①梁章钜的《制义丛话·例言》表示："其间旧闻琐事，皆足为摛华之助、谈艺之资。"②叶元垲在《睿吾楼文话·凡例》中也指出："卷中如欧阳公作文'三上'，陆鲁望藏文稿于塑像之腹等类，虽与行文法无涉，姑存之，以博阅者之趣。"③很明显，他们在编纂"文话"时都使用了类似诗话的轻松博趣之辞，为此他们认为需要特别加以解释。

比如孙万春的这段话：

> 恨鲥鱼多骨，恨金橘味酸，恨蒪菜性冷，恨海棠无香，恨曾子固不能诗，此彭渊材五恨也。余尝欲补三恨于后云："恨金某未及批《红楼梦》(近时王溪莲已有批本)，恨蒲松龄未修《明史》，恨作《西厢记》者(或云王实甫作，未知确否)未作八股文。"或曰："彼作八股文，安见其必好?"余曰："事虽未可必，而其传神之笔，空前绝后。如其文并未说，行步而玩之；若行步者并未言，举手摇头而玩之。仿佛举手者、仿佛摇头者有此传神之心，济之以传神之笔，以及摹题中数虚字之神，有不栩栩欲活者乎?"或又曰："《西厢》乃淫词。君言出，是教人看《西厢》也。"余曰："余言其文，非言其事也。所谓文者见之谓之文，淫者见之谓之淫也。若以其事近儇薄，则尤展成固尝以'怎当他临去秋波那一转'为题，作成八股，流传大

---

① (清)孙万春：《缙山书院文话》，见王水照：《历代文话》，5872 页，上海，复旦大学出版社，2007。

② (清)梁章钜：《制义丛话》，见《续修四库全书》第 1718 册，529～530 页，上海，上海古籍出版社，2002。

③ (清)叶元垲：《睿吾楼文话》，见王水照：《历代文话》，5364 页，上海，复旦大学出版社，2007。

内，深结主知矣。此题看去甚轻佻，而能结主知者，非以其文之佳乎？是盖不可因噎而废食也。"①

这段话讲八股文代人立言当有传神之笔，而举例偏从食物、花卉、小说、戏曲谈起，完全一派闲谈口气，其后更直接以《西厢记》栩栩如生的传神笔法立论，并对尤侗（1618—1704）"怎当他临去秋波那一转"的八股文称赏有加。此种亦庄亦谐的神态语气，很明显更具有"体近说部"的性质。当然从阅读效果来说，整段论述因为轻松诙谐的语气而使人过目不忘，当代学者为脱离明清科举语境的读者讲八股文时，也喜欢举尤侗的戏谑之文为例，可以说谐趣是一条直抵文本的批评捷径。② 而如此论八股文，自然将《缙山书院文话》与《读书作文谱》《斯文规范》《制义纲目》一类的八股文法著述区别开来。

李伯元的《庄谐丛话》亦是语言诙谐的典型，该书为《南亭四话》之一，另外三话分别为诗话、联话、词话，独此"丛话"以散文批评为主。而《庄谐丛话》在记录了大量序、铭、赋、碑文之外，亦花了不少篇幅记载趣事，比如，《高士奇凑趣》载高士奇（1645—1704）三度为乾隆拟题额，又在答问时智压明珠（1635—1708）的故事。这则记载显然有误，因为乾隆在位时，高士奇和明珠早已去世，他们在时间上不可能有交集，此条内容当然是小说家言，彰显的也是民间故事中典型的机智故事，以谐趣为主。又如，《刘可毅轶事》载翁同龢（1830—1904）掌科举，欲举张

---

① （清）孙万春：《缙山书院文话》，见王水照：《历代文话》，5883～5884 页，上海，复旦大学出版社，2007。

② 启功：《汉语现象论丛》，139～140 页，北京，中华书局，1997。

謇(1853—1926)为状元，却因为试卷内容而误举刘可毅的故事。此条虽与科举有关，但彰显的亦是民间故事中命有定数的观念，也很像欧阳修因为避嫌而误降苏轼为二等的故事，完全是诙谐的说部趣味。

总之，清中后期出现的一批以"文话"或"丛话"命名的文评著述中，呈现出不少有异于通常讨论文法、文体或作家作品的文评著述的特殊文体属性。它们在体制上皆为短章，具有累积性的特点，章与章之间则淡化甚至有意打破逻辑性。它们在体式上不仅论文"及辞"，同时还常常论文"及事"，与其他文评专书相比具有更强的叙事性。它们在语体上，时有诙谐语，不必始终保持庄重严肃的论文腔调。而"文话"类文评的编纂者，往往会在序跋或卷首提及与"诗话"的关系，有理由相信，"文话"这些特殊的文体属性，来源于编纂者有意识地与"诗话"相对比的文体自觉。

二、清代"文话"编纂者的矛盾心态

既然有了对"话"的文体自觉，那么"文话"的编纂者内心是否就认可"话"体散文批评了呢？清人对"文话"地位的认识，决定了其复杂的编纂心态。

实际上，清人对诗话早已有所否定，清初顾炎武就引明代杨慎(1488—1559)之言批评诗话说："文，道也，诗，言也。语录出而文与道判矣，诗话出而诗与言离矣。"[1]以为诗话论诗降低了诗的品格。清中

---

[1] （清）顾炎武著，陈垣校注：《日知录校注》，1060 页，合肥，安徽大学出版社，2007。

期章学诚更从学术源流上批评说："诗话说部之末流，纠纷而不可犁别，学术不明，而人心风俗或因之而受其敝矣"，"事有纪载可以互证，而文则惟意之所予夺，诗话之不可凭，或甚于说部也。"①其认为诗话居于说部末流，其文体卑而不可凭信，纠纷难辨，无助于学术。

但凡论学术，古人一致以先秦两汉经典为重，中国古代文论亦多有征圣、宗经意识，论诗而上溯《风》《骚》，论文则推尊六经。而恰恰是在诗话中出现了美国汉学家艾朗诺（Ronald Egan）所谓"经典的消失"②现象，宋代诗话中绝少谈及《风》《骚》，这使得诗话批评无论在微观技巧还是宏观理论上，都形成了有别于传统诗教的、非主流思想的批评路径，而这大概亦是诗话被清人非议之处。"文话"当然也有这种"原罪"。以《睿吾楼文话》为例，据林司悦统计，全书征引了 552 则材料，其中引用先秦文献仅《左传》1 条，两汉亦仅 3 条而已，比例极其微小。③《制义丛话》的文献来源也主要是史部的《选举志》、八股文专书、笔记杂录以及文人别集，同样没有先秦两汉经典的位置。

诗话以其未尊《风》《骚》，尚且被认为有违经术，那么对于比诗歌更偏于实用的文章来说，"庄论"就更加不可或缺，清人对"文话"的戒慎常常比诗话更为严重。孙万春在《缙山书院文话》中就流露出了这种焦虑感："况诗话意在久传，不妨经意为之；文话只传一时，风气一过，即

---

① （清）章学诚著，叶瑛校注：《文史通义校注》，649 页，北京，中华书局，2014。
② ［美］艾朗诺：《美的焦虑：北宋士大夫的审美思想与追求》，杜斐然、刘鹏、潘玉涛译，80 页，上海，上海古籍出版社，2013。
③ 林司悦：《叶元垲〈睿吾楼文话〉研究》，硕士学位论文，北京师范大学，2018。

成废纸矣。故其中疵类层见叠出，无暇删改，亦不必删改也。"①"风气
一过，即成废纸"的话未免有些极端，但孙万春轻视"文话"的心态应该
是真实的。所以，清代"文话"作者必须对"严肃作家应该写什么"的问题
进行辩护。孙万春选择的是育人角度，他承认学术的重要性，但指出
"科举既得，斯可以摒弃制义，而肆力于经史语录、诸子百家，以求穷
理尽性，推之于治国平天下"，"其高才硕学，皆及第后读书之功"②，
大学问家都是在通过科举考试之后，才能专心治学。而《缙山书院文话》
虽然不够严谨与学术，却易于阅读，并有助于读者获取科举考试的敲门
砖，从而利于未来的学术与事业，这是从科举之实用性角度论证其合法
性。类似地，叶元垲也以有资举业为《睿吾楼文话》辩护："而或者因话
而用功焉，因用功而得其诀焉，则古文之道亦思过半矣，而又未必非时
文之一助焉尔。"③而实际上，《睿吾楼文话》全篇所着眼者皆在古文，未
必有助于举业，那么叶元垲的辩护很可能只是一种流行的策略而已。

然而，科举本身也在清代多受非议，以资举业为由辩解自己写作
"文话"，其合理性恐怕仍有破绽。孙万春、叶元垲等一般读书人可以不
在乎，但是身居高位又是大学问家的阮元却不能不在乎，而他也有自己
辩解的方式：

① （清）孙万春：《缙山书院文话》，见王水照：《历代文话》，5873 页，上海，复旦
大学出版社，2007。
② （清）孙万春：《缙山书院文话》，见王水照：《历代文话》，5867 页，上海，复旦
大学出版社，2007。
③ （清）叶元垲：《睿吾楼文话》，见王水照：《历代文话》，5363 页，上海，复旦大
学出版社，2007。

> 唐以诗赋取士，何尝少正人？明以《四书》文取士，何尝无邪党？惟是人有三等，上等之人，无论为何艺所取，皆归于正；下等之人，无论为何艺所取，亦归于邪；中等之人最多，若以《四书》文围之，则其聪明不暇旁涉，才力限于功令，平日所诵习惟程、朱之说，少壮所揣摩皆道理之文，所以笃谨自守，潜移默化，有补于世道人心者甚多，胜于诗赋远矣。①

在他看来，科举固然与道德学问无关，但是常人若能潜心程、朱之说，揣摩道理之文，就有补于世道人心。这样一来，《四书文话》的价值就得到了承认，因为它有助于吸引士子去阅读、揣摩四书文，而四书文有益于世教，阮元等于是把《四书文话》与一般的文话与诗话做了明确的切割。

　　阮元的辩护未必是有力的，因为人们都能看出《四书文话》"体兼说部"的性质，包括《雪桥诗话》的作者在看到与科举相关的文人逸事时，想到的也是《四书文话》。也许基于这种矛盾心理，学海堂诸生未能妥善保护此书。《四书文话》书成后，录为二部，据阮元自称"一存粤东学海堂，一携归江南"。但是当急于索借此书阅览的梁章钜于道光十六年（1836）向阮元提出请求时，学海堂中已无此稿，梁章钜只得往江南阅览。

　　有趣的是，梁章钜读过《四书文话》后，直接把其中十分之一二的内

---

① （清）阮元：《四书文话序》，见《揅经室集》，1068～1069 页，北京，中华书局，1993。

容抄入其《制义丛话》，并且解释说阮元的编排是分门别类，而"余稿不细分门类，专标举名篇俊句，旁及琐闻谐语。义例既定，与吾师所纂面目稍异，固不妨两行其书也"①。梁章钜径行抄录其师阮元书中内容，并认为"不妨两行其书"。可见第一，梁章钜认为这些内容有价值，符合自己对"文话""丛话"的期待；第二，这类内容不属于严肃的学术著作，抄之无妨。而这就涉及"文话"著作的编纂问题，清人究竟如何选择材料编入"文话"呢？

魏禧是清初散文三大家之一，魏禧的论文之言也广泛见于清代文话之中，《睿吾楼文话》中就多次引述了魏禧的话语。然而，魏禧的一些经典论文之辞却从未进入清代文话的辑录视野之中，比如其《答曾君有书》以兵学和文学相比，探讨"人情"与"法无定法"等问题，论述颇有见地，然而不仅《睿吾楼文话》《仰萧楼文话》未辑，几乎各家的文评著述均未收录。又如黄宗羲有《作文三戒》，戒"当道之文""代笔之文"与"应酬之文"，这段论文的内容同样没有被文评或文话辑录入书。包括叶元垲等人所辑录的魏禧论文之言主要来自《日录论文》（由张潮（1650—1709）自魏禧《里言》及《杂录》中辑出），而黄宗羲之言则主要是《金石要例 附论文管见》和《明文案序》。《日录论文》和《金石要例》因别出单行而流传较广，被人不断引用、辑录，《睿吾楼文话》就对二书全文征引，而对收于别集中的其他文论则"视而不见"。有理由相信，叶元垲等人编纂"文话"时，很可能不是自行辑录而是转抄自其他二手文献，这与梁章钜转抄阮

① （清）梁章钜：《制义丛话》，见《续修四库全书》第 1718 册，536 页，上海，上海古籍出版社，2002。

元的情况很像，抄录过程中，编纂者并不认真核实文献，具有相当的随意性。

此外，"文话"中抄录的内容也未必能保持逻辑一致性，最典型的就是《仰萧楼文话》，张星鉴开篇就辑录了阮元《书昭明太子文选序后》《文言说》等论骈文为"文"之正统的内容，强调"经也、史也、子也，皆不可专名之曰文"，而其后不过数条就又称《左传》为"古今之至文"。[①] 按阮元的标准，只有"沉思翰藻"才是"文"，经部的《左传》无论如何不能是"文"，更何况"至文"呢？很显然，张星鉴虽将书命名为"仰萧"，点名继承阮元、萧统，但在实际编纂材料时，却并没有严格遵守阮元的文章界限，同样具有随意性。

并非所有文评专书都如此随意，相当一部分以"论文"命名的专书可以认为是编纂者较为严肃地选文辑录的。辑论古文者如薛福成（1838—1894）《论文集要》，便是依方苞、刘大櫆、姚鼐至曾国藩的作家顺序，一家家纂录，若是别出单行的，如《史记例意》《古文辞类纂序目》等则单出注明。辑论时文者如高嵣（1734—1790）《论文集抄》，依次纂录茅鹿门、沈虹台、郭青螺、王继山等人论文之语。虽然可能有转录之误或漏收之失，但一来其条理较为分明有序，二来也绝少道听途说之逸事，其编纂态度相对还是严谨的，这与"文话"的情况并不一样。

总之，就编纂心态来看，清中后期文人们在编纂"文话"时，呈现出矛盾心理。一方面，是编纂时较为随意，这体现在材料来源与对待材料的态度上，他们并不把"文话"当成严肃的学术看待，没有征引考信意

---

① （清）张星鉴：《仰萧楼文话》卷上，咸丰九年抄本，5 页。

识；另一方面，他们对待编成的"文话"又多有焦虑，因而不断为编纂"文话"的行为加以辩护。而"文话"编纂者心态上的矛盾，自然也就构成了"文话"与文学、文章之间的理论张力。

三、清代"文话"的批评潜能

在中国语境下，文章自古便是经国之大业、不朽之盛事，时文的境界也是"扬榷大义，剔发微言；或且推广事理，以宣昭实用"①。清代文章务求清真雅正，有明确的语体规范，李绂在《古文辞禁》中要求古文禁用语录、小说、市井语，尤其强调"若古文则经国之大业也，小说岂容阑入？"②吴德旋《初月楼古文绪论》中亦明确表示"古文之体，忌小说、忌语录、忌诗话、忌时文、忌尺牍"③。在这种传统观念下，文章与"圣"、与"道"合而为一，其格局很高，文体界限当然也很明确。

而"阑入"说部的"文话"，其文学观念却已有所动摇。如上所述，"文话"著作无论是在编纂心态上的随意性还是语体上的诙谐性，都已与传统的文学批评不同。虽然内容上还是文章写作，但"文话""论文及事"的文体特点已把文章写作还原到具体的语境中，形成场景化的叙事甚至是故事，加之"文话"轻松诙谐的语气，使得论文行为也被世俗化了，《制义丛话》与《四书文话》分别被小说和诗话提及便是明证。世俗化的一

---

① （清）王夫之：《夕堂永日绪论外编》，见王水照：《历代文话》，3289 页，上海，复旦大学出版社，2007。

② （清）李绂：《秋山论文　古文辞禁》，见王水照：《历代文话》，4009 页，上海，复旦大学出版社，2007。

③ （清）吴德旋：《初月楼古文绪论》，见王水照：《历代文话》，5037 页，上海，复旦大学出版社，2007。

种体现，即在于"文话"中会出现一些有违传统的不经意之言。比如，孙万春在《缙山书院文话》中叙述了其师傅王振纲谓某科题难之事，孙万春就此生发，表示"闱墨中颇有因难见巧者"，之后详细分析了如何用"妄"字、"为"字等字法穿插生巧。① "巧"是传统文评所不屑的，顾炎武《日知录》卷十九《巧言》全篇否定"巧"；王夫之《夕堂永日绪论外编》亦多次批评明代隆万之文靡弱工巧；吕留良以为"凡文求隽巧动人，正是本领不济事处"②；魏际瑞主张文学"取大方、弃鄙巧"③；魏禧强调作论不得"巧文刻深以攻前贤之短"④；王之绩《铁立文起》中论述各种文体，几乎都把"工巧""纤巧"等视为反面典型。"巧"在文学批评中是违背儒家美学精神的，一般是被正统文论所扬弃的概念，而孙万春在《缙山书院文话》中如此津津乐道字法、句法之"巧"，通过论"巧"和其师傅的论"难"形成对话，亦足以见其私人化叙述话语中反传统的文章观念。

换言之，"文话"的编纂者是以无涉价值观的，经验化、文学化，乃至世俗化的批评话语来探讨文章写作的。从阅读的角度看，叙事性的内容往往比论述性的内容更容易被人接受与记忆。于是，"文话"中那些说部特征强的文人逸事、写作趣闻、经验之谈往往就会被凸显出来。而还

---

① （清）孙万春：《缙山书院文话》，见王水照：《历代文话》，5916 页，上海，复旦大学出版社，2007。

② （清）吕留良：《吕晚村先生论文汇抄》，见王水照：《历代文话》，3348 页，上海，复旦大学出版社，2007。

③ （清）魏际瑞：《伯子论文》，见王水照：《历代文话》，3597 页，上海，复旦大学出版社，2007。

④ （清）魏禧：《日录论文》，见王水照：《历代文话》，3612 页，上海，复旦大学出版社，2007。

原文章阅读与写作之"本事"的兴趣，会把文章写作还原于日常生活的常态，将一篇特别的作品从某人一生的作品中剥离，将某个生活片段从整个时代中剥离。对文章的熟读与领悟展现于机智敏捷的应对趣闻之中，那么文章自然也就从"圣"与"道"的光环中剥离出来。作为主体的"文"与"人"得以避免陷入某种固化的历史观念，特别是经由科举考试所复制的理学意识形态之中。

写作观念的变化，亦与清中后期的社会思潮相呼应。考虑一下阮元等人在学术史、思想史上的努力，他们同样是以汉学考据对抗"以理杀人"的理学。理学在清代作为正统的官方哲学，垄断了学术与文学，如葛兆光所述，"在理学既受政治权力保护，又拥有真理权力支持的情况下，这种经典之学渐渐淡化了它的批判意味"①。从而在一定程度上成为对士人的束缚。而阮元等汉学家们通过考据词语的本义，去除附加在"仁""善"等概念上的教条，实现对理学意识形态的剥离，葛兆光正是在这个意义上认可了阮元等人以汉学解构"理"在思想史上"隐含了革命性的意义"。那么"文话"的编纂者是否也有可能自觉或不自觉地参与到这股思潮中呢？"文话"的批评方式是否也具有某种潜能，可以使文学从意识形态的神圣空间中解放出来呢？当然，下此判断之前，首先要确认"文话"编纂者与阮元等学者的关系。

清中后期"文话"的编纂在时间上以阮元为首，在相互关系上亦以阮元为核心。梁章钜与阮元一见如故，并拜其为师；张星鉴开宗明义引述阮元的核心观点，并以"仰萧"命名其"文话"；李元度在阮元去世后为其

---

① 葛兆光：《中国思想史》第二卷，362页，上海，复旦大学出版社，2013。

作《事略》并高度称赞其"其名位著述，足以弁冕群才，其力尤足提唱后学"①，他们都直接或间接引阮元为同道。叶元垲与阮元没有交集，但其祖父叶燕的好友秦瀛却是阳湖派中人，而阳湖派尊骈文的思想亦与阮元同调，《睿吾楼文话》得陈用光作序，恐怕亦缘于秦瀛的关系。② 此外，秦瀛本身亦有对"话"体的亲近，吴德旋就曾经站在古文家的立场批评他说："秦小岘文未脱诗话气，条达之文则有之。"③慈溪叶氏家族当然也可能间接受到一些影响。总之，道咸之际，"文话"的编纂者无一例外地可以与阮元形成某些关联，也自然有可能理解阮元通过考据还原而完成批判性创造的汉学思路。

对士大夫而言，文章写作是进入精英阶层的门槛，古文与时文的语言也构成了儒家精英阶层共同的话语空间。它一方面具有封闭性，即科举落第之士被认为在文章（语言）上是有瑕疵的；另一方面又具有价值观属性，比如尚雅洁而反工巧。因而文章写作，特别是时文写作，也就潜移默化地复制着经典的思维模式。美国汉学家艾尔曼尤其关注了经典释传的语言问题，指出："道学经典释传的文化复制，也就具有了使士人在文化上向忠君爱民的政治仆从转型的意义。"④那么反过来，包含了说部之辞，可作闲书消遣阅读的《四书文话》《制义丛话》《缙山书院文话》以

---

① （清）李元度：《清朝先正事略》卷二一《阮文达公事略》，见周骏富辑：《清代传记丛刊》第 192 册（影印上海鸿章书局石印本），755 页，台北，明文书局，1985。

② 林司悦：《叶元垲〈睿吾楼文话〉研究》，硕士学位论文，北京师范大学，2018。

③ （清）吴德旋：《初月楼古文绪论》，见王水照：《历代文话》，5052 页，上海，复旦大学出版社，2007。

④ ［美］艾尔曼：《经学·科举·文化史——艾尔曼自选集》，227 页，北京，中华书局，2010。

个人化的轻松诙谐之语谈论时文时，当然也在一定程度上消解着精英共同体的话语空间。

语体问题的关键在于叙事语态，"文话"与一般文评著作最大的差异，如吴承学所说，是"体兼说部"与"体近子论"。进言之，"说部"与"子论"的区别在于是否有某种特殊背景、特殊语境。如果文学批评是非语境化的，比如"文者所以明道"，"文以气为主"，那么它会形成祈使语态，这时所陈述的文论观念就像是某种公理，阅读者应当无条件地遵循公理的指点。而一旦论文是在某种特殊语境中完成的，祈使语态便会向对话语态倾斜，作者以"余最喜""余按"云云发表观点，这种个人化的表述给人的感觉就像是陈述了一个命题，而命题未必是需要无条件接受的。换言之，"文话"以个人化的方式，将文本从作家与时代中剥离，作为谈资的"文"淡化了语言与价值观的门槛，"文"也就获得了从正统的"道""理"等价值观中解放出来的可能。

在这个意义上，"文话"成规模地登上中国文学历史舞台虽然很晚，但却因其特殊的时代因缘，在诗文评文本的体式、语体等层面形成了独具特色的文体特征。而这种自觉的文体意识，一定程度上消解了传统文论中文章的神圣性，在清中后期的思想史潮流中，展现出文学理论对"文"的再认，也蕴含了某种创造性的批评潜能。

第二节　精神重塑：《鸣原堂论文》与曾国藩的奏疏文体论

让我们回到对清代精英士大夫的关注，阮元以后，能够在政治与文学等多方面引领精英士大夫的，非曾国藩莫属。他在政治上积极推行洋务运动，创办安庆军械所、造船厂；在军事上镇压了太平军，剿灭了捻军；在文学上则实现了桐城派的中兴，并成为桐城支流"湘乡派"的盟主，可谓一代风云人物。

曾国藩在古文理论与创作方面也颇有建树，更对奏议之文多所用心，官至两江总督、直隶总督的他深通奏疏之法，现存《曾国藩全集》中共有奏折 11 册，3000 余篇。时人朱孔彰（1842—1919）对曾国藩的奏疏给予高度评价："中兴章奏称三手，公是湖湘第一人。幕客常传涂抹本，批吟一字一伤神。"①可见其奏疏功底深厚。而在写作实践之外，曾国藩还编有一本《鸣原堂论文》，专门对奏疏之文进行点评，在前代奏疏理论基础上，多有创见。本节就以《鸣原堂论文》为主要研究对象，探讨曾国藩的奏疏文体观。

以往学界对《鸣原堂论文》的关注较为有限，一般只在综论曾国藩的散文思想与创作实践时加以征引。比如，黄伟以《鸣原堂论文》为例论述了曾国藩的奏疏文体论，提出其注重气势、强调骈散合一、追求平易晓畅的语言风格等观念。② 章继光通过将《鸣原堂论文》等文献中反映出的奏疏文体论观点与元代陈绎曾《文说》中的文体论对比，突出曾国藩对"阳刚"文风的重视。③ 这些研究着眼于文学语言、文学风格、文学思想等不同侧面，对《鸣原堂论文》材料的开掘与运用也比较充分，但是由于

---

① （清）朱孔彰：《题江南曾文正公祠百咏》，见（清）曾国藩：《曾国藩诗文集》附录三，552 页，上海，上海古籍出版社，2013。

② 黄伟、周建忠：《曾国藩古文理论平议》，载《文学评论》，2008(6)。

③ 章继光：《曾国藩的诗文风格论》，载《湘潭大学学报（语言文学）》，1985（增刊）。

将重点放在曾国藩的古文写作上，因而对材料的运用局限于描述而已。因此，本节希望在基本描述的基础上，对曾氏相对随意的论说加以总结归类。进而探讨其奏议文体论在前人基础上的变化，从而确证其文体论的文论史地位。

为了便于多层次地讨论文体学的问题，这里采用郭英德对中国古代文体形态学的层次界定，将文体分为四个层面，包括外在结构的体制、语体和内在结构的体式、体性。具体而言，"体制，指文体外在的形式、面貌、构架"；"语体，指文体的语言系统、语言修辞和语言风格"；"体式，指文体的表现方式"；"体性，指文体的表现对象和审美精神"。①以此为标准，诸如骈体、散体这种与字数、格律等外在形式相关的特征是体制层面的问题；语言上的典雅或直白，这种反映语言、修辞特点的是语体层面的问题；而行文上的说理、辨析等则属于表达方式，是体式层面的问题；最后，文章是含蓄内敛还是喷薄奔放，体现了文体的深层精神特征，属于体性层面的问题。下文将具体围绕这四个层面对曾国藩的奏疏文体论加以把握。当然，首先需要简要回顾一下，曾国藩以前的文论著述对奏疏文体是如何界定的？

一、奏疏文体论的发展

曹丕(187—226)在《典论·论文》中首次提到"奏议宜雅"的标准，自此为奏疏文奠定了典雅的基调。其后元代的陈绎曾在《文说》中有《明体法》一篇，分论颂、赞等二十种文体，其中论奏曰，"奏：宜情辞恳切，

---

① 郭英德：《中国古代文体学论稿》，5 页，北京，北京大学出版社，2005。

意思忠厚"①。在气质上为奏疏文确定了恳切忠厚的底色。当然，这些文体论的内容都还比较简略，没有详细的举例与讨论。

清代的文体学研究则具有较强的综合性特点，在本书第二章中，我们讨论了王之绩《铁立文起》这部文体论专书，而《铁立文起》也可以说代表了清代文体论之集大成者。王之绩在综合明代吴讷、徐师曾等前人论说的基础上，提出自己的看法。他在论奏疏时首先引述了《文体明辨》中对奏疏子文类之书、奏记、启、简、状、疏等的划分，然后从体制层面具体指出"启"有古体、有俗体，俗体用骈文而古体用散文，"状"用骈文，其他的书、奏记、简、疏都用散文，在具体子文类文体的划分上显然更为细致。此外，王之绩还从现实功用的角度讨论骈、散的体制问题说："世俗施于尊者，多用俪语以为恭，则启与状、疏，大抵皆俗体也。"因为是写给尊者，所以用骈俪之辞，但也正因为如此，所以成为王之绩眼中的"俗体"。至于总论奏疏的文体特点，王之绩说：

> 　　盖尝总而论之，书、记之体，本在尽言，故宜条畅以宣意，优柔以绎情，乃心声之献酬也。若夫尊卑有序，亲疏得情，是又存乎节文之间，作者详之。②

"条畅以宣意"是从语体方面指出奏疏应当直白流畅，而"尊卑有序，亲

---

① （元）陈绎曾：《文说》，见王水照：《历代文话》，1341 页，上海，复旦大学出版社，2007。

② （清）王之绩：《铁立文起》，见王水照：《历代文话》，3667 页，上海，复旦大学出版社，2007。

疏得情"是从体性层面概括奏疏体现的尊卑亲疏的上下关系。此外，王之绩还批评了传统上为人所称道的贾谊《治安策》与董仲舒《天人策》，他认为这些文章过于冗长："章奏至数百万言，即儒生读之，口燥舌沸而不能止；天子一日万几，其又肯竟而读之乎？"①所谓"数百万"云云虽是夸张之辞，但确实指出了贾谊、董仲舒奏疏过长的问题，可见"辞尚体要"是王之绩所认可的奏疏的语体风格。

　　总之，经过清人的系统总结，奏疏之文体已经形成较为清晰的文体规范，即体制层面上以散体为雅而以骈体为俗；语体层面以"明白晓畅""辞尚体要"为追求，反对生涩、奇僻，反对冗长；体式层面上以"辨析疏通"为基本表达方式；体性层面上则要落实在恳切诚恳、忠爱之诚的温柔敦厚之旨。而这也成为曾国藩奏疏文体论的理论背景。那么，在前人已经形成较为全面的论述后，曾国藩选择奏疏之文的典范，并且加以总结评点时，要如何超越前人，独抒己见呢？

二、曾国藩的奏疏文体论

　　据曾国荃（1824—1890）《鸣原堂论文序》称，此书乃曾国藩建功立业、乞身归里之后所作。全书选择其看重的 17 篇古今名家奏疏而成，曾国藩对每篇几乎都做了点评，并以此书授曾国荃。曾国藩的弟子王安定（1833—1898）在《鸣原堂论文后序》中亦称："右《鸣原堂论文》两卷，吾师湘乡曾文正公选汉唐已来迄于国朝名臣奏疏十七首。论述义法，以

---

① （清）王之绩：《铁立文起》，见王水照：《历代文话》，3778 页，上海，复旦大学出版社，2007。

诒其弟沅甫宫保者。"①由此可知此书写作初衷及来历。至于此书刊行出版则要等到同治十二年（1873）九月以后，王安定编辑曾国藩遗书而收录此书，时曾国藩已去世。

《鸣原堂论文》的基本批评体例：首先梳理各篇奏疏产生的时代背景，然后就其中某一个突出的文体特点加以分析。这些分析的内容最见曾氏论文的特点。

首先看曾国藩对奏疏体制层面的讨论。体制是文体最外在、最形式的部分，是读者最能直接感觉到的文体特征。就奏疏的文体来说，对体制的论述集中在骈体还是散体的问题上。曾国藩在批评唐代陆贽的《奉天请罢琼林大盈二库状》中说：

> 骈体文为大雅所羞称，以其不能发挥精义，并恐以芜累而伤气也。陆公则无一句不对，无一字不谐平仄，无一联不调马蹄；而义理之精，足以比隆濂、洛；气势之盛，亦堪方驾韩、苏。退之本为陆公所取士，子瞻奏议终身效法陆公。而公之剖晰事理，精当不移，则非韩、苏所能及。吾辈学之，亦须略用对句，稍调平仄，庶笔仗整齐，令人刮目耳。②

曾国藩以前的文评家大体上对骈体奏疏持否定态度，徐师曾谓"革百王

---

①　《曾国藩全集·诗文》第 14 册，499 页，长沙，岳麓书社，2011。

②　（清）曾国藩：《鸣原堂论文》，见王水照：《历代文话》，5525 页，上海，复旦大学出版社，2007。

之杂称，减中世之俪语，此我朝之所以度越前代者也"①，以明代少有骈体奏疏为荣，王之绩则斥骈体奏状为俗体，这等于就是说骈体奏疏从根本上就丧失了"奏议宜雅"的文体本色。而曾国藩则没有对骈体的偏见，他认为陆贽以骈文的形式依然能发挥出精彩的义理，文章的气势也不比倡导散文的韩愈、苏轼差，甚至还能成为他们所师法的对象。

因此，曾国藩主张学者应当学习写一些骈体，调整自己文章的音节、平仄，这样就可以令人刮目相看。当其胞弟曾国华(1822—1858)封谥愍烈时，曾国藩上书谢恩，在奏疏末尾就写道："河山无恙，重吊国殇毕命之场；魂魄有知，永感圣主怜才之意。"②可见他对骈文的推崇在理论与实践上是一以贯之的，钱基博称赞曾国藩的文章说："探源扬、马，专宗退之，奇偶错综，而偶多于奇，复字单词，杂厕相间；厚集其气，使声彩炳焕而夐焉有声"③，即看到了其工于骈体的文学特点。

表面上看，曾国藩似乎认为文章的形式与内容可以二分，形式的因素不能决定内容的好坏与文气的高低，所以是骈体还是散体并没有太大关系。然而，在字数问题上，曾国藩就明显注意到了形式与内容的联系，这涉及他的语体论。语体指的是文章的语言表达、语言修辞等特点。曾国藩在评论朱熹的《戊申封事》时提到了宋代苏轼、王安石和朱熹的三篇"万言书"，认为虽然苏、王的文章较"健"，朱熹的义理较"精"，

---

① (明)徐师曾：《文体明辨序说》，见王水照：《历代文话》，2095页，上海，复旦大学出版社，2007。

② (清)朱孔彰：《题江南曾文正公祠百咏》，见(清)曾国藩：《曾国藩诗文集》附录三，552页，上海，上海古籍出版社，2013。

③ 钱基博：《现代中国文学史》，28～29页，南京，江苏文艺出版社，2008。

但问题在于"过于冗长，似一笔书成，无修饰润色之功，故乏劲健之气、铿锵之节"①。可见，因字数过多、文章过长而导致的气弱节缓，即便是文章较健、义理较精也于事无补。问题不在语言是雅还是俗，而在于行文有没有气势，使用骈体在一定程度上可以增强气势，所以不妨使用。而文章过于冗长，毫无修饰润色，这样会影响气势，所以就不可取法了。

奏疏忌冗之外，曾国藩还强调奏疏求显。他在评论贾谊的《陈政事疏》时提出"奏议以明白显豁，人人易晓为要"，标举奏疏的语言要浅显明白。至于后人常言的《陈政事疏》语言古雅问题，曾氏表示这是因为时过境迁，时人不解古语的缘故，他举称名的例子说：

> 即以称名而论，其称淮南、济北，如今日称端华、肃顺也；其称匈奴，如今日称英吉利也；其称淮阴侯、黥布、彭越、韩信、张敖、卢绾、陈豨六七公，犹今日称洪秀全、李秀成、石达开、张洛刑、苗沛霖、奋匪、回匪也；其称樊、郦、绛、灌，犹今日称江、塔、罗、李也；其称郡国，犹今日称府厅也；其称傅、相、丞、尉，犹今日称司、道、守、令也。②

奏疏的目的是追求明白实用，所以不必为了追求古雅而使用"郡国""相"

---

① （清）曾国藩：《鸣原堂论文》，见王水照：《历代文话》，5528页，上海，复旦大学出版社，2007。

② （清）曾国藩：《鸣原堂论文》，见王水照：《历代文话》，5521页，上海，复旦大学出版社，2007。

等古代称谓，对国名、人名亦当直称其名，不称封爵，这与顾炎武在《日知录》中的观点相一致。当然，于此也可以非常鲜明地看出，在曾国藩的奏疏中颇为关注的是与清政府内政外交密切相关的战争事件，特别是太平天国与英吉利等。

　　坚持以时人语辞写奏疏，强调奏疏的"明白显豁"，那么在理论上就需要对"奏议宜雅"的文体定评有所回应。曾国藩的方法是把"雅"的标准落实到内容方面，他在评论苏轼的《上皇帝书》时，把时文家所谓的"典、显、浅"三字亦作为奏疏的三字诀。三者之中，"典"指的是"必熟于前史之事迹，并熟于本朝之掌故"，强调的是对典章制度的通晓，这要求作家有充分的学问基础，所以他说"典字最难"。至于"显、浅"二字，曾氏认为难以强为，而是靠一定的天赋，比如白居易的诗老妪都能解，就做到了"显、浅"，当然，浅显并不意味着随意为之、粗鄙俗陋，而是要在求"雅"的基础上做到"雅饬而不失之率"①，这才是奏疏语体的最高标准。正因为如此，咸丰四年(1854)曾国藩在致郭嵩焘(1823—1882)的信中指出："幕府有奏章之职，有书记之席，刻已请邓君小耘充书记，欲以奏章一事重烦左右。足下雄才伟辩不如季高，文义雅健不如长公，而叙述明畅，老妪能解，则鄙人之所私好也。"②认为郭嵩焘的"叙述明畅"无关乎雄才伟辩、亦不在于文义雅健，属于郭嵩焘独有的天赋。

　　直接的语言修辞之外，就奏疏的篇章而言，曾国藩追求的是段落之

----

① （清）曾国藩：《鸣原堂论文》，见王水照：《历代文话》，5526～5527 页，上海，复旦大学出版社，2007。

② （清）曾国藩：《与郭嵩焘》，见《曾国藩全集·书信》第 22 册，453～454 页，长沙，岳麓书社，2011。

间的整体气势，他称赞刘向的《论起昌陵疏》"结构整齐，词旨深厚"，评贾捐之（？—前43）的《罢珠厓对》，也称其"气味深厚，音调铿锵"，这是曾氏论奏疏之结构整体的语言标准。[①] 换言之，在奏疏用词上不避今言、务求浅显，而在奏疏的语句、段落上，则务求行文有气势，这又可与体制层面重视骈文以营造气势密切相关。曾国藩在答其子曾纪泽（1839—1890）、曾纪鸿（1848—1881）的信中说："尔当兼在气势上用功，无徒在揣摩上用功。大约偶句多，单句少，段落多，分股少，莫拘场屋之格式。"[②]可见文章喷薄的气势，自当从其骈散、分段等体制中来。但是如此论文，在追求气势铿锵与追求典制精熟的时候，就难免为辞章、典故所溺，沦为文人之文或考据之文，这反而背离了奏疏的基本宗旨。所以曾国藩在论典雅、论气势的同时，也不忘强调奏疏要"识精而不炫，气盛而不矜"[③]。在语言修辞与成章方面，保持行文有"度"这也是曾氏奏疏语体论的必要保证。那么如何保证行文有度呢？这就要靠奏疏的内在结构了。

在曾国藩的文体论中，体式是保障文章语体不枝蔓的关键因素。体式论主要针对的是文章的表现方式，就奏疏而言，最重要的表现方式就是议论，曾国藩认为议论的好坏直接关乎文章是否浮夸。比如他评论匡衡的《戒妃匹劝经学威仪之则疏》，认为这篇奏议的高处就在于"陈义之

---

① （清）曾国藩：《鸣原堂论文》，见王水照：《历代文话》，5522、5524页，上海，复旦大学出版社，2007。

② 《曾国藩全集·家书》第21册，372页，长沙，岳麓书社，2011。

③ （清）曾国藩：《鸣原堂论文》，见王水照：《历代文话》，5522页，上海，复旦大学出版社，2007。

高远，着语之不苟"，正因为如此，所以"乃能平躁心而去浮词"。① 又如论刘安（前179—前122）的《谏伐闽越书》也称其"陈义甚高，摛辞居要，无《淮南子》冗蔓之弊，而精警处相似"②。而在上述《罢珠厓对》中，曾氏对"气味深厚，音调铿锵"原因的分析除了肯定其语体上的"措词之高，胎息之古"外，更强调"亦由其义理正大，有不可磨灭之质干也"。③可见，去浮词、无冗蔓的气势与"陈义甚高"的议论紧密联系，文体外在的修辞方式与内在的表达方式在曾国藩这里是高度统一的。

那么如何使议论精到呢？曾国藩提出用苏轼的标准作为取法对象，在评价其《代张方平谏用兵书》时，提到苏轼之文，"其长处在征引史实，切实精当，又善设譬喻"。譬喻是前人论奏疏所未道之处，因为它主要是一种文学修辞手段。而曾氏认为使用譬喻可以明乎他人所不能通达的人情，而通人情正是陈义高远的关键因素之一。此外，曾国藩还提出三位奏疏作家作为榜样："长沙明于利害，宣公明于义理，文忠明于人情。"④而将上述因素全部综合起来，则曾氏古文之义理、辞章、考据、经济四端的理论已浮现于此。

最后看曾国藩的体性论。体性指的是文体所彰显出来的独特精神内

---

① （清）曾国藩：《鸣原堂论文》，见王水照：《历代文话》，5520页，上海，复旦大学出版社，2007。

② （清）曾国藩：《鸣原堂论文》，见王水照：《历代文话》，5523页，上海，复旦大学出版社，2007。

③ （清）曾国藩：《鸣原堂论文》，见王水照：《历代文话》，5524页，上海，复旦大学出版社，2007。

④ （清）曾国藩：《鸣原堂论文》，见王水照：《历代文话》，5526页，上海，复旦大学出版社，2007。

涵。曾氏的奏疏体性论首先是继承前代对奏疏体性的基本看法，他称赞刘向的《谏外家封事》"宅心平实，指事确凿，皆本忠爱二字"，以忠爱为奏疏的基本精神体现。类似地又如称赞匡衡的《戒妃匹劝经学威仪之则疏》和诸葛亮的《出师表》"渊懿笃厚，直与六经同风"①，所谓"渊懿"指的是语体典雅，"笃厚"则近于忠爱挚诚。

而在延续笃厚、忠爱之论以外，曾国藩更提出了一种新的奏疏的精神境界，他评价王阳明的《申明赏罚以厉人心疏》说：

> 文章之道，以气象光明俊伟为最难而可贵。如久雨初晴，登高山而望旷野；如楼俯大江，独坐明窗净几之下，而可以远眺；如英雄侠士，褐裘而来，绝无龌龊猥鄙之态。此三者皆光明俊伟之象，文中有此气象者，大抵得于天授，不尽关乎学术。②

曾国藩连用登山望野、登楼俯江、英雄侠士三种意境来描述这种"光明俊伟"的气象，可见阔远、刚健、豪迈的风格是曾国藩所追求的奏疏的精神气质。而以高昂外显的姿态创造新的奏疏文体，这呈现出一种不同于以往"温柔敦厚"之内敛的文体气质。在其日记中，曾国藩也就不同文

---

① （清）曾国藩：《鸣原堂论文》，见王水照：《历代文话》，5522、5520页，上海，复旦大学出版社，2007。

② （清）曾国藩：《鸣原堂论文》，见王水照：《历代文话》，5528页，上海，复旦大学出版社，2007。

体的气质特点进行了归类，其中提到"奏议类、哀祭类宜喷薄"①，可见喷薄的、俊伟的精神是曾国藩论奏疏体性的一贯主张。所以在他看来，王阳明的奏疏就与其学问无关，而"虽辞旨不甚渊雅，而其轩爽洞达，如与晓事人语，表里粲然，中边俱彻，固自不可几及也"②。因为有"光明俊伟"的精神气质，所以哪怕语体上尚有瑕疵，也丝毫无损于王阳明奏疏的高远。在这一点上，又充分体现出曾国藩对阳刚文风的高度推崇。

三、矫正人心的努力

曾国藩的奏疏文体论中呈现出一些不同于前人的观点，比如体制论上兼采骈体，以骈体的修饰化俗为雅；体式论上提倡以义理、考据、辞章、经济四途来充实议论之体，使其做到"陈义高远"；体性论上除了讲究"忠爱之诚"外，更推崇"光明俊伟"的阳刚气质等。这些观点鲜明地反映了曾国藩的古文理论，可见对奏疏文的文体追求与其对文学的整体追求是高度一致的。

曾国藩本人对其古文有着高度自信，同治元年(1826)，湘军祁门大营被太平军所围，曾氏手书遗嘱称："此次若遂不测，毫无牵恋……惟古文与诗，二者用力颇深，探索颇苦，而未能介然用之，独辟康庄。古

---

① 此种观念，正基于曾国藩阅读《骈体文钞》的经验而发，亦可见他并不排斥骈文，甚至可以说是相当重视骈文。见《曾国藩全集·日记》第17册，24～25页，长沙，岳麓书社，2011。

② (清)曾国藩：《鸣原堂论文》，见王水照：《历代文话》，5528页，上海，复旦大学出版社，2007。

文尤确有依据，若遽先朝露，则寸心所得，遂成广陵之散。"①遗嘱中明显看出他对自己古文的重视。至于古文之中，则又以奏疏的价值为最，他说："文章之可传者，惟道政事，较有实际。……浅儒谓案牍之文为不古，见有登诸集者，辄鄙俗视之，不知经传固多简牍之文。……江陵盛有文藻，而其不朽者乃在筹边、论事诸牍；阳明精于理性，而其不刊者实在告示、条约诸篇。"②可见其以奏疏为古文中最实际的文体。那么，曾国藩如此看重自己的古文，又如此看重奏疏之文，其中有着他怎样的期许呢？

　　曾国藩生活的时代正是清政府面临内忧外患的时期，外有列强侵略，内有太平天国之乱。就曾国藩自身而言，他在学术与文学上的旨趣也同样面临危机。他师从唐鉴（1778—1861）而学程朱理学，为学以义理为根本，而此时的汉学与宋学正分别陷入琐碎与空泛的困境，亟待在现实关怀上完成学术转型，今文经学的蓬勃兴起，以强烈的革新指向介入学术与政治，这恰恰是对汉、宋之学的反拨。而作为深受儒家传统影响的上层士大夫的代表，曾国藩唯一的选择是在儒家伦理框架内，努力维系清政府的稳定统治。所以他的方法就是重新搬出先秦儒家"内圣外王"的思路，在义理之学的"外王"方面努力突破。

　　而在文学上，曾国藩则推崇桐城派，他高度称赞方苞说："望溪先生古文辞为国家二百余年之冠，学者久无异辞。即其经术之湛深，八股

---

① （清）曾国藩：《谕纪泽纪鸿》，见《曾国藩全集·家书》第 20 册，593 页，长沙，岳麓书社，2011。

② （清）曾国藩：《复汪士铎》，见《曾国藩全集·书信》第 24 册，679 页，长沙，岳麓书社，2011。

文之雄厚，亦不愧为一代大儒。虽乾嘉以来，汉学诸家百方攻击，曾无损于毫末。"①又私淑姚鼐，自称"国藩之粗解文章，由姚先生启之也"②。然而道光以后正是桐城派走向衰落的时期，姚鼐的主张一方面在学术上被汉学所鄙夷，另一方面在文学上又被骈文派冲击，因而这同样是曾国藩所面临的困境。

当然，宋学的衰落与桐城的衰落又是合二为一的，桐城派所尊即在义理之学，姚鼐尝期许云"明道义，维风俗，以昭后世"③，这非常典型地宣示了儒家"内圣外王"的理论范式，正是曾国藩搬出来彰明义理的理论基础。因而曾国藩发展姚鼐的古文之学，实际上也就暗含着理学复兴的意图，他说："故凡仆之鄙愿，苟于道有所见，不特见之，必实体行之；不特身行之，必求以文字传之后世。虽曰不逮，志则如斯。"④如此论文，自是合义理与经济为一了，而把主于"立德"的义理与主于"立功"的经济二者合并于"立言"的辞章之下，其内在的理路同样是"内圣外王"精神的表现。不过，空洞地标举儒家道义，对于解决社会与文化现实问题并没有什么作用。必须考虑的是曾国藩所面对的敌人，唯此才能明白他对奏疏的新见，乃至对古文的得意之处究竟有何针对性。

---

① （清）曾国藩：《读书录·望溪文集》，见《曾国藩全集·诗文》第 15 册，399 页，长沙，岳麓书社，2011。

② （清）曾国藩：《圣哲画像记》，见《曾国藩全集·诗文》第 14 册，152～153 页，长沙，岳麓书社，2011。

③ （清）姚鼐：《复汪进士辉祖》，见《惜抱轩诗文集》，89 页，上海，上海古籍出版社，1992。

④ （清）曾国藩：《致刘蓉》，见《曾国藩全集·书信》第 22 册，9 页，长沙，岳麓书社，2011。

曾国藩的大敌之一是太平天国，除了直接的战争攻略外，洪秀全（1814—1864）创建的拜上帝教因为批着宗教的外衣，所以更具威胁性。在曾国藩看来这种具有西方色彩的意识形态严重破坏了中国传统伦理观念，对社会造成了冲击。那些信徒，"谓惟天可称父，此外凡民之父，皆兄弟也；凡民之母，皆姊妹也。农不能自耕以纳赋，而谓田皆天王之田；商不能自贾以取息，而谓货皆天王之货；士不能诵孔子之经，而别有所谓耶稣之说、《新约》之书"，除了伦理风俗之变，还引起了宗教祭祀之变，"以至佛寺、道院、城隍、社坛，无庙不焚，无像不灭"。[①] 而他在劝说郭嵩焘加入自己幕府时也痛心疾首地描述太平天国的信众："逆匪崇天主之教，弃孔氏之经，但知有天，无所谓君也；但知有天，无所谓父也；蔑中国之人伦，从夷狄之谬妄。"而更令曾国藩痛心的是不仅洪秀全等人弃儒家伦理于不顾，就连当时的儒生也不能坚强地捍卫儒道，所以他劝郭嵩焘说："足下讽孔氏之经亦有岁年，今独无所激于中乎？秦燔经籍而儒生积愤怨以覆其国；今以天主教横行中原，而儒者或漠然不以关虑，斯亦廉耻道丧，公等有所不得而辞者也。"[②]可见，曾国藩积极剿灭太平天国，除了官僚身份使然外，他内心卫道的强烈使命感

---

① （清）曾国藩：《讨粤匪檄》，见《曾国藩全集·诗文》第 14 册，140 页，长沙，岳麓书社，2011。

② （清）曾国藩：《与郭嵩焘》，见《曾国藩全集·书信》第 22 册，453 页，长沙，岳麓书社，2011。

也是非常重要的因素。① 欲捍卫传统，则以攻心为上，因而曾国藩在传统的经世致用之外，高度重视奏疏的弘义理、通人情之效，甚至以苏轼奏疏善于通达人情为奏疏之长处，这些主张本是有着改造人心，以抵抗西方意识形态的用心所在。

在军事上打击太平天国之外，曾国藩也努力在文学上塑造盛世气象，他不同意韩愈所谓的"欢愉之辞难工，穷苦之音易好"，以及欧阳修所谓的"诗穷而后工"的说法，认为这有悖于以《诗大序》为代表的儒家"声音之道，与政相通"的诗学理念。有学者据此认为曾国藩在文化心态上有着很强的盛世情结，是其"内圣外王"理念的一部分。② 为此，曾国藩鼓吹奏疏要气势喷薄、要光明俊伟、要有阳刚的精神气质，这同样是他建构盛世精神的重要组成部分。

而问题在于，道咸以降的清朝绝非盛世，甚至说是一幅末世图景也不为过，道光二十年（1840），英国以坚船利炮击碎了清王朝的盛世梦寐，清王朝一时陷入"海国环伺"的境地。太平天国可以镇压，然而西方列强的联合入侵，在曾国藩看来却是"洋人之患，此天所为，实非一手一足所能补救"③。这一外患长期萦绕在曾国藩心头，咸丰十年（1860）

---

① 杨国强分析曾国藩的《讨粤匪檄》说："它的主题，是一种强烈的保卫传统的自觉意识：'此岂独我大清之变，乃开辟以来名教之奇变！'在这个主题之下，曾国藩不仅代表王朝，而且代表圣道；不仅代表圣道，而且代表神道。"对曾国藩精神上的使命感总结得非常到位。参见杨国强：《义理与事功之间的徊徨：曾国藩、李鸿章及其时代》，3 页，北京，生活·读书·新知三联书店，2008。

② 黄伟：《曾国藩诗文研究》，28 页，北京，北京大学出版社，2016。

③ （清）曾国藩：《候选训导计棠呈禀豫中采访记略折》，见《曾国藩全集·批牍》第13 册，356 页，长沙，岳麓书社，2011。

十月，在看到中英、中法、中美三国新订的条约时，他"阅之，不觉呜咽"①。次年，他在日记中更是感慨："四更成寐，五更复醒。念夷人纵横中原，无以御之，为之忧悸。"②那么在这种严重的外患下，曾国藩的盛世情结又是如何存在的呢？我们当然可以把这视为一种面对外部危机而由内激发出来的心理应激反应，然而如果没有一种持久的现实针对性的话，这种反应随即便会消散，甚至在现实打压下迅速崩溃。那么曾国藩一直坚持到老的盛世精神，其目标及理路何在呢？

从清王朝被迫走向世界开始，在"师夷长技以制夷""师夷长技以自强"等呼声下，各种思想与力量都开始冲击中国的思想传统。而清后期学术思潮与社会危机相遇的产物是今文经学复活并迅速流行，他们开始倡导社会变革，前面已经涉及魏源《诗古微》等作以今文经学为理论武器，从而突出士大夫阶层议政论政的合法性。晚清今文经学的思想在今人看来是颇有些现代性的，但这显然不是上层士大夫如曾国藩等想要的，因为今文经学的主张毫无疑问会颠覆儒家所设想的君臣上下的一元政治体系，弱化"君君臣臣"的伦理效力，是对理学意识形态的否定。今文经学的立论基础在于衰世的动荡，那么此时曾国藩特别强调光明伟峻、喷薄而出的古文风气，特别是奏疏的阳刚气象，便正有维护政治统序、维护王道纲常的意味，所谓"治世之音安以乐"，苟欲扶危持倾，力

---

① 《曾国藩全集·日记》第17册，105页，长沙，岳麓书社，2011。
② 《曾国藩全集·日记》第17册，212页，长沙，岳麓书社，2011。

挽狂澜，曾国藩必须首先在意识形态领域清除这些"怨以怒"的"乱世之音"。①

在曾国藩稍早之前的梁章钜也在文学上极力抵制今文经学的纵横恣肆之文，为此他吸收了骈文在修辞上的节制凝练，从而形成了包容骈、散的文体观念。从曾国藩对陆贽奏疏的评价看，他也乐于吸收骈文的文体特点来修饰文辞，而且他指出朱熹《戊申封事》的问题就在于没有润色修饰，而"万言书"这样的文体恰恰又是今文经学所喜用的"处士横议"文风。在曾国藩与梁章钜的文章体制论中，均可看到矫正横议的努力，不得不说这种具有共性的文体观，正有着深刻的社会指向。曾国藩并非不主张变革。魏源提出"师夷长技以制夷"的高论，但是他没有力量去实践，曾国藩则是在手握大权的现实基础上真正办起了洋务运动，他创办安庆内军械所、规划江南制造总局、设馆翻译西学文献、选派留学生，在对抗西方列强的侵略上，曾国藩的努力反而还更有作用。在实学上，曾国藩也对贺长龄、魏源编辑的《皇朝经世文编》给予充分的肯定。但是曾国藩的选择是建立在"内圣外王"的儒家哲学基础上的，这个政治思想基础不能变，对义理的核心也就不能变。

稍做联想其实可以发现，曾国藩的奏疏文体论，以利害、义理、人情为"陈义高远"的内核，以"音调铿锵""辞尚体要"为语言的本色，以"典、显、浅"为奏疏的三字诀。这些都与方苞"义法"合一所形成的"雅洁"文风高度契合。曾国藩的奏疏文体论是渗透在对历代奏疏的点评之

---

① 杨国强描述曾国藩说，"他是一个踔厉奋发者，但身上常背着百结忧悒的沉沉重负。"这使其呈现出复杂的多重人格特点。参见杨国强：《义理与事功之间的徘徨：曾国藩、李鸿章及其时代》，43～45 页，北京，生活·读书·新知三联书店，2008。

中的，某种程度上说，这既是在言文体同时又是在言文法。言文法的目的是要塑造出理想的奏疏文体，而其内在精神则是要重塑经典的儒家义理，这又与方苞以"言有序"的文法追求"言有物"的义理相一致，因而在某种程度上说，曾国藩的奏疏文论实可视为方苞古文理论在晚清的再度复兴，然而其深刻的现实针对性以及在维护传统思想上的努力，则是曾国藩的时代所独有的。

清末，章太炎评价曾国藩说："誉之则为圣相，谳之则为元凶"①，这一说法有点像历史上对曹操的评价。而在曾国藩自己心中，他是以"圣相"的标准自期的，因而也就不遗余力地在军事、政治、文化等全方位突破，努力重塑儒家理想的社会秩序，根本内核就是传统儒家的义理与伦理。可以说，曾国藩的文体论是典型的桐城派文体论的理论复兴，而其深刻社会现实指向，更使得它呈现出大量不同于传统奏疏文体论的新的价值判断与新的文体精神。也正因为如此，一大批活跃在晚清政坛上的有志之士才会聚集在他身边，为其道德感召力所影响，从而构成了晚清士大夫重建社会秩序思潮中的一股激流。

第三节　文学复古的革命意识：章太炎文论管窥②

如果把曾国藩的文学与批评视为桐城文派在晚清的再一次闪现，那么以更为集大成，同时也更进一步激活文学批评之独特价值，以"文"为

---

① 章太炎：《章太炎全集·检论》，598 页，上海，上海人民出版社，2014。
② 曾发表于《新亚论丛》，第 18 期，2017。本节略有修订。

手段实现中国之现代转型的先驱者，则当属清末的章太炎。

章太炎是清末民初叱咤风云的人物，鲁迅（1881—1936）称赞他说："以大勋章作扇坠，临总统府之门，大诟袁世凯的包藏祸心者，并世无第二人；七被逮捕，三入牢狱，而革命之志，终不屈挠者，并世亦无第二人：这才是先哲的精神，后生的楷范。"①如鲁迅所描述，章太炎主要是作为革命家而被人所了解的，而同时他又是晚清朴学的最后一位大师，在语言文字之学上多有开创，可谓"有学问的革命家"。

章太炎的学术涉及小学、经学、史学、诸子学、文学乃至社会学、医学等诸多方面，作为"清代学术史的押阵大将"②，其文学理论虽不及小学、诸子学等具有崇高地位，但同样是探讨清代文评绕不开的话题，特别是他独特的文学复古思想，尤其值得关注。关于章太炎的文论与思想研究，前人已有较多讨论，陈雪虎《"文"的再认：章太炎文论初探》一书的导论部分第三节对此做了精到的概括与详细的评析，颇有针对性。③ 此外章太炎逝世 80 周年之际，由章太炎之孙章念驰领衔主编的《章太炎生平与学术》一书中也精编了章氏研究的代表性作品，大有开创"章学"的意图。④ 关于章太炎文论与思想的基本主题，前人总结概括既已相当全面，本节便无意再详加追究，而是将关注点放在章氏具体的作

①　鲁迅：《关于太炎先生二三事》，见《鲁迅全集》第十册，149 页，北京，人民文学出版社，2014。

②　胡适：《五十年来中国之文学》，见《胡适文集》第三册，206 页，北京，北京大学出版社，2013。

③　陈雪虎：《"文"的再认：章太炎文论初探》，15～22 页，北京，北京大学出版社，2008。

④　章念驰：《章太炎生平与学术》，上海，上海人民出版社，2016。

家批评层面，从而以小见大地审视晚清文评专书的最终归宿。本节的讨论将以《国故论衡·文学七篇》中的论述为主要对象。

《国故论衡》成书于宣统二年（1910），由东京秀光社初刊，该书共三卷，上卷论小学十一篇，中卷论文学七篇，下卷论诸子学九篇，基本上涵盖了当时所谓"国学"的主要领域，在陈平原看来，"如果要挑一本既精且广、能大致体现章氏学术创见的著述，非《国故论衡》莫属"①。其卷中七篇正是清代文评专书的压卷之作，其中的一些观点尤其值得讨论。

钱穆曾概括章太炎的文学观念说：

> 或艳称其文章，太炎论学颇轻文士，于唐宋文人多所讥弹，谓学贵朴不贵华，枝叶盛而根荄废。自称为文特履绳蹈墨，说义既了，不为壮论浮词，以自芜秽。谓百年以前，学者惟患琐碎，今正患曼衍也。又谓非为慕古，欲使雅言故训，复用于常文。其自述文章能事崖此。②

清人于文学大多对唐宋文持肯定态度，特别是对唐宋八大家之文，如欧阳修、曾巩的义理之文，苏轼的才子之文，都有或汪洋淡泊或跌宕起伏的独特风神，因而在清代长期受到推崇。那么章太炎的这番一反常论之

---

① 陈平原：《兼及"著作"与"文章"——略说〈国故论衡〉》，载《浙江社会科学》，2003（1）。

② 钱穆：《余杭章氏学别记》，见章念驰：《章太炎生平与学术》，25 页，上海，上海人民出版社，2016。

见究竟有何依据？他理想的文人又是什么样的呢？

一、崇魏晋而轻唐宋

《国故论衡》中最为集中的作家作品论出现在《论式》与《辨诗》篇中。《论式》集中讨论"论"体文，《辨诗》则主要讨论押韵文体，比如诗、赋、铭等，二者合起来基本涵盖了中国古代诗文除叙事文之外的大部分内容，因而章太炎对"论"与"诗"的讨论亦可视为一次文学史的总结。

在《论式》篇中，章太炎首先列举了先秦时期他看重的几位作家："其在文辞，《论语》而下，庄周有《齐物》，公孙龙有《坚白》《白马》，孙卿有《礼》《乐》，吕氏有《开春》以下六篇。"在他看来，这些战国时期的文章"其辞精微简练，本之名家，与纵横异轨"，因而"内发膏肓，外见文采，其语不可增损"①，堪为典范。当然，先秦一向被古人视为"黄金时代"，两周文献自然也成为古人追摹的典范，这是古人的共性特征。

古人一般把汉代散文视为直接先秦的样板，前明七子"文必秦汉"自不必说，清人也有不少推崇汉代文家的，比如曾国藩选编《鸣原堂论文》，入选篇目中汉代占了一半以上。而章太炎则痛批了汉代作家不知节制，他说："汉世之论，自贾谊已繁穰，其次渐与辞赋同流，千言之论，略其意不过百名。杨子为《法言》，稍有裁制，以规《论语》，然儒术已勿能拟孟子、孙卿，而复忿疾名法。"他甚至还拿扬雄和公孙龙对比，称二人的文章比起来就是"跛鳖之与骐骥也"。② 贾谊、扬雄等人都是西

---

① 章太炎：《国故论衡》，116 页，北京，商务印书馆，2010。
② 章太炎：《国故论衡》，116、117 页，北京，商务印书馆，2010。

汉文家的杰出代表，前者更被鲁迅推为"西汉鸿文"两大家之一，而在章太炎看来，他们都有严重的问题，这是因为"儒者与纵横相依，逆取则饰游谈，顺守则主常论；游谈恣肆而无法程，常论宽缓而无攻守"。儒家的论文失去战斗性而且论点不纯，纵横家则恣肆游谈、没有法度。再往后发展，以董仲舒为代表的今文经学家的文章问题更严重，所谓"其后经师渐与阴阳家并，而议论益多牵制矣"，不但观点不纯、论文没有力道，而且还染上了阴阳家微言大义，"多傅以疑似之言"的坏毛病。[①]

比较而言，章氏看重的反而是前人不看重的东汉之文，他说："然其深达理要者，辨事不过《论衡》，议政不过《昌言》，方人不过《人物志》"，认为王充（27—97）、仲长统（180—220）和刘劭（约170—约245）代表了汉代文章水平，并且称赞说"此三家差可以攀晚周"[②]，这样的评价对此三家而言真可谓盛誉了。

更为独特的是，章太炎特别看重魏晋文人，他用了大篇幅称赞"晋之盛德"：

> 当魏之末世，晋之盛德，钟会、袁准、傅玄皆有家言，时时见他书援引，视荀悦、徐幹则胜。此其故何也？老、庄、形名之学，逮魏复作，故其言不牵章句，单篇持论，亦优汉世。然则王弼《易例》、鲁胜《墨序》、裴頠《崇有》，性与天道，布在文章，贾、董卑卑，于是谢不敏焉。经术已不行于王路，丧祭尚在，冠昏朝觐，犹

---

① 章太炎：《国故论衡》，119页，北京，商务印书馆，2010。
② 章太炎：《国故论衡》，117页，北京，商务印书馆，2010。

弗能替旧常，故议礼之文亦独至。陈寿、贺循、孙毓、范宣、范
汪、蔡谟、徐野人、雷次宗者，盖二戴、闻人所不能上。施于政
事，张斐《晋律》之序，裴秀地域之图，其辞往往陵轹二汉。由其法
守，朝信道矣，工信度矣。①

从唐代开始，魏晋文章就遭到贬低，在中国古代形成了一种魏晋六朝文
章徒饰修辞而无道德、无学问的思维定式。章太炎则指出，老庄形名之
学也是学问，而且魏晋文人讨论"性与天道"反而不像汉代那样因"牵章
句"而烦冗，自有其理论深度。而对于韵文来说，章太炎同样对魏晋作
家予以盛赞，甚至认为他们继承了国风的传统：

> 独《风》有异，愤懑而不得舒，其辞从之，无取一通之书、数言
> 之训。及其流风所扇，极乎王粲、曹植、阮籍、左思、刘琨、郭璞
> 诸家，其气可以抗浮云，其诚可以比金石，终之上念国政，下悲小
> 己，与十五《国风》同流。②

对魏晋诗人来说，章太炎肯定他们的是气抗浮云、诚比金石的情感力
度，换言之，就是强调他们诗歌的战斗力与对国家、对个人的深厚
情感。

那么魏晋文人最主要的优点在哪呢？在章氏看来就是持论本于名

---

① 章太炎：《国故论衡》，117 页，北京，商务印书馆，2010。
② 章太炎：《国故论衡》，125～126 页，北京，商务印书馆，2010。

家，所以议论精炼而道理充分，所谓"要其守己有度，伐人有序，和理
在中，孚尹旁达，可以为百世师矣"①。而相比较来说，唐宋文人缺点
正在于不会持理议礼、行文没有法度而只会"出入风议，臧否人群"。他
说："自唐以降，缀文者在彼不在此。观其流势，洋洋洒洒，即实不过
数语。又其持论不本名家，外方陷敌，内则亦以自偾。"②这些批评与前
面批评汉代文人的理由差不多，认为文章看起来洋洋洒洒，其实没有根
本。与魏晋文人相比，他们缺的就是"形名之学"，而章太炎恰恰非常看
重形名之学，他强调说："文生于名，名生于形。形之所限者分，名之
所稽者理。分理明察，谓之知文。"可见章太炎的"理"并不是儒家义理，
而是文章的基本逻辑性界分。至于这种逻辑性的保证，则来源于小学，
所谓："小学既废，则单篇抓落；玄言日微，故俪语华靡。"③所以小学
是作文的基本保证，玄学式的思辨是作文的内在要求。基于同样的思
路，章太炎在《辨诗》篇中认为韵文写作"代益陵迟，今遂涂地"的原因也
在于过分"发扬意气，故感慨之士擅焉"，其结果是"聪明思慧，去之则
弥远"，丧失了"综持名理"的文学本性。他又说赋体文"其道与故训相
俪，故小学亡而赋不作"，同样以小学为文章的根本。④

　　以名理的标准去衡量唐宋文人，章太炎认为张说（667—731）、苏颋
（670—727）还可以"上攀秦汉"，陈子昂（661—702）、张九龄（678—
740）、李白（701—762）等还"稍稍以建安为本"，杜甫（712—770）能够

①　章太炎：《国故论衡》，119 页，北京，商务印书馆，2010。
②　章太炎：《国故论衡》，117 页，北京，商务印书馆，2010。
③　章太炎：《国故论衡》，118 页，北京，商务印书馆，2010。
④　章太炎：《国故论衡》，124、129 页，北京，商务印书馆，2010。

"哀思主文"。此后文学就走向末流，韩愈、吕温（771—811）、柳宗元、权德舆（759—818）、独孤及（725—777）、皇甫湜（777—835）等皆"劣能自振"。所谓"中国废兴之际，枢于中唐，诗赋亦由是不竞"，"韩愈、孟郊盖《急就章》之别辞，元稹、白居易则日者之瞽师之诵也"，至于两宋以下则更是浮夸不足观了。① 章太炎特别批评了清人乐道的欧、曾及三苏："欧阳修、曾巩，好为大言，汗漫无以应敌，斯持论最短者也。若乃苏轼父子，则佞人之戋戋者。"欧、曾还算是儒者，但是行文散漫没有战斗力，三苏更是被认定为纵横小人了，章太炎于此再次强调学术根柢的重要性："凡立论欲其本名家，不欲其本纵横。儒言不胜，而取给于气矜，游獥怒特，蹂稼践蔬。"②最后这句简直有人身攻击的味道，可见章太炎多么不满宋代文人。

总之，章太炎极力反对西汉以及唐宋文人，而高度推崇魏晋文人，在《论式》篇梳理完文学史后，他再次总结道："夫雅而不核，近于诵数，汉人之短也；廉而不节，近于强钳，肆而不制，近于流荡，清而不根，近于草野，唐、宋之过也；有其利无其病者，莫若魏、晋。"其贬低汉唐、独尊魏晋的观念实在是非常明显，而所以强调魏晋，正因为在章太炎看来，效法魏晋"必先豫之以学"③，有学术为根柢，文学上自然就有保证。

---

① 章太炎：《国故论衡》，124、126 页，北京，商务印书馆，2010。
② 章太炎：《国故论衡》，120 页，北京，商务印书馆，2010。
③ 章太炎：《国故论衡》，120 页，北京，商务印书馆，2010。

二、文学以文字为准

章太炎对魏晋文人倍加推崇，在他看来，魏晋文人因为精通形名之学，所以能以小学对行文做出准确清晰的界定，从而避免了文章烦冗，显得简洁有法。魏晋文人又精通老庄玄学，所以文章具有很强的思辨性与逻辑性。这种说法当然足以自成一家，但毕竟与中国传统上讲究征圣、宗经，以及宋代以来崇尚理学的思维方式颇为不同。那么，章太炎的这种宗尚又有怎样的意图呢？

首先看章太炎自述其对作家的评判标准。他说：“余少已好文辞，本治小学，故慕退之造词之则。为文奥衍不逊，非为慕古，亦欲使雅言故训，复用于常文耳。犹凌次仲之填词，志在协和声律，非求燕语之工也。”[①]这段话中提到他对韩愈的认同，他首肯韩愈的是其“造词之则”，即韩愈的“文从字顺各识职”。这是因为在他看来，韩愈的这个优点来源于小学，其可以创造一种“雅言故训”的文风，这正是他的理想，他希望“雅言故训”不仅可以应用于经学训释，更能“复用于常文”。那么问题来了，故训本来是一种专业的学术性操作话语，章太炎却“欲使雅言故训，复用于常文”，其目的性何在呢？

章太炎以王阳明《与罗钦顺书》中“格物者，格其心之物，格其意之物，格其知之物。正心者，正其物之心。诚意者，诚其物之意。致知者，致其物之知”，一段话为例而分析道：“此种但是辞句缴绕，文义实

----

① 章太炎：《蓟汉三言》，197 页，上海，上海书店出版社，2011。

不可通。后生有效此者，则终身为绝物矣。"①王阳明是明代大儒，这段话讨论《大学》中的格物、致知、诚意，以格物为本，把格物建立在立心、立意、立知的基础上，然后可以正心、诚意、致知。看起来说得很全面，前后还有联系，但其实是循环论证，至于什么是心、什么是意、什么是知，没有任何界定，只有排比句形式化的表现而已。章太炎批评它"文义实不可通"绝非苛责，而这正反映出一种语言的异化现象。

所谓语言的异化，就是在使用语言以表情达意的过程中，语言变得无法真切表现作家的思想与情感，即使它看起来仍然足够雅致、足够华丽，但是词不达意、言不由衷，王阳明讨论格物致知的几句话就是典型。章太炎认为，语言从诞生以来，在不断的发展过程中，渐渐染上了词不达意的病质，即不能做到孔子所谓"修辞立其诚"。值得注意的是，与此前很多批评家反对修辞的文质论不同，章太炎的观点其实包含更多学理诉求。他从日本人姊崎正治(1873—1949)的《宗教病理学》中了解到马克思·缪勒(Max Müller，1823—1900)有关神话起源的"言语之瘿疣"(disease of language)理论，从而意识到语言无法与事物保持一致的缺陷，这使人们在使用语言时不得不通过比喻、转义等方式来实现表达，章太炎认为汉语中的"假借"与"引申"现象正来源于此。然而，问题在于后人却愈发追求文辞之美，从而"将这一缺陷作为技巧而乱用，便是小学的末路和文学的堕落。"因此，在日本学者木山英雄看来，章太炎的"修辞立诚"不但不是反对修辞，正相反"它其实是严格至极的修辞学

---

① 章太炎：《国故论衡》，120 页，北京，商务印书馆，2010。

要求"①。

那么，如何应对语言的异化呢？章太炎的武器便是小学。中国传统的文字训诂之学对于汉字的字义有着精确的表述，比如刻玉为"琢"、刻竹为"篆"，汉字因而体现出极强的即物性特点，这正是章太炎所追求的修辞的严密效果。因此，在《国故论衡·文学总略》中，章氏开宗明义地给文学下了定义："文学者，以有文字著于竹帛，故谓之文。"而针对以形式与审美作为文学属性的观点，章太炎批驳说："今欲改'文章'为'彣彰'者，恶乎冲淡之辞，而好华叶之语，违书契记事之本矣。"因为以"彣彰"定义文学，所重在修饰辞采，这反而会加速语言的病质，无法捍卫汉语的纯洁性，所以他强调："是故榷论文学，以文字为准，不以彣彰为准。"②

章太炎随即展开了对当时文坛流行观念的辩论。首先是批驳"文选派"，他认为《文选》选文的体例本就有问题，昭明太子根据一己的喜好而"独取文采斐然，足耀观览"的文章，结果反而遗漏了那些名理精微的佳作，所以"昭明之说，本无以自立者也"，只是一种形式主义的文学而已。③ 其次是阮元倡导的骈文派，章太炎指出阮元的"文笔之辨"无法概括真正的"文"。他使用的仍是正名的方法，阮元以《文言》为文，章太炎就说《系辞》与《文言》同为述赞之辞，同为俪辞，但是一者曰"文"，一者曰"辞"，所谓"体格未殊，而题号有异"，因此《文言》之"文"根本不能作

---

① ［日］木山英雄：《文学复古与文学革命——木山英雄中国现代文学思想论集》，221 页，北京，北京大学出版社，2004。

② 章太炎：《国故论衡》，73～74 页，北京，商务印书馆，2010。

③ 章太炎：《国故论衡》，75 页，北京，商务印书馆，2010。

为"文"以骈俪为主的证据。① 此外，如陈雪虎所说，章太炎以文字为"文"的观念是将"口说"屏斥于文学之外，从而回应了晚清康有为（1858—1927）为主的今文经学以微言大义、托古改制而缘饰政治的意图，从根本上解构了今文经学的土壤。② 最后，章太炎回应了"五四"一代所谓"学说以启人思，文辞以增人感"③的新文学观念，包括鲁迅在内的一批新文学作家都秉持类似观念，为此鲁迅还和章太炎有过专门的争论。④ 但是在章太炎看来，学说同样具有感动人心的力量，比如贾谊的《过秦论》；而押韵的文辞同样也有无法打动人的，比如很多以铺张为主的汉大赋，所以审美性并不能成为衡量文学的标准。

在解构了三种文体观念后，章太炎继续发力，又解构了"文气说"与"文德说"两种著名的文学观念。"文以气为主"的观点始于曹丕，经韩愈、苏辙而继续发挥；文德一致的观念始于王充，并在章学诚手中发扬。但是章太炎以文字为"文"的根本，所以他坚决拒斥兴会风神为主的"文气"，同时又摒弃了文品即人品的道德人格标准。因为这些标准都是后代附加在"文"之上的形而上观念，它们与"文"原初的表情达意功能无关，章太炎就是要让人"知文辞始于表谱簿录"⑤，这才是他所认定的"修辞立诚"。

---

① 章太炎：《国故论衡》，76～77 页，北京，商务印书馆，2010。

② 陈雪虎：《"文"的再认：章太炎文论初探》，52 页，北京，北京大学出版社，2008。

③ 章太炎：《国故论衡》，78 页，北京，商务印书馆，2010。

④ 参见许寿裳：《亡友鲁迅印象记·从章先生学》，见《鲁迅回忆录·专著》，229 页，北京，北京出版社，1999。

⑤ 章太炎：《国故论衡》，81 页，北京，商务印书馆，2010。

章太炎"榷论文学，以文字为准"的文学观，彻底解构了中国古典到现代以来所有的文学观念，把附加在文学之上的政治、道德、审美等意识形态属性全部剥去，还原为语言文字为中心的文学。而如此论文学，自然也就会对本乎今文经学的贾谊、董仲舒，对鼓吹"文以载道"的欧阳修、曾巩等人深有不满了。可以说，古文经学的学术根柢是章太炎作家论取舍好尚之差异的根本原因。

清代是中国古典文化的集大成时期，各种学说、文学，乃至文体都在清代复兴，除了义理、辞章、考据三大流派外，举凡经世实学、今文经学、形式美学等都在清代文化场中占有一席之地，并且长期以来形成自我标榜并互相攻击的局面。在这个意义上说，章太炎的文学观正有总结集成的意味，对付意识形态之争最巧妙的办法就是从根本上解构它们。当文学剥去了附加在其上面的意识形态的外衣时，可以说有清一代的文学论争也就可以在章太炎手中彻底画上句号了，这是章太炎文论在现实意义之外的文学史意义。

三、作为启蒙的文学复古

如果仅仅从总结、回应了清代文学与学术之纷争的角度来审视章太炎的文学史意义，其实还是低估了他，因为这种分析的内在逻辑依然还是胡适式的。即把章太炎定位在中国古典文学的结束时期来认识，仍然难免胡适所谓"他的复古主义虽能'言之成理'，究竟是一种反背时势的运动"①的评价。因为随着鲁迅等"五四"一代作家的崛起，文学领域马上就抛弃了桐城派与文选派为代表的清代文学主流观念，文学革命成为新文学的主流。而如此一来，章太炎的解构其实也就意义不大了。那么是否果真如胡适所说的，章太炎的文学在"五四"以后就"及身而绝"了呢？

鲁迅曾认为"先生的业绩，留在革命史上的，实在比学术史上还要大"②。此话确乎言之不虚，从章太炎辅佐孙中山（1866—1925）革命，到后来为民国共和政体的延续而不断奔走努力来说，章太炎确实在近代革命史上留下了浓重的一笔。而同样值得注意的是，章太炎的学术本身也具有革命的属性，甚至可以说具有某种超越革命的潜质。

光绪二十九年（1903），章太炎因为发表《驳康有为论革命书》以及为邹容（1885—1905）《革命军》作序而遭清廷逮捕，入狱三年。光绪三十二年（1906）出狱后，被孙中山接往日本，在留日学生欢迎会上，章太炎发表演讲时说道："可惜小学日衰，文辞也不成个样子。若是提倡小学，能够达到文学复古的时候，这爱国保种的力量，不由你不伟大的。"可知章氏力倡小学，并非仅仅因为他的学术渊源，而实有"爱国保种"的意思，他又说："第一，是用宗教发起信心，增进国民的道德；第二，是用国粹激动种姓，增进爱国的热肠。"那么他们倡导的国粹，具体指什么呢？章太炎有这样一番描述：

---

① 胡适：《五十年来中国之文学》，见《胡适文集》第三册，208页，北京，北京大学出版社，2013。

② 鲁迅：《关于太炎先生二三事》，见《鲁迅全集》第十册，147页，北京，人民文学出版社，2014。

　　为甚提倡国粹？不是要人尊信孔教，只是要人爱惜我们汉种的历史。这个历史，是就广义说的，其中可以分成三项：一是语言文字，二是典章制度，三是人物事迹。近来有一种欧化主义的人，总说中国人比西洋人所差甚远，所以自甘暴弃，说中国必定灭亡，黄种必定剿绝。因为他不晓得中国的长处，见得别无可爱，就把爱国爱种之心，一日衰薄一日。若他晓得，我想就是全无心肝的人，那爱国爱种的心，必定风发泉涌，不可遏抑的。①

“国粹”本是日本的舶来词，光绪三十一年（1905），邓实（1877—1951）、黄节（1873—1935）等人在上海创办《国粹学报》，开始反思盲目崇拜欧美所带来的文化失衡，由此形成“国粹派”。章太炎、刘师培（1884—1919）都是国粹派的干将。在他们这里，所谓“国粹”，首先是语言文字（即小学），其次是典章制度（即考据），最后是人物事迹（即历史），而学习国粹的目的首先就是祛除欧化主义的毒，消灭亡国亡种的谬论，以此激励民众的爱国情感。章太炎在《国故论衡·正言论》篇中也提到“犹愿二三知德君子，考合旧文，索寻古语，庶使夏声不坠，万民以察”②。章氏不断强调“国粹”，诚如王汎森所说：“学习它们，至少可以培养出一种自觉心，自觉到汉族始终是一个连续体，不可切断，并自觉到汉族在所有种族中的特殊性，而且足以绾合整个民族，激励使用同一语言并拥有

---

①　章太炎：《东京留学生欢迎会演说辞》，载《民报》，1906（6）。
②　章太炎：《国故论衡》，67 页，北京，商务印书馆，2012。

共同历史记忆者团结在一起。"①

其实不光是欧化主义动摇人心，在中国近代史上，民众长期以来都很难走出被他人所影响的阴影。鲁迅的小说集《呐喊》中就描写了很多麻木愚昧的人，比如，《药》中的华老栓成为戕害革命党的看客与帮凶，《阿Q正传》中的主人公阿Q更是跟风闹革命却又没有理想的形象代表。鲁迅将其概括为国民劣根性，其实若不像鲁迅这样痛心疾首，倒是可以用民智未开来解释。而早在辛亥革命爆发之前，章太炎就在《国故论衡·原道下》中讲道："今无慈惠廉爱，则民为虎狼也；无文学，则士为牛马也。有虎狼之民、牛马之士，国虽治，政虽理，其民不人。"②所谓虎狼之民、牛马之士，说的就是士民在专制权力之下的奴隶状态，换言之也就是一种未启蒙状态。

康德(Immanuel Kant，1724—1804)这样概括启蒙的定义："启蒙就是人类脱离自我招致的不成熟。"所谓"自我招致"指"不在于缺乏理智，而在于不经别人引导就缺乏运用自己理智的决心和勇气"。正因为对自己所处的环境无法自主思考、判断，才会总是被别人引导，也就一次次失去自我成熟的机会。而那些外人施加的引导一遍遍地强化，就成为某种固化的规则与公式，更成为限制自我的脚镣。康德说："一场革命也许会导致一个专制的衰落，导致一个贪婪的或专横的压制的衰落，但是

---

① 王汎森：《清末的历史记忆与国家建构——以章太炎为例》，见章念驰：《章太炎生平与学术》，631页，上海，上海人民出版社，2016。

② 章太炎：《国故论衡》，164页，北京，商务印书馆，2012。

它决不能导致思想方式的真正变革。"①这一概括尤其精辟！实际上，阿Q等人物身上反映出的，正是辛亥革命推翻清政权后，民众依然未启蒙的精神表现。所以无论是清帝还是孙中山，无论是黎元洪（1864—1928）还是袁世凯（1859—1916）、段祺瑞（1865—1936），在大众心中并无本质不同，他们依然是民众所臣服的权威，大总统变成了新皇帝，辛亥革命的成功仅仅是万里长征第一步。

那么国粹，或者说语言文字、典章制度、人物事迹，何以就能改变这一切呢？章太炎的理论逻辑是通过小学训诂与典制考据，就可以在还原汉语本意的基础上，获得一些自由与民主的意识，而且这意识来源于学术，并不是一种政治鼓动，因而它是自由的而非规则的。比如，他作《官制索隐》讨论了三个内容，首先是论"天子居山"，他通过音韵与训诂证明明堂、清庙、辟雍、光禄等词汇本意皆与山麓有关；又根据《尔雅·释诂》训林烝为君，则"林为山林，烝即薪蒸，是天子在山林中明甚"；又天子居处名"禁中"，禁字从林声，亦是山林之意，以此可证上古天子出自山林，那些具有神圣性的场所，最初不过是客观的地点指称而已。其次论"宰相用奴"，他考证三公、大保、光禄等官皆出自"阿衡""阿保"，本是奴仆之义；"相"字则本是"瞽师之扶掖者"；"仆射"也是贱官之名；"官"本字为"馆"，乃从食之义；"臣"字乃俘获之义，男为人臣，女为人妾，以此证明所谓的宰相、臣、官等不过起源于奴仆而已，并没有什么可尊贵的。最后讨论吏制，先考证"大凡士、事、史、吏、

① ［德］康德：《对这个问题的一个回答：什么是启蒙？》，见［美］詹姆斯·施密特编：《启蒙运动与现代性：18 世纪与 20 世纪的对话》，徐向东、卢华萍译，61、62 页，上海，上海人民出版社，2005。

使、李、理、辞、司九字，古本一言，声义无二"，这些人员主要的工作是"史以载籍，吏以长民，使以宣情，而原皆出于士师"，此说明原始制度中就蕴含着法制的基础。而天子居山、宰相为奴、法吏行政，三者合而观之正可见一种原始的民主精神，士民知此，则当唤起自由与民主之心。① 而如此讨论经学问题，也已远远超越乾嘉朴学的层面了。

章太炎之所以称赏魏晋文人，除了魏晋名学正名意识所带来的逻辑性以外，更因为魏晋文人多有自得解放的思想。魏晋时期政治环境固然险恶，但却正因此而塑造了文士抵抗的思想与行为。夏侯玄（209—254）、何晏（？—249）、王弼（226—249）等以老庄思想抵制曹魏政权的刑名法术之学，阮籍（210—263）、嵇康（约 224—约 263）在高平陵政变后以激烈地攻击礼乐纲常来抵制司马氏政权所利用的儒家意识形态。随之而来的还有裴頠（267—300）的崇有论，这可以视为儒家思想的理论反弹。学术在哲学激辩中展现了强烈的斗争性，章太炎指出，魏晋文人"会在易代兴废之间，高朗而不降志者，皆阳狂远人"，而他们的学术也就"辩智闳达，浸淫返于九流"②，足以上继先秦遗风，成就魏晋玄学的理论高度，所谓："夫经莫穷乎礼乐，政莫要乎律令，技莫微乎算术，形莫急乎药石，五朝诸名士皆综之，其言循虚，其艺控实，故可贵也。"③而学术上充满逻辑性、思辨性，政治上具有批判性、攻击性的文

---

① 章太炎：《章太炎全集·太炎文录初编》，81～96 页，上海，上海人民出版社，2014。

② 章太炎：《学变》，见《訄书详注》，徐复注，95、97 页，上海，上海古籍出版社，2000。

③ 章太炎：《五朝学》，见《章太炎全集·太炎文录初编》，69 页，上海，上海人民出版社，2014。

学，就可以唤起民众一种内在的精神力量，从而抵抗长期以来专制思维对思想的禁锢，这成为思想启蒙的最佳文本。余英时指出：魏晋文人以个人主义对当时政治秩序的激烈攻击，"是相对于秦汉大一统时过分强调群体秩序的一种反动。章炳麟、刘师培等人在日本提倡'无政府主义'，其实便是受魏晋时代'无君论'思想的影响"①，看得可谓透彻。

于是，文学的内在学术性与批判性成为章太炎在语言文字标准之外，衡量作家水平的又一门槛。比如同样在语言上做到了"雅"，但是"雅"在章氏那里仍然是有区别的，所谓："雅有消极积极之分。消极之雅，清而无物，欧、曾、方、姚之文是也。积极之雅，闳而能肆，扬、班、张、韩之文是也。"②作家做到了"雅"还不够，因为"雅"有"清而无物"和"闳而能肆"之分，从章太炎肯定魏晋文人"辩智闳达"的态度来看，章氏显然要求作文之"雅"也必须有内在的张力，形成学术性与批判性。所以欧阳修、曾巩、方苞、姚鼐这些古今名家都不入章太炎法眼，雅固然是雅了，但文字没有力量也不行，比起来还是扬雄、班固、张衡（78—139）、韩愈的文章值得认可。

总之，在作家论方面近乎极端地崇尚魏晋，这在章太炎那里绝非一时之念，也绝不是仅仅从文学好尚而发论的，其中有着他深刻的现实用意。而他自己的文章也颇有魏晋风骨，章念驰描述其祖父章太炎说："鲁迅文章简约严明，格调冷峻，与祖父文风如出一辙。祖父与魏晋名

---

① 余英时：《现代儒学的回顾与展望》，62 页，北京，生活·读书·新知三联书店，2012。

② 章太炎：《文学论略》，该文作于 1906 年，由《国粹学报》第九至十一号连载。此文经章太炎修订后，形成《国故论衡》中《文学总略》篇。

士们一样，精神上有'独'的行为，从表面上看他们都有着强烈的反传统的叛逆意识，但在精神气质上则是传统的真正维护者。"①可以说，章太炎的作家与作品论正展现出清末知识分子在思考中华民族未来走向的关键问题时，力图通过发掘魏晋文人的逻辑性与战斗性，来唤醒士民自主意识与文化启蒙的努力。

四、文化保守主义的价值

中国古代文人一旦遇到现实的政治问题，最习惯的方式就是选择"复古"。西汉今文经学推出王莽（前46—23），结果亡了国，于是东汉文人抛弃今文经学，以复古的名义搞起了古文经学；中唐文人看到国事衰败得不成样子，于是鼓吹恢复儒家道统、复兴"古文"，一直延续到北宋都持续地推行"古文运动"；明代七子有感于台阁文人创作没有风骨，因而也要求"文必秦汉，诗必盛唐"，形成所谓"复古派"。虽然每一次的复古都是打着复古的旗号而进行的改革，但是坚持以古为准的文化改革却巧妙地在激进与保守之间维持着平衡，提供文化发展的缓冲剂，从而形成了中国文化特有的"中和"的意识。

然而，自从1840年鸦片战争以来，中国人就开始了持续近两百年的"革命"与"创新"，从洋务派学习技术，"师夷长技以制夷"；到维新派学习政治制度，进行戊戌变法；再到革命派武力推翻清政府，发动辛亥革命；其后又相继发动旧民主主义革命、新民主主义革命、土地改革；

---

① 章念驰：《我所知道的祖父章太炎》，33～34页，上海，上海人民出版社，2016。

终于建立了社会主义制度下的新中国，并迅速完成社会主义改造，并希望在经济与文化上实现新的革命。正是在这个意义上，余英时概括说："中国近代一部思想史就是一个激进化的过程（Process of radicalization）"①，而这造成了保守主义长期以来的失语。

中国以突飞猛进的速度实现着社会的变革，以致甚至今天还是"先进"的，明天可能就"落后"了。戊戌变法时，康有为上书光绪帝说："守旧不可，必当变法。缓变不可，必当速变；小变不可，必当全变。"②这正可视为近代以来中国文化的缩影。而与康有为的命运相似，章太炎在民国建立以后也被视为保守主义者，即便相知如鲁迅，亦认为"太炎先生虽先前也以革命家现身，后来却退居于宁静的学者，用自己所手造的和别人所帮造的墙，和时代隔绝了"③。然而，百年以后再去审视近代以来的文化变革，反思中国历史百年以来所走过的弯路，不少人开始了对"速变""全变"的反思，甚至有了同情康、梁，以及幻想君主立宪式政体的声音。当我们在"创新"与"保守"之间形成了好与坏、积极与消极、进步与落后的一一对应关系，其结果或许就像余英时所说："民国以后，一次一次的政治革命接踵而至，两极化的发展终于成为无可挽回的狂澜。这真是价值偏向在中国史上所造成的最大悲剧了。"④对此，他基于

---

① 余英时：《现代儒学的回顾与展望》，20～21页，北京，生活·读书·新知三联书店，2012。

② 梁启超：《戊戌政变记》，见沈云龙：《中国近代史料丛刊》第915册，145页，台湾，文海出版社，1969。

③ 鲁迅：《关于太炎先生二三事》，见《鲁迅全集》第十册，147页，北京，人民文学出版社，2014。

④ 余英时：《现代儒学的回顾与展望》，4页，北京，生活·读书·新知三联书店，2012。

对西方政治与文化的观照，认为应当学习西方"创新"与"保守"并重，在保守主义的 conservative 与激进主义的 radical 之间，找到一个作为中间量的 liberal，摆脱长期以来"创新＝进步""保守＝落后"的二元论思维。余英时从西方回视中国，又从古典审视现代，道出了中国近代化过程中的文化偏向。而章太炎的文学复古恰可为此问题旁开一道路。

光绪二十九年（1906），章太炎在《民报》上发表《国学讲学会序》一文，阐述自己的文学复古观念说："近观罗马陨祀，国人复求上世文学数百岁，然后意大利兴。诸夏覆亦三百岁，自顾炎武、王夫之、全祖望、戴震、孙诒让之伦，先后述作，迄于余，然后得返旧物。"①显而易见，章太炎是以西方文艺复兴作为自己文学复古的参照，他认为中国被清政府统治的历史就相当于西方黑暗的中世纪，因此他希望搞一场中国式的"文艺复兴"。章太炎最先标举出的就是顾炎武，而顾炎武正是在明清易代之际对君权提出了质疑，为张扬私欲与个体提供了理论支持。而以章太炎为代表的晚清思想家很容易就接上了明清易代之际的思想资源，并且远绍魏晋的"非君论"，这是十足的复古，却也是十足的开新。

更重要的是，章太炎的复古式革命，因其对传统的深刻继承而具有的保守性，起到的是社会稳定剂的作用。一个典型的例子就是关于民国政府议会制的公案，章太炎作《代议然否论》，公然批评资产阶级梦寐以求的议会制，认为代议制度在中国建立反而会滋长起一批新的压迫者、新的贵族："是故选举法行，则上品无寒门，而下品无膏粱，名为国会，实为奸府，徒为有力者附其羽翼，使得腰腊齐民甚无谓也。"又有人说可

---

① 章太炎：《国学讲学会序》，载《民报》，1906(7)。

以根据土地平均分配代表资格，章太炎认为这也是幻想，因为"凡法自下定者，偏于拥护富民。今使议院尸其法律求垄断者，惟恐不周，况肯以土田平均相配？"①这一认识是基于对中国历史与社会现实的了解而得出的，在清帝刚刚退位的民国初期，中国尚没有民主开花结果的土壤，此时激进地推行西方民主，其结果只是再造一新的贵族阶级而已，当然其后的历史发展也证明了民国政府统治下的议会制度被操纵、被玩弄的现实。

那么章太炎主张如何推行民主与民权呢？他呼吁的是行政、司法、立法、教育分权，以不同的政治力量之间相互制衡来保护民主的土壤。实际上，在行政权力之外另外设计监督机构，所继承的正是中国古代的监察制度，而赋予教育以专门的权力，也是实践中国古代的文人议政制度。司谏、士师，这些古代的典章制度，在处理中国问题、保持政权稳定，从而渐进式地实现民主的道路上，反而比照搬西方民主更有实现的可能。可惜处于革命洪流中的革命党人并未有此清醒认识，结果当然也是使民国时期昙花一现的民主匆匆夭折了。

在中国现代化的革命路途上，章太炎这样的"保守主义"尤其可贵。章太炎的文学复古与文化复古，并非纯粹照搬古人，而是在继承古代文化资源的基础上，力图实现的革新。他把文学还原到语言文字层面，从音韵训诂中剥离附加在文学之上的诸种意识形态，从而以解构的方式，推论出原始儒家的民主，以呼应当时的时代要求。在作家论方面，他极

---

①　章太炎：《章太炎全集·太炎文录初编》，313、317 页，上海，上海人民出版社，2014。

力歌颂魏晋文人，肯定他们文章的现实战斗力与逻辑思辨性，希望以此来实现中国的"文艺复兴"，实现对国民的启蒙。可以看到，所有这些主张都是站在今天的立场审视古人，发掘古典学术、古典文化的精髓，以传统国粹致用于当下，说他复古也好、说他保守也罢，却实实在在是社会发展过程中不可或缺的缓冲剂。对于中国文化来说，唯有在创新中不忘保守，才能维持中华文化的一贯性，也唯有这种与历史的连续，才最能激发国民的爱国意识和自主意识，真正维护社会的稳定、健康，而不是一味求变、一味求快的畸形发展。可以毫不夸张地说，百年以前章太炎的这一番"国故"之"论衡"，其意义还远远没有完结，而中国的现代化进程，也依旧还在路上。

结　论　｜　文评专书与清代文化建构

　　中国古代散文理论的发展至清而极，在传统文论体系所包含的文体论、创作论、鉴赏批评论以及作家论等方面，都形成了系统而丰富的理论探讨，特别是形成了数百部的文评专书，其以丰富而多元的文论探讨，支撑起中国古代文论的最后一座宫殿。伴随着文化交融、时局变迁等复杂因素，清人在文道关系、骈散关系、文学创作、文学风格、文体辨析等诸多理论命题上，都形成了集大成式的理论总结。

　　在前面几章的论述中，我们以时代的发展为线索，依次探讨了易代之际、清前期、清中期与清后期士人之散文批评与士风、学风的变化。特别审视了士大夫在适应时代社会的新命题，争取自身的话语权，寻求以文弘道，并且实现文学之现实功能等方面的努力。而作为记录这些思想观念、批评观点的载体，清代文评专书亦有其自身的文学与文化价值。在结束了历时性的梳理之后，我们将对清代文评专书的编辑出版、基本特点与文化风貌做一整体性的把握，从而在宏观层面总结其对清代文化的建构作用。

一、清代文评专书的编辑出版类型

作为承载清代文论家文学批评的基本载体，清代文评专书从编辑出版角度说，主要包括以下几类：第一，本无其书，作者独撰成书，即独撰型文评专书；第二，本无其书，弟子据师口授整理成书，即口述型文评专书；第三，本有撰述，后人摘录成书，即摘录型文评专书；第四，纂集历代名家论著成书，即纂集型文评专书。下面分别说明。

（一）独撰型文评专书

独撰型文评专书的作者多有一定学术背景，他们据读书所见，或考辨文章通例，或申明文章义理，形成清代一批有特色的文评专书。比如，黄宗羲阅读《金石例》后，觉得该书"大段以昌黎为例，顾未尝著为例之义与坏例之始，亦有不必例而例之者"，于是作《金石要例》，"摘其要领，稍为辩正，所以补苍崖之缺也"。① 顾炎武亦有感于前代史书体例混乱，于是考证史家笔法而作《救文格论》。又如，方宗诚多年"凡读

---

① （清）黄宗羲：《金石要例》，《黄宗羲全集》第二册，255页，杭州，浙江古籍出版社，2005。

经史子集及先儒传注，皆有所记"①。后将这些读书笔记编次整理成书，形成《论文章本原》《读文杂记》等读书论学、论文之作。

清人重考据之学，所以对文评专书中涉及考证的内容尤其重视。比如杭世骏作《订讹类编》、王先谦作《后汉书集解》，皆引《救文格论》的相关条目以资考证。影响更大的是《金石要例》，该书于康熙二十七年（1688）随《南雷文定》三集刊刻后，又分别有卢见曾《金石三例》本、王颖锐（1713—1794）刻本、郝懿行刻本。此外，诸如朱筠作《邵念鲁先生墓表》、俞樾（1821—1907）作《昭文县知县徐君墓表》时皆引黄宗羲之语解释墓表写法，梁章钜的《称谓录》亦引黄宗羲之说来解释"皇考""王考""少房""君"等碑传文称例，可见此书传播之广泛。而正如本书第三章中所论，清中期的一大批金石例著作，无一不回应着《金石要例》的观点，独撰型文评专书的价值亦可见一斑。

学者的独撰型专书多有人资助刊刻。比如，黄宗羲的《金石要例》最初由郡丞靳治荆刊刻，流传更广的《金石三例》本则由两淮盐运使卢见曾刊刻。冯登府的《金石综例》由侍郎徐士芬刊刻，其他著作亦由阮元等人刊刻，冯氏曾有感而作诗云："厚禄早看同舍贵，新书难得故人刊。"②再如孙梅（1739—约1790）的《四六丛话》亦在其去世后借阮元之力出版。有时商人也愿意出资，比如，山西富商杨尚文因"雅好金石"而喜爱刘宝楠的《汉石例》，遂于道光二十九年（1849）出资将其刻入《连筠簃丛书》，学者张穆（1808—1849）为之校勘并作序。

---

① （清）方宗诚：《论文章本原》，见王水照：《历代文话》，5616页，上海，复旦大学出版社，2007。

② （清）陆以湉：《冷庐杂识》，129页，北京，中华书局，1984。

偏重论辞章的独撰型文评专书，同样需要他人资助，但是因为文辞不如学术那样受清人重视，其出版往往需要一定机缘或请托。比如，刘大櫆的《论文偶记》，等到嘉庆元年（1796）才由秦瀛刻于家塾，而"未几版坏，绝少流传"，以致"求之久而弗获"。道光三年（1823）秋，吴郡李瑶从薛画水处得见《论文偶记》，手录为一编，以待付梓。直到道光二十六年（1846）秋，李瑶在章门遇到黄秩模，才在次年"用活字版摆印行之"①，即《逊敏堂丛书》本。又如，刘熙载的《艺概》，书成后"秘诸箧衍，不出示人"②，直到同治年间，谢章铤（1820—1903）称在"沪上书肆"购得《艺概》，此时刘熙载正应苏松太道应宝时（1821—1890）之邀主讲上海龙门书院，《艺概·自序》亦题"同治癸酉仲春"（1873），可以推测，《艺概》的出版当与应宝时的资助有关。

（二）口述型文评专书

另一些专书虽然署名某人，但最初却未必是其有意识撰著，而是他人整理而成，这类专书可称为口述型文评专书。比如，方苞曾以"义法说"为弟子程崟等讲授《左传》"四大战"等篇之章法。程崟深服其说，乃与王兆符共同整理为《左传义法举要》一书。又如，吕璜于道光八年（1828）延请吴德旋小住丛桂山房，期间相与论文，"亲承口讲指画"③，

---

① （清）刘大櫆：《论文偶记》，见王水照：《历代文话》，4105 页，上海，复旦大学出版社，2007。

② （清）王韬：《瀛濡杂志》卷四，光绪元年刻本。见杨抱朴：《刘熙载年谱》，269页，沈阳，辽海出版社，2010。

③ （清）吴德旋：《初月楼古文绪论》，见王水照：《历代文话》，5037 页，上海，复旦大学出版社，2007。

吕璜将其逐条记录下来。此稿本又为山阴陈增转录,于道光十七年
(1837)面呈吴德旋校正,并由蒋元煦刻入《别下斋丛书》出版。此外,一
些家塾中也有不少据笔记整理而成的专书,比如申颋(1652—1686)的
《耐俗轩课儿文训》即由其子申晋彦记录整理而成。

口述型文评专书多属于私塾讲演录性质的整理稿,不一定是严谨的
理论撰述,其总体数量与规模也不大,不如独撰型文评专书那样为人所
重。再加上口述者自谦等原因,未必在当时就出版。比如,《左传义法
举要》书成后,方苞未欲出版,直到王兆符"客死都下,发其箧,未得此
稿;子幼,叩其家人,则遗文之存者无几矣"[①]。另据王芑孙于嘉庆十
五年(1810)回忆,其祖父王世琪从方苞弟子钟励暇处得一抄本,视为珍
宝而代代家传,可见此书之珍稀。而直到乾隆年间,《左传义法举要》才
由方氏抗希堂刊刻出版。至道光中期,贺长龄任贵州巡抚,又于黔省刊
刻此书并为其作序,始扩大了影响力。此后,俞正燮(1775—1840)在其
考据《左传》之"涉河侯车败义"时,就曾引述方苞《左传义法举要》对"韩
之战"中"三败及韩"的解释。可见此类专书在学术与文学上有一定影响
力,但仍需借助一定外力促成其流通。

(三)摘录型文评专书

有时,文评专书之成乃作者无心为之,后人有意摘录而成。这类专
书的作者均为名人,辑录者将本来零散的文论话语汇集在一处刊行。比

---

① (清)方苞:《左传义法举要》,见余祖坤:《历代文话续编》,46 页,南京,凤凰
出版社,2013。

如魏际瑞的《魏伯子文集》卷四为《与子弟论文》，专门辑录论文之语。张潮认为这卷内容非常独特，是非常少见的将"文话"汇为一卷的例子，但是"三魏之集，合为一部，购者不易，读者亦难，余因特取此卷以行于世"①。《伯子论文》的刊行可以算作摘录，只不过是整卷直接析出单行。魏禧的名气在"三魏"中更高，而"叔子之论文，初非如伯子之专有其书也"②。于是张潮又自行从魏禧之《里言》《杂录》中摘出 22 则析为一书，与《伯子论文》一并收录于《昭代丛书》。可以推测，张潮是先看到《魏伯子文集》中的《与弟子论文》，认为有价值而别出单行。继而因为《伯子论文》的单行，又欲从《魏叔子文集》中也辑出类似之作，这才有了摘录《日录论文》之举。

姚鼐的《惜抱轩语》也属于类似情况。姚鼐本无论文专书，光绪十八年(1892)，廉泉刊刻刘大櫆的《论文偶记》，认为姚鼐的观点可与刘大櫆"相辅而益明"③，于是从姚鼐的尺牍中，摘出数十条论文之语，名为《惜抱轩语》，附于《论文偶记》之后刊行。再如，刘熙载的《游艺约言》也是其去世后由弟子辑录而成，全书由 140 余条只言片语式的文评组成，在形式与风格上都与《艺概》高度一致，光绪十三年(1887)收入《古桐书屋续刻三种》中刊行。

《惜抱轩语》《游艺约言》的成书历程与《日录论文》高度相似，共性特

---

① （清）魏际瑞：《伯子论文》，见王水照：《历代文话》，3593 页，上海，复旦大学出版社，2007。

② （清）魏禧：《日录论文》，见王水照：《历代文话》，3609 页，上海，复旦大学出版社，2007。

③ （清）姚鼐：《惜抱轩语》，见余祖坤：《历代文话续编》，405 页，南京，凤凰出版社，2013。

点是均为摘录名人散见的文评而成，且多与另一部已成书（或成卷）的文评具有关联性或可比性，其整理者就是出版者。这种整理过程，虽然未必能完整、清晰、有条理地反映原作者的思想观念，但却非常有助于书籍的传播。譬如廉泉把姚鼐论文尺牍中的精妙短句，而非单篇论文之作摘编起来，并且把《惜抱轩语》和《论文偶记》合订出版，这样读来便有轻松自如的小品之感。而那些简短的评语也便于在评文时使用，清人论文喜欢称赞文章"如长江万里图"，这句话就来自归有光对《史记》的批点，亦是清人喜欢摘抄的一句评语。

（四）纂集型文评专书

清代文评专书中，规模最大的是纂集型文评专书。这些书乃作者日积月累、集腋成裘地摘录前人论文之语，并纂集而成，多有至十余卷甚至数十卷者。纂集型文评专书因为材料丰富，编辑时不得不按一定标准分类加以汇总，因而往往把各家论文打散分布于各卷。邹福保在《文钥·凡例》中具体介绍了其编纂原则：第一，"无一字无来历"，即以前人之言为主，避免混入自己的批评；第二，"标明姓名、出处"，以证明纂集的言之有据；第三，编辑时"随见随辑，不分时代先后"；第四，确定纂集范围，不收"骈俪、诗赋、词曲"；第五，对互有异同的论点，采取"兼收并采，俾学者得以互证参观"的态度；第六，"有全书论文或长篇论文者，家有其书，概不采入"。① 这六点原则，基本上贯彻于各家的纂集型专书中，唐彪《读书作文谱·凡例》中也强调"于古人之议论有

---

①　（清）邹福保：《文钥》，宣统元年江苏存古学堂铅印本，1页。

不同者，必两存之"，"不欲尽出于己，而多引他人之言"，"必仍列其姓名，不敢掩为己有"等原则。①

"述而不作"的纂集，往往形成大量资料的罗列，动辄就有十万字以上，比如唐彪的《读书作文谱》，其凡例称"初集古人成语，与自己所著，共二十五万余言。类聚一处，比其高下而删汰之，仅存九万余言"②。即便删除大半，其规模亦十分庞大，而梁章钜的《制义丛话》更长达 34 万字，在规模上远远超过独撰、口述、摘录性质的专书。究其原因，一方面是摘抄相比撰著来说更容易，虽然往往积年累月，但不必殚精竭虑。另一个重要原因则是"求全责备"心态，王之绩就明说："思觅一毫发无憾之书以为导师。"③其结果当然就是使得这类专书难免叠床架屋之病了。

尽管卷帙浩繁，但因为纂集类专书多有家学背景，所以很多都借家坊之力出版。比如刘青芝（1674—1743 以后）的《续锦机》为《刘氏传家集》本，叶元垲的《睿吾楼文话》署道光十三年鹤皋叶氏刊本，董良玉（1846—约 1897）的《公文缘起》署光绪二十七年董氏取斯家塾本，吴荫培的《文略》署抱蜀轩家塾本，皆为家坊刻本。毛奇龄序唐彪《读书作文谱》，称其回乡后"复取平时所为《读书作文谱》《父师善诱法》二书，梓以

---

① （清）唐彪：《读书作文谱》，见王水照：《历代文话》，3393～3394 页，上海，复旦大学出版社，2007。

② （清）唐彪：《读书作文谱》，见王水照：《历代文话》，3393 页，上海，复旦大学出版社，2007。

③ （清）王之绩：《铁立文起》，见王水照：《历代文话》，3624 页，上海，复旦大学出版社，2007。

行世"①，可推知唐彪未尝拜托他人代为刊刻。邹福保的《文钥》系宣统元年(1909)江苏存古学堂铅印本，而邹福保恰讲学于此。今所见他人助刻此类文评专书的，仅阮元助刻其房师孙梅的《四六丛话》，以及华廷杰(1822—1872)重刻梁章钜的《制义丛话》(始刊于《知不足斋丛书》)等少数几例。

纂集型文评专书的流行程度往往不低，如曾国藩在日记中就记载了同治二年(1863)八月间阅读《续锦机》之事②，像曾国藩这样的古文领袖尚且阅读此类书籍，则其幕府的情况亦可推知。而那些与科举有关的书就更知名了，梁章钜的《制义丛话》甚至进入了小说《孽海花》中。此外，诸如《笑笑录》《字触部》等通俗读物提到与制义有关的诙谐故事时，亦引《制义丛话》中的例子，不难看出《制义丛话》的知名度和阅读量。

二、清代文评专书的基本特点

虽然成书方式各有不同，但总体而言，清代文评专书的批评特点还是比较明显的。其中最为显著的一点就是零散性、随意性，它们往往片言成说，用一两句精彩的评论来分析作家作品，这类评点在诸如《夕堂永日绪论外编》《论文偶记》《惜抱轩语》《艺概》《初月楼古文绪论》等文评中随处可见。有的专书本来就是笔记体或者隶属子部，比如《日知录》《援鹑堂笔记》《退庵随笔》等书中的论文部分。还有一些是文评家的读书

---

① (清)唐彪:《读书作文谱》，见王水照:《历代文话》，3384 页，上海，复旦大学出版社，2007。

② 《曾国藩全集·日记》第 17 册，455～456 页，长沙，岳麓书社，2011。

笔记，本就是随手札记，比如《读文笔得》《经书厄言》等，因而零散性、随意性本就是其固有的文体属性。

文评专书的零散性自有其好处，那就是表达的自由性与阅读的随意性。论文可以不必像今天这样摆开阵势，既要分析特点，又要照顾审美、挖掘思想。在文评专书中，只要说上一句"莫奇于韩退之，莫幽于柳子厚，莫逸于欧阳永叔，莫坚于苏明允，莫纵于苏子瞻，莫雅于曾子固，莫峭于王介甫"①就足够了，至于"奇""幽""逸""坚""纵""雅""峭"的内涵与外延是什么都不重要。所谓"书读百遍，其义自见"，文章读多了自然就能体会出来。而究其缺乏系统性的原因，朱自清（1898—1948）解释说：

> 至于中国缺少作家作品的系统的批评，儒家尚用而不尚知，固然是一个因子，道家尚玄而不尚实，关系也许更大。原来我们的"求好"的艺术论渊源于道家，而道家不信赖语言，以为"言不尽意"，所以崇尚"无端崖之辞"。批评到作家和作品，便不免着实，成了"小言"有端崖之辞，或禅宗所谓死话头。②

朱自清从哲学高度解释了诗文评短小而随意的原因：在中国文化中，儒家本就不重视文评，道家与禅宗又主张得意忘言、不立文字，所以不如

---

① （清）吴铤：《文翼》，见余祖坤：《历代文话续编》，644 页，南京，凤凰出版社，2013。

② 朱自清：《诗文评的发展》，见《朱自清古典文学论文集》，547 页，上海，上海古籍出版社，2009。

就用庄子"厄言"的形式，以随意的、散漫的语言来谈文论艺，反而更加轻松自在。

哲学层面上是源于"言不尽意"的理念，而在现实层面，则更多源于口传师授的成书过程。比如《初月楼古文绪论》本是吕璜就吴德旋所请益时，随手记录下来吴氏的回答，其后纂集成书的，仓促之间自然无暇详述本末。但由于有讲授的环境，这些专书本来就不需要详细的阐释。而诸如王万里的《晴竹轩文法》等，很明显有着配套的选本作为教材，因而在论述文法时也经常点到为止，具体的文例都可以在选本中找到。而对于摘录型文评专书来说，由于其本来就是后人基于个人喜好而辑录成书的。在这种情况下，对于作家论文话语的辑录也就是求精而不求全，求妙悟而不求严谨。比如姚鼐的《惜抱轩语》由廉泉"取其与徒友论学及为文之宗旨散见之尺牍者，摘录之，得数十条"而成书，在内容上原本就是对日常论文尺牍的摘录，自然也就注定了其随意而零散的特点。而廉泉在作为书籍摘抄、整理者之前，首先是读者，他在后记中表示："喜其与刘氏之说相辅而益明也"[①]，表明他这么做是受到刘大櫆《论文偶记》的影响，可见在读者心中，文评专书的理想形式就是这样随意而发、零散成章的。

清代文评专书有时会附于丛书或别集前后，比如，道光十五年（1835），朝邑刘氏兄弟刊刻李元春的《青照楼丛书》三编，就在书末附上二人摘录的李元春《四书文法摘要》；光绪十四年（1888）桐城大有堂书局

---

① （清）姚鼐：《惜抱轩语》，见余祖坤：《历代文话续编》，405 页，南京，凤凰出版社，2013。

刻《刘海峰文集》，也在卷首附上了刘大櫆的《论文偶记》。可见，在相关文献中附上这类文评，是符合读者阅读习惯的。① 把诗文评作为别集或单行文献的附录，可以让希望对作者有进一步了解的读者在读完作品后能拓宽视野，同时又没有太多阅读负担，所以备受读者与书商的喜爱。而这样一来就造成一种结果，那就是诗文评的地位降低为附属之物，似乎成了可有可无的。这正是朱自清对"诗文评"概念的着意之处："老名字代表一个附庸的地位和一个轻蔑的声音——'诗文评'在目录里只是集部的尾巴"②，成为地位不高、不足深论的"雕虫小技"而已。

当然，也并非所有文评专书都以短章的形式成书，清代文评专书中还有相当一部分以长篇论文形式展开论述的，其代表如《史记七篇读法》，其中《项羽本纪读法》更是长达两万字；又如《文史通义》中若干谈文的篇章如《书教》《文理》《答问》等，《国故论衡》中《文学总略》《论式》《辨诗》等，也都是严肃正规的论文体。有一些专书虽然系单篇序跋、书信的纂集，但对序跋、书信等都予全录，也保存了不少论文的背景，比如包世臣的《艺舟双楫》等。此类文评专书恰恰可见文评家提升文评地位、提升论文水平的努力。而在它们的篇幅增加的同时，也明显可以看到作者论文中道德伦理意识或学术思辨色彩的加深。《项羽本纪读法》中不断强调刘邦的仁义与项羽的残忍，《文史通义》和《国故论衡》更是有着深刻的史学与小学底蕴，所以他们不是简单地就文学谈文学，而有更多

---

① 这一现象在现当代的书籍出版中也很常见，比如上海杂志公司编戴望舒的《望舒诗稿》，篇末也附上戴望舒诗话 16 则，称为《论诗零札》。蒋寅笺注叶燮的《原诗》、李圣华笺注《汪琬全集》，都在篇末附上《汪文摘谬》。

② 朱自清：《朱自清古典文学论文集》，543 页，上海，上海古籍出版社，2009。

在义理方面、在学术方面的深入思考与理论规划，也正是本书前面各章集中讨论的对象。而即便是像《艺舟双楫》这种非学术性专书，包世臣也在其中讲要"发伦类之淳漓，讽政治之得失"①。可见，文评家或者基于学者本色，或者自觉向理学、实学靠拢，这样就具备了提升文评地位的可能。

此外，清代一批文评家都自觉地让文法批评向学术靠拢，方苞就是典型代表。他从唐宋派那里继承了"言有序"的传统，但还要加上"言有物"的标准，他点评《左传》体现出文法家的敏锐与细腻，又把道德理性融入其中，充满了道学家的醇正。姚鼐也在继承了方苞重"义理"的"雅洁"与刘大櫆重音节的文法之后，希望再把考据的学问纳入文章中，大讲一番"论学问之事，有三端焉：曰义理也，考证也，文章也。是三者苟善用之，则皆足以相济"②的道理，其以学问助文学的态度是很明显的。其后开创阳湖派的恽敬、张惠言以及开创湘乡派的曾国藩，其援考据、援经济入文学的态度，无一不与此同调。至于在作文中求中和之境、守程朱理学、讲经世致用等思想观念，更是大量渗入清代文评专书中。因而，重学问、重道德，成为伴生在自由随意性基础上，清代文评专书的又一重要特性。

最后，清代文评专书还有很强的实用性，这是文评专书给自己"增值"的另一有效途径。如果说提升学术品质是文评专书在精英阶层的努

---

① （清）包世臣：《艺舟双楫》，见王水照：《历代文话》，5199 页，上海，复旦大学出版社，2007。

② （清）姚鼐：《述庵文抄序》，见《惜抱轩诗文集》，61 页，上海，上海古籍出版社，1992。

力方向，那么让自己更适于科举则成为文评专书在流行接受方向上突破的重点。比如，吕留良一面攻击科举，一面却又在自己的《吕晚村先生论文汇抄》中把时文说成是圣人之学。以举业为目标者，如《读书作文谱》《策学例言》《晴竹轩文法》等自不必说，即便是那些论古文写作或者兼论经世与学问的专书，也大多对时文持开放态度，比如梁章钜讲"作制艺文能读书穷理，一以学古文之精力材料为之，未有不工者，但体格不必过于求高"，并不因为时文庸俗而主张把时文拔高，唯以"志在求售"①为准。而由于很多专书强化其在科举方面的现实功利性，所以"以时文为古文"和"以古文为时文"的文论观点就非常常见。清人还特别发展出了以钩锁、对比、呼应之法解读古文的文本论，特别是在分析《左传》《史记》等文本时，更成为常见的思路。因此尽管格调不高，但这些文评专书却极易赢得下层举子的欢迎。

实际上，这也进一步揭示出一个新的问题，即文评专书的层次性问题或者阶级性问题。流传于中上层士大夫阶层的文评专书、传抄于一般文人阶层的文评专书，以及稗贩于下层举子、书商阶层的文评专书，其间自有其不同的理论指向与文论界限，在明显的内容差异背后，又隐含着何种价值选择、意识形态追求？这些文学社会学或文学传播学的问题，都仍然有待于更为细致的考察。

三、清代文评专书与文学风貌

文评专书作为文学批评与文学理论的承载，必定会对整体的文学风

---

① （清）梁章钜：《退庵论文》，见王水照：《历代文话》，5175页，上海，复旦大学出版社，2007。

貌以及文学批评风貌产生一定影响，清代文评专书在这方面影响力甚至还要更强。

首先清代文评专书的数目与规模都是前代所不可企及的。以王水照主编的《历代文话》为例，其收录宋代部分共一册，金元明三代共两册，清代部分主要出现在第四册至第七册，再加上余祖坤主编《历代文话续编》中清代部分占了一册半，其数目已经大大超越前代。此外，还有一些《历代文话》与《历代文话续编》未收的文评专书，如《吕子评论》《此木轩韩文说略》《濂亭评文》《文略》《文钥》《逸楼论文》《续锦机》《诗文秘要》《论文集钞》《缓堂文述》《全唐文纪事》等数十种，其总数可达一百多种，几乎可以与宋、元、明三代的文评专书总数比肩。因而，清代文评专书对文学的影响是可以想见的。

如果和明代相对比，会发现明代文学论争虽然也流派众多、各种理论观点层出不穷，产生了台阁派、前后七子、唐宋派、公安三袁、竟陵派、东林派等文学流派。但是他们的理论论述往往出现在作家的单篇文章中，相对分散。而即便是收入作家别集，其传播、普及程度也都受到很大限制。明代文学流派虽多，但没有一家独大的局面，与此当有一定关系。清代则与明代完全不同，桐城派一家独大是清代文学的独特现象。而桐城派的理论在清代频繁地出现在文评专书中，无论在社会上层还是下层，都有一定影响力。

"桐城三祖"的文论均有以文评专书形式别出单行者，特别是方苞的《左传义法举要》，更有乾隆间方氏抗希堂本、光绪十九年(1893)金匮廉氏刻本、光绪二十四年(1898)琅嬛阁本等多个版本，至民国二年(1913)又有张氏《榕园丛书》本，可以说是反复地刊刻，无怪乎方宗诚说："方望溪《左传义法举要》，归震川《圈点史记意例》，读《左》《史》者不可不阅。"①而刘大櫆的《论文偶记》亦有道光二十七年（1847）宜黄黄氏木活字本、光绪十四年（1888）大有堂书局本、光绪十八年（1892）金匮廉氏刻本。方苞最重要的"义法"说以及刘大櫆重要的神气、音节、文章十二贵等概念都呈现在这些文评专书中，桐城理论的广泛传播与此亦不无关系。

桐城派文人还有自觉的流派意识，所以在姚鼐之后的桐城文评家们都不断地祖述方苞、姚鼐等的观点，或称颂其文章。比如，吴德旋称赞方苞："国初如汪尧峰文，非同时诸家所及，然诗话、尺牍气尚未去净，至方望溪乃尽净耳。"表彰其雅洁文风。又论刘大櫆称赞其音节之论："刘海峰文最讲音节，有绝好之篇。"②吴德旋的学生吴铤也肯定方苞说："望溪云'言中有物'，又云'言之有序'，此为文之规鹄。"推崇其有物、有序的义法说；又总结桐城派文论："震川论文以气韵，望溪论文以义法，惜抱论文以妙悟，才甫论文以音节，子居论文以骨力。"③历数归有光、方苞以来桐城文论之关键处。桐城人方宗诚也说："吾乡方望溪先生，自道其志，谓学行继程、朱而后，文章在韩、欧之间"，"吾乡姚惜

---

① （清）方宗诚：《读文杂记》，见王水照：《历代文话》，5718 页，上海，复旦大学出版社，2007。

② （清）吴德旋：《初月楼古文绪论》，见王水照：《历代文话》，5037、5050 页，上海，复旦大学出版社，2007。

③ （清）吴铤：《文翼》，见余祖坤：《历代文话续编》，595、612 页，南京，凤凰出版社，2013。

抱，尝言义理、考证、文章三者，学问之道，不可缺一。"①方苞、刘大
櫆、姚鼐等人理论中最核心的部分就这样在桐城派文论中不断地传承
着，也在不断地被强化着。曾国藩以大手笔盛赞方苞说："望溪先生古
文辞为国家二百余年之冠，学者久无异辞，即其经术之湛深，八股文之
雄厚，亦不愧为一代大儒。虽乾嘉以来汉学诸家百方攻击，曾无损于毫
末。"②以曾国藩封疆大吏、文坛领袖的身份，如此推崇方苞，其影响力
无疑是巨大的。可以说，持续而广泛地以文评专书的形式传播桐城派的
理论与实践，这是桐城派得以成为清代散文第一代表的重要原因。

　　学者型文人的文学批评同样对清代文学风貌产生了重要影响。如果
没有乾嘉汉学以考据、训诂对抗义理之学的话，很难想象姚鼐会提出义
理、辞章、考据相统一的理论。而不顾义理、考据，单纯论辞章，则势
必使散文理论迅速走向衰落，刘大櫆的文论时常受到批评便是例子。在
这个意义上，学者的批评反而正帮助了文人们及时调整自身的文学态
度。如章学诚，他固然批评了归有光与方苞，认为他们的文学批评都是
"小慧私智，一知半解"的"私心胜气"之辞，但是他以"义理不可空言也，
博学以实之，文章以达之，三者合于一"的方法来救文法之弊，这也正
是桐城派后来追求的文学方向。③又如，阮元以《易·文言》为文章之
祖，以协音成韵、修辞达远为文章特质，而彻底否定散文作为文章的地

---

　　①　(清)方宗诚：《读文杂记》，见王水照：《历代文话》，5732页，上海，复旦大学
出版社，2007。

　　②　(清)曾国藩：《鸣原堂论文》，见王水照：《历代文话》，5529页，上海，复旦大
学出版社，2007。

　　③　(清)章学诚著，叶瑛校注：《文史通义校注》，569、163～164页，北京，中华
书局，2014。

位。这当然是针对桐城派而发出的论调，而其结果是促成了恽敬、张惠言以考据、骈文开创阳湖派，正如郭绍虞所论："阳湖文人的作风，不惟与桐城异趋，正可以药桐城文平钝之敝。我们须知桐城派的功臣，原不必是拘守同城义法的文人。"①阳湖文人本来就受刘大櫆、姚鼐等的间接影响，恽敬、张惠言亦曾与吴德旋、钱伯坰（1738—1812）、王灼（1752—1819）等互有往来，如此关系之近的流派，自然也会反向刺激桐城派的调整与转型。

　　除了对文学的直接影响外，文评专书影响文学风貌的另一个方面是对文学批评的影响。明清以前的文学批评中，六朝以玄远超轶的形象化批评见长，至唐发展至极，并在意境、气象方面形成批评的典范，至宋又拓展出以比喻、禅喻来细化形象批评的新风。② 这一系列的文学批评都离不开"象"，而到达"象"的途径则是"喻"。象喻的方法固然是人类认识世界的基本方式，但是与西方思维热衷于研究从"喻"到"象"的途径、方式、目标等不同，中国人的思维方式却是"得意忘象""得意忘言"，这虽然被认为是达于大道的方式，但未免容易陷入神秘主义与相对主义。靠感兴、妙悟成为中国古代文学批评最常见的方式，其中尤其以《沧浪诗话》"不涉理路，不落言筌"的禅悟为代表。这么论文学不是不可以，或者说反而能让学者在涵泳之间有所启发，但是毕竟不是人人都能有严羽那样的层次与水平，初学者面对妙悟式的文学批评可能是一头雾水。而明清时期的文学批评则开始发生了变化，在论文的细致性与科学性上

---

① 郭绍虞：《中国文学批评史》下册，444 页，北京，商务印书馆，2012。
② 参见吴承学：《中国古典文学风格学》，242～259 页，北京，北京大学出版社，2011。

都逐渐增强，这不能说没有明清两代繁荣的文评专书的关系。

　　清代文评专书中并非没有以象喻性、妙悟性论文的著述，其中最典型的比如陈鉴(1595—1676)的《操觚十六观》，该书讲了十六个与论文有关的寓言故事或名人名言，以此比喻作文要有章法、合乎自然，延续了传统的文学批评形态，这种论述在某种程度上说还更适合短章的文体形态。但叶燮就批评这种感兴批评道：“泛而不附，缛而不切，未尝会于心，格于物，徒取以为谈资”①，与其发无法会心的玄虚之论，还不如细致、系统地下一些解释的功夫。

　　清代也的确出现了一批追求理性的文评专书，在系统性、操作性方面下了细功夫。比如，方宗诚评论《孟子》中的《许行》篇，依次讲为什么写：“此是一章辨异端大文字，即从前章论经界翻出”；写了什么：“首节叙许行”，“次节叙陈相”，“‘孟子曰：许子必种粟’以下，是辨许行并耕之邪说”，等等；怎么写：“先用种粟、织布、釜甑诸喻，挑剔诘难，腾挪顿挫”，“虽畅发，然每节下必有停蓄顿挫，下文又提起，又停顿，无一直说下之理”。② 如此论文，再不讲高妙的玄理，也不必有什么参悟，只是细致入微地把文章的基本结构、主要内容、中心思想、写作手法、写作背景等全面地解释清楚，读者自然明白透彻。与方宗诚同样讲法的文评专书还有不少，比如《左传义法举要》《史记七篇读法》等都是其中较为优秀的代表，一些讲授时文写作的专书更在谋篇布局、章法结构上下足了功夫。

---

①　(清)叶燮著，蒋寅笺注：《原诗笺注》，331 页，上海，上海古籍出版社，2014。

②　(清)方宗诚：《论文章本原》，见王水照：《历代文话》，5681～5682 页，上海，复旦大学出版社，2007。

这一类专书的出现与流传，深度影响了人们解读文学的思维方式，为中国古典文学批评在象喻、妙悟之外，另辟了一条文本细读与结构分析的大道。时至今日的基础语文教学，乃至非专业的高等语文教学，所采取的讲法仍是清人所使用的解释框架。它跨越了时代、超越了语言环境、文化背景，体现了清代文评专书在文学批评史上的深远影响。

四、清代文评专书与士大夫的现实关怀

文评专书评价的对象是文学文本，那么何谓文学呢？今天通行的文学定义认为："文学是一种语言艺术，是话语蕴藉中的审美意识形态。"文学在本质上是一种意识形态，当然它不同于哲学意识形态、政治意识形态、宗教意识形态、道德意识形态等，呈现出"审美与社会生活状况相互浸染、彼此渗透的状况"①。文学不是哲学、政治、宗教、道德，但举凡哲学、政治、宗教、道德等却都可以在文学中有所体现。而且，文学在中国古代本身就更为广义，按照章太炎的说法，"文学者，以有文字著于竹帛，故谓之文"②。一切书于竹帛的文献都可称为"文学"，那么文学当然是一个无所不包的概念。至于文学批评，作为对文学文本的阐释，它更具有意识形态属性，与社会生活的方方面面有着密切联系，而这就意味着我们必须跳出狭义的"文学视野"来关注文学理论，使文学理论真真正正成为一种"文化诗学"。

---

① 童庆炳：《文学理论教程》（修订二版），76、58 页，北京，高等教育出版社，2004。

② 章太炎：《国故论衡》，73 页，北京，商务印书馆，2012。

作为古代文学批评的主体——士，一般都有着强烈的社会使命感。中国古代将民分为四：士、农、工、商，读书人或者知识阶层作为"士"，与农、工、商的根本区别在于"士"可以上升到大夫阶层，成为"官"，成为社会的管理者。所以，学者的本位意识就是积极介入现实、参与政治，王国维（1877—1927）说："披我中国之哲学史，凡哲学家无不欲兼为政治家者，斯可异已！"①其实说起来也并不可异，因为读书人自古以来就讲"穷则独善其身，达则兼善天下"，治国、平天下本身就在"士"的生命规划之中。那么在面对社会现实问题的时候，士人也必然要积极发出自己的声音，这些思想同样也会渗入他们的文学批评之中，使文学批评获得更深广的现实意义与文化意义。

清代文评专书的理论方向，亦是清代三百年波澜壮阔历史的反映。易代之际，知识分子面对满目疮痍的国家，面对异族的血腥屠杀，也面对浇薄浮靡的士风，他们自觉肩负起"国家兴亡，匹夫有责"的文化使命。于是，以顾炎武、黄宗羲、王夫之为代表的知识群体在碑传、经义中努力挖掘伦理性与道德性，从而试图重塑士风。同时，出于对亡明政权的追忆，他们坚持捍卫中华文化的先进性，在"文质论"的理论命题中，把"文"的一方面上升到文化层面，并且极力强调"文"的价值。力图塑造出在形式上富于文采，在内容上充满道德与礼义内涵的新的文风。如此，谈文学又何尝是在谈文学呢？这是知识分子在易代之际的文化坚守，是回应民族危难而发出的呐喊。

---

①　王国维：《论哲学家与美术家之天职》，见方麟选编：《王国维文存》，121 页，南京，江苏人民出版社，2014。

　　而随着清政权逐步稳定下来，亡明的阵痛得以缓解，知识分子需要重新给自己以文化定位，恢复其士师的身份。于是，重塑士人的意识形态成为当务之急，汪琬的自我塑造便可看出其对话语权的追求。而清人在反省历史的过程中，意识到晚明士风的弊端，他们彻底清算了心学的学术传统，把理学恢复为核心意识形态，文人积极参与意识形态建构，就需要把文学纳入理学的意识形态之中。清前中期的统治者也积极利用理学思维，并形成带有官方色彩的文学批评。如马克思（Karl Marx，1818—1883）和恩格斯（Friedrich Engels，1820—1895）所说："统治阶级的思想在每一时代都是占统治地位的思想。"① 在统治阶级的立场上讲，文学在任何时代都应该是为国家、为政权服务的，理学既然是清政府的官方意识形态，那么文人也必须做出相应的调整，如此，我们便可看到李光地等人是如何附庸康熙之文学主张的。

　　学者们当然也有自己的努力，章学诚本质上也崇尚理学，甚至《文史通义·言公》篇等论述中有自觉的官师合一的意识。只是他发现靠宋学或文人的力量重塑理学实在靠不住。乾隆年间，汉学勃兴，一时的知名学者无不跻身汉学，以训诂、考据为学术根本，但他们鼓吹"训诂明而后义理明"，其实并没有上升到明义理的高度，而是孜孜于考索，一心钻故纸堆而已。更关键的是，作为对手的桐城文人根本不堪一击，文人无学的印象根深蒂固地刻在中国历史文化中，甚至成为一种集体无意识。所以，一旦具有学术性的汉学兴起后，理学的力量马上就面临被撼

---

　　① 《德意志意识形态》，见《马克思恩格斯选集》（第 2 版第 1 卷），98 页，北京，人民出版社，1995。

动的危险。所以章学诚提出"六经皆史"，以制度层面的史实来充实义理
的根基，他的"独断之学"本质上是义理之学，不过附加上历史作为根底
而已。当然，对于文学之士的批判，也是为了巩固史学的学术阵地。至
于戴震的《原善》与《孟子字义疏证》，从汉学入、从宋学出，形成对宋明
理学的置换，目标则是对核心意识形态的反叛，虽然这是汉学众生所不
能理解的高度。

　　文辞派就偃旗息鼓，在学术之争中败下阵来了吗？清中期的文人们
并没有罢休，面对粗疏无学的讥讽，姚鼐开始吸收考据，虽然自身底子
确实不够，终究没能把理论落实在实践层面。但其后恽敬、张惠言却援
骈文、援考据入古文，还是要在意识形态领域争回地位。因而这一时期
产生了文体上的骈散之争，看似是古文与骈文争正统的文学问题，实则
根本上是追求义理还是追求考证的学术问题，文学论争只是学术论争的
某种外在表现而已。当然，论争的结果是在理论上以姚鼐、章学诚、戴
震这样追求圆融合一的理论最终成为共识性的理想，可是在现实层面依
然难免文辞派、考据派、史学家们自说自话。这样的学术也就随着时间
的推移而减弱了活力，桐城派欲弘义理，但写出来的终究只是文辞而
已；作为史学家的章学诚孤掌难鸣，缺少同道；至于考据派，则真如章
太炎讥刺的"考征之士，睹一器，说一事，则纪五无言，陈数首尾，比
于马医歌括"①。

　　而随着鸦片战争的爆发，清廷的控制力逐渐衰弱。经济危机也在同
时爆发，并通过经济问题影响到民生与军队，清政权面临岌岌可危的状

---

　　①　章太炎：《国故论衡》，127 页，北京，商务印书馆，2010。

态。要不要复兴理学、如何复兴理学已不再是解决社会问题的关键。如何稳定人心、稳定士心成为这一时期知识分子需要关心的新问题。包世臣在文论中重提感动人心，并且把能否通情达理视为评价文章优劣的关键，把苏轼视为文学榜样。这似乎唤回了主情的文学老思路，但旧瓶装新酒，解决的却是新问题。而隐藏在文学的自然灵活背后的，则是政治上的"放任派"风格，希望靠民众自下而上地化解政治危机，这代表了清后期下层知识分子的努力。而在上层士大夫方面，他们同样强调矫正人心的必要性，曾国藩论奏议，在忠爱之诚、明白晓畅之外，更加推崇"光明峻伟"的阳刚气质，这套学说本是"内圣外王"理论的一种呈现形态，而曾国藩显然是希望通过这种阳刚的气质来提振士大夫的精神风貌。

与政权危机相伴随的是今文经学派在晚清的应运而生，康有为等人以西汉儒生微言大义的方式鼓吹托古改制，为变法提供意识形态上的支持。站在国家立场上看，这再一次严重动摇了国本，朝廷重臣开始设计抵制处士横议的文风，比如梁章钜同时化用骈文与散文两股资源，力求文章有节制，坚决反对纵横恣肆的文风。看起来是在论文，实际上却是对抗今文经学的釜底抽薪之计，他要彻底消灭今文经学用以作为政治鼓动的文学土壤，没有了纵横恣肆的文风，也就没有了今文经学处士横议的宣传基础。说到底，文学问题还是意识形态领域斗争的舞台。

同时，清政权在政治上的失衡也在客观上也解除了文禁，知识分子的话语权因政权的衰弱反而有所增强，大量被禁的明代书籍重新出现在市面上，这最终刺激了章太炎等最终形成革命的思想。① 因而在清民易代之际，章太炎标举魏晋文人与文学，以其逻辑性与战斗性激励革命派，他弘扬小学、历史等"国粹"，用以唤起民众的爱国热情。② 而最具创造力的是，他把文学还原到语言文字，从而彻底剥离了附加在文学之上的各种意识形态，把桐城派的载道、阮元的文辞、康有为的口说演讲，甚至"五四"的审美主义全部解构掉，以一种"前无古人，后无来者"的姿态霸气论文。而其颠覆一切的文学含义，正孕育着思想启蒙的种子，成为"五四"一代知识分子的先声。

所有的这一切，归根到底离不开中国古代文人的政治意识与阶层意识。换言之，"文学为政治服务"这是一条文学的基本原则，但如何服务，关键还要看文人所处的社会阶层与文化阶层。正如马克思和恩格斯在《德意志意识形态》中指出的：各种知识阶层、学术派别都在"编造这一阶级关于自身的幻想"，而且，他们还要"赋予自己的思想以普遍性的形式，把它们描绘成唯一合理的、有普遍意义的思想"，从而把符合自身阶级的思想说成是代表全社会的思想。③ 譬如魏源，他长期身处幕府，空有一腔爱国热血与政治理想却没有权力，所以他鼓吹要广开言

---

① 参见王汎森：《权力的毛细管作用——清代的思想、学术与心态》（修订版），556～560 页，北京，北京大学出版社，2015。

② 当然，如果我们把目光放宽一些，就可以注意到在清末士人抵抗西学的努力中，像章太炎这样弘扬小学、历史者绝非个案。清末另一位士人王兆芳作《文章释》等一系列著作，其目的也在于感慨"今者西术与我学争，我若固守专家之师承，而儒道反不振。"所以他论文体，拈出修学、措事的纲领来，意在"使我儒道之大，足以括西术之长"。至于在方法论上，王兆芳所使用的也是小学工夫。参见其写给俞樾的《遗曲园先生书》，见王水照：《历代文话》，6256 页，上海，复旦大学出版社，2007。

③ 《马克思恩格斯选集》，100 页，北京，人民出版社，1995。

路，为"文人中流"参与政治提供合法保证。这种政治要求来源于其自身的处境与思想，而魏源却将其上升到社会层面甚至国家层面①，更有趣的是魏源的表达方式，他通过《诗经》研究，阐释《诗经》中所体现的"得多士之心"②，从而证明自己主张的合理性。

与魏源的理论逻辑相似，清代学者的一系列文学批评，也正折射出他们所属阶层的意识形态建构。无论是文人本色还是学者本色，无论是下层文人还是上层文人，他们都建构出一套符合自身阶层思想的意识形态，而文学批评为这种意识形态提供了某种普适性的外衣，使他们的思想可以在前代的作家作品，甚至某种精妙的文法或者文体规则中呈现，这样思想就有了言说的现实基础。同时，文学批评又是一种"话语蕴藉"，具有一定的含蓄性与含混性，思想的表达不是赤裸裸的，因而也就更显出其通情达理的一面。③ 说得直白一点，文学批评实在构成了一种代表各阶层意识形态的"糖衣炮弹"。

然而，清代文士无一不是真诚的，他们是真心想要发出声音来介入现实、解决社会问题。义理有价值，知识就没价值了吗？站在统治阶级

---

① 孔飞力认为，"魏源所起的独特作用，是从这样的背景里提炼出一般性意义，并用普世性的语言将这种意义表达出来"。参见［美］孔飞力：《中国现代国家的起源》，陈兼、陈之宏译，31 页，北京，生活·读书·新知三联书店，2013。

② （清）魏源：《默觚下·治篇》，见《魏源全集》第 13 册，51 页，长沙，岳麓书社，2011。

③ 这正如保罗·德·曼（Paul de Man）在其《审美意识形态》中所指出的："文学经验最大限度地减少了审美意识形态的诱惑，混淆了感官体验与理解，因为文学展现世界的方式，使得意义或感官体验都不会被直接感知到。"参见［美］M. H. 艾布拉姆斯、杰弗里·高尔特·哈珀姆：《文学术语词典》第 10 版，吴松江等编译，4 页，北京，北京大学出版社，2014。

立场上的曾国藩、梁章钜是想救中国，推翻了清政权的章太炎也是想救中国，两边不讨好的康有为难道就不是为了救中国吗？因而在一片众声喧哗中，内在的意识形态与外在的文学批评都呈现出复杂多样的形态。一流的文士善于建构思想、创造理论，形成开一代风气之先的效果。二流文士善于整合思想，化他人理论或经典观点为自己所用，并能承前启后，开拓一番新思路。至于三流文士，则只有对一流、二流文士应声附和、唯命是听而已。其中更有超一流的文士，善于解构思想，从而以横扫一切的气魄，在思想领域与现实领域都能揽狂澜于既倒。

在这个意义上，文评专书所呈现的丰富世界，亦不唯文学而已，其自身亦是中国古代文人深度介入社会现实的生动反映；而他们的努力也就构成了清代文化史上的群星闪烁，也成为激励后人前行的不竭动力。

参考资料

古籍文本

陈确：《陈确集》，北京：中华书局，1979。

程颢，程颐：《二程集》，北京：中华书局，2004。

戴震：《戴震文集》，赵玉新点校，北京：中华书局，1980。

戴震：《孟子字义疏证》，北京：中华书局，1982。

董以宁：《正谊堂文集》，《四库未收书辑刊》第 7 辑第 24 册，北京：北京出版社，2000。

段玉裁：《说文解字注》，北京：中华书局，2013。

方苞：《方苞集》，上海：上海古籍出版社，2009。

方苞：《左传义法举要》，民国二年(1913)张氏《榕园丛书》本。

方东树：《考盘集文录》，《续修四库全书》第 1497 册，上海：上海古籍出版社，2010。

冯登府：《金石综例》，《丛书集成续编》第 205 册，台北：新文丰出版社，1988。

顾炎武：《顾亭林诗文集》，北京：中华书局，1959。

顾炎武：《日知录校注》，陈垣校注，合肥：安徽大学出版社，2007。

归庄：《归庄集》，上海：上海古籍出版社，1984。

郭麐：《金石例补》，《丛书集成新编》第80册，台北：新文丰出版社，2008。

韩愈：《韩愈文集汇校笺注》，刘真伦，岳珍校注，北京：中华书局，2010。

贺长龄：《贺长龄集》，长沙：岳麓书社，2010。

黄宗羲：《黄宗羲全集》，杭州：浙江古籍出版社，2005。

黄宗羲：《明夷待访录》，北京：中华书局，2011。

江藩：《国朝汉学师承记》，北京：中华书局，1983。

江盈科：《江盈科集》，长沙：岳麓书社，2008。

蒋湘南：《七经楼文钞》，郑州：中州古籍出版社，1991。

[法]蒋友仁：《地球图说》，何国宗，钱大昕润色，《文选楼丛书》本。

康熙：《圣祖仁皇帝御制文集》，《影印文渊阁四库全书》第1299册，台北："台湾商务印书馆"，1986。

康熙：《御选古文渊鉴》，《影印文渊阁四库全书》第1417册，台北："台湾商务印书馆"，1986。

孔安国传，孔颖达正义：《尚书正义》，黄怀信整理，上海：上海古籍出版社，2007。

李绂：《穆堂别稿》，《续修四库全书》集部第 1422 册，上海：上海古籍出版社，2002。

李绂：《穆堂初稿》，《续修四库全书》集部第 1421 册，上海：上海古籍出版社，2002。

李富孙：《汉魏六朝墓铭纂例》，《丛书集成新编》第 80 册，台北：新文丰出版社，2008。

李富孙：《校经颇文稿》，《续修四库全书》第 1489 册，上海：上海古籍出版社，2002。

李光地：《榕村集》，《影印文渊阁四库全书》第 1324 册，台北："台湾商务印书馆"，1986。

李光地：《榕村语录》，北京：中华书局，1995。

李遇孙：《金石余论》，《丛书集成续编》第 72 册，上海：上海书店出版社，1994。

李元度：《天岳山馆文钞》，《续修四库全书》第 1549 册，上海：上海古籍出版社，2002。

李贽：《焚书　续焚书》，北京：中华书局，2009。

梁玉绳：《志铭广例》，《丛书集成新编》第 80 册，台北：新文丰出版社，2008。

梁章钜：《退庵随笔》，《续修四库全书》第 1197 册，上海：上海古籍出版社，2002。

梁章钜：《制义丛话》，《续修四库全书》第 1718 册，上海：上海古籍出版社，2002。

刘宝楠：《汉石例》，《丛书集成新编》第 80 册，台北：新文丰出版社，2008。

刘勰：《文心雕龙译注》，周振甫译注，南京：江苏教育出版社，2006。

刘知几：《史通》，张三夕，李程注评，南京：凤凰出版社，2013。

柳宗元：《柳宗元集》，北京：中华书局，1979。

陆以湉：《冷庐杂识》，北京：中华书局，1984。

吕留良：《吕留良全集》，俞国林编，北京：中华书局，2015。

吕留良：《吕留良诗笺释》，俞国林笺，北京：中华书局，2018。

吕留良：《吕晚村先生四书讲义》，北京：中华书局，2015

莫友芝：《宋元旧本书经眼录》，北京：中华书局，2008。

欧阳修：《欧阳修诗文集校笺》，洪本健校笺，上海：上海古籍出版社，2009。

彭绍升：《二林居集》，《续修四库全书》第1461册，上海：上海古籍出版社，2002。

皮锡瑞：《经学历史》，周予同注，北京：中华书局，2011。

祁寯藻：《祁寯藻集》，太原：三晋出版社，2015。

钱大昕：《潜研堂文集》，南京：凤凰出版社，2016。

钱大昕：《潜研堂金石文跋尾》，南京：凤凰出版社，2016。

钱谦益：《牧斋有学集》，钱曾笺注，上海：上海古籍出版社，1996。

钱谦益：《钱牧斋全集》，上海：上海古籍出版社，2003。

《清实录》，北京：中华书局，1985。

全祖望：《全祖望集汇校集注》，上海：上海古籍出版社，2000。

全祖望：《续耆旧》，《续修四库全书》第 1682 册，上海：上海古籍出版社，2002。

阮元：《地球图说补图》，《续修四库全书》第 1035 册，上海：上海古籍出版社，2002。

阮元：《揅经室集》，北京：中华书局，1993。

阮元，罗士琳，华世芳等：《畴人传合编校注》，冯立升，邓亮，张俊峰校注，郑州：中州古籍出版社，2012。

邵廷采：《思复堂文集》，杭州：浙江古籍出版社，1987。

司马迁：《史记》，北京：中华书局，1963。

汤斌：《汤斌集》，郑州：中州古籍出版社，2003。

唐顺之：《唐顺之集》，杭州：浙江古籍出版社，2014。

汪琬：《汪琬全集笺校》，李圣华校注，北京：人民文学出版社，2010。

王夫之：《读四书大全说》，北京：中华书局，1975。

王夫之：《读通鉴论》，北京：中华书局，1975。

王夫之：《周易外传》，北京：中华书局，1962。

王国维：《王国维文存》，方麟选编，南京：江苏人民出版社，2014。

王鸣盛：《十七史商榷》，北京：中华书局，2010。

王芑孙：《碑版文广例》，道光刻本。

王水照：《历代文话》，上海：复旦大学出版社，2007。

王先谦：《王先谦诗文集》，长沙：岳麓书社，2008。

魏禧：《魏叔子文集》，北京：中华书局，2003。

魏源：《魏源全集》，长沙：岳麓书社，2011。

吴镐：《汉魏六朝唐代志墓金石例》，《丛书集成新编》第 80 册，台北：新文丰出版社，2008。

徐沁：《谢皋羽年谱》，《四库全书存目丛书》史部第 86 册，济南：齐鲁书社，1996。

徐世昌等：《清儒学案》，北京：中华书局，2008。

严可均：《全上古三代秦汉三国六朝文》，北京：中华书局，1958。

杨伯峻：《春秋左传注》，北京：中华书局，1990。

姚鼐：《惜抱轩全集》，《四部备要》影印本，北京：中华书局，1936。

姚鼐：《惜抱轩诗文集》，上海：上海古籍出版社，1992。

叶燮：《原诗笺注》，蒋寅笺注，上海：上海古籍出版社，2014。

永瑢等：《四库全书总目》，北京：中华书局，1965。

俞樾：《群经平议》，《续修四库全书》第 178 册，上海：上海古籍出版社，2002。

余祖坤：《历代文话续编》，南京：凤凰出版社，2013。

袁枚：《小仓山房诗文集》，上海：上海古籍出版社，1988。

张履祥：《杨园先生全集》，北京：中华书局，2002。

曾国藩：《曾国藩全集》，长沙：岳麓书社，2011。

曾国藩：《曾国藩诗文集》，上海：上海古籍出版社，2013。

曾朴：《孽海花》，上海：上海古籍出版社，2005。

张星鉴：《仰萧楼文话》，咸丰九年(1859)抄本。

张英，王士禛：《御定渊鉴类函》，《影印文渊阁四库全书》第 982

册，台北："台湾商务印书馆"，1986。

章太炎：《訄书详注》，徐复注，上海：上海古籍出版社，2000。

章太炎：《国学讲演录》，南京：江苏文艺出版社，2007。

章太炎：《菿汉三言》，上海：上海书店出版社，2011。

章太炎：《国故论衡》，北京：商务印书馆，2010。

章太炎：《章太炎全集》，上海：上海人民出版社，2014。

章学诚：《丙辰札记》，北京：中华书局，1986。

章学诚：《文史通义校注》，叶瑛校注，北京：中华书局，1985。

章学诚：《乙卯札记》，北京：中华书局，1986。

赵尔巽：《清史稿》，北京：中华书局，1977。

周骏富辑：《清代传记丛刊》，台北：明文书局，1985 。

周中孚：《郑堂读书记》，上海：上海书店出版社，2009。

朱熹：《诗集传》，北京：中华书局，2017。

朱熹：《四书章句集注》，北京：中华书局，2011。

朱彝尊：《曝书亭全集》，长春：吉林文史出版社，2009。

邹福保：《文钥》，宣统元年江苏存古学堂铅印本。

研究专著

［美］艾尔曼：《经学・科举・文化史：艾尔曼自选集》，北京：中华书局，2010。

［美］艾朗诺：《美的焦虑：北宋士大夫的审美思想与追求》，杜斐然，刘鹏，潘玉涛译，上海：上海古籍出版社，2013。

蔡德龙：《清代文话研究》，北京：中国社会科学出版社，2017。

陈来：《宋明理学》，北京：生活·读书·新知三联书店，2011。

陈光熙：《明清之际温州史料集》，上海：上海社会科学院出版社，2005。

陈平原：《从文人之文到学者之文》，北京：生活·读书·新知三联书店，2004。

陈雪虎：《"文"的再认：章太炎文论初探》，北京：北京大学出版社，2008。

方祖猷：《黄宗羲长传》，杭州：浙江大学出版社，2011。

葛兆光：《中国思想史》，上海：复旦大学出版社，2013。

[日]沟口雄三：《中国前近代思想的屈折与展开》，北京：生活·读书·新知三联书店，2011。

郭绍虞：《中国文学批评史》下册，北京：商务印书馆，2010。

郭英德：《中国古代文体学论稿》，北京：北京大学出版社，2005。

郭英德，于雪棠：《中国古典文献学的理论与方法》，北京：北京师范大学出版社，2008。

郭英德：《中国古代散文研究文献论丛》，北京：商务印书馆，2016。

郭预衡：《中国散文史长编》下，太原：山西教育出版社，2008。

过常宝：《先秦散文研究——早期文体及话语方式的生成》，北京：人民出版社，2009。

[美]汉娜·阿伦特：《人的境况》，王寅丽译，上海：上海人民出版社，2017。

黄伟：《曾国藩诗文研究》，北京：北京大学出版社，2016。

［美］孔飞力：《中国现代国家的起源》，陈兼，陈之宏译，北京：生活·读书·新知三联书店，2013。

李春青：《在文本与历史之间——中国古代诗学意义生成模式探微》，北京：北京大学出版社，2005。

［英］李约瑟：《文明的滴定》，张卜天译，北京：商务印书馆，2016。

梁启超：《清代学术概论》，上海：上海古籍出版社，2005。

林满红：《银线：十九世纪的世界与中国》，台北：台湾大学出版中心，2016。

林少阳：《鼎革以文：清季革命与章太炎"复古"的新文化运动》，上海：上海人民出版社，2018。

刘宁：《汉语思想的文体形式》，上海：华东师范大学出版社，2012。

［法］罗兰·巴特：《S/Z》，屠友祥译，上海：上海人民出版社，2000。

罗志田，葛小佳：《东风与西风》，北京：生活·读书·新知三联书店，2017。

陆宗达，王宁：《训诂与训诂学》，太原：山西教育出版社，1994。

［美］M. H. 艾布拉姆斯，杰弗里·高尔特·哈珀姆：《文学术语词典》第 10 版，吴松江等编译，北京：北京大学出版社，2014。

［德］马克斯·韦伯：《经济与社会》，林荣远译，北京：商务印书馆，1997。

《马克思恩格斯选集》，北京：人民出版社，1995。

牟润孙：《注史斋丛稿》(修订版)，下册，北京：中华书局，2009。

［日］木山英雄：《文学复古与文学革命——木山英雄中国现代文学思想论集》，北京：北京大学出版社，2004。

［美］倪德卫：《章学诚的生平及其思想》，杨立华译，南京：江苏人民出版社，2008。

彭林主编：《清代经学与文化》，北京：北京大学出版社，2005。

启功：《汉语现象论丛》，北京：中华书局，1997。

钱基博：《现代中国文学史》，南京：江苏文艺出版社，2008版。

钱基博：《近百年湖南学风》，上海：上海古籍出版社，2012。

钱锺书：《谈艺录》，北京：商务印书馆，2011。

童庆炳：《文学理论教程》（修订二版），北京：高等教育出版社，2004。

王达敏：《姚鼐与乾嘉学派》，北京：学苑出版社，2007。

王汎森：《权力的毛细管作用：清代的思想、学术与心态》（修订版），北京：北京大学出版社，2015。

王风：《世运推移与文章兴替——中国近代文学论集》，北京：北京大学出版社，2015。

王军伟：《传统与近代之间——梁章钜学术与文学思想研究》，济南：齐鲁书社，2004。

吴承学：《中国古典文学风格学》，北京：北京大学出版社，2011。

吴光：《黄宗羲与清代浙东学派》，北京：中国人民大学出版社，2009。

徐定宝：《黄宗羲评传》，南京：南京大学出版社，2002。

杨抱朴：《刘熙载年谱》，沈阳：辽海出版社，2010。

杨国强：《义理与事功之间的徊徨：曾国藩、李鸿章及其时代》，北京：生活·读书·新知三联书店，2008。

杨念群：《何处是"江南"？ 清朝正统观的确立与士林精神世界的变异》，北京：生活·读书·新知三联书店，2010。

余英时：《论戴震与章学诚：清代中期学术思想史研究》，北京：生活·读书·新知三联书店，2005。

余英时：《现代儒学的回顾与展望》，北京：生活·读书·新知三联书店，2012。

余英时：《中国文化史通释》，北京：生活·读书·新知三联书店，2012。

[美]詹姆斯·施密特：《启蒙运动与现代性：18世纪与20世纪的对话》，徐向东，卢华萍译，上海：上海人民出版社，2005。

张京媛：《新历史主义与文学批评》，北京：北京大学出版社，1993。

张舜徽：《清人文集别录》，北京：中华书局，1963。

章念驰：《章太炎生平与学术》，上海：上海人民出版社，2016。

章念驰：《我所知道的祖父章太炎》，上海：上海人民出版社，2016。

赵园：《制度·言论·心态——〈明清之际士大夫研究〉续编》，北京：北京大学出版社，2006。

周予同：《周予同经学史论著选集》，朱维铮编，上海：上海人民出版社，1996。

周振甫：《中国修辞学史》，南京：江苏教育出版社，2006。

周振甫：《中国文章学史》，南京：江苏教育出版社，2006。

周作人：《中国新文学的源流》，上海：华东师范大学出版社，1995。

朱国华：《文学与权力：文学合法性的批判性考察》，北京：北京大学出版社，2014。

朱自清：《朱自清古典文学论文集》，上海：上海古籍出版社，2009。

期刊论文

蔡德龙：《康熙〈古文评论〉的文章学思想及其意义》，《民族文学研究》，2010(4)。

蔡德龙：《文话的辨体与溯源》，《文学评论丛刊》，2010(2)。

蔡德龙：《"曾国藩文论抄录吴铤〈文翼〉"说考辨》，《文献》，2011(1)。

蔡清德：《梁章钜与〈华山碑〉及其交游论略》，《美术学报》，2012(6)。

常威：《心学、政治、文学的张力与融摄——李绂文学观的维度建构》，《文艺理论研究》，2018(1)。

陈春生：《金石三例与金石义例之学》，《东南文化》，2000(7)。

陈平原：《兼及"著作"与"文章"——略说〈国故论衡〉》，《浙江社会科学》，2003(1)。

陈志扬：《拘守与变通：清代碑志义例的抉择》，《华中师范大学学报(人文社会科学版)》，2007(5)。

陈志扬：《阮元骈文观嬗变及历史意义》，《文学评论》，2008(1)。

党圣元，陈志扬：《清代碑志义例——金石学与辞章学的交汇》，

《江海学刊》，2007(2)。

邓富华：《黄宗羲传记文学思想刍议》，《文艺评论》，2011(8)。

关爱和：《义法说：桐城派古文艺术论的起点和基石》，《文艺研究》，2004(6)。

龚宗杰：《近世视野下的明文话研究与文章学建构》，《文艺理论研究》，2017(6)。

郭英德：《论顾炎武的遗民心态》，《新国学》，第 1 卷，1999。

郭英德：《黄宗羲的人生定位与文化选择——以清康熙年间为中心》，《新亚论丛》，2002(4)。

郭英德：《名定则实辨——论"文评专书"的内涵与外延》，《北京师范大学学报(社会科学版)》，2016(5)。

郭英德：《"以经术、文章主持风会"——阮元"文章之学"新诠》，《文学评论》，2018(6)。

过常宝：《〈左传〉源于史官"传闻"制度考》，《北京师范大学学报(社会科学版)》，2004(4)。

何诗海：《论清代文章义例之学》，《浙江大学学报(人文社会科学版)》，2012(4)。

黄建军：《致治之道，首重人才——从〈古文评论·左传〉看康熙的人才观》，《船山学刊》，2007(2)。

黄伟，周建忠：《曾国藩古文理论平议》，《文学评论》，2008(6)。

来新夏：《清代笔记作家梁章钜》，《福建论坛(人文社会科学版)》，2004(9)。

黎爱，林司悦：《文献·文论·文化：辑录式文评专书研究综述》，

《励耘学刊(文学卷)》，2016(2)。

李圣华：《汪琬的古文理论及其价值刍议》，《文艺研究》，2008 (12)。

李圣华：《汪琬与清初古文论争：兼及清初古文"中兴"》，《中国文学研究》，2012(1)。

李洲良：《春秋笔法的内涵外延与本质特征》，《文学评论》，2006(1)。

卢善庆：《包世臣论文学艺术的内容和形式之美——读〈艺舟双楫〉》，《上饶师专学报》，1988(1)。

罗军凤：《方苞的古文"义法"与科举世风》，《文学遗产》，2008(2)。

孟国栋：《黄宗羲的金石义例观与〈明文海〉编纂》，《浙江社会科学》，2016(9)。

潘静如：《被压抑的艺术话语：考据学背景下的清金石学》，《文艺研究》，2016(10)。

潘静如：《前罗王时代清金石学的变化大势与理论自觉——一个学术史的考察》，《诗书画》，2017(4)。

钱竞：《曾国藩、王夫之文论思想异同》，《文学遗产》，1996(1)。

钱志熙：《论章学诚在文学史学上的贡献》，《文学遗产》，2011(1)。

孙爱霞：《论桐城派对天津文学的影响——以王又朴为例》，《社会科学战线》，2010(8)。

王达敏：《论姚鼐与四库馆内汉宋之争》，《北京大学学报(哲学社会科学版)》，2006(5)。

王达敏：《从辞章到考据——论姚鼐学术生涯第一次重大转折与戴震的关系》，《清华大学学报(哲学社会科学版)》，2007(1)。

王更生：《开拓中国古代文学理论的新局——从整理"文话"谈起》，《文艺理论研究》，1994(1)。

王齐：《〈归评史记〉对〈史记〉的接受》，《文艺研究》，2005(6)。

王雪玲：《论清代金石学的学术自觉与理论价值》，《吉林大学社会科学学报》，2013(2)。

王亚楠：《〈古文渊鉴〉评点意向与影响刍论》，《郑州大学学报(哲学社会科学版)》，2013(6)。

邬国平：《论黄宗羲的文学观》，《复旦学报(社会科学版)》，1989(5)。

吴承学：《中国文章学成立与古文之学的兴起》，《中国社会科学》，2012(12)。

吴小如等：《〈历代文话〉七人谈》，《中国图书评论》，2008(7)。

徐立望：《时移势变：论包世臣与常州士人的交往及经世思想的嬗变》，《安徽史学》，2005(5)。

颜莉莉：《梁章钜〈退庵随笔〉诗学初探》，《闽西职业技术学院学报》，2008(3)。

杨许波：《王之绩生平著述考》，《名作欣赏》，2013(2)。

杨旭辉：《清初传记散文中遗民形象书写的道德范式——以清初遗民徐枋传记为例》，《苏州大学学报(哲学社会科学版)》，2018(6)。

俞樟华，虞芳芳：《论王又朴的〈史记七篇读法〉》，《浙江师范大学学报(社会科学版)》，2015(5)。

余祖坤：《王又朴的古文批评及其价值》，《文艺理论研究》，2015(2)。

於梅舫：《阮元文笔说的发轫与用意》，《学术研究》，2010(7)。

袁津琥：《镶金嵌玉　碎锦成文——浅谈〈艺概〉一书的写作特点》，

《古典文学知识》，2011(1)。

袁津琥：《一动万随 明断暗续——再谈〈艺概〉一书的写作特点》，《古典文学知识》，2011(6)。

张思齐：《从〈夕堂永日绪论〉看王夫之的八股文观》，《大连大学学报》，2010(1)。

赵园：《明清之际士人的文质论——兼及其时语境中文人的自我认知》，《江西社会科学》，2005(7)。

张德建：《义法说与清代的文学规训》，《安徽大学学报(哲学社会科学版)》，2018(6)。

张立：《科学"乃儒流实事求是之学"——略论阮元科学思想的实学精神及其局限》，《北京大学学报(哲学社会科学版)》，2002(3)。

章继光：《曾国藩的诗文风格论》，《湘潭大学学报(哲学社会科学版)》，1985(S2)。

郑大华：《包世臣的文论、诗论及文学成就》，《安徽史学》，2008(4)。

诸雨辰：《清代文评专书整理与研究综述》，《励耘学刊(文学卷)》，2015(2)。

诸雨辰：《历史文本的独断读法——章学诚的〈史记〉〈汉书〉解读》，《求索》，2016(10)。

诸雨辰：《从文法到士大夫意识：叶燮〈汪文摘谬〉的批评方式论析》，《斯文》，2017(1)。

诸雨辰：《不拘骈散务为有用：梁章钜文论的现实批判》，《明清文学与文献》，2017(1)。

诸雨辰：《文学复古的革命意识：章太炎文论管窥》，《新亚论丛》，

2017(18)。

诸雨辰：《实事求是：阮元思维方式论析》，《新亚论丛》，2018(19)。

诸雨辰：《汉石冲击：清代金石例研究的屈折与展开》，《北京社会科学》，2019(12)。

学位论文

李四珍：《明清文话叙录》，硕士学位论文，台湾文化大学，1983。

林司悦：《叶元垲〈睿吾楼文话〉研究》，硕士学位论文，北京师范大学，2018。

后　记

　　这本书是在我的博士论文《清代散文理论研究——以文评专书为中心》基础上重新修订而成的。我从 2014 年开始接触清代文评专书文献，不觉间已过去五年了。记得博士入学后，跟导师郭英德先生商量研究选题，郭老师便建议我以文评专书作为研究对象。

　　开始时我完全不熟悉这些文献，所以最初的工作便是从《中国古籍总目》《古籍善本书目》等书目中，寻找"应该是"文评专书的书目，确定自己的研究范围，而参照的对象就是王水照先生主编的《历代文话》。当然，进入古籍文献相关的领域，文献的获取便是第一道门槛，幸亏有郭老师的大力支持，帮忙联系北京师范大学图书馆、中国国家图书馆、上海图书馆等图书馆，使我顺利地获取了大部分文评专书的书影，尤其是当有些底本价格不菲或秘不示人时，郭老师永远是我坚强的后盾。

获取基础文献后，理论如何建构，又是一个难题。又是在郭老师的耐心指点下，我们设定了以文法论、文本论、文体论、文家论的四分法来建构清代文评专书中散文理论的框架。不过，在我的博士论文答辩会上，廖可斌老师、左东岭老师和王达敏老师还是觉得四分法的框架不够完满，诸如"文道论"等理论会被这个框架所遮蔽，加之中国古代文学理论往往是相互渗透、无所不包的，谈文法自然涉及文本，也有可能延伸至作家批评，因而截然划分理论的边界是不可能的，只能取一个相对的标准，并补充理论之交融互渗的探讨。虽然我的博士论文当时就是这样处理的，但答辩之后，仍然时时觉得不安。在这种焦虑下，我斟酌再三，决定在形成书稿时，换作更为平稳的以大致的时间线索来结构全书。

也许受自身焦虑的影响，我总会有意无意地感受到清人编撰文评专书时的焦虑。如朱自清所说，诗文评是在集部的尾巴上，是小道末技。而清人编纂文评专书时，又似乎总忘不了明道，忘不了在论文时彰显自身价值；而当清人细致地辨析前代传承下来的文本后，却又似乎常常发现文本书写与理论传统之间的不和谐。这些"焦虑的发现"，让我在毕业后又补写了金石例、"文话"的两小节，也进一步增强了重新结构全书框架的想法。当然孰是孰非，则全由读者裁定了。

感谢北京师范大学文学院"励耘书库"出版计划，让这本小书有机会出版。数月间，不断核查引文、修订文字，也不断发现原来写作中的错误，特别是引文中的缺字、讹误、句读误等，虽然可以用古人"校书如扫落叶"之说自解，然而似乎依然难以挥去不安的情绪。还记得《日知录》卷十九中第一句便是"文须有益于天下"，顾炎武对学者的基本要求便是有益于天下、有益于将来，而"后人之书愈多而愈舛漏，愈速而愈不传，所以然者，其视成书太易，而急于求名故也"。看到这句话，便深感顾炎武的批评时时如一把利剑悬在头顶，那么这本书是否能令人开卷有益呢？大概我只有尽全力认真对待而已了，而其中仍然难免谬误之处，其责在我。

顾炎武的名言令人戒慎，而在诸如黄宗羲、戴震、阮元、包世臣等一批清代文评家的思想与文章中，我都读出了可贵的精神。有的思想史叙述会说清人缺乏思想，但读过他们的文章与批评，你便清楚地意识到他们是有独立气质的。即便是似乎"软弱"一些的文人，当我们带着同情心而仔细剖析，也能看到他们的不甘心，如果能从中或多或少发现一些有价值的东西，这也便是有意义的吧。

最后，我想再一次感谢导师郭英德老师，从本科到博士，甚至博士后工作期间，长久的关心与指导。无论是对学术问题的探讨、论文写作的技巧，还是生活与情感遭遇，郭老师总能以他的智慧为我指点迷津，当然说多少感谢都是不够的。师门的兄弟姐妹们也如一个温暖的家庭，每次例会上，大家相互讨论，激荡思维，也时时畅叙友情，帮扶互助。尽管毕业后聚少离多，但哪怕偶然相遇，那些宝贵的回忆便立刻唤回了我们的青春岁月。

也要感谢在我的论文答辩时，给予宝贵意见的左东岭老师、廖可斌老师、王达敏老师、张德建老师和杜桂萍老师，正是有了几位老师的认真指点，才有了这本书近三分之一篇幅的修订。杜老师还曾帮忙推荐我的论文发表，提携后学之恩，实在难忘。还要感谢武汉大学、复旦大学、台湾师范大学、中国政法大学等学校近年来给予我宝贵的参加学术会议的机会，让我得以在高水平的学术会议上收获更多专家的指点，修正本书相关章节的观点与表述。

毕业后忙于各种事务与研究性工作，总在不断地赶这个、赶那个，挤占了太多本应陪伴父母与女友的时间，于此也只好道一句微不足道的感谢了……

最后还要感谢北京师范大学出版社的禹明超、杨磊磊两位编辑，他们为本书的出版与校对付出了辛勤的努力，没有他们的工作，这本书也是不可能面世的。

行文至此，又想起亭林先生说过的话："凡书有所发明，序可也；无所发明，但纪成书之岁月可也。"小子末学，实不敢自称发明，唯留此记而已。

2019 年 5 月

于北京师范大学

图书在版编目（CIP）数据

弘道以文：文评专书与清代散文批评研究 / 诸雨辰著 . — 北京：北京师范大学出版社，
2020.7

ISBN 978-7-303-25586-3

Ⅰ . ①弘… Ⅱ . ①诸… Ⅲ . ①古典散文－古典文学研究－中国－清代 Ⅳ . ① I207.62

中国版本图书馆 CIP 数据核字 (2019) 第 298263 号

弘道以文：文评专书与清代散文批评研究
HONGDAOYIWEN WENPINGZHUANSHU YU QINGDAI SANWEN PIPING YANJIU

诸雨辰　著

策划编辑：禹明超　责任编辑：杨磊磊
美术编辑：王齐云　装帧设计：王齐云
责任校对：康　悦　责任印制：陈　涛

出版发行：北京师范大学出版社	开本：710mm × 1000mm　1/16	版次：2020 年 7 月第 1 版
印刷：北京京师印务有限公司	印张：26.75	印次：2020 年 7 月第 1 次印刷
经销：全国新华书店	字数：318 千字	定价：68.00 元

北京师范大学出版社

http://www.bnup.com
北京市西城区新街口外大街 12-3 号
邮政编码：100088
营销中心电话：010-58805602
主题出版与重大项目策划部：010-58805385